O MORRO DOS VENTOS UIVANTES

Emily Brontë

O MORRO DOS VENTOS UIVANTES

Tradução
João Sette Camara

Principis

Esta é uma publicação Principis, selo exclusivo da Ciranda Cultural

Traduzido do original em inglês
Wuthering Heights

Texto
Emily Brontë

Editora
Michele de Souza Barbosa

Tradução
João Sette Camara

Preparação
Flavia Bernachi

Produção editorial
Ciranda Cultural

Diagramação
Linea Editora

Revisão
Mônica Glasser

Design de capa
Ana Dobón

Ilustrações
Vicente Mendonça

Dados Internacionais de Catalogação na Publicação (CIP) de acordo com ISBD

B869m Brontë, Emily.

O Morro dos Ventos Uivantes / Emily, Brontë ; traduzido por João Sette Camara. - Jandira, SP : Principis, 2025.
384 p. : 15,50 cm x 22,60 cm. - (Clássicos da literatura mundial - Superluxo).

Título original: Wuthering Heights
ISBN: 978-65-5097-311-7

1. Literatura inglesa. 2. Amor. 3. Romance. 4. Mulher. 5. Vingança. 6. Obsessão. 7. Paixão. I. Camara, João Sette. II. Título. III. Série.

CDD 823
2024-2326 CDU 821.111-31

Elaborada por Lucio Feitosa - CRB-8/8803

Índice para catálogo sistemático:
1. Literatura inglesa : romance 823
2. Literatura inglesa : romance 821.111-31

1ª edição em 2025
www.cirandacultural.com.br

Esta obra reproduz costumes e comportamentos da época em que foi escrita.

Capítulo I

1801. Acabei de voltar de uma visita ao meu senhorio, o único vizinho com quem terei de me incomodar. Esta parte do interior é realmente bonita! Em toda a Inglaterra, não acredito que eu pudesse ter me instalado em um lugar tão deslocado por completo do alvoroço da vida em sociedade. É o paraíso perfeito para um misantropo, e o senhor Heathcliff e eu somos um par muito adequado para compartilhar a desolação. Um camarada excelente! Mal imaginava como meu coração havia simpatizado com ele quando vi seus olhos negros se recolherem de modo desconfiado sob as sobrancelhas, conforme eu me aproximava a cavalo, e como seus dedos, com ciosa determinação, afundavam-se mais ainda no colete à medida que eu anunciava meu nome.

– Senhor Heathcliff? – falei.

Um aceno com a cabeça foi a resposta.

– Senhor Lockwood, seu novo inquilino, senhor. Tenho a honra de vir falar com o senhor o mais cedo possível após a minha chegada. Quero expressar a esperança de que eu não lhe tenha importunado com a minha insistência em solicitar o aluguel da Granja de Thrushcross. Ontem ouvi dizer que o senhor tinha pensado...

– A Granja de Thrushcross é de minha propriedade, senhor – interrompeu ele, encolhendo o corpo. – Eu jamais permitiria que alguém me importunasse, não se eu pudesse impedir... Entre!

O "entre!" foi dito em um sussurro, entre os dentes, que exprimia o sentimento de "Vá para o inferno". Nem a porteira em que ele se apoiava manifestou algum movimento de solidariedade com as palavras dele. Acho que as circunstâncias me fizeram aceitar o convite: fiquei intrigado com um homem que parecia mais exageradamente reservado do que eu.

Quando ele viu que meu cavalo estava empurrando a porteira com o peito, estendeu a mão para soltar a corrente que a trancava e, em seguida, começou a subir na minha frente, mal-humorado, pela trilha pavimentada, chamando à medida que entrávamos no jardim:

– Joseph, leve o cavalo do senhor Lockwood e traga um pouco de vinho.

"Eis aqui toda a criadagem", era o que sugeria essa dupla ordem. Não é de espantar que a grama cresça por entre os paralelepípedos e o gado seja o único jardineiro.

Joseph era idoso, ou melhor, um homem velho, muito velho talvez, apesar de forte e robusto.

– Que Deus nos ajude! – monologou ele, baixinho, com um tom de irritado desagrado, conforme me desembaraçava de meu cavalo. Enquanto isso, ficou me encarando com tanta amargura que eu caridosamente conjecturei que ele precisava de ajuda divina para poder digerir seu almoço, e sua exclamação piedosa não se referia à minha chegada inesperada.

Morro dos Ventos Uivantes era o nome da secular residência do senhor Heathcliff. "Uivante" era um adjetivo provinciano significativo, que descrevia a confusão atmosférica à qual aquela região estava exposta em dias de tempestade. Lá, de fato, devem soprar o tempo todo ventos puros e revigorantes. Pode-se adivinhar a força do vento norte soprando sobre a propriedade por causa do ângulo excessivo de inclinação de alguns abetos atrofiados na parte de trás da casa e por uma série de espinheiros cujos galhos se esticavam todos na mesma direção, como se ávidos por uma esmola do sol. Felizmente, o arquiteto anteviu o fato de que a construção deveria ser resistente: as estreitas janelas estavam bem embutidas nas paredes, e as esquinas eram protegidas por pedregulhos salientes.

Antes de passarmos pela soleira, parei para admirar uma quantidade de entalhes grotescos que se multiplicavam na fachada da frente, principalmente em volta da porta principal. Acima dela, entre uma vastidão de grifos que ruíam e menininhos sem-vergonha, reparei na data de "1500" e no nome "Hareton Earnshaw". Eu, em geral, teria feito alguns comentários e pedido que o rude proprietário me contasse uma versão um tanto resumida da história da casa. Mas a atitude dele, à porta, parecia exigir uma entrada rápida de minha parte ou a minha partida imediata, e eu não tencionava agravar sua impaciência antes de examinar o interior da casa.

A primeira parada foi na sala de estar da família, para a qual não havia vestíbulo ou corredor de entrada; aqui eles a chamam, preferencialmente, de "a casa". Ela normalmente combina cozinha e sala, mas creio que, no Morro dos Ventos Uivantes, a cozinha fora forçada a bater em retirada para outra parte. Pelo menos pude distinguir o tagarelar de vozes e o tilintar de utensílios de cozinha vindos de dentro da casa, e não vi sinal de assados ou cozidos na enorme lareira, nem sequer um brilho de panelas de cobre ou estanho nas paredes. Na verdade, uma das extremidades refletia esplendidamente tanto a luz quanto o calor de fileiras de enormes pratos de estanho, intercalados por jarras de prata e canecas também de estanho, elevando-se, fileira atrás de fileira, num imenso aparador de carvalho, até o teto. Este jamais fora revestido com ripas de madeira ou argamassa; toda a sua estrutura estava exposta a olhos curiosos, exceto no ponto em que uma moldura de madeira carregada de tortas de aveia e montanhas de pernis de carneiro, vaca e presuntos o ocultava. Sobre a lareira, havia uma coleção de armas antigas, de aspecto ameaçador, além de um par de pistolas de cavaleiro; e, como ornamento, três potes de metal pintados com cores chamativas estavam dispostos na beirada. O piso era liso, de pedra branca; as cadeiras, com encostos altos e estruturas primitivas, pintadas de verde; uma ou duas cadeiras pesadas e pretas espreitavam nas sombras. Em um arco sob o aparador repousava uma enorme cadela perdigueira cor de fígado, rodeada por um enxame de filhotinhos que soltavam latidos estridentes; e outros cachorros assombravam outros cantos.

O aposento e os móveis não pareceriam extraordinários se pertencessem a um prosaico fazendeiro nortista, de semblante obstinado e membros fortes, realçados por calções na altura do joelho e polainas. Tal indivíduo, sentado em sua poltrona, com uma caneca com cerveja espumando sobre a mesa redonda diante de si, pode ser visto em qualquer passeio de oito ou dez quilômetros por entre essas colinas, caso você o visite no momento certo, depois do almoço. Mas o senhor Heathcliff contrasta de modo singular com seu lar e seu estilo de vida. Ele tem o aspecto físico de um cigano de pele escura e os modos e os trajes de um cavalheiro. Quer dizer, cavalheiro como muitos rapazes do interior: muito desalinhado, talvez, mas sem parecer descabido em sua negligência, pois tem um corpo ereto, bonito e deveras taciturno. Alguns possivelmente suspeitariam de que ele tinha certo grau de orgulho malcriado. Eu, no entanto, tenho um fio interno de empatia que me diz que não é nada disso; sei, por instinto, que o caráter reservado dele vem de uma aversão a demonstrações ostensivas de sentimentos... manifestações de cordialidade mútua. Ele é capaz de amar e odiar às escondidas com a mesma intensidade e considerar uma espécie de impertinência ser amado ou odiado em troca. Não, estou avançando rápido demais. Estou atribuindo a ele, muito livremente, as minhas próprias características. O senhor Heathcliff talvez tenha motivos diferentes dos meus para não estender a mão quando encontra um possível conhecido. Deixe-me nutrir a esperança de que meu caráter é quase estranho: minha querida mãe dizia que eu jamais deveria ter nascido em um lar tão confortável; e foi apenas no verão passado que dei provas de realmente não merecer isso.

Enquanto desfrutava de um mês de clima bom à beira-mar, vi-me na companhia da mais fascinante criatura: uma verdadeira deusa aos meus olhos, mas sem que ela reparasse em mim. Jamais "declarei meu amor" em voz alta; ainda assim, se as expressões faciais são uma linguagem, o mais simplório idiota teria adivinhado que eu estava caído por ela. Por fim, ela me compreendeu e devolveu um olhar: o mais doce de todos os olhares concebíveis. E o que eu fiz? Confesso, constrangido: retraí-me com frieza, como um caramujo. A cada olhar de soslaio, retraía-me mais profundamente, até que, por fim, a pobre inocente foi levada a duvidar dos próprios sentidos e, assoberbada pela confusão diante de seu presumido equívoco, convenceu a mãe a levantar acampamento. Com essa curiosa reviravolta de temperamento, ganhei a reputação de ter uma crueldade proposital; e apenas eu posso estimar como isso é uma injustiça.

Tomei assento em uma das extremidades da soleira de pedra da lareira, de frente para meu senhorio, que vinha em minha direção, e preenchi um intervalo silencioso tentando acariciar a cadela, mãe da ninhada, que havia deixado seus filhotes e estava se esgueirando como uma loba por trás das minhas pernas, com os lábios arreganhados e os dentes brancos ansiosos por uma mordida. Meu carinho provocou um rosnar longo e gutural.

– É melhor deixar a cadela em paz – rosnou em uníssono o senhor Heathcliff, contendo demonstrações mais ferozes com pisoteadas no chão. – Ela não está acostumada a ser mimada... Não é um animal de estimação. – Em seguida, indo a passos largos para uma porta lateral, ele tornou a gritar: – Joseph!

Joseph resmungou algo ininteligível das profundezas do porão, mas não deu nenhum indício de estar subindo; então, seu amo mergulhou em direção a ele, deixando-me *vis-à-vis* com a cadela brutal e um par de pastores ingleses peludos e lúgubres, que juntos vigilavam com zelo cada um dos meus movimentos. Sem ansiar entrar em contato com suas presas, fiquei imóvel. Mas, imaginando que eles decerto não compreenderiam insultos tácitos, eu, infelizmente, me entreguei a piscar e fazer caretas para o trio. Alguma contorção de minha fisionomia irritou tanto a senhora que, de repente, ela teve um acesso de fúria e saltou sobre os meus joelhos. Atirei-a para trás e me apressei a interpor a mesa entre nós. Este procedimento agitou toda a "colmeia": meia dúzia de demônios de quatro patas, de variados tamanhos e idades, saíram de tocas ocultas em direção ao alvo comum. Meus calcanhares e a barra do meu sobretudo foram especialmente atacados; e, afastando os combatentes maiores da maneira mais eficaz que pude com o atiçador da lareira, fui obrigado a solicitar, em voz alta, a assistência de alguém da casa para restabelecer a paz.

O senhor Heathcliff e seu lacaio subiram os degraus do porão com uma fleuma fastidiosa. Não acredito que tenham se movido um segundo mais rápido do que o normal, apesar de a sala ter se transformado em uma completa tempestade de preocupações e ganidos. Felizmente, um habitante da cozinha foi mais ágil: uma dama robusta, com o vestido arregaçado, braços nus e faces coradas, apressou-se em nossa direção brandindo uma frigideira. Ela usou essa arma, juntamente com sua língua, com tanta determinação que a tempestade arrefeceu como por mágica, restando apenas ela, arquejando como o mar depois de um vento forte, quando seu amo entrou em cena.

– Que diabos é o problema? – perguntou ele, observando-me de um modo que eu mal podia suportar após de tratamento tão inospitaleiro.

– De fato, que diabos...! – murmurei. – Uma vara de suínos possuídos não poderia ter um temperamento pior do que aqueles seus animais, senhor. É quase como deixar os desconhecidos com um bando de tigres!

– Eles não se metem com pessoas que não tocam em nada – comentou, colocando a garrafa diante de mim e rearrumando a mesa deslocada. – Os cachorros fazem bem em ser vigilantes. Quer uma taça de vinho?

– Não, obrigado.

– O senhor não foi mordido, foi?

– Se eu tivesse, teria deixado meu sinete marcado no mordedor.

O semblante de Heathcliff relaxou, e ele deu um sorriso escancarado.

– Calma, calma – disse ele. – Está nervoso, senhor Lockwood. Tome um pouco de vinho. Visitas são tão excessivamente raras nesta casa que eu e meus cachorros, admito, quase não sabemos como recebê-las. À sua saúde, senhor?

Fiz uma mesura e devolvi o brinde, começando a perceber que seria uma grande tolice permanecer emburrado por causa do mau comportamento de uma matilha de vira-latas. Além disso, sentia-me relutante em proporcionar ao camarada mais diversão à minha custa, visto que seu humor havia melhorado. Ele – provavelmente influenciado pela consideração prudente da loucura de ofender um bom inquilino – abandonou o estilo lacônico de suprimir os pronomes e verbos auxiliares e começou a falar de um assunto que presumiu que me interessaria: um discurso sobre as vantagens e desvantagens do meu presente local de retiro. Achei-o bastante inteligente nos tópicos que abordamos; e, antes de ir para casa, senti-me disposto a dizer que voltaria no dia seguinte para outra visita. Ele, claramente, não desejava que minha intrusão se repetisse. De todo modo, faria a visita. É impressionante como eu me sinto sociável se comparado a ele.

Capítulo 2

Ontem, a tarde ficou nebulosa e fria. Eu estava, em parte, decidido a passá-la à beira da lareira do escritório, em vez de vadear por matagais e lamaçais em direção ao Morro dos Ventos Uivantes. Subindo as escadas depois do almoço (costumo almoçar entre meio-dia e uma hora; a governanta, uma senhora de aspecto matronal herdada como um móvel embutido junto com a casa, não podia, ou talvez se recusasse, compreender meu pedido para ser servido às cinco), com essa intenção preguiçosa, e entrando no cômodo, deparei-me com uma criada ajoelhada, rodeada de escovas e baldes para carvão, levantando uma poeira infernal à medida que apagava as chamas da lareira com montes de cinzas. Esse espetáculo fez-me mudar de ideia imediatamente; peguei meu chapéu e, depois de uma caminhada de mais de seis quilômetros, cheguei ao portão do jardim do senhor Heathcliff bem a tempo de escapar dos primeiros flocos plumosos de uma nevasca.

Naquele cume desolador, a terra estava dura por causa de uma geada enegrecida, e o ar fez com que cada membro do meu corpo tremesse de frio. Incapaz de soltar a corrente, saltei o portão, caminhei pelo caminho de paralelepípedos ladeado por groselheiras e bati na porta em vão para que me deixassem entrar, até que os nós dos meus dedos começaram a arder e os cães uivaram.

– Seus malditos reclusos! – exclamei mentalmente. – Vocês merecem o isolamento perpétuo da espécie por conta da grosseria e da falta de hospitalidade. Eu, pelo menos, jamais trancaria as portas durante o dia. Não me importa. Vou entrar! Assim, resoluto, agarrei a aldraba e sacudi-a com veemência. A cara azeda de Joseph projetou-se de uma das janelas redondas do celeiro.

– Por que o senhor está aqui? – gritou ele. – O amo está no curral das ovelhas. Dê a volta por trás do torno se quiser falar com ele.

– Não há ninguém dentro da casa para abrir a porta para mim? – gritei em resposta.

– Não há ninguém além da senhora; e ela não vai abrir a porta, mesmo que o senhor continue fazendo esse barulho horrível a noite toda.

– E por quê? Você não pode dizer a ela quem eu sou, hein, Joseph?

– Eu não! Não vou me meter nisso... – murmurou, balançando a cabeça, e desapareceu em seguida.

A nevasca começou a engrossar. Agarrei a maçaneta para ensaiar uma nova tentativa, quando um rapaz sem casaco, carregando um forcado nos ombros, apareceu no jardim. Ele acenou para que eu o seguisse, e, depois de marcharmos por uma lavanderia e por uma área pavimentada com uma carvoeira, uma bomba de água e um pombal, por fim chegamos ao enorme, quente e acolhedor aposento onde eu fora recebido da última vez. O lugar resplandecia maravilhosamente com o fulgor de uma imensa fogueira composta de carvão, torrões de turfa e lenha; e, próximo à mesa, que estava posta para uma lauta ceia, fiquei satisfeito ao observar a "senhora", um ser humano cuja existência eu jamais teria suspeitado. Fiz uma mesura e esperei, pensando que ela diria para eu me sentar. Ela olhou para mim, inclinando-se para trás em sua cadeira, e permaneceu imóvel e muda.

– Que tempo ruim! – comentei. – Receio, senhora Heathcliff, que a porta tenha sofrido as consequências do serviço ocioso de seus criados. Custei muito para fazer com que eles me escutassem bater.

Ela nem sequer abriu a boca. Fiquei encarando-a, e ela de volta. De todo modo, ela fixou o olhar em mim de um jeito calmo e indiferente, extremamente constrangedor e desagradável.

– Sente-se – disse, bruscamente, o rapaz. – Ele estará aqui dentro em breve.

Eu obedeci; pigarreei e chamei a malvada Juno, que se dignou, neste segundo encontro, apenas a mover a pontinha do rabo como reconhecimento de que já me havia sido apresentada.

– Que belo animal! – reiniciei. – A senhora pretende dar os filhotes para adoção?

– Eles não são meus – replicou a amigável anfitriã, de um modo mais repelente do que o próprio Heathcliff poderia ter respondido.

– Então estes são os favoritos da senhora? – prossegui, virando-me para uma estranha almofada com uma estampa repleta do que pareciam ser gatos.

– Uma escolha estranha de favoritos – observou ela, com desdém.

Infelizmente, era um monte de coelhos mortos. Pigarreei outra vez e me aproximei da lareira, repetindo meu comentário sobre o mau tempo.

– O senhor não deveria ter saído de casa – falou ela, levantando-se e retirando de cima da moldura da lareira duas latas pintadas.

A posição em que ela estava antes era encoberta pela sombra; agora, eu podia ver bem seu corpo e seu semblante. Ela era esguia e aparentava mal haver saído da adolescência. Tinha formas admiráveis e o mais lindo rostinho que eu já tivera o prazer de contemplar: feições pequenas e pele muito branca; cachos loiros, ou melhor, dourados, pendendo frouxos em seu pescoço delicado; e seus olhos, se eles tivessem uma expressão agradável, seriam irresistíveis. Felizmente, para meu coração suscetível, o único sentimento que eles demonstravam era algo entre desdém e um tipo de desespero singularmente não natural de se detectar ali. As latas estavam quase fora do alcance dela; fiz menção de ajudá-la. Ela se virou para mim do mesmo modo que um avarento se viraria caso alguém tentasse ajudá-lo a contar seu ouro.

– Eu não quero sua ajuda – disparou ela. – Eu mesma posso pegá-las.

– Perdoe-me! – respondi apressadamente.

– O senhor foi convidado para o chá da tarde? – indagou ela, amarrando um avental sobre seu elegante vestido preto, com uma colher cheia de folhas de chá sobre a chaleira.

– Eu ficaria feliz de tomar uma xícara – respondi.

– O senhor foi convidado? – repetiu ela.

– Não – falei, ensaiando um sorriso. – A senhora é a pessoa adequada para me convidar.

Ela devolveu o chá para a lata, com colher e tudo, e voltou emburrada para sua cadeira, com a testa franzida e o lábio inferior estendido, como uma criança prestes a chorar.

Enquanto isso, o rapaz havia jogado sobre o próprio corpo um paletó esfarrapado e, levantando-se em frente ao fogo da lareira, olhou-me de soslaio por cima do ombro, como se houvesse uma rivalidade mortal ainda por ser vingada entre nós. Comecei a duvidar se ele era um criado. Suas roupas e discursos eram grosseiros, totalmente desprovidos da superioridade observável no senhor e na senhora Heathcliff. Seus cachos castanhos e cheios eram ásperos e precisavam de um corte; as suíças desciam e espalhavam-se por suas faces; e suas mãos eram encardidas como as de um trabalhador comum. Ainda assim, seu comportamento era livre, quase arrogante, e ele não demonstrava nada da diligência de um empregado doméstico em servir à senhora da casa. Na ausência de provas claras de sua condição, decidi que seria melhor me abster de reparar em sua conduta curiosa; e, cinco minutos depois, a entrada de Heathcliff aliviou, em certa medida, meu estado incômodo.

– Como vê, senhor, eu vim até aqui, conforme prometido! – exclamei, assumindo um ar alegre. – E temo que ficarei preso aqui por conta do clima por mais meia hora, se o senhor puder me abrigar neste intervalo de tempo.

– Meia hora? – disse ele, sacudindo os flocos brancos das suas roupas. – Pergunto-me por que o senhor escolheu justo o momento em que caía uma nevasca pesada para passear por aí. O senhor sabe que corre o risco de se perder nos pântanos? Pessoas que conhecem esses brejos muitas vezes saem de suas trilhas em fins de tarde como este; e posso lhe dizer que não há possibilidade de que o tempo mude agora.

– Talvez algum dos seus rapazes possa servir-me de guia, e ele pode ficar na granja até a manhã. O senhor pode me ceder um?

– Não, não posso.

– Não me diga! Bem, então vou ter de confiar em minha sagacidade.

– Humpf!

– Você vai fazer o chá ou não? – perguntou ele para o homem de casaco esfarrapado, direcionando seu olhar de fúria de mim para a jovem senhora.

– E *ele* vai tomar chá também? – indagou ela, acudindo a Heathcliff.

– Apronte logo esse chá, está bem? – foi a resposta, dita de modo tão violento que eu levei um susto. O tom com que as palavras foram ditas revelou uma verdadeira natureza ruim. Eu já não me sentia inclinado a chamar Heathcliff de camarada excelente. Quando terminaram os preparativos, ele me convidou:

– Agora, senhor, traga sua cadeira para a frente. – E todos, inclusive o jovem rústico, sentamos em volta da mesa. Um silêncio austero prevaleceu enquanto fazíamos nossa refeição.

Eu pensei que, se eu fosse o responsável pelo mal-estar, era meu dever fazer um esforço para dissipá-lo. Eles não podiam se sentar todos os dias tão emburrados e taciturnos; e era impossível, por mais mal-humorados que fossem, que o cenho franzido que eles estampavam fosse seu semblante cotidiano.

– É estranho... – comecei, no intervalo entre terminar uma xícara de chá e ser servido outra vez – ... como os hábitos podem moldar nossos estados de espírito e nossas ideias. Muitos jamais conceberiam a existência da felicidade em uma vida de completo exílio do mundo, como a que o senhor vive, senhor Heathcliff. Ainda assim, vou correr o risco de dizer que, rodeado por sua família, e com uma agradável senhora como o gênio que comanda seu lar e seu coração...

– Minha agradável senhora! – interrompeu ele, estampando uma careta quase diabólica. – Onde está... a minha agradável senhora?

– A senhora Heathcliff, sua esposa, quero dizer.

– Bem, sim... Oh, o senhor está insinuando que o espírito dela assumiu o posto de anjo da guarda e zela pelo destino do Morro dos Ventos Uivantes, até mesmo quando seu corpo já não estiver entre nós? É isso?

Percebendo a minha gafe, tentei corrigi-la. Eu deveria ter notado que havia uma diferença de idade grande demais entre os dois para que houvesse alguma chance de serem marido e mulher. Um tinha cerca de quarenta anos, um período de vigor mental no qual os homens raramente alimentam a ilusão de que as garotas se casam com eles por amor. Esse sonho é reservado para o divertimento de nossos anos de declínio. Já a moça não parecia ter dezessete anos.

Então me veio um vislumbre: o palhaço ao meu lado, que está tomando chá de uma bacia e comendo seu pão com as mãos sujas, talvez seja o marido dela, Heathcliff Júnior, claro. Eis a consequência de ser enterrada viva: ela se desgraçou com esse sujeito bruto por pura ignorância de que havia indivíduos melhores! Uma triste pena; devo ter cuidado com o modo como devo fazê-la se arrepender de sua escolha. Esta última reflexão pode ter parecido presunçosa; não foi. Meu vizinho me pareceu quase repulsivo; e eu sabia, por experiência própria, que eu era aceitavelmente atraente.

– A senhora Heathcliff é minha nora – disse Heathcliff, corroborando minha suposição. À medida que falava, ele lançava um olhar peculiar na direção dela, um olhar de ódio, a não ser que ele tenha o conjunto mais perverso de músculos faciais, que se recusam, diferentemente dos das outras pessoas, a interpretar a linguagem de sua alma.

– Ah, certamente... Agora percebo: o senhor é o afortunado possuidor do anjo da guarda – comentei, virando-me para meu vizinho.

Isso foi pior do que antes. O jovem ficou rubro e cerrou um dos punhos, com toda a aparência de quem planejava um ataque. Mas ele pareceu se controlar e queixou-se da nevasca com um xingamento brutal, murmurado em minha homenagem. No entanto, tratei de ignorá-lo.

– O senhor foi infeliz em suas suposições – observou meu anfitrião. – Nenhum de nós tem o privilégio de possuir seu anjo da guarda; o companheiro dela morreu. Eu disse que ela era minha nora; portanto, ela deve ter se casado com meu filho.

– E este rapaz é...

– Não é meu filho, com certeza.

Heathcliff tornou a sorrir, como se fosse uma piada atrevida demais atribuir a ele a paternidade daquele urso.

– Meu nome é Hareton Earnshaw – rugiu o outro. – E o aconselho a respeitá-lo!

– Não demonstrei desrespeito – foi a minha resposta, rindo por dentro da pompa com que ele se anunciou.

Ele fixou seu olhar em mim por mais tempo do que eu gostaria de retribuí-lo, por medo de que eu pudesse ficar tentado a socar suas orelhas ou de tornar a minha hilaridade audível. Comecei a me sentir inequivocamente deslocado em meio àquele agradável círculo familiar. A atmosfera lúgubre dominou tudo e mais do que neutralizou os cintilantes confortos físicos à minha volta; e eu decidi ter muita cautela ao me aventurar por essas plagas uma terceira vez.

Concluída a tarefa de comer, e com ninguém dizendo uma palavra amistosa, aproximei-me de uma janela para verificar o clima. Uma vista triste foi o que vi: a noite escura caindo prematuramente, e seus morros misturando-se em um redemoinho de vento e neve sufocantes.

– Não acho que seja possível eu voltar para casa agora sem um guia! – não pude evitar exclamar. – Os caminhos já estariam soterrados; e, caso estivessem livres, eu mal poderia distinguir trinta centímetros à minha frente.

– Hareton, leve aquela dúzia de ovelhas para o pórtico do celeiro. Elas ficarão cobertas de neve se permanecerem no curral a noite toda. E coloque uma tábua de madeira diante delas – disse Heathcliff.

– Como devo fazer? – continuei, com crescente irritação.

Não houve resposta à minha pergunta; e, ao olhar à minha volta, vi apenas Joseph trazendo um balde de mingau de aveia para os cachorros e a senhora Heathcliff inclinada diante do fogo da lareira, divertindo-se com um monte de fósforos acesos que haviam caído da moldura da lareira quando ela foi colocar as latas de chá de volta no lugar. O primeiro, depois de depositar sua carga no chão, fez um exame crítico do cômodo e, com a voz falhada, rinchou:

– Pergunto-me como consegue ficar aí nessa folga e, pior ainda, uma vez que todos já saíram! Mas que infeliz, e não adianta eu falar! Nunca vai corrigir seus modos malévolos; vai direto para o inferno, assim como sua mãe foi antes de você!

Imaginei, por um instante, que essa partícula de eloquência tivesse sido dirigida a mim; e, suficientemente enfurecido, caminhei em direção ao malandro envelhecido, com a intenção de chutá-lo porta afora. No entanto, a senhora Heathcliff me deteve com sua resposta.

– Seu velho hipócrita escabroso! – replicou ela. – Você não tem medo de ser arrastado para o inferno toda vez que o menciona? Estou avisando: é melhor parar de me provocar ou pedirei que o diabo o carregue como um favor especial para mim! Basta! Olhe aqui, Joseph – prosseguiu ela, retirando um livro comprido e escuro da estante. – Vou lhe mostrar o quanto eu já progredi nas Artes Ocultas. Logo vou ser competente o bastante para livrar esta casa de todos vocês. A vaca vermelha não morreu por acaso, e seu reumatismo não pode exatamente ser considerado uma providência divina!

– Ai, coisa ruim, coisa ruim! – arquejou o idoso. – Que o Senhor nos livre do mal!

– Não, réprobo! Você é um enjeitado. Suma daqui, ou vou machucá-lo de verdade! Vou fazer efígies de argila e cera de todos! E o primeiro que ultrapassar os limites por mim determinados irá… Não direi o que acontecerá… Mas você vai ver! Vá embora. Estou de olho em você!

A bruxinha estampou uma falsa malignidade nos seus lindos olhos, e Joseph, tremendo com sincero horror, apressou-se para fora dali, rezando e exclamando "coisa ruim" enquanto saía. Pensei que a conduta dela devia ser motivada por uma espécie de diversão enfadonha; e, agora que estávamos sozinhos, tratei de atrair o interesse dela para a minha angústia.

– Senhora Heathcliff, desculpe-me por incomodar a senhora – falei seriamente. – Estou sendo atrevido porque, com esse rosto, estou certo de que a senhora não pode deixar de ter um bom coração. Por favor, indique alguns pontos de referência pelos quais eu possa encontrar o caminho da minha casa. Sei chegar lá tanto quanto a senhora sabe chegar a Londres!

– Pegue o caminho por onde veio – respondeu ela, acomodando-se em uma poltrona com uma vela e o livro comprido aberto diante dela. – É um conselho sucinto, porém é o mais sensato que posso oferecer.

– Então, se a senhora souber que me encontraram morto em um lodaçal ou em um buraco cheio de neve, sua consciência não vai lhe sussurrar que a culpa, em parte, é sua?

– Como assim? Eu não posso acompanhá-lo. Eles não me deixariam ir nem até o fim do muro do jardim.

– *A senhora!* Eu deveria lamentar o fato de ter lhe pedido para atravessar o umbral, para minha conveniência, em uma noite como esta! – gritei. – Quero que a senhora me diga qual é meu caminho, e não que me *mostre;* ou, então, que convença o senhor Heathcliff a me fornecer um guia.

– Quem? Aqui somente há ele, Earnshaw, Zillah, Joseph e eu. Quem você prefere?

– Não há pajens na fazenda?

– Não, apenas as pessoas que mencionei.

– Então, conclui-se que serei forçado a ficar aqui.

– Isso o senhor deve resolver com seu anfitrião. Nada tenho a ver com a história.

– Espero que isso lhe sirva de lição para deixar de fazer incursões imprudentes por estes morros! – gritou a voz severa de Heathcliff da entrada da cozinha. – Quanto a ficar aqui, não tenho acomodações para hóspedes. Terá de dividir a cama com Hareton ou Joseph, se for ficar.

– Posso dormir em uma poltrona neste cômodo aqui – retruquei.

– Não, não! Um desconhecido é um desconhecido, seja ele rico ou pobre. Não vou ficar satisfeito de permitir que quem quer que seja fique à solta por aqui quando estou com a guarda abaixada! – disse o desgraçado sem modos.

Com esse insulto, minha paciência aproximava-se rapidamente do fim. Fiz uma expressão de desgosto, passando por ele e chegando ao pátio, esbarrando, em minha pressa, com Earnshaw. Estava tão escuro que eu não conseguia ver um modo de sair dali; e, à medida que perambulava, ouvi outra amostra do comportamento civilizado que eles dispensavam uns aos outros. A princípio, o rapaz parecia prestes a se tornar meu amigo.

– Vou com ele até o parque – disse.

– Você vai é acompanhá-lo até o inferno! – exclamou seu amo, ou seja lá o que fosse. – E quem vai cuidar dos cavalos, hein?

– A vida de um homem é mais importante do que negligenciar os cavalos por uma noite. Alguém tem de ir... – murmurou a senhora Heathcliff, mais gentilmente do que eu esperava.

– Não por ordem sua! – retrucou Hareton. – Se você o acha tão importante assim, é melhor ficar quieta.

– Então, espero que o fantasma dele o assombre; e espero que o senhor Heathcliff jamais consiga outro inquilino até que a granja esteja em ruínas – respondeu ela secamente.

– Escute, escute! Ela está rogando pragas para eles! – sussurrou Joseph, pois eu me virara na direção dele.

Ele estava sentado a uma distância em que dava para ouvir tudo, ordenhando as vacas à luz de um lampião, que eu tomei do homem sem fazer cerimônia, e, gritando que o devolveria no dia seguinte, apressei-me em direção à porteira mais próxima.

– Amo, amo, ele está roubando o lampião! – berrou o ancião, correndo atrás de mim. – Ei, Mordaz! Ei, cachorro! Ei, Lobo, peguem-no, peguem-no!

Quando abri a pequena porta, dois monstros peludos voaram em meu pescoço, derrubando-me e fazendo o lampião apagar-se; uma risada conjunta de Heathcliff e Hareton coroou minha raiva e humilhação. Felizmente, as feras pareciam mais inclinadas a esticar as patas, bocejar e abanar o rabo do que a me devorar vivo; mas não me deixavam levantar, e fui obrigado a esperar até que seus donos malignos decidissem me soltar. Em seguida, sem chapéu e tremendo de fúria, ordenei que os malfeitores me deixassem sair – pois se arrependeriam caso me mantivessem ali por mais um minuto – com uma série de ameaças incoerentes de retaliação que, com grau indefinido de virulência, faziam lembrar o Rei Lear.

A veemência de minha agitação provocou um intenso sangramento em meu nariz, e Heathcliff continuava a rir, enquanto eu, a resmungar. Não sei como a cena teria sido concluída caso não houvesse por ali uma pessoa bem mais racional do que eu e mais benevolente do que meu anfitrião. Esta era Zillah, a governanta corpulenta, que veio até nós perguntar em detalhes qual era o motivo daquele alvoroço. Ela pensou que alguns deles teriam usado de violência contra mim; e, não se atrevendo a atacar seu amo, dirigiu sua artilharia vocal para o jovem desavergonhado.

– Ora, senhor Earnshaw! – exclamou ela. – Pergunto-me o que o senhor vai aprontar da próxima vez... Vamos agora assassinar pessoas na soleira de nossa casa? Vejo que esta casa jamais será para mim... Olhe só para o pobre rapaz, ele está quase sufocando! Calma, calma, o senhor não deve sair desse jeito. Entre, que eu curo isso. Calma, fique quieto.

Com essas palavras, de repente, ela derramou uma caneca de água gelada em meu pescoço e me arrastou até a cozinha. O senhor Heathcliff foi logo atrás, com seu júbilo ocasional esvaindo-se rapidamente e transformando-se em seu mau humor habitual.

Eu estava extremamente enjoado, tonto e com a pressão baixa; portanto, fui forçado a aceitar abrigo sob o teto dele. Ele disse a Zillah que me desse um cálice de *brandy* e depois foi para a sala, enquanto ela se compadecia de meu penoso embaraço e, após ter obedecido às ordens do patrão, acompanhou-me até o quarto em que eu ia dormir.

Capítulo 3

Enquanto me acompanhava escada acima, ela recomendou que eu escondesse a vela e que não fizesse barulho algum, pois seu amo tinha uma estranha cisma com o quarto no qual ela me instalaria, e não deixava ninguém ficar hospedado ali. Perguntei o motivo. Ela não sabia, foi o que respondeu. Fazia apenas um ou dois anos que morava ali. Ocorriam tantos eventos estranhos no lugar que ela nem sequer se dava ao trabalho de ficar curiosa.

Estupefato demais para ficar curioso também, tranquei a porta e olhei à minha volta, procurando a cama. Toda a mobília do quarto consistia em uma cadeira, um guarda-roupa e uma enorme caixa de carvalho com quadrados entalhados perto do topo, que lembravam janelas de coches. Depois de me aproximar da estrutura, olhei dentro dela e percebi que se tratava de um tipo singular de cama à moda antiga, muito convenientemente projetada para eliminar a necessidade de cada membro da família ter um quarto só para si. Na verdade, ela formava um pequeno *closet*, e o parapeito de uma janela que havia dentro também servia como mesa.

Abri os painéis laterais, entrei com a minha vela, voltei a fechar os painéis e senti-me a salvo da vigilância de Heathcliff e de todos os outros.

O parapeito, no qual deixei a minha vela, tinha alguns livros mofados em um dos cantos e estava coberto de algo escrito, arranhado na tinta. Esse escrito era nada além de um nome repetido com vários tipos de caracteres, grandes e pequenos: *Catherine Earnshaw*, aqui e ali, às vezes com as variações *Catherine Heathcliff* e *Catherine Linton.*

Com languidez, recostei a cabeça contra a janela e continuei a soletrar repetidamente Catherine Earnshaw... Heathcliff... Linton, até que meus olhos se fecharam. Mas eles não haviam descansado nem cinco minutos quando umas letras brancas começaram a brilhar no escuro, como espectros vívidos, e o ar encheu-se de Catherine. Despertei para dissipar o nome, visível demais e percebi que o pavio da minha vela estava encostando em um dos volumes antigos, perfumando o lugar com cheiro de couro queimado. Apaguei a vela e, muito incomodado pelo frio e por um enjoo persistente, sentei-me e abri sobre meus joelhos o tomo danificado. Era uma Bíblia, impressa com tipos esguios e cheirando terrivelmente a mofo: em uma das folhas estava escrito "pertence a Catherine Earnshaw", com uma data de cerca de vinte e cinco anos atrás. Fechei o livro, peguei outro e depois outro, até que havia examinado todos. A biblioteca de Catherine era seleta, e o estado de deterioração provava que fora bastante usada, embora nem sempre para fins de leitura: quase nenhum capítulo havia escapado de um comentário escrito a tinta – ou, pelo menos, era o que parecia –, cobrindo cada pedaço de espaço em branco deixado pelo impressor. Alguns eram frases soltas; outras partes formavam um diário normal, escrito com garranchos disformes da mão de uma criança. No topo de uma página extra (que provavelmente fora considerada um tesouro, quando descoberta), fiquei impressionado de ver uma caricatura excelente de meu amigo Joseph: os traços eram grosseiros, mas havia potência neles. Um interesse imediato por Catherine acendeu-se dentro de mim, e comecei, então, a decifrar seus hieróglifos desbotados.

“Um domingo horrível”, assim começava o parágrafo abaixo. “Queria que meu pai já estivesse de volta outra vez. Hindley é um substituto detestável. A maneira como ele se comporta com Heathcliff é atroz. H. e eu vamos nos rebelar, e demos o passo inicial hoje no fim da tarde.

“O dia todo caiu uma chuva muito forte. Não pudemos ir para a igreja, portanto Joseph teve de reunir a congregação no sótão, e, enquanto Hindley e sua esposa estavam no andar de baixo desfrutando do fogo confortável da lareira – e fazendo qualquer coisa que não fosse ler a Bíblia, posso garantir –, eu, Heathcliff e o pobre rapaz que conduzia o arado fomos obrigados a pegar nossos livros de orações e subir. Fomos dispostos em fila, sobre uma saca de milho, gemendo e tremendo de frio e esperando que Joseph fosse tremer também, pois assim sua homilia seria curta. Que ideia inútil! O culto durou precisamente três horas, e meu irmão ainda teve a cara de pau de exclamar, quando nos viu descer: ‘O quê? Já acabaram?’. Nos fins de tarde de domingo, costumávamos ter permissão para brincar, caso não fizéssemos muito barulho; agora, um simples risinho de nervoso já era o bastante para ficarmos de castigo contra a parede.

“– Você se esquece de que tem um patrão aqui – diz o tirano. – Vou acabar com o primeiro que me irritar! Exijo compostura e silêncio absolutos. Ai, meu Deus, foi você? Frances, querida, puxe os cabelos dele à medida que passar por ele; ouvi-o estalar os dedos.

“Frances puxou os cabelos dele com vontade, e depois foi se sentar no joelho do marido, e lá ficaram eles, como dois bebês, beijando-se e falando bobagens por horas: uma conversa boba da qual deveríamos nos envergonhar. Acomodamo-nos o melhor que pudemos sob o arco do aparador. Eu havia acabado de amarrar nossos aventais um no outro e os pendurado em uma cortina quando entrou Joseph, vindo dos estábulos resolver um afazer. Ele desmanchou meu trabalho, deu-me um cascudo e grasnou:

“– O seu amo mal acabou de ser enterrado, o domingo ainda não acabou, o som do evangelho ainda ecoa nos ouvidos de vocês, e vocês ousam brincar! Sintam-se envergonhados! Sentem-se, capetas! Há livros bons o bastante por aqui, se vocês pelo menos se dispusessem a lê-los: sentem-se e pensem em suas almas!

"Dizendo isso, ele nos forçou a corrigir nossa postura, de modo que recebêssemos do fogo da lareira apenas um leve raio de luz que iluminasse os calhamaços que jogou diante de nós. Não pude suportar tal ocupação. Peguei o volume encardido pela costura e joguei-o no canil, jurando odiar um bom livro. Heathcliff chutou o livro dele para o mesmo lugar. Aí se armou um alvoroço!

"– Amo Hindley! – gritou nosso capelão. – Amo, venha aqui! A senhorita Cathy arrancou a lombada de *O elmo da salvação*, e Heathcliff chutou a primeira parte de *O largo caminho da destruição*! É espantoso que o senhor permita que eles ajam dessa maneira. Credo! O velho teria dado uma bela coça neles... mas ele se foi!

"Hindley saiu apressadamente de seu paraíso na lareira e subiu, agarrando um de nós pela gola da roupa e o outro pelo braço, e arrastou-nos até a copa, onde Joseph asseverou que o 'Tinhoso' nos carregaria dali com a mesma certeza que tínhamos de estar vivos; e, assim confortados, cada um de nós escolheu um canto separado para aguardar por seu advento. Alcancei este livro e um tinteiro de uma estante, deixei a porta entreaberta para que entrasse um pouco de luz e estou escrevendo faz vinte minutos; mas minha companhia está inquieta e propõe que nos apropriemos da capa da leiteira e corramos pelo pântano escondidos sob ela. Uma sugestão agradável; e, então, se o velho mal-humorado voltar para cá, ele talvez acredite que sua profecia tenha se cumprido, pois nós não podemos estar mais molhados e com frio na chuva do que aqui."

Acho que Catherine teve êxito em seu projeto, pois a frase seguinte era sobre outro assunto; ela estava às lágrimas.

"Eu jamais poderia imaginar que Hindley fosse capaz de me fazer chorar tanto!", escreveu ela. "Minha cabeça dói ao ponto de eu não conseguir colocá-la no travesseiro; e, ainda assim, eu não posso ceder. Pobre Heathcliff! Hindley chama-o de vagabundo e não permite mais que ele se sente ou coma conosco; diz ele que Heathcliff e eu não podemos brincar juntos e ameaça expulsá-lo de casa se nós desobedecermos às suas ordens. Ele tem culpado o nosso pai (como ele se atreve?) por tratar H. de modo demasiadamente liberal; e jura que vai colocá-lo em seu devido lugar..."

Comecei a cochilar enquanto lia a página mal iluminada: meu olho ia da parte escrita à mão para a parte impressa. Vi um título vermelho e ornamentado: *Setenta vezes sete, e o primeiro do septuagésimo primeiro. Um pio sermão proferido pelo reverendo na capela de Gimmerden Sough.* E, enquanto eu estava, semiconsciente, importunando meu cérebro para que adivinhasse o que Jabez teria a dizer sobre o assunto, afundei na cama e dormi. Ai, como são os efeitos de chá ruim e de mau temperamento! O que mais poderia estar me fazendo ter uma noite tão horrível? Não consigo me lembrar de outra tão ruim para que eu possa comparar.

Comecei a sonhar antes mesmo de perder a noção de onde estava. Achei que fosse manhã e que eu havia começado a voltar para casa, com Joseph como guia. Montes de neve de muitos metros cobriam a nossa estrada e, à medida que avançávamos com dificuldade, meu companheiro me cansava com constantes reprimendas por eu não ter trazido um cajado de peregrino. Ele me dizia que eu jamais conseguiria entrar em casa sem um e brandia, de modo arrogante, um bordão pesado – ou pelo menos foi assim que entendi que se chamava. Por um instante, considerei absurdo precisar de tal arma para poder entrar em minha própria casa. Em seguida, uma ideia nova me ocorreu: eu não estava indo para casa; na verdade era uma jornada para ouvir o famoso Jabez Branderham fazer uma pregação com base no texto "Setenta vezes sete", e eu ou Joseph, o pregador, havíamos cometido o "primeiro do septuagésimo primeiro" e íamos ser denunciados publicamente e excomungados.

Chegamos à capela. Eu, de fato, já passei por ela em muitos passeios, duas ou três vezes. Fica em uma depressão entre duas colinas; uma depressão elevada, perto de um pântano, cuja umidade turfosa dizia-se servir para embalsamar os poucos corpos depositados ali. O telhado até hoje está inteiro; mas, como o estipêndio de um clérigo é de apenas vinte libras por ano, além de uma casa de dois quartos que ameaçam em breve se tornar um só, nenhum religioso queria assumir as funções de pastor, especialmente quando se dizia que seu rebanho preferiria deixá-lo à míngua a ter de dar a ele um *penny* dos próprios bolsos. No entanto, em meu sonho, Jabez tinha uma congregação numerosa e atenta; e ele pregava... Meu bom Deus! Que sermão! Era dividido em *quatrocentas e noventa partes*, cada uma exatamente igual a uma fala comum proferida do púlpito e cada uma discutindo um pecado diferente! De onde ele buscava esses pecados, eu não sei dizer. Ele tinha uma maneira peculiar de interpretar o texto, e parecia ser necessário que o irmão pecasse diferentes pecados em cada ocasião. Eles eram de natureza muito inusitada: estranhas transgressões que eu jamais havia imaginado antes.

Ah, como fui ficando cansado! Como me retorci de dor, bocejei, quase cochilei e voltei a ficar desperto! Belisquei-me, espeitei-me, esfreguei os olhos e me levantei, tornei a sentar-me e cutuquei Joseph para que ele me informasse se o clérigo em algum momento iria terminar. Estava condenado a ouvir tudo aquilo. Por fim, ele chegou ao "primeiro do septuagésimo primeiro". Em meio àquele momento crítico, veio-me uma súbita inspiração, que fez eu me levantar e denunciar Jabez Branderham como o pecador daquele pecado que nenhum cristão precisa perdoar.

– Senhor! – exclamei. – Sentado aqui, tendo em volta essas quatro paredes, suportei e perdoei as quatrocentos e noventa partes de seu sermão. Setenta vezes sete vezes peguei meu chapéu, já pronto para partir, e setenta vezes sete vezes o senhor absurdamente me forçou a voltar ao meu assento. Mas a quadringentésima nonagésima primeira parte já é demais. Companheiros mártires, partam para cima dele! Arrastem-no do púlpito, pulverizem-no até os átomos, para que o lugar que o conhece já não o conheça mais!

– És *o Homem*! – gritou Jabez, inclinando-se no púlpito depois de uma pausa solene. – Setenta vezes sete vezes contorceste o teu rosto, e setenta vezes sete vezes eu consultei a minha alma... Isso é apenas fraqueza humana: também pode ser absolvido! Chegamos ao primeiro do septuagésimo primeiro. Irmãos, executem nele a sentença escrita. Tamanha honra têm todos os santos!

Com essa conclusão, toda a assembleia, erguendo seus cajados de peregrinos, correu para cima de mim. Sem ter arma para minha defesa, comecei a brigar com Joseph, meu agressor mais próximo e mais feroz, na tentativa de pegar o cajado dele. Na confluência da multidão, vários cajados chocaram-se; golpes desferidos contra mim atingiram outras cabeças. Naquele momento, o som dos golpes e contragolpes dos cajados ressoava por toda a capela: a mão de cada homem voltava-se contra seu vizinho. Branderham, não disposto a permanecer ocioso, demonstrou seu fervor com uma chuva de tapas fortes nas tábuas do púlpito. Por fim, para meu alívio indescritível, despertaram-me. E o que aquele tremendo tumulto implicava? O que havia feito o papel de Jabez na briga? Simplesmente o galho de um abeto que, ao ser agitado pelo vento, havia batido contra a gelosia enquanto as pinhas secas chacoalhavam na vidraça! Ouvi, hesitante, por um momento. Ao perceber o que me perturbava, em seguida me virei e dormi, entrando em um sonho ainda mais desagradável do que o anterior, se é que isso é possível.

Desta vez, lembrei que estava deitado no *closet* de carvalho e ouvia distintamente a ventania e o som da neve caindo. Também ouvia o galho do abeto repetir seu ruído incômodo e, ciente do que causava, decidi que precisava silenciá-lo, se possível. Levantei e tentei destravar o batente. O gancho estava soldado: um detalhe que eu havia observado quando estava acordado, mas que esquecera completamente.

– De todo modo, tenho de fazer esse barulho parar! – murmurei, quebrando a vidraça com os nós dos dedos e esticando um braço para pegar o galho inconveniente. Em vez disso, meus dedos entrelaçaram-se com os dedos de uma gélida e pequena mão! O intenso pavor do pesadelo recaiu sobre mim. Tentei puxar o braço de volta, mas a mãozinha ficou agarrada a ele, e uma voz deveras melancólica soluçava:

– Deixe-me entrar... Deixe-me entrar!

– Quem é você? – perguntei, enquanto me esforçava para me desvencilhar dela.

– Catherine Linton – respondeu a voz, trêmula (por que eu pensei em *Linton*? Eu havia lido *Earnshaw* vinte vezes mais do que Linton). – Eu voltei para casa; eu havia me perdido no pântano!

Conforme ela falava, distingui vagamente o rosto de uma criança olhando pela janela. O terror apoderou-se de mim; e, percebendo que era inútil tentar sacudir o braço para me livrar daquela criatura, puxei o pulso dela pela vidraça quebrada e esfreguei-o para frente e para trás até que o sangue escorreu e encharcou a roupa de cama. Ainda assim, a criatura gemia "Deixe-me entrar!" e continuava agarrada, de maneira obstinada, quase me levando à loucura de tanto medo.

– Como posso fazer isso? – disse pausadamente. – Solte-me, se quiser que eu a deixe entrar!

Os dedos relaxaram, e puxei minha mão pelo buraco, que rapidamente cobri fazendo uma pirâmide com os livros. Tapei os ouvidos para evitar ouvir o lamentoso pedido. Parecia manter os ouvidos tapados por mais de quinze minutos. Ainda assim, no momento em que voltava a ouvir, lá estava o triste lamento: "Saia daqui!" – gritei. – Jamais a deixarei entrar, nem que você suplique por vinte anos.

– Já faz vinte anos – lamentou a voz. – Vinte anos. Faz vinte anos que sou órfã!

Naquele momento, começou um leve arranhar do lado de fora, e a pilha de livros se moveu, como se tivesse sido empurrada. Tentei pular da cama, mas não conseguia me mexer, então gritei bem alto, num frenesi de pavor. Para a minha confusão, descobri que o berro não era a melhor escolha. Passos apressados se aproximaram da porta do quarto; alguém a abriu bruscamente, e uma luz brilhou pelos quadrados que havia no topo da cama. Sentei-me, ainda trêmulo, enxugando o suor da testa. O intruso hesitou e murmurou algo para si mesmo. Por fim, ele disse, quase em um sussurro, claramente sem esperar uma resposta:

– Tem alguém aí?

Achei melhor confessar minha presença, pois conhecia as manias de Heathcliff e temia que ele continuasse a procurar caso eu permanecesse calado. Com essa intenção, virei-me e abri os painéis de madeira. Tão cedo não vou esquecer o efeito produzido por minha ação.

Heathcliff estava de pé perto da entrada, de camisa e calça, com uma vela pingando cera em seus dedos e o rosto tão branco quanto a parede atrás dele. O primeiro rangido do carvalho o assustou como se tivesse levado um choque elétrico. A vela saltou de sua mão, por alguns metros, e a agitação dele era tanta que quase não conseguiu pegá-la do chão.

– É apenas seu convidado, senhor! – gritei, tentando poupá-lo da humilhação de expor ainda mais sua covardia. – Tive a infelicidade de gritar enquanto dormia, por causa de um terrível pesadelo. Desculpe-me por tê-lo incomodado.

– Que o diabo o carregue, senhor Lockwood! Quem dera o senhor fosse para… – começou meu anfitrião, colocando a vela sobre uma cadeira, já que parecia impossível segurá-la com firmeza. – E quem foi que o trouxe para este quarto? – prosseguiu ele, cravando as unhas nas palmas das mãos e rangendo os dentes tentando conter as convulsões maxilares. – Quem foi? Quero expulsar desta casa agora mesmo quem fez isso!

– Foi sua criada, Zillah – respondi, jogando-me no chão e rapidamente vestindo minhas roupas. – E eu não me importaria se a expulsasse, senhor Heathcliff, pois ela merece, e muito. Presumo que ela queria, às minhas custas, conseguir mais uma prova de que este cômodo é assombrado. Bem, ele é: está infestado de fantasmas e duendes! O senhor tem todos os motivos para mantê-lo fechado, pois ninguém lhe agradeceria por um cochilo em tal covil!

– O que o senhor quer dizer? – indagou Heathcliff. – E o que está fazendo? Deite-se e continue aí pelo resto da noite, já que o senhor já está aqui; mas, pelo amor de Deus, não repita aquele barulho horrendo: não há desculpas para aquilo, a não ser que tenham cortado sua garganta!

– Se aquele pequeno demônio tivesse entrado pela janela, provavelmente teria me estrangulado! – retruquei. – Não vou suportar outra vez as perseguições de seus hospitaleiros ancestrais. Não era o reverendo Jabez Branderham parente seu por parte de mãe? E aquela garota atrevida, Catherine Linton, ou Earnshaw, ou como quer que ela fosse chamada (deve ter sido trocada ao nascer), é uma pequena alma do mal! Ela me disse que faz vinte anos que anda penando: uma punição justa pelas transgressões em vida. Não tenho dúvida!

Essas palavras mal foram ditas quando me lembrei da associação do nome de Heathcliff ao de Catherine no livro, algo que havia escapado totalmente da minha memória até ser trazido de volta. Fiquei corado pela minha falta de consideração; mas, sem demonstrar ter percebido a minha ofensa, apressei-me em acrescentar:

– Senhor, a verdade é que passei a primeira parte da noite... – neste ponto, detive-me. Eu estava prestes a dizer "lendo com afinco esses volumes antigos", mas isso revelaria meu conhecimento do que havia sido escrito à mão e o que havia sido impresso naqueles livros. Então, corrigindo-me, prossegui: – ... soletrando o nome talhado no parapeito da janela. Uma ocupação monótona, calculada para me fazer dormir, como contar, ou...

– O que *pode* o senhor estar querendo ao falar *comigo* dessa maneira? – esbravejou Heathcliff com veemência. – Como... Como *ousa*, bem embaixo do meu teto? Deus! Ele só pode estar louco para falar desse jeito! – E levou a mão à testa, tomado de raiva.

Eu não sabia se deveria me ressentir do linguajar dele ou tentar me explicar, mas ele parecia tão abalado que me compadeci e voltei a falar sobre os meus sonhos. Afirmei que jamais ouvira o nome "Catherine Linton" antes, mas que, depois de lê-lo tantas vezes, aquilo havia em mim uma impressão tão forte que tomou forma de gente, quando minha imaginação já não estava mais sob meu controle. Heathcliff lentamente caiu para trás no móvel que continha a cama. À medida que eu falava, ele acabou por sentar-se nela, quase desaparecendo de vista. Presumi, no entanto, por sua respiração irregular e entrecortada, que ele se esforçava para dissipar uma emoção violenta que o dominava. Não querendo deixá-lo perceber que eu notara isso, prossegui minha toalete de forma bem ruidosa. Olhei para meu relógio e falei comigo mesmo sobre a demora com que a noite passava:

– Ainda não são nem três da manhã! Eu poderia jurar que já deviam ser seis. O tempo fica estagnado aqui; certamente fomos nos deitar às oito!

– Sempre às nove no inverno, e acordamos às quatro – disse meu anfitrião, contendo um gemido de irritação e, como imaginei pelo movimento da sombra de seu braço, secando uma lágrima dos olhos. – Senhor Lockwood – acrescentou ele –, o senhor pode ir para o meu quarto. Só atrapalharia as coisas se descesse as escadas tão cedo assim, e sua gritaria infantil mandou meu sono para o inferno.

– O meu também – retruquei. – Vou passear pelo jardim até o raiar do dia e, depois, vou embora. O senhor não precisa temer outra intromissão minha. Já estou cansado da busca pelo prazer em sociedade, seja na cidade, seja no interior. Um homem sensato deve encontrar companhia suficiente em si mesmo.

– Que agradável companhia! – murmurou Heathcliff. – Pegue a vela e vá para onde quiser. Irei me juntar ao senhor em seguida. Mas não vá para o jardim, pois os cachorros estão soltos. Quanto ao interior da casa... a Juno fica de guarda, e... não, o senhor só pode passear pelas escadas e pelos corredores. Mas saia daqui! Encontrarei o senhor em um instante!

Quanto a sair do quarto, obedeci; mas, ignorante sobre para onde levavam os estreitos corredores, fiquei parado e, involuntariamente, testemunhei uma das superstições do meu senhorio que contradizia seu aparente bom senso. Ele subiu na cama, empurrou a janela com violência até abri-la e teve um acesso incontrolável de choro.

– Entre! Entre! – soluçava ele. – Cathy, venha sim. Venha... só mais *uma vez*! Oh! Querida do meu coração! Ouça-me *desta* vez, Catherine, por fim!

O espectro demonstrou o capricho comum aos fantasmas: não deu qualquer sinal de existência. No entanto, o vento e a neve entraram violentamente pela janela, chegando até onde eu estava e apagando a vela.

Havia tanta angústia na torrente de dor que acompanhava aquele delírio que minha compaixão me fez relevar tamanha sandice. Afastando-me, senti-me um tanto irritado por haver escutado aquilo e ainda mais por ter contado meu pesadelo ridículo, que parecia ter causado aquela agonia. O motivo por trás daquilo estava além da minha compreensão. Desci com cautela para o andar de baixo e cheguei à copa, onde um resto de fogo, com as brasas bem compactadas, permitiu-me reacender a vela. Nada se movia, exceto por uma gata cinzenta e mosqueada que saiu das cinzas e me cumprimentou com um miado queixoso.

Dois bancos em formato de semicírculo praticamente cercavam a lareira. Estendi-me em um deles, enquanto a Grimalkin[1] subia no outro. Estávamos ambos cochilando quando alguém invadiu nosso retiro. Era Joseph, descendo por uma escada de madeira que desaparecia em uma porta no teto – a entrada para sua mansarda, presumo. Ele lançou um olhar sinistro para a pequena chama que eu havia atiçado, tirou o gato do seu lugar e, ocupando o assento vago, começou a operação de encher um pequeno cachimbo de fumo. Minha presença em seu sacrário era, evidentemente, percebida como um toque de insolência vergonhoso demais para ser comentado. Ele botou o cachimbo na boca, cruzou os braços e começou a fumar. Deixei-o desfrutar desse luxo sem qualquer interrupção. Depois que soltou o último aro de fumaça no ar e suspirar profundamente, ele se levantou e foi embora com a mesma solenidade com que havia entrado.

Passos mais largos vieram em seguida, e abri a boca para dar um bom-dia. Contudo, voltei a fechá-la, sem conseguir cumprimentar, ao perceber

[1] Grimalkin é uma gata velha e de aparência malvada. Na mitologia escocesa, a *grimalkin* é descrita como um ser mágico que mora nas Terras Altas. (N.T.)

que Hareton Earnshaw estava fazendo sua oração em voz baixa misturada a uma série de pragas dirigidas a cada objeto em que tocava enquanto procurava, em um canto, uma pá para abrir caminho entre os montes de neve. Ele olhou de soslaio para a parte de trás do banco, dilatando suas narinas, e nem sequer se deu ao trabalho de trocar cortesias comigo ou com minha companheira, a gata. Presumi, pelos seus preparativos, que já era permitido sair dali. Saindo de meu duro assento, fiz menção de segui-lo. Ele percebeu minha intenção, apontou para uma porta interna com a ponta de sua pá, dando a entender, por meio de um som não articulado, que aquele era o lugar para onde eu deveria ir caso quisesse sair de onde eu estava.

A porta dava acesso para o interior da casa, onde as mulheres já estavam despertas. Zillah atiçava o fogo na chaminé com um enorme fole, enquanto a senhora Heathcliff, ajoelhada à beira da lareira, lia um livro à luz das chamas. Ela ergueu uma das mãos e deixou-a interposta entre o calor da fogueira e seus olhos e parecia absorta em sua ocupação. Desviava a atenção apenas para repreender a criada por tê-la coberto de chispas, ou para espantar um cachorro que, de tempos em tempos, colocava o focinho em seu rosto. Fiquei surpreso ao também ver Heathcliff ali. Ele estava de pé perto do fogo, voltado de costas para mim, e acabava de terminar uma série de reprimendas à pobre Zillah. Interrompia o trabalho dela dando puxões em seu avental, resmungando, indignado.

– E você, sua inútil... – explodiu ele, enquanto eu entrava, virando-se para a nora e empregando um epíteto tão inofensivo quanto "pata" ou "ovelha", mas em geral representado por reticências. – Aí está você, outra vez nessa folga! Os outros ganham seu pão... e você vive da minha caridade! Largue esse lixo de lado e encontre algo para fazer. Você vai me pagar pela praga que é ter você eternamente na minha frente... Está me ouvindo, sua bruxa maldita?

– Vou deixar meu livro de lado porque sei que o senhor é capaz de me obrigar caso eu me recuse – respondeu a jovem, fechando o volume e lançando-o sobre uma cadeira. – Mas não farei nada além do que eu quiser, por mais que o senhor gaste a língua de tanto xingar!

Heathcliff ergueu a mão, e a interlocutora recuou até uma distância segura, obviamente já familiarizada com o peso da mão dele. Não querendo me envolver em uma briga que mais parecia entre cão e gato, andei rapidamente, como se estivesse ansioso por partilhar do calor da lareira, ignorando a briga interrompida. Cada um deles teve decoro bastante para conter novas hostilidades. Para evitar a tentação, Heathcliff colocou os punhos cerrados nos bolsos. A senhora Heathcliff franziu os lábios, caminhou até um assento distante e cumpriu sua palavra, assumindo o papel de estátua durante o restante de minha breve permanência ali. Recusei o convite para tomar café da manhã e, ao primeiro raio da aurora, aproveitei para passear ao ar livre, que agora estava limpo, sem vento, mas frio como um gelo impalpável.

Meu senhorio gritou para que eu parasse antes de chegar ao final do jardim e ofereceu-se para atravessar o pântano comigo. Que bom que ele fez isso, pois o outro lado do morro era como um ondulante e branco oceano. As elevações e as depressões não correspondiam mais às elevações e depressões do terreno real: muitos buracos estavam cheios até a borda e diversos montes, refugos da pedreira, haviam desaparecido do mapa mental que eu tinha feito durante minha caminhada do dia anterior. Eu havia reparado, em um dos lados da estrada, a cada seis ou sete metros, uma fileira de pedras erguidas na vertical que continuava por toda a extensão daquele ermo. Elas haviam sido instaladas e caiadas para servir de guias no escuro e também para quando uma nevasca, como a atual, fizesse as pessoas se confundir entre os profundos pântanos e o caminho seguro. Contudo, exceto por um pontinho sujo aqui e ali, qualquer vestígio de sua existência havia desaparecido, e minha companhia achou necessário me avisar constantemente para virar à direita ou à esquerda, em momentos em que eu acreditava estar seguindo corretamente as curvas do caminho.

Conversamos pouco. Ele parou na entrada do parque de Thrushcross, afirmando que, a partir dali, eu não teria como errar o caminho. Nossa despedida limitou-se a um aceno de cabeça apressado, e segui em frente, entregue aos meus próprios recursos, já que a guarita ainda estava desocupada. A distância do portão até a granja é de mais de três quilômetros; no entanto, acredito ter percorrido mais de seis quilômetros, pois me perdi entre as árvores e afundei na neve até o pescoço, um aperto que só quem que já o viveu é capaz de entender. De todo modo, não importa quão longas foram as minhas andanças, o relógio já marcava meio-dia quando entrei na casa, e isso deu cerca de uma hora para cada quilômetro do caminho normal do Morro dos Ventos Uivantes até ali.

Meus empregados apressaram-se para me dar as boas-vindas, exclamando, de maneira tumultuada, que eles haviam desistido completamente de mim. Todos supuseram que eu havia morrido na noite anterior e estavam se perguntando como deveriam organizar as buscas pelos meus.restos mortais. Pedi que ficassem calados, agora que estava de volta, e, sentindo-me embotado até o âmago, arrastei-me escada acima. Depois de vestir roupas secas e de andar de um lado para o outro por cerca de trinta ou quarenta minutos para restaurar o calor do corpo, fui para meu escritório, tão debilitado quanto um gatinho, quase fraco demais para desfrutar do alentador fogo e do café fumegante que a criada havia preparado para me revigorar.

Capítulo 4

Como somos volúveis! Eu, que estava determinado a me abster de qualquer interação social e agradecia aos céus por ter finalmente encontrado um lugar onde isso era quase impraticável, agora me via, um pobre-diabo, depois de batalhar até o pôr do sol contra o desânimo e a solidão. Por fim, fui compelido a me render. Sob o pretexto de conseguir informações sobre as coisas necessárias para me instalar, pedi à senhora Dean, quando ela trouxe meu jantar, que se sentasse comigo enquanto eu comia. Sinceramente, esperava que ela se revelasse uma bela fofoqueira e que talvez me animasse ou até me ninasse com sua conversa.

– A senhora vive aqui há bastante tempo, não é? – comecei a falar. – Faz dezesseis anos, foi isso o que a senhora disse?

– Dezoito, senhor. Eu vim para cá quando a senhora da casa se casou, para servi-la. Depois que ela morreu, o senhor da casa manteve-me como governanta.

– De fato.

Naquele momento, fez-se um breve silêncio. Como eu temia, ela não era de falar muito, pelo menos não sobre sua vida pessoal, e essas coisas com certeza não me interessavam. No entanto, depois de um tempo de reflexão, com um punho cerrado sobre um joelho ou o outro, com uma expressão pensativa em seu semblante corado, ela exclamou:

– Ah, as coisas mudaram muito!

– Sim – comentei. – Eu presumo que a senhora tenha presenciado muitas mudanças, não é?

– É verdade; e muitos problemas também.

"Ah, vou mudar de assunto e falar da família do meu senhorio", pensei comigo mesmo. "É um bom assunto para começar! E aquela jovem e linda viúva, eu gostaria de saber a história dela: se ela era natural daquela região ou, como parece ser mais provável, uma forasteira que os mal-humorados indígenas não reconheceriam como parente". Com essa intenção, perguntei à senhora Dean por que Heathcliff havia deixado a Granja de Thrushcross e preferia viver em uma situação e em uma residência tão inferiores assim.

– Ele não é rico o bastante para manter a propriedade como deve ser? – indaguei.

– Rico, senhor! – retrucou ela. – Ele tem sabe-se lá quanto dinheiro, e sua fortuna aumenta a cada ano. Sim, sim, ele é rico o bastante para morar em uma casa ainda mais requintada do que esta. Mas ele é muito... sovina. E, mesmo que ele tivesse intenção de se transferir para a Granja de Thrushcross, sabendo que havia um inquilino interessado, ele não suportaria perder a oportunidade de ganhar algumas centenas a mais. É estranho como as pessoas podem ser tão gananciosas, mesmo estando completamente sozinhas no mundo!

– Ele tinha um filho, não é?

– Sim, ele tinha um filho... que morreu.

– E aquela jovem, a senhora Heathcliff, é viúva dele?

– Sim.

– E de onde ela vem originalmente?

– Ora, senhor, ela é a filha do meu finado amo: Catherine Linton era seu nome de solteira. Cuidei dela quando era pequena, coitadinha! Eu gostaria que o senhor Heathcliff tivesse se mudado de volta para cá. Assim poderíamos ficar juntas outra vez.

– O quê? Catherine Linton!? – exclamei, estupefato. Mas, depois de um minuto de reflexão, fiquei convencido de que não se tratava da minha Catherine fantasmagórica. – Então... – continuei. – O nome do meu predecessor era Linton?

– Era.

– E quem é aquele Earnshaw, Hareton Earnshaw, que mora com o senhor Heathcliff? Eles são parentes?

– Ele é sobrinho da finada senhora Linton.

– Então, ele é primo da jovem?

– Sim, e o marido dela também era seu primo; um é primo pelo lado materno, e o outro, pelo lado paterno. Heathcliff casou-se com a irmã do senhor Linton.

– Reparei que, na casa do Morro dos Ventos Uivantes, está talhado "Earnshaw" na porta da frente. Eles são uma família antiga?

– Muito antiga, senhor; e Hareton é seu último descendente, assim como a nossa senhorita Cathy é a última descendente de nós... Quer dizer, dos Lintons. O senhor já foi ao Morro dos Ventos Uivantes? Perdoe-me a pergunta, mas eu gostaria de saber como ela está!

– A senhora Heathcliff? Ela parecia estar muito bem e muito bonita; ainda assim, acho que não está muito feliz.

– Oh, meu Deus, isso não me espanta! E o que o senhor achou do amo da casa?

– Um camarada um tanto áspero, senhora Dean. Não é essa a natureza dele?

– Áspero como a ponta de uma serra e duro como basalto! Quanto menos o senhor se envolver com ele, melhor.

– Ele deve ter passado por altos e baixos na vida para ser tão grosseiro. A senhora sabe alguma coisa do passado dele?

– A vida dele é como a de um cuco[2], senhor: sei tudo sobre ele, exceto onde nasceu, quem eram seus pais e como ele conseguiu sua fortuna. E Hareton foi posto de lado como um todeiro implume! O pobre rapaz é a única pessoa nesta região que nem faz ideia de como foi enganado.

– Bem, senhora Dean, seria muita bondade sua me contar algo sobre meus vizinhos. Sinto que não vou descansar se eu for para a cama. Então, por favor, sente-se e converse comigo por uma hora.

– Oh, com certeza, senhor! Vou só pegar minhas costuras, e depois me sento com o senhor pelo tempo quiser. Mas o senhor pegou um resfriado. Vi-o tremer, e precisa tomar um mingau para ficar bom.

A respeitável mulher saiu apressadamente, e eu me aproximei do fogo; sentia minha cabeça quente e o resto do corpo frio. Além disso, meus nervos e meu cérebro me deixaram num estado de excitação tal que beirava a estupidez. Isso fez com que eu me sentisse não apenas incomodado, mas também temeroso (como ainda me sinto) das graves consequências dos acontecimentos recentes. Ela voltou logo, trazendo uma panela fumegante e um cesto de costura e, depois de colocar a panela na beira da lareira, puxou sua cadeira para a frente, claramente satisfeita de me ver tão sociável.

Antes de eu vir morar aqui – começou ela, sem esperar mais pedidos para que contasse sua história –, eu ficava quase sempre no Morro dos Ventos Uivantes, porque a minha mãe havia criado o senhor Hindley Earnshaw, pai de Hareton, e eu me habituei a brincar com as crianças. Eu também tinha alguns afazeres; ajudava a preparar o feno e ficava pela fazenda pronta para qualquer tarefa que me mandassem fazer. Em uma linda manhã de verão – era o começo da época da colheita, eu lembro –, o senhor Earnshaw, o antigo amo, veio até o andar de baixo, vestido para uma viagem. Depois de dar instruções a Joseph sobre o que deveria

---

[2] Os cucos são pássaros conhecidos pelo hábito de depositar os ovos nos ninhos de outras aves, para que sejam chocados por elas; aqui, a personagem faz uma referência clara ao fato de Heathcliff ter tomado o lugar de Hareton como chefe da casa do Morro dos Ventos Uivantes. (N.T.)

ser feito durante o dia, ele se virou para Hindley, Cathy e eu – pois eu estava sentada comendo meu mingau de aveia com eles – e disse ao filho: "Meu caro rapaz, estou indo hoje para Liverpool. O que devo trazer para você? Pode escolher o que quiser, desde que não seja grande, pois vou e volto a pé. Cada trajeto tem mais de noventa e cinco quilômetros, e vou demorar!".

Hindley pediu uma rabeca e, então, ele fez a mesma pergunta à senhorita Cathy. Ela mal tinha completado seis anos de idade, mas já era capaz de montar em qualquer cavalo do estábulo, e escolheu um chicote. Ele não se esqueceu de mim, pois tinha um bom coração, apesar de, por vezes, ser muito severo. Ele prometeu me trazer o bolso cheio de maçãs e peras e, em seguida, beijou os filhos, despediu-se e saiu.

Para nós, ele pareceu demorar muito, pois ficamos três dias sem vê-lo, e a pequena Cathy com frequência perguntava quando ele voltaria para casa. A senhora Earnshaw esperava que chegasse para o jantar na terceira noite e adiava o horário da refeição a cada hora. No entanto, não havia sinal de que ele voltaria, e, por fim, as crianças cansaram-se de correr até o portão para verificar. Quando já começava a escurecer, ela quis mandar as crianças para a cama, mas elas imploraram, com muita tristeza, para que pudessem ficar acordadas. Por volta das onze horas da noite, o ferrolho começou a ser aberto silenciosamente, e o amo adentrou a casa. Ele se jogou em uma cadeira, rindo e gemendo, e pediu a todos que mantivessem distância, pois estava quase morto de cansaço e jamais faria outra caminhada como aquela, nem pelos três reinos.

– E, no fim, quase morri carregando esta carga! – disse, abrindo o capote, que segurava como se fosse um fardo. – Veja só, minha esposa! Nunca me senti tão cansado assim na vida. Mas você deve ver isso como uma dádiva de Deus, apesar de ele ser tão escuro que parece ter vindo do diabo.

Reunimo-nos em volta dele, e por sobre a cabeça da senhorita Cathy pude espiar um menino de cabelo preto, sujo e maltrapilho, grande o bastante para já andar e falar. De fato, pelo rosto, ele parecia mais velho do que Catherine; ainda assim, quando foi posto de pé, apenas olhou fixamente à sua volta e repetiu, sem parar, uma algaravia que ninguém conseguia entender. Eu tive medo, e a senhora Earnshaw estava pronta para expulsá-lo porta afora. Ela se levantou furiosa e perguntou ao marido de onde ele havia tirado a ideia de trazer para casa aquele ciganinho, quando eles já tinham os próprios filhos para cuidar e alimentar. O que ele pretendia fazer com o garoto? Teria ele enlouquecido? O amo tentou explicar a questão, mas de fato estava quase morto de cansaço, e tudo o que pude entender, em meio às reprimendas da esposa, foi uma história sobre ele ter visto o menino faminto, sem casa e praticamente mudo, nas ruas de Liverpool, onde o pegou e saiu perguntando de quem era o garoto. Nenhuma alma soube responder, segundo ele; e, com dinheiro e tempo curtos, achou melhor levá-lo para casa consigo imediatamente do que acabar tendo despesas à toa na cidade, pois estava determinado a não deixar o garoto como o havia encontrado. Bem, a conclusão foi que a minha ama resmungou até se acalmar, e o senhor Earnshaw me disse para dar um banho no menino, vesti-lo com roupas limpas e deixá-lo dormir com as crianças.

Hindley e Cathy contentaram-se em ficar olhando e ouvindo até a paz ser restaurada; depois, os dois começaram a procurar nos bolsos do capote do pai os presentes que ele lhes havia prometido. Hindley era um menino de catorze anos, mas, quando retirou do bolso do capote o que um dia fora uma rabeca, despedaçada, chorou alto feito um bebê. Cathy, ao saber que o amo havia perdido o chicote dela enquanto ajudava o estranho, demonstrou seu mau humor arreganhando os dentes e dando uma cusparada naquela coisinha estúpida. Com isso, levou um cascudo forte do pai, para aprender a ser mais asseada. Os dois recusaram-se completamente a deixá-lo dormir na mesma cama que eles ou até no mesmo quarto. Eu, não sendo mais sensata do que as crianças, deixei o menino no pé da escada, na esperança de que, pela manhã, ele já tivesse ido embora. Por acaso, ou talvez atraído pela voz, ele se esgueirou até a porta do quarto do senhor

Earnshaw. Quando este saiu e deparou-se com o garoto, perguntou como ele havia parado ali. Fui obrigada a confessar, e, como recompensa por minha covardia e crueldade, fui expulsa da casa.

Essa foi a primeira apresentação de Heathcliff à família. Voltando à casa depois de alguns dias (pois eu não considerava meu banimento eterno), descobri que o haviam batizado como "Heathcliff". Esse era o nome de um filho que morrera na infância, e até hoje lhe serve de nome e sobrenome. A senhorita Cathy e ele acabaram inseparáveis, mas Hindley o detestava, e, para falar a verdade, eu também. Implicávamos com ele e nos comportávamos de maneira vergonhosa, pois não era sensata o bastante para perceber a minha injustiça, e a ama jamais ousou defendê-lo quando via o garoto ser maltratado.

Ele parecia ser uma criança taciturna e paciente, endurecida, talvez, pelos maus-tratos. Suportava as pancadas de Hindley sem nem sequer piscar ou derramar uma lágrima, e meus beliscões apenas o faziam respirar fundo e arregalar os olhos, como se tivesse se machucado por acidente, sem que ninguém tivesse culpa. Essa capacidade de permanecer inabalável deixava o velho Earnshaw furioso quando descobria o filho intimidando a "pobre criança sem pai", como ele o chamava. Curiosamente, o senhor Earnshaw afeiçoou-se a Heathcliff, acreditava em tudo o que o menino dizia (que, aliás, era muito pouco, mas geralmente verdadeiro) e demonstrava muito mais carinho por ele do que por Cathy, que era muito travessa e caprichosa para ser a filha favorita.

Então, desde o começo, ele semeou a discórdia na casa. Com a morte da senhora Earnshaw, apenas dois anos depois, o jovem Hindley considerava o pai mais como um opressor do que como um amigo, e Heathcliff como usurpador das afeições dos seus pais e dos privilégios; e, remoendo essas feridas, foi ficando amargurado. Por um tempo, dei-lhe razão, mas, quando as crianças adoeceram de sarampo e eu tive de cuidar delas e assumir todas as responsabilidades de uma mulher de uma só vez, mudei de ideia. Heathcliff estava gravemente doente e, enquanto estava em seu pior estado, não queria que eu saísse do seu lado. Presumo que ele sentisse que eu fizera muito por ele e não era esperto o bastante para perceber que eu era forçada a fazer isso. Ainda assim, devo reconhecer que era a criança mais quieta de quem uma enfermeira jamais cuidou. A diferença entre ele e os outros fez-me ser menos parcial. Cathy e seu irmão azucrinavam-me terrivelmente, e ele permanecia quieto como um cordeiro. Contudo, era a dureza e não a mansidão que o fazia dar pouco trabalho.

Ele se recuperou, e o médico afirmou que isso, em grande medida, se devia a mim e elogiou-me por meus cuidados. Fiquei envaidecida com os elogios e tornei-me mais branda com o ser que me havia proporcionado recebê-los. Desse modo, Hindley perdeu sua última aliada. Ainda assim, eu não conseguia demonstrar carinho por Heathcliff e perguntava-me com frequência sobre o que meu amo via naquele menino calado que, se bem me lembro, jamais retribuiu aquela atenção com algum sinal de gratidão. Ele não era insolente com seu benfeitor, apenas insensível, mas sabia muito bem que havia conquistado o coração do dono da casa e tinha plena consciência de que bastava falar para que todos de lá se curvassem, obrigados, diante de seus desejos. Por exemplo, lembro que certa vez o senhor Earnshaw comprou dois potros na feira da freguesia e deu um para cada um dos rapazes. Heathcliff ficou com o mais bonito, que logo ficou coxo. Quando ele soube disso, disse a Hindley:

– Você tem de trocar de cavalo comigo. Não gosto do meu. Se não trocar, vou contar para o seu pai das três surras que você me deu esta semana e mostrar a ele meu braço, que está roxo até o ombro.

Hindley mostrou-lhe a língua e deu-lhe tapas nas orelhas.

– É melhor você trocar comigo já – insistiu Heathcliff, fugindo para o pórtico (eles estavam no estábulo). – Você vai ter de trocar. E, se eu falar desses tapas, você vai recebê-los de volta, com juros.

– Saia daqui, seu cachorro! – berrou Hindley, ameaçando-o com um ferro usado para pesar batatas e feno.

– Pode jogar – replicou ele, imóvel. – E, então, vou falar como você se gabou de que vai me colocar porta afora assim que ele morrer. Aposto que ele expulsa você na mesma hora, e não eu.

Hindley jogou o ferro, que atingiu o peito de Heathcliff. Ele caiu, mas, cambaleando, logo ficou de pé, sem fôlego e lívido; e, se eu não tivesse impedido, ele realmente teria ido até o amo se vingar, deixando seu estado falar por ele e indicando quem havia provocado isso.

– Fique com meu potro então, cigano! – disse o jovem Earnshaw. – E tomara que ele faça você quebrar o pescoço. Pode ficar com ele e vá se danar, seu pedinte intrometido! E bajule meu pai até retirar dele tudo o que tem, e só depois revele para ele quem você é, seu demônio. Tome o cavalo. Espero que ele dê um coice na sua cabeça!

Heathcliff havia ido soltar o animal e levá-lo para sua baia no estábulo. Estava passando por trás do potro quando Hindley terminou seu discurso dando-lhe uma rasteira que fez com que caísse no chão, e, sem parar para verificar se suas esperanças haviam se realizado, saiu correndo dali o mais rápido que pôde. Fiquei surpresa de testemunhar a frieza com que o garoto se levantou e continuou a fazer o que estava fazendo antes. Ele inclusive trocou as selas e, antes de voltar para casa, sentou-se em um fardo de feno para superar o enjoo que o golpe violento provocara. Com facilidade, convenci-o a botar no potro a culpa por seus hematomas; ele pouco se importava com a história que seria contada, desde que conseguisse o que queria. De fato, ele reclamava tão pouco de brigas como essa que eu realmente achei que não fosse vingativo. Eu estava completamente enganada, como o senhor já vai ouvir.

Capítulo 5

Com o passar do tempo, o senhor Earnshaw começou a definhar. Sempre fora ativo e saudável, mas suas forças se esvaíram de súbito. Quando ficou confinado a um canto da lareira, seu temperamento tornou-se seriamente irascível. Coisas banais o irritavam, e a mera suspeita de que sua autoridade estava sendo desafiada o deixava fora de si. Isso acontecia principalmente quando alguém tentava se impor ou oprimir seu favorito. Ele não admitia que dissessem uma palavra contra Heathcliff e parecia ter metido na cabeça a ideia de que, por ele gostar do garoto, todos os outros o odiavam e queriam fazer mal a ele. Essa atitude acabou sendo uma desvantagem para o rapaz, pois mesmo os mais bondosos entre nós evitavam fazer o amo se zangar e, então, relevavam sua parcialidade. E isso serviu de alimento para o orgulho e o mau temperamento do rapaz. Ainda assim, essa proteção tornou-se, de certo modo, necessária. Com frequência, as manifestações de desdém de Hindley, quando o pai estava presente, deixavam o velho furioso. Ele pegava sua bengala para acertar o garoto e a sacudia no ar com raiva por não ser capaz de fazê-lo.

Por fim, nosso coadjutor (na época, tínhamos um coadjutor que ganhava a vida como preceptor dos pequenos Linton e Earnshaw e cultivava uma pequena porção de terra) aconselhou que Hindley fosse enviado para a faculdade. O senhor Earnshaw concordou, mas não sem lamentar, pois disse:

– Hindley sempre foi um imprestável e, se permanecer aqui, continuará sendo.

Esperei, de coração, que, talvez, então tivéssemos um pouco de paz. Magoava-me pensar que o amo fosse importunado por causa de sua boa ação. Imaginei que o descontentamento da idade e da doença provinha das brigas na família, como ele mesmo afirmava. Na verdade, senhor, dava para perceber isso em sua constituição debilitada. Apesar de tudo, poderíamos ter seguido em frente de maneira aceitável, se não fosse por duas pessoas: a senhorita Cathy e Joseph, o criado. O senhor o viu lá em cima. Ele era – e provavelmente ainda é – o mais enfadonho e hipócrita fariseu que já vasculhou a Bíblia, para ficar com as promessas para si e reservando as pragas para os seus semelhantes. Por causa do talento para proferir sermões e discursos piedosos, conseguia impressionar muito o senhor Earnshaw; e, quanto mais debilitado o amo ficava, mais influência Joseph tinha. Não parava de atormentá-lo com as preocupações de sua alma e insistia para que tratasse as crianças com mais severidade. Ele estimulou o patrão a considerar Hindley um réprobo e, noite após noite, costumava recitar uma longa ladainha contra Heathcliff e Catherine, mas sempre tendo o cuidado de não tocar no ponto fraco de Earnshaw, jogando a maior parte da culpa em Catherine.

Ela, de fato, agia de modo que eu jamais havia visto uma criança agir antes, acabando com nossa paciência umas cinquenta vezes ao dia, no mínimo. Desde o momento em que descia as escadas até o momento de ir para a cama, não tínhamos um minuto de certeza de que ela não estaria aprontando alguma coisa. Tinha o espírito muito vivo e uma língua que jamais se calava e vivia cantando, rindo ou praguejando contra todos aqueles que não fizessem o mesmo. Era uma diabinha, mas tinha os olhos mais lindos, o sorriso mais doce e os pés mais ágeis da região. No fim das contas, acredito que ela não fazia por mal, pois, quando fazia alguém chorar de verdade, quase sempre ia fazer consolar a pessoa até que parasse de chorar. E tinha carinho especial por Heathcliff. O maior castigo que podíamos dar era mantê-la separada dele. Ainda assim, era mais repreendida por causa dele do que qualquer um de nós. Quando brincava, gostava muito de se fingir de senhorinha da casa, distribuindo tapas e dando ordens aos seus acompanhantes. Ela agia assim comigo, mas eu deixei claro que não toleraria nem seus tapas nem suas ordens.

O senhor Earnshaw não entendia as brincadeiras dos filhos, pois sempre fora muito severo e rigoroso com eles. Catherine, por sua vez, não tinha ideia de por que seu pai seria mais irascível e menos paciente em seu estado debilitado do que quando gozava de perfeita saúde. Suas broncas irritadas despertavam nela um prazer malicioso em provocá-lo. Seu momento de maior felicidade era quando todos nós a repreendíamos ao mesmo tempo, e ela nos desafiava com seu olhar atrevido e insolente e com suas palavras prontas, ridicularizando os xingamentos religiosos de Joseph, provocando-me e fazendo exatamente o que o pai de Cathy mais odiava: demonstrar que a insolência fingida da filha, que o senhor Earnshaw acreditava ser real, tinha mais influência sobre Heathcliff do que a bondade dele. E como o garoto sempre fazia as vontades *dela*, e as dele apenas quando lhe convinha, depois de passar o dia todo se comportando mal, ela às vezes tentava fazer as pazes à noite com carinhos.

– Não, Cathy – dizia o velho. – Eu não posso amá-la, pois você é pior do que seu irmão. Vá fazer suas orações e peça perdão a Deus. Sua mãe e eu nos arrependemos amargamente do dia em que você nasceu!

Isso, a princípio, fazia com que ela chorasse. Com o tempo, a contínua rejeição a endureceu, e ela ria se eu dissesse que ela precisava se desculpar pelo que havia feito de errado e implorar para ser perdoada.

Mas, por fim, chegou a hora em que os problemas terrenos do senhor Earnshaw acabaram. Ele morreu silenciosamente em sua cadeira, em um fim de tarde de outubro, sentado ao lado da lareira. Um vento forte soprou pela casa e rugiu chaminé acima. Era um vento violento, que parecia de tempestade, mas não era frio. Estávamos todos reunidos: eu, um pouco afastada da lareira, ocupada tricotando, e Joseph, lendo a Bíblia perto da mesa (pois naquela época os criados costumavam sentar-se na casa mesmo, depois de terminarem seu trabalho). A senhorita Cathy havia estado doente, e por isso estava quieta, recostada contra o joelho do pai. Heathcliff estava deitado no chão, com a cabeça no colo dela. Eu me lembro do amo, antes de começar a cochilar, fazendo cafuné nos lindos cabelos da filha – ficava satisfeito nas raras vezes em que a via tranquila – e dizendo:

– Por que você não pode ser sempre uma boa menina, Cathy?

Ela virou o rosto para ele, riu e respondeu:

– Por que o senhor não pode ser sempre um bom homem, papai?

Mas, assim que ela viu que ele tornara a se irritar, beijou-lhe a mão e disse que iria cantar uma canção de ninar. Cathy começou a cantar bem baixinho, até que os dedos do pai se soltaram dos dela e sua cabeça tombou para a frente. Em seguida, eu disse a Cathy para ficar quieta e não fazer bagunça, pois temia que ela pudesse acordá-lo. Todos ficamos mudos como peixes por meia hora, e deveríamos ter ficado assim por mais tempo, não fosse o fato de que Joseph, tendo terminado de ler seu capítulo, levantou-se e disse que deveria acordar o amo para que ele fizesse suas orações e fosse para a cama. Joseph deu um passo à frente, chamou-o pelo nome e tocou seu ombro, mas ele não se movia. Então, o criado pegou a vela e olhou firmemente ele. Achei que havia algo de errado quando ele soltou a vela e, agarrando uma criança em cada mão, sussurrou para elas que fossem para o quarto e não fizessem barulho. Podiam rezar sozinhas naquela noite, pois ele tinha algo a fazer.

– Primeiro vou desejar boa-noite ao papai – disse Catherine, colocando os braços em volta do pescoço dele antes que pudéssemos impedi-la. A pobrezinha imediatamente deu-se conta de sua perda e gritou:

– Oh, ele está morto, Heathcliff! Ele está morto!

E os dois começaram um choro de partir o coração.

Juntei meus gemidos aos deles, altos e amargurados, mas Joseph perguntou por que gritávamos daquela maneira diante de um santo que havia ido para o céu. Ele me disse para colocar minha capa e ir imediatamente até Gimmerton para chamar o médico e o pároco. Na época, não podia adivinhar que utilidade qualquer um dos dois teria. No entanto, saí de casa, em meio ao vento e à chuva, e voltei com um deles, o médico. O outro disse que iria pela manhã. Deixando que Joseph explicasse a situação, corri para o quarto das crianças. A porta estava entreaberta, e vi que elas não tinham se deitado, apesar de ter passado da meia-noite, mas estavam mais calmas e não precisavam de que eu as consolasse. As alminhas estavam consolando uma à outra com pensamentos melhores do que os que eu poderia ter imaginado. Nenhum pároco no mundo seria capaz de descrever o paraíso tão lindamente como eles em sua conversa inocente; e, enquanto eu soluçava e escutava, não me contive em desejar que estivéssemos todos juntos e a salvo naquele paraíso.

Capítulo 6

O senhor Hindley veio para casa para o funeral, e uma coisa que espantou a todos nós e fez com que os vizinhos não parassem de fofocar foi que ele trouxe consigo uma esposa. De que família era e onde havia nascido, ele nunca nos informou; provavelmente, ela não tinha dinheiro ou nome que a recomendasse, ou ele não teria escondido o casamento do pai.

Ela não era do tipo que perturbaria a casa por conta própria. Cada objeto que viu, assim que cruzou a soleira, pareceu agradá-la, assim como tudo o que se passava à sua volta, exceto os preparativos para o funeral e a presença dos enlutados. Achei-a um tanto boba por causa de seu comportamento enquanto os preparativos transcorriam: ela correu para seu quarto e me fez ir junto, apesar de que eu deveria estar ajudando as crianças a se vestir. E ali ficou sentada, tremendo e com as mãos entrelaçadas, e perguntando sem parar:

– Eles já se foram?

Em seguida, começou a descrever histericamente o efeito que a visão da cor preta produzia nela. Assustou-se, tremeu e, por fim, caiu em prantos. Quando perguntei o que havia de errado, respondeu-me que não sabia, mas que tinha muito medo de morrer! Imaginei que as chances de ela morrer eram tão poucas quanto as minhas. Era muito magra, mas jovem, de pele fresca e olhos brilhantes como diamantes. Reparei, a bem da verdade, que a subida das escadas a deixara sem fôlego muito rapidamente, que o barulho mais repentino já a deixava toda trêmula e que ela, às vezes, tossia de maneira preocupante. Mas eu não fazia ideia do que esses sintomas pressagiavam. E não me sentia inclinada a me solidarizar com ela. Aqui, nós não costumamos nos afeiçoar por forasteiros, senhor Lockwood, a não ser que eles se afeiçoem por nós primeiro.

O jovem Earnshaw havia mudado muito nos três anos em que ficara ausente. Emagrecera, perdera a cor e falava e se vestia de modo muito diferente. E, no mesmo dia em que voltou, disse a Joseph e a mim que, daquele momento em diante, nós deveríamos ficar hospedados na copa e deixar o resto da casa para ele. De fato, ele tencionava acarpetar e colocar papel de parede em um pequeno cômodo sobressalente, para transformá-lo em sala de visita; mas sua esposa demonstrou gostar tanto do piso branco, e da enorme e radiante lareira, das travessas de cobre, das prateleiras cheias de porcelana, do canil e do amplo espaço que havia para se moverem onde costumavam se sentar, que achou a reforma desnecessária para se sentir confortável e desistiu do plano.

Também demonstrou muito prazer em ter a irmã como nova companheira. No começo, tagarelava com Catherine, beijava-a, passeava com ela e dava-lhe inúmeros presentes. A afeição logo se esvaiu, no entanto, e, quando ela começou a ficar mal-humorada, Hindley tornou-se tirânico. Algumas poucas palavras dela demonstrando não gostar de Heathcliff eram o bastante para reacender nele todo o antigo ódio que sentia pelo menino. Afastou-o da companhia da família para a dos criados, privou-o das lições do coadjutor e insistiu que ele passasse a trabalhar nos campos, forçando-o a labutar tão pesado quanto qualquer outro rapaz da fazenda.

A princípio, Heathcliff suportou muito bem sua degradação, porque Cathy ensinava-lhe tudo o que aprendia, e trabalhava ou brincava com ele nos campos. Os dois prometeram crescer rudes como selvagens, pois o jovem amo não se importava nem um pouco com o comportamento deles ou com o que faziam, desde que não o aborrecessem. Ele nem sequer controlava se os dois frequentavam a igreja aos domingos. Apenas Joseph e o coadjutor repreendiam a indiferença de Hindley quando eles se ausentavam. Isso fazia com que ele se lembrasse de mandar que dessem chibatadas em Heathcliff e de deixar Catherine sem almoço ou jantar. Mas uma das maiores diversões dos dois era correr para o pântano de manhã e passar o dia todo lá, e o castigo subsequente tornava-se algo de que eles apenas riam. O coadjutor podia mandar Catherine decorar quantos capítulos quisesse, e Joseph podia açoitar Heathcliff até que seu braço doesse; esqueciam-se de tudo no minuto em que voltavam a ficar juntos, ou pelo menos no minuto em que tramavam um plano perverso de vingança. Muitas vezes, chorei escondido ao vê-los se tornar cada vez mais desajuizados, e eu sem ousar dizer palavra, por medo de perder o pouco poder que ainda detinha sobre aquelas criaturas sem amigos. Em um fim de tarde de domingo, aconteceu de eles serem expulsos da sala de estar por terem feito barulho ou por alguma outra banalidade do mesmo gênero; e, quando fui chamá-los para o jantar, não os encontrei em lugar nenhum. Procuramos pela casa, em cima e embaixo, no jardim e no estábulo; haviam desaparecido. Por fim, Hindley, num acesso de fúria, ordenou que passássemos os ferrolhos em todas as portas e jurássemos que ninguém iria deixá-los entrar naquela noite. Todos na casa foram dormir; eu também. Ansiosa por me deitar, abri a gelosia e botei a cabeça para fora para ficar escutando, apesar da chuva. Estava decidida a deixá-los entrar apesar da proibição, caso voltassem. Depois de certo tempo, distingui passos que subiam a estrada, e a luz de um lampião brilhou através do portão. Joguei um xale sobre a cabeça e corri para impedir que eles acordassem o senhor Earnshaw ao bater no portão. Heathcliff estava sozinho, e levei um susto ao vê-lo assim.

– Onde está a senhorita Catherine? – perguntei apressadamente. – Não sofreu nenhum acidente, não é?

– Na Granja Thrushcross – respondeu ele. – E eu estaria lá também, mas eles não fizeram a delicadeza de me convidar para pernoitar.

– Ora, o senhor fez por merecer! – falei. – Só vai ficar feliz quando o expulsarem daqui. Que ideia foi essa de ficar vagando pela Granja Thrushcross?

– Deixe-me tirar essas roupas molhadas, Nelly, e eu lhe conto tudo o que aconteceu – retrucou ele.

Pedi que ele tivesse o cuidado de não acordar o amo. Enquanto ele se despia e eu esperava para poder apagar a vela, prosseguiu:

– Cathy e eu escapamos da lavanderia para passear em liberdade, e, vendo de longe as luzes acesas da granja, pensamos que iríamos até lá simplesmente para ver se os Lintons passavam os fins de tarde de domingo tremendo pelos cantos da casa, enquanto seu pai e sua mãe se sentavam à mesa, comendo e bebendo, cantando e rindo, queimando os olhos diante do fogo. Você acha que eles fazem isso? Ou será que ficam lendo sermões, sendo catequizados por seu criado, obrigados a decorar uma série de nomes das Escrituras, caso não deem as respostas certas?

– Provavelmente não – respondi. – São crianças bem-comportadas, sem dúvida, e não merecem o tratamento que é dispensado a vocês por seu mau comportamento.

– Não seja hipócrita, Nelly – disse ele. – Que mentira! Corremos do alto do morro até o parque, sem parar... E Catherine perdeu a corrida porque ficou sem os sapatos. Você vai ter que procurar os sapatos dela no pântano amanhã. Esgueiramo-nos por uma falha na cerca viva, subimos tateando o caminho até a casa e nos posicionamos bem atrás de um canteiro de flores, embaixo da janela da sala de visitas. A luz vinha dali; eles não haviam fechado os postigos, e as cortinas estavam entreabertas. Nós dois conseguimos ver dentro da casa, ficando de pé e agarrando-nos ao parapeito da janela. E vimos – Ah como era bonito! – um lugar esplêndido, com tapete avermelhado, mesas e cadeiras forradas com tecido da mesma cor, um teto de um branco puro com sanca dourada e, no centro, um lustre com diversas contas de vidro pendendo de correntes de prata, brilhando à luz suave de velinhas. Os idosos, senhor e senhora Linton, não estavam lá. Edgar e suas irmãs tinham a sala só para eles. Não deveriam estar felizes? Se fôssemos nós, pensaríamos que aquilo era o paraíso! E adivinhe só o que suas crianças bem-comportadas estavam fazendo. Isabella – acho que ela tem onze anos, um ano mais nova do que Cathy – estava nos fundos do cômodo, gritando como se bruxas a estivessem espetando com agulhas em brasa. Edgar estava ao lado da lareira, chorando em silêncio, e no centro da mesa havia um cachorrinho que balançava a pata e gania. Pelas acusações mútuas, compreendemos que quase partiram o bicho em dois, brigando por ele. Que idiotas! Eles sentiam prazer em discutir quem deveria segurar um monte de pelos quentes e, depois de brigar para ficar com o bicho, nenhum dos dois queria pegá-lo. Rimos das crianças mimadas na hora e sentimos desprezo por elas! Quando, na vida, você iria me pegar querendo algo que a Catherine quer? Ou quando você nos encontraria a sós, divertindo-nos com gritos, choros e rolando no chão, separados pelo cômodo todo? Eu não trocaria, nem por mil vidas, a minha situação aqui pela de Edgar Linton na Granja de Thrushcross, não se eu tiver o privilégio de atirar Joseph do frontão mais alto e de pintar a fachada com o sangue de Hindley!

– Fique quieto – interrompi. – Você ainda não me disse, Heathcliff, como Catherine ficou para trás.

– Eu lhe contei que nós rimos – respondeu ele. – Os Lintons nos ouviram e, juntos, saíram tão rápido como flechas em direção à porta; fez-se um silêncio, que foi seguido por um grito de “Oh, mamãe, mamãe! Oh, papai! Oh, mamãe, venha cá. Oh, papai, oh!”. Eles, de fato, gritaram algo assim. Fizemos barulhos assustadores para amedrontá-los ainda mais e depois descemos do parapeito, pois alguém estava abrindo o ferrolho, e achamos melhor fugir dali. Eu estava segurando Cathy pela mão e apressando-a quando, de repente, ela caiu.

– Corra, Heathcliff, corra! – sussurrou ela. – Soltaram o buldogue, e ele me pegou! – O maldito a havia pegado pelo tornozelo, Nelly, eu ouvi seu bufar abominável. Mas ela não gritou! Não, ela se recusaria a gritar, mesmo que estivesse sendo empalada pelos chifres de uma vaca enlouquecida. Mas eu gritei, vociferei xingamentos o bastante para aniquilar qualquer demônio na cristandade. Peguei uma pedra e coloquei entre seus maxilares e tentei com toda a minha força enfiá-la goela abaixo. Um criado monstruoso, por fim, veio com um lampião, gritando:

– Não solte, Skulker, não solte!

Mas mudou de tom quando viu quem era a presa de Skulker. O cachorro foi esganado: sua língua roxa ficou pendendo cerca de quinze centímetros para fora da boca, e seus lábios estavam cheios de baba e sangue. O homem levou Cathy para dentro. Ela estava enjoada, não de medo, estou certo, mas de dor. Ele a carregou para dentro; eu fui atrás, rogando pragas e jurando vingança.

– Qual foi a presa, Robert? – gritou Linton da entrada.

– Skulker pegou uma menina, senhor – respondeu ele. – E tem um rapaz aqui – acrescentou, agarrando-me – que parece um bárbaro! É provável que os ladrões tenham tentado colocá-los na casa pela janela para abrirem a porta depois de todos dormirem, assim podendo nos matar mais facilmente. Morda a língua, seu ladrão desbocado! Você irá para a forca por causa disso. Senhor Linton, senhor, não solte sua arma.

– Não, não, Robert – disse o velho tolo. – Os bandidos sabiam que ontem era o dia de eu receber os aluguéis e acharam que poderiam dar uma de espertos para cima de mim. Entrem, vou dar a eles a recepção que merecem. Então, John, aperte a corrente. Dê a Skulker um pouco de água, Jenny. Onde já se viu atentar contra um magistrado em seu baluarte, especialmente em um domingo! Até onde irá a insolência deles? Oh, minha cara Mary, olhe aqui! Não tema, é apenas um garoto. Ainda assim, ele tem a vilania estampada no rosto. Enforcá-lo imediatamente não seria prestar uma gentileza ao país, antes que ele demonstre sua natureza real por meio de atos, além das feições?

Ele me colocou embaixo do candelabro, e a senhora Linton colocou os óculos na ponta do nariz e levantou as mãos, horrorizada. As crianças covardes esgueiraram-se mais para perto, e Isabella disse com a língua presa:

– Que coisa tenebrosa! Coloque-o no porão, papai. Ele é igualzinho ao filho da vidente que roubou meu faisão domesticado. Não é mesmo, Edgar?

– Enquanto eles me examinavam, Cathy apareceu. Ela ouviu a última frase e riu. Edgar Linton, depois de olhá-la fixamente de modo inquisidor, reuniu bom senso o bastante para reconhecê-la. Eles nos veem na igreja, sabe, apesar de nunca os encontrarmos em outros lugares.

– Esta é a senhorita Earnshaw? – sussurrou ele para a mãe. – E olhe como o Skulker a mordeu, e como o pé dela está sangrando!

– A senhorita Earnshaw? Que disparate! – exclamou a dama. – A senhorita Earnshaw explorando a região feito uma cigana! Ainda assim, meu caro, a criança está sofrendo, certamente que está, e pode ficar manca pelo resto da vida!

– Que falta de cuidado reprovável da parte do irmão dela! – exclamou o senhor Linton, virando-se de mim para Catherine. – Fiquei sabendo pelo Shielders, o coadjutor, que ele deixa a irmã crescer no mais absoluto paganismo. Mas quem é este? Onde ela arrumou tal companhia? Arrá! Afirmo que ele é aquela aquisição estranha feita por meu finado vizinho em sua viagem a Liverpool... Deve ser um pequeno lascar, ou um americano, ou um degredado espanhol.

– De todo modo, um garoto malvado – comentou a velha senhora. – E muito indigno de estar em uma casa decente! Reparou no linguajar dele, Linton? Estou chocada por meus filhos terem-no escutado.

– Tornei a dizer xingamentos – não fique brava, Nelly. – E, então, mandaram que Robert me tirasse dali. Recusei-me a ir sem Cathy; ele me arrastou até o jardim, enfiou o lampião na minha mão, garantiu-me que o senhor Earnshaw seria informado do meu comportamento e, convidando-me a sair dali imediatamente, voltou a trancar a porta. As cortinas ainda estavam entreabertas, e retomei meu posto de espião; porque, se Catherine tivesse querido voltar dali, eu tinha a intenção de quebrar as enormes vidraças deles em um milhão de pedaços, a menos que a deixassem sair. Ela ficou sentada no sofá, quieta. A senhora Linton retirou dela a capa cinza da leiteira, que pegamos emprestada para fazer nossa excursão, e balançou a cabeça, repreendendo-a, eu presumo. Era uma jovem dama, e eles a tratavam de forma diferente de mim. Em seguida, a criada trouxe uma bacia de água morna e lavou os pés dela; e o senhor Linton preparou uma mistura de vinho do porto, suco de limão, açúcar e especiarias. Isabella despejou um prato cheio de bolinhos no colo dela, enquanto Edgar ficou a distância, boquiaberto. Depois disso, eles secaram e escovaram o lindo cabelo dela, deram a ela sandálias enormes e levaram-na para perto do fogo. E eu a deixei lá, tão feliz quanto ela poderia estar, dividindo sua comida entre o cachorrinho e Skulker, cujo nariz ela apertava enquanto o animal comia. A presença dela acendeu uma centelha de vida nos olhos azuis e vazios dos Lintons, um pálido reflexo do rosto encantador da garota. Vi que estavam repletos de uma admiração estúpida; ela é incomensuravelmente superior a eles... A todos na Terra, não é mesmo, Nelly?

– Isso ainda vai ter mais consequências do que você imagina – respondi, cobrindo-o e apagando o lampião. – Você é incorrigível, Heathcliff; e o senhor Hindley vai ter de tomar medidas extremas, você vai ver só.

Minhas palavras soaram mais sinceras do que eu queria. A aventura desafortunada deixou Earnshaw furioso. Então, o senhor Linton, para acertar as coisas, fez-nos uma visita na manhã seguinte e deu tal sermão ao meu jovem amo sobre como comandava a família que despertou nele a necessidade de, sinceramente, cuidar melhor dos jovens. Heathcliff não levou chibatadas, mas foi avisado de que seria expulso de casa caso fosse pego falando com a senhorita. Já a senhora Earnshaw incumbiu-se de manter a cunhada sob controle, utilizando-se de artifícios e não de força; afinal, usando a força, ela acharia a tarefa impossível.

Capítulo 7

Cathy ficou cinco semanas na Granja de Thrushcross, até o Natal. Àquela altura, o tornozelo dela já estava completamente curado, e seus modos haviam melhorado muito. A senhora Earnshaw visitou-a com frequência nesse período e começou seus planos de regeneração tentando aumentar o amor-próprio de Cathy com roupas finas e lisonjas, os quais ela aceitou sem restrições. Então, em vez de uma garota selvagem e mal-educada que pulava pela casa e se apressava, ofegante, para nos abraçar apertado, vimos surgir, montada em um pônei negro, uma pessoa muito decorosa. Seus cachos castanhos pendiam de um chapéu de pele de castor, e ela usava um hábito comprido, que precisava carregar com as duas mãos para poder andar. Hindley ajudou-a a desmontar, exclamando de satisfação:

– Ora, Cathy, como você está linda! Quase não a reconheci. Agora você se parece com uma dama. A Isabella Linton nem se compara a ela, não é mesmo, Frances?

– Isabella não tem os dotes naturais de Cathy – respondeu a esposa dele. – Mas ela deve tomar cuidado para não se tornar selvagem novamente aqui.

Ellen, ajude a senhorita Catherine com as coisas... Fique aqui, querida, ou vai bagunçar seus cachos... Deixe-me desatar o seu chapéu.

Tirei o hábito dela, revelando um grandioso vestido de seda xadrez, calças brancas e sapatos de verniz. E, apesar de os olhos dela brilharem de alegria quando os cachorros vieram pulando para dar-lhe as boas-vindas, ela mal ousou tocá-los, com receio de sujar suas roupas esplendorosas. Ela me beijou com delicadeza. Eu estava coberta de farinha por estar preparando o bolo do Natal, e um abraço não teria cabimento; em seguida, ela olhou à sua volta, procurando por Heathcliff. O senhor e a senhora Earnshaw observaram ansiosamente o reencontro deles, acreditando que isso permitiria que julgassem, em certa medida, quanta esperança podiam nutrir de conseguir separar os dois amigos.

Heathcliff, a princípio, foi difícil de encontrar. Se antes da ausência de Catherine ele era negligente e negligenciado, agora estava dez vezes mais. Ninguém, além de mim, nem sequer lhe estendia a gentileza de chamá-lo de menino sujo e pedir para que ele se lavasse, ao menos, uma vez por semana. E crianças da idade dele raramente demonstram um prazer natural por água e sabão. Portanto, além de suas roupas, que fazia três meses que acumulavam poeira e lama, e de seus cabelos grossos e despenteados, a superfície de seu rosto e de suas mãos era terrivelmente coberta de sujeira. Não é de espantar que ele tenha se escondido atrás do sofá ao ver tal donzela radiante e graciosa, em vez da obstinada versão feminina dele, como esperava.

– Heathcliff não está aqui? – perguntou ela, tirando as luvas e exibindo dedos maravilhosamente embranquecidos pelo ócio e pelos dias passados dentro de casa.

– Heathcliff, pode vir! – gritou o senhor Hindley, divertindo-se com o embaraço do menino e satisfeito em vê-lo em estado deplorável. – Pode vir e dar as boas-vindas à senhorita Catherine, assim como os outros criados.

Cathy, avistando o amigo em seu esconderijo, correu para abraçá-lo. Em um segundo, distribuiu sete ou oito beijos na face dele, mas logo recuou, explodindo em risos e exclamando:

– Ora, como você está negro e contrariado! Que... engraçado e... triste! Mas isso é porque estou acostumada com Edgar e Isabella Linton. Bem, Heathcliff, esqueceu-se de mim?

Ela até que tinha motivos para perguntar, pois a vergonha e o orgulho deixavam o semblante do rapaz duplamente triste, mantendo-o imóvel.

– Dê um aperto de mão nela, Heathcliff – disse o senhor Earnshaw, de modo condescendente. – Uma vez ou outra, isso é permitido.

– Não vou – replicou o rapaz, finalmente falando. – Não suportarei ser motivo de risos. Não suportarei!

Ele teria saído da roda de pessoas que cercavam a senhorita Cathy, mas ela o segurou.

– Eu não pretendia rir de você – disse ela. – Mas não pude me conter. Heathcliff, pelo menos aperte a minha mão! Por que você está emburrado? O que aconteceu é que você está com uma aparência estranha. Se lavar o rosto e pentear o cabelo, ficará bem. Mas, no momento, você está sujo demais!

Ela olhou com preocupação para os dedos imundos que segurava e para seu vestido, temendo que não estivesse mais tão bonito após contato com Heathcliff.

– Você não precisava encostar em mim se não quisesse – respondeu ele, seguindo o olhar de Catherine e tirando seus dedos da mão dela. – Serei tão sujo quanto quiser, gosto de ser sujo, e serei sujo.

Com isso, ele saiu correndo do cômodo de maneira impetuosa, para o divertimento do amo e da ama, mas deixando Catherine profundamente perturbada. Ela não conseguia compreender como seus comentários haviam causado tal demonstração de mau humor.

Depois de fazer as vezes de aia da recém-chegada, colocar meus bolos no forno e deixar a casa e a cozinha alegres com grandes fogueiras nas lareiras, como convinha em uma véspera de Natal, preparei-me para me sentar e entreter a mim mesma cantando sozinha canções natalinas, apesar das afirmações de Joseph de que ele considerava pouco religiosas as músicas alegres que eu escolhi. Ele havia se retirado para seu quarto para rezar a sós. O senhor e a senhora Earnshaw estavam prendendo a atenção de Catherine com várias alegres lembrancinhas que ela deveria levar de presente aos pequenos Lintons, como agradecimento de sua gentileza. Eles haviam sido convidados para passar o dia seguinte no Morro dos Ventos Uivantes, e o convite fora aceito, com uma condição: a senhora Linton implorou para que seus queridinhos fossem mantidos cuidadosamente longe daquele "garoto malcriado e desbocado".

Em vista dessas circunstâncias, fiquei sozinha. Senti o aroma rico das especiarias sendo aquecidas e admirei os brilhantes utensílios de cozinha, o relógio polido decorado com galhos de azevinho, as canecas de prata dispostas em uma bandeja, prontas para serem enchidas com cerveja quente com especiarias na ceia, e, acima de tudo, a pureza imaculada do chão bem varrido e esfregado, meu cuidado especial. Em meu íntimo, aplaudi devidamente cada objeto e, em seguida, lembrei-me de como o velho Earnshaw costumava entrar quando tudo estava limpo, chamar-me de garota fingida e colocar um xelim na minha mão, como se ela fosse uma caixinha de Natal. A partir dessa lembrança, fiquei pensando no carinho que ele sentia por Heathcliff e no medo que ele tinha de que o rapaz fosse negligenciado após sua morte. E isso, naturalmente, me levou a pensar na situação atual do pobre rapaz e, em vez de cantar, acabei mudando de ideia e chorei. No entanto, logo me ocorreu que seria mais sensato fazer um esforço para reparar alguns dos erros que o afetavam do que chorar por isso. Levantei-me e fui até o pátio procurá-lo. Ele não estava longe. Encontrei-o no estábulo escovando o pelo brilhante do novo pônei e alimentando os outros animais, como de costume.

– Apresse-se, Heathcliff! – disse eu. – A cozinha está bem confortável, e Joseph está no andar de cima. Venha rápido, deixe-me vesti-lo bem bonito antes que a senhorita Cathy saia do quarto. Depois, vocês podem sentar juntos, com a lareira todinha só para vocês, e conversar bastante até a hora de dormir.

Ele continuou o que estava fazendo e nem sequer virou o rosto na minha direção.

– Venha... Você não vai vir? – prossegui. – Fiz um bolinho para cada um, e você vai precisar de meia hora para se arrumar.

Esperei por cinco minutos e, ao não obter resposta, deixei-o onde estava. Catherine ceou com o irmão e a cunhada. Joseph e eu fizemos uma refeição nada amistosa, temperada com reprimendas de um lado e descaramento de outro. O bolo e o queijo dele permaneceram a noite toda na mesa, entregues às fadas. Ele conseguiu ficar trabalhando até às nove horas da noite e depois subiu mudo e sério para o quarto. Cathy foi dormir tarde, pois tinha uma infinidade de coisas a organizar para receber seus novos amigos. Entrou na cozinha uma vez para falar com o velho amigo, mas ele já havia ido. Ela só fora ali para saber o que havia de errado com ele. Na manhã seguinte, ele acordou cedo e, como era feriado, levou seu mau humor junto para o pântano, só reaparecendo depois que a família já havia saído para a igreja. O jejum e a reflexão pareceram melhorar seu ânimo. Ele ficou perto de mim por algum tempo e, criando coragem, exclamou abruptamente:

– Nelly, arrume-me uma roupa decente. Vou me comportar bem.

– Já não era sem tempo, Heathcliff – falei. – Você magoou Catherine. Ouso até dizer que ela está arrependida de ter voltado para casa! Parece que você sente inveja dela por ser tratada com mais consideração do que você.

A ideia de invejar Catherine era incompreensível para Heathcliff, mas a ideia de tê-la magoado ele entendeu claramente.

– Ela disse que estava magoada? – indagou, com o rosto sério.

– Cathy chorou quando eu disse a ela esta manhã que você já havia saído.

– Bem, eu chorei ontem à noite – replicou ele. – E tinha mais motivos para chorar do que ela.

– Sim, seu motivo era ir para a cama com o coração orgulhoso e o estômago vazio – falei. – As pessoas orgulhosas criam tristezas para si mesmas. Mas, caso você esteja constrangido por seus melindres, deve pedir perdão, sabe, quando ela voltar. Você deve se oferecer para dar um beijo nela e dizer... Você sabe bem o que dizer, mas fale de coração, e não como se achasse que agora ela se tornou uma desconhecida por causa de seu maravilhoso vestido. E, agora, apesar de eu ter de preparar o almoço, vou arranjar um tempo e arrumar você, para que Edgar Linton pareça um boneco a seu lado, o que ele de fato é. Você é mais jovem. Ainda assim, é mais alto e tem os ombros bem mais largos. Você seria capaz de derrubá--lo num piscar de olhos, não acha?

Por um instante, o rosto de Heathcliff brilhou, mas logo tornou a ficar triste, e ele suspirou.

– Mas, Nelly, se eu o derrubasse vinte vezes, isso não o deixaria menos bonito e eu, mais feio. Eu queria ter o cabelo e a pele claros, vestir-me e comportar-me bem, e ter a oportunidade de ser tão rico quanto ele será!

– E gritar por sua mãe a cada problema – acrescentei. – E tremer de medo caso um rapaz do interior levantasse o punho contra você, e ficar sentado em casa o dia todo por causa de uma chuvinha. Oh, Heathcliff, quanta pobreza de espírito! Venha até o espelho, vou lhe mostrar o que você deveria querer ser. Preste atenção nessas duas rugas entre seus olhos e nessas sobrancelhas grossas, que, em vez de se arquearem, afundam no meio, e nesse par de demônios pretos tão profundamente enterrados que jamais abrem as janelas com ousadia, mas se espreitam pelas frestas, como espiões do diabo? Deseje e aprenda a relaxar essas rugas de mau humor, a abrir os olhos com franqueza e a transformar os demônios em anjos inocentes e confiantes, que não suspeitam ou duvidam de nada, e veem sempre amigos onde não estão certos de encontrar inimigos. Não adquira a expressão de um vira-latas raivoso que parece saber o motivo de merecer pontapés e, mesmo assim, odeia o mundo, bem como quem lhe bate, por seu sofrimento.

– Em outras palavras, eu devo querer ter os grandes olhos azuis de Edgar Linton e sua testa lisa – retrucou ele. – Pois eu desejo, e desejar não vai me ajudar a conquistar isso.

– Um bom coração tornaria seu rosto mais bonito, meu rapaz – prossegui. – Mesmo que você fosse um negro comum. E um coração ruim é capaz de transformar um rosto bonito em algo pior do que a feiura. E, agora que terminou de se lavar, de se pentear e de ficar emburrado, diga-me: você não se acha bastante bonito? Posso lhe dizer que sim. Você parece um príncipe disfarçado. Quem sabe seu pai não era imperador da China, e sua mãe, uma rainha indiana, cada qual capaz de comprar com a renda de uma semana o Morro dos Ventos Uivantes e a Granja de Thrushcross ao mesmo tempo? E quem sabe você não tenha sido sequestrado por piratas malvados e trazido para a Inglaterra? Se fosse você, nutriria a ideia de um nascimento nobre, e, só de pensar no que já fui, eu me encheria de coragem e dignidade para aguentar as opressões de um fazendeirozinho!

Continuei tagarelando dessa maneira. Heathcliff aos poucos deixou de franzir a testa e começou a parecer bem agradável, quando, de repente, nossa conversa foi interrompida por um estrondo que vinha da estrada e chegava ao pátio. Ele correu para a janela, e eu para a porta, bem a tempo de ver os dois Lintons descer do coche da família, sufocados por capas e peles, e os Earnshaws desmontarem dos cavalos: eles costumavam ir à igreja a cavalo no inverno. Catherine pegou cada uma das crianças pela mão, conduziu-as para dentro da casa e deixou-as diante da lareira, que rapidamente deu cor a seus rostos brancos.

Insisti com meu companheiro para que se apressasse e demonstrasse seu humor mais amistoso. Obedeceu de bom grado, mas o azar quis que, enquanto abria um dos lados da porta para sair da cozinha, Hindley entrasse pelo outro. Os dois se encontraram, e o amo, irritado ao vê-lo limpo e alegre ou, talvez, ansioso por manter a promessa que havia feito à senhora Linton, empurrou-o de volta para a cozinha com um impulso súbito. Com raiva, ordenou a Joseph que mantivesse o garoto longe da sala e o mandasse para a mansarda até o jantar terminar, pois ele enfiaria os dedos nas tortas e roubaria as frutas caso ficasse um minuto a sós com elas.

– Não, senhor – respondi, sem conseguir evitar. – Ele não tocará em nada. E acho que ele também merece uma parte das guloseimas, assim como nós.

– Ele vai receber uma parte da minha mão se eu pegá-lo aqui embaixo até o anoitecer! – gritou Hindley. – Saia daqui, vagabundo! O quê? Quer dizer que agora você está querendo bancar o dândi? Espere só até eu botar as mãos nesses cachos elegantes... Vamos ver se eu não puxo até ficarem mais compridos!

– Já são compridos o bastante – observou o jovem Linton, espiando da porta. – Pergunto-me se não provocam dor de cabeça, pois parecem a crina de um potro cobrindo os olhos dele!

O jovem se atreveu a fazer esse comentário sem a intenção de ofender, mas a natureza violenta de Heathcliff não estava preparada para suportar a impertinência de alguém que, já naquela época, ele parecia odiar como um rival. Ele pegou uma terrina com calda de maçã quente (a primeira coisa que estava ao alcance dele) e atirou-a em cheio contra o rosto e o pescoço de seu interlocutor. Imediatamente, este começou a gemer, o que atraiu Isabella e Catherine, que chegaram apressadas. O senhor Earnshaw pegou o culpado na hora e levou-o para o quarto, onde, sem dúvida, aplicou um amargo remédio para aplacar o acesso de fúria, pois apareceu com o rosto vermelho e sem fôlego. Peguei o pano de prato e, com muita má vontade, limpei o nariz e a boca de Edgar, dizendo que ele tinha merecido aquilo por causa de sua intromissão. A irmã dele começou a chorar, pedindo para ir para casa, e Cathy ficou por ali, perplexa e envergonhada por todos.

– Você não deveria ter falado com ele! – reclamou com Linton. – Ele estava de mau humor, e agora você estragou a visita, e ele vai levar chibatadas. Odeio quando leva chibatadas! Perdi a fome, e não vou almoçar. Por que você falou com ele, Edgar?

– Eu não falei – soluçou o jovem, desvencilhando-se de minhas mãos e terminando o resto da limpeza do rosto com um lenço de cambraia que retirou do bolso. – Prometi à mamãe que não ia dizer uma só palavra a ele, e não disse.

– Ora, não chore – replicou Catherine com desprezo. – Você não foi morto. Não arrume mais encrencas. Meu irmão está vindo. Pare de chorar! Você também, Isabella! Alguém a machucou?

– Calma, calma, crianças... Voltem para os seus lugares! – Hindley exclamou, entrando apressadamente. – Aquele brutamontes até que acabou me deixando com o corpo aquecido. Da próxima vez, Edgar, faça justiça com as próprias mãos... Vai lhe abrir o apetite!

O pequeno grupo recuperou a compostura ao ver o fragrante banquete. Eles estavam famintos após a viagem e foram facilmente consolados, pois nada de mal lhes acontecera. O senhor Earnshaw servia porções generosas, e sua esposa os animou com uma conversa animada. Eu esperava atrás da cadeira dela, e me doeu ver Catherine, de olhos secos e com ar de indiferença, começar a cortar uma asa de ganso que estava diante dela. "Que garota insensível!", pensei comigo. "Esquece os problemas do velho amigo com muita facilidade. Jamais imaginaria que ela fosse tão egoísta assim." Ela levou uma garfada até a boca e, em seguida, botou o talher sobre o prato outra vez. Suas faces coraram, e lágrimas lhe escorreram por seu rosto. Jogou o garfo no chão e rapidamente foi para debaixo da toalha de mesa, tentando esconder suas emoções. Já não a julguei insensível, pois percebi que havia passado o dia num purgatório, buscando, entediada, uma oportunidade de ficar sozinha ou de fazer uma visita a Heathcliff. Ele havia sido trancado no quarto pelo amo, como descobri ao tentar levar discretamente alguma comida para ele.

No fim da tarde, houve um baile. Cathy implorou para que ele fosse liberado do castigo, pois Isabella Linton não tinha par. Suas súplicas foram em vão, e eu fui indicada para suprir a deficiência. Espantamos toda a tristeza com a animação da atividade física, e nosso prazer aumentou com a chegada da banda Gimmerton, composta de quinze integrantes que tocavam trompete, trombone, clarinetes, fagotes, tubas e uma viola de gamba, além dos cantores. No Natal, esses grupos costumam visitar todas as casas respeitáveis e recebiam contribuições, sendo considerados um divertimento de primeira categoria. Depois das costumeiras canções natalinas, pedimos que cantassem músicas populares e madrigais. A senhora Earnshaw adorava a música deles, e, por isso, entoaram várias canções.

Catherine também adorava a música, mas disse que ela soava mais doce do alto das escadas, que subiu no escuro. Fui atrás dela. No andar de baixo, deixaram a porta e não notaram nossa ausência, pois havia muita gente ali. Ela não ficou no topo das escadas; foi mais longe, até a mansarda em que Heathcliff estava confinado, e o chamou. Teimosamente, ele, por um tempo, se recusou a responder, mas Cathy insistiu e, por fim, convenceu-o a conversar com ela através das tábuas. Deixei-os conversar sem interrupções até presumir que a música pararia e os cantores iriam beber alguma coisa. Então, subi a escada para avisá-la. Em vez de encontrá-la do lado de fora, ouvi sua voz vindo do lado de dentro. A macaquinha havia se esgueirado pela claraboia de uma das mansardas, passado pelo teto e entrado pela claraboia da outra mansarda. Tive muita dificuldade para convencê-la a sair dali. Quando ela finalmente saiu, Heathcliff veio com Cathy, e ela insistiu que eu o levasse para a cozinha, pois meu companheiro de criadagem havia ido à casa de um vizinho, para ficar longe da nossa "salmodia do demônio", como ele gostava de chamar. Respondi que não tinha intenção de encorajar as travessuras deles. Mas, como o prisioneiro estava de jejum desde o almoço do dia anterior, resolvi fazer vista grossa dessa vez para a desobediência ao senhor Hindley. Ele desceu; coloquei um banco perto do fogo e ofereci-lhe um monte de coisas gostosas. Mas ele estava enjoado e só conseguiu comer um pouco. Minhas tentativas de alegrá-lo foram em vão. Ele apoiou os cotovelos nos joelhos, o queixo nas mãos, e ficou absorto em contemplação. Quando perguntei sobre o teor de seus pensamentos, respondeu seriamente:

– Estou tentando resolver como vou me vingar de Hindley. Não me importa o quanto eu tenha de esperar, desde que, por fim, possa me vingar. Espero que ele não morra antes de eu me vingar!

– Que vergonha, Heathcliff! – falei. – Cabe a Deus castigar as pessoas más. Nós devemos aprender a perdoar.

– Não, Deus não vai sentir a mesma satisfação que eu – replicou ele. – Só queria poder saber qual é a melhor maneira! Deixe-me sozinho, e vou planejar tudo. Enquanto penso nisso, não sinto dor.

Mas, senhor Lockwood, esqueço que essas histórias podem não lhe interessar. Sinto-me incomodada por nem sequer ter sonhado em tagarelar nesse ritmo. Seu mingau esfriou, e o senhor está começando a cochilar! Eu poderia ter contado a história de Heathcliff, com tudo de que o senhor precisa saber, em meia dúzia de palavras.

Interrompendo o relato, a governanta levantou-se e começou a deixar a costura de lado, mas me senti incapaz de sair de perto da lareira e estava longe de começar a cochilar.

– Fique sentada, senhora Dean – pedi. – Fique por mais meia hora. A senhora fez bem em me contar a história com calma. É assim que eu gosto, e a senhora tem de terminá-la no mesmo estilo. Estou realmente interessado pelos personagens que a senhora mencionou.

– Já são quase onze horas da noite, senhor.

– Não importa. Não estou acostumado a dormir antes da meia-noite. Dormir à uma ou às duas horas é o suficiente para quem fica na cama até as dez horas da manhã.

– O senhor não deveria ficar na cama até as dez horas. A melhor parte da manhã já se foi muito antes dessa hora. Quem já não fez metade do seu trabalho diário até as dez horas corre o risco de deixar a outra parte por fazer.

– Ainda assim, senhora Dean, volte para sua cadeira, porque amanhã eu pretendo prolongar a noite até a tarde. Minha previsão é a de que eu, pelo menos, pegue um resfriado forte.

– Espero que não. Bem, o senhor deve me permitir saltar três anos na história. Nesse intervalo de tempo, a senhora Earnshaw...

– Não, não, não vou permitir nada disso! A senhora está familiarizada com aquele estado de espírito em que você está sentado sozinho, e o gato está à sua frente no tapete lambendo a cria, e você observa isso tão atentamente que, se o gato deixa de lamber uma orelha, você sai completamente do sério?

– Eu diria que é um estado de espírito muito preguiçoso.

– Pelo contrário, é um estado de espírito cansativamente ativo. E é o meu no momento; portanto, continue a contar a história em detalhes. Percebo que as pessoas nesta região exercem, diferentemente das pessoas da cidade, a mesma atração umas sobre as outras que uma aranha em uma masmorra exerce, em comparação com a que exerce uma aranha em uma cabana sobre seus diferentes ocupantes. No entanto, essa atração profunda não se deve exclusivamente à situação dos observadores. As pessoas daqui, de fato, vivem de forma mais sincera, mais ensimesmadas, sem se importar tanto com as coisas superficiais, mutáveis, externas, frívolas. Aqui, consigo vislumbrar a possibilidade de um amor eterno, logo eu, que acreditava piamente que não houvesse amor que durasse mais de um ano. Uma das situações assemelha-se a servir a um homem faminto apenas um prato de comida, no qual pode concentrar seu apetite e fazer jus a ele. A outra seria apresentar-lhe uma mesa cheia de pratos de cozinheiros franceses: ele talvez desfrute do banquete no geral, mas cada prato não passa de um átomo para sua consideração e sua memória.

– Oh! Quando o senhor nos conhecer melhor, verá que aqui somos iguais às pessoas de qualquer lugar – observou a senhora Dean, um tanto confusa com meu discurso.

– Perdão – respondi. – Mas a senhora, minha boa amiga, é uma prova cabal contra a própria afirmação. Com a exceção de alguns provincianismos de pouca importância, a senhora não tem resquícios dos modos que estou habituado a considerar como particulares à sua classe. Tenho certeza de que a senhora já refletiu muito mais do que a maioria dos criados. E viu-se forçada a cultivar sua capacidade de reflexão por falta de oportunidades para desperdiçar sua vida com frivolidades.

A senhora Dean riu.

– Certamente me considero um tipo de pessoa estável e razoável – disse ela. – Não exatamente pelo fato de viver nesses morros e ver os mesmos rostos e as mesmas atividades ano após ano, mas porque fui submetida a uma disciplina severa, que me deu sabedoria. Além disso, já li mais do que o senhor talvez imagine, senhor Lockwood. O senhor não conseguiria abrir um só livro nesta biblioteca que eu não tenha folheado e extraído dele alguma coisa, exceto aquele conjunto de livros em grego, latim e francês. Ainda assim, sei diferenciá-los. Isso é o máximo que se pode esperar da filha de um homem pobre. No entanto, se devo prosseguir com a minha história bem ao estilo alcoviteiro, é melhor recomeçar logo. E, em vez de pular três anos, vou me contentar em passar para o verão seguinte, o verão de 1778, quase vinte e três anos atrás.

Capítulo 8

Na manhã de um belo dia de junho, nasceu o primeiro lindo e pequeno bebê de quem cuidei e o último descendente da antiga estirpe dos Earnshaw. Estávamos ocupados com o feno nos campos mais afastados quando a menina que geralmente nos trazia o café da manhã veio correndo uma hora mais cedo pelos prados, chamando-me enquanto corria.

– Oh, é uma criança enorme! – disse ela, ofegante. – O menino mais bonito que já respirou! Mas o médico disse que a senhora da casa não vai resistir. Durante todos esses meses ela vem sofrendo de tuberculose. Ouvi-o dizer ao senhor Hindley que agora já não há nada que a salve e que vai morrer antes do inverno. Você deve vir para casa já. Vai tomar conta dele, Nelly, alimentá-lo com leite e açúcar e cuidar dele noite e dia. Queria ser você, pois ele será todo seu depois que a senhora se for!

– Mas ela está muito doente? – perguntei, jogando meu ancinho na terra e ajustando a minha touca.

– Acho que sim, mas ela parece muito corajosa – retrucou a garota. – Fala como se fosse viver para ver o filho um homem feito. Ela está descontrolada de alegria. Dá gosto de ver! Se eu fosse ela, com certeza não morreria. Eu ficaria curada só de olhar para o bebê, apesar do que diz o doutor Kenneth. Fiquei furiosa com ele. *Dame* Archer trouxe o anjinho para mostrá-lo ao amo, na casa, e o rosto dele mal havia começado a brilhar quando o velho rabugento deu um passo à frente e disse:

– Earnshaw, é uma bênção que sua esposa tenha sobrevivido para lhe deixar este filho. Quando ela chegou, estava convencido de que ela não duraria muito tempo. E, agora, devo avisá-lo de que ela provavelmente não passará deste inverno. Não se desespere ou se aflija demais; trata-se de um caso perdido. Além disso, você deveria saber que não tinha de ter escolhido se casar com uma mulher tão frágil assim!

– E o que respondeu o amo? – indaguei.

– Acho que ele esbravejou algo, mas não me importei, pois estava doida para ver o bebê. – E ela tornou a descrever a criança de modo extasiado.

Eu, tão zelosa quanto ela, fui apressada e ansiosa para casa para admirar o bebê, apesar de estar muito triste por Hindley. Em seu coração cabiam apenas dois ídolos: sua esposa e ele mesmo. Ele idolatrava ambos, mas adorava apenas um. E eu não podia conceber como ele suportaria a perda.

Quando chegamos ao Morro dos Ventos Uivantes, lá estava ele em frente à porta. Assim que passei por ele, perguntei:

– Como está o bebê?

– Quase pronto para sair correndo, Nelly! – retrucou ele, estampando um sorriso de alegria.

– E a senhora? – arrisquei-me a perguntar. – O médico diz que ela...

– Dane-se o médico! – interrompeu ele, ficando vermelho. – Frances tem razão: na semana que vem, ela já vai estar totalmente curada. Você está indo lá para cima? Pode avisar a ela que vou subir apenas se prometer ficar calada? Saí do quarto porque ela não conseguia parar de falar, coisa que não deve fazer. Diga-lhe que o doutor Kenneth falou que ela deve ficar quieta.

Transmiti o recado à senhora Earnshaw. Ela parecia estar com o humor instável e respondeu alegremente:

– Eu mal disse uma palavra, Ellen, e ele por duas vezes saiu daqui chorando. Bem, diga a ele que prometo não falar, mas isso não me impede de rir dele!

Pobre alma! Até uma semana antes de sua morte, aquele coração alegre jamais a abandonou. Seu marido, no entanto, insistia, obstinada e furiosamente, em afirmar que a saúde dela melhorava a cada dia. Quando o doutor Kenneth avisou-lhe que os remédios que tinha já eram inúteis naquele estágio da doença e que o amo não precisava mais arcar com as despesas do tratamento da mulher, ele replicou:

– Sei que não é necessário, pois ela está bem e não quer mais ser atendida por você! Não era nada de tuberculose. Era uma febre, que já passou. O pulso dela agora é tão fraco quanto o meu, e suas faces estão tão frias quanto as minhas.

Contou a mesma história à esposa, que pareceu acreditar nele. Mas, certa noite, com a cabeça recostada no ombro do marido, enquanto dizia que acreditava que no dia seguinte conseguiria se levantar da cama, um acesso de tosse a tomou. Foi um acesso leve. Ele a segurou nos braços: a mulher pôs as mãos no pescoço dele, seu semblante mudou, e ela morreu.

Como previra a garota, o pequeno Hareton ficou totalmente sob meus cuidados. O senhor Earnshaw, contanto que visse a criança bem e jamais ouvisse seu choro, ficava satisfeito. Quanto ao próprio, estava desolado: a tristeza dele não era do tipo que provocava lamentações. Não chorava ou rezava, mas xingava e desafiava. Execrava Deus e os homens e entregou-se a uma vida de imprudente dissipação. Os criados não aguentaram seus modos tirânicos e malvados por muito tempo; apenas Joseph e eu permanecemos. Eu não tinha coragem de abandonar meu dever. Além disso, fui criada ao lado de Hindley como irmã adotiva e desculpava seu comportamento com mais facilidade do que um desconhecido faria. Joseph ficou para intimidar os rendeiros e os trabalhadores, e porque era vocação dele estar onde houvesse muita maldade para censurar.

Os maus hábitos e as más companhias do amo serviam como péssimo exemplo para Catherine e Heathcliff. O tratamento que ele dispensava ao rapaz era suficiente para transformar até um santo em demônio. E, de fato, o rapaz parecia possuído por algo diabólico naquela época. Ele se deleitava em assistir à degeneração moral e à pouca chance de salvação de Hindley, e, a cada dia, tornava-se mais conhecido por sua ferocidade e seu mau temperamento. Nem é preciso dizer que a casa se tornou um verdadeiro inferno. O coadjutor parou de nos visitar, e nenhuma pessoa decente se atrevia a se aproximar de nós. As visitas de Edgar Linton à senhorita Cathy foram uma exceção. Aos quinze anos, ela era a rainha da região. Ninguém se igualava a ela, e, de fato, tornou-se uma criatura arrogante e teimosa! Admito que passei a não gostar dela quando já não era mais criança. Muitas vezes, eu a irritava, tentando fazê-la menos arrogante. No entanto, ela jamais criou aversão por mim. Mantinha uma lealdade assombrosa em relação a antigos laços. Até seus sentimentos por Heathcliff permaneceram inalterados, e o jovem Linton, com todo seu ar de superioridade, teve dificuldade para causar uma impressão tão profunda quanto a dele. Linton é meu finado amo; o retrato acima da lareira é dele. Antes, o retrato ficava pendurado de um lado da lareira, enquanto o de sua esposa ocupava o outro lado; mas o dela foi retirado. Caso contrário, o senhor poderia ter uma ideia de como era. Consegue ver daqui?

A senhora Dean ergueu a vela, e pude distinguir um rosto de feições suaves, demasiadamente parecido com o da jovem que eu vira no Morro dos Ventos Uivantes, mas com uma expressão mais pensativa e amigável. Era uma linda figura. Os cabelos longos e claros caíam em leves cachos nas têmporas; os olhos, grandes e sérios; o corpo, quase excessivamente gracioso. Não era de espantar que Catherine Earnshaw tivesse sido capaz de esquecer seu primeiro amigo de infância por causa desse indivíduo. O que me surpreendeu muito foi como ele, com uma mente que correspondesse à sua aparência, poderia se interessar pela imagem que eu fazia de Catherine Earnshaw.

– É um retrato muito agradável – observei para a governanta. – É fiel?

– Sim – respondeu ela. – Mas ele tinha uma aparência ainda melhor quando estava mais animado. Este era o semblante habitual dele: faltava-lhe alegria, em geral.

– Catherine mantivera sua amizade com os Lintons desde que havia passado cinco semanas na casa deles. Como não tinha nenhuma tentação de mostrar a eles seu lado áspero e tinha o bom senso de ter vergonha de ser rude com aqueles que apenas a haviam tratado com cortesia, acabou, sem querer, abusando da amabilidade do senhor e da senhora Linton. Sua engenhosa cordialidade conquistou a admiração de Isabella e o coração e a alma do irmão dela. Essas conquistas, que a princípio a lisonjearam devido à sua ambição, acabaram por adotar um caráter duplo, sem a intenção de enganar alguém. No ambiente onde Heathcliff ser chamado de "jovem rufião vulgar" e "pior do que uma besta", ela se esforçava para não agir como ele. Contudo, em casa, tinha pouca inclinação para demonstrar uma boa educação, já que isso provocaria risos, e para refrear sua natureza incontrolável, o que não lhe traria vantagens ou elogios.

– O senhor Edgar poucas vezes reuniu coragem para visitar abertamente o Morro dos Ventos Uivantes. Sentia pavor da reputação de Earnshaw e encolhia-se todo quando o encontrava. Ainda assim, era sempre recebido com as nossas melhores tentativas de civilidade. O próprio amo evitava ofendê-lo, pois sabia o motivo de sua visita e, caso não pudesse ser cortês, mantinha-se distante. Mas, sinceramente, acredito que as visitas dele eram desagradáveis para Catherine. Ela não era astuta, jamais fingiu ser coquete e claramente se opunha ao encontro de seus dois amigos. Quando Heathcliff demonstrava desprezo por Linton na presença dele, ela não podia concordar, como fazia na ausência de Linton. Por outro lado, quando Linton demonstrava aversão e antipatia por Heathcliff, ela não ousava ser indiferente aos sentimentos dele, como se o menosprezo pelo amigo não a afetasse. Já ri muito das perplexidades e dos inúmeros conflitos dela, os quais tentava, em vão, esconder de minha zombaria. Pode parecer maldade minha, mas ela era tão orgulhosa que se tornava impossível sentir pena de suas aflições, até que aprendesse a ser mais humilde. Por fim, passou a se confessar e a trocar confidências comigo, pois não havia outra alma que pudesse conceber como conselheira.

– Certa tarde, o senhor Hindley havia saído de casa, e Heathcliff decidiu aproveitar a oportunidade para se permitir um dia de folga. Na época, ele havia completado dezesseis anos, eu acho. Embora não fosse feio nem apresentasse deficiências intelectuais, havia nele uma repulsa física e mental que já não se nota em seu aspecto atual. Em primeiro lugar, naquela época, ele já havia perdido os benefícios dos estudos anteriores. O contínuo trabalho árduo, começando cedo e terminando tarde, havia dissipado qualquer curiosidade que algum dia ele pudesse ter tido por adquirir conhecimento, além de qualquer amor pelos livros ou pelo aprendizado. Seu ar de superioridade da infância, estimulado pelo favoritismo do velho senhor Earnshaw, tinha se esvaído. Durante muito tempo, ele se esforçou para acompanhar Catherine nos estudos, mas acabou desistindo com um comovente, porém silencioso, arrependimento. Mas o fato é que desistiu completamente, e não havia modo de convencê-lo a tentar progredir novamente, uma vez que percebeu que jamais voltaria ao nível anterior. Com o tempo, sua aparência física acompanhou a deterioração mental: adquiriu um modo de andar encurvado e uma aparência desagradável. Sua disposição naturalmente reservada exacerbou-se, transformando-o quase em um insociável solitário. Parecia sentir um prazer mórbido em despertar aversão, em vez de estima, nos poucos conhecidos.

Catherine e Heathcliff continuavam companheiros constantes durante as folgas do trabalho dele. No entanto, ele havia parado de expressar seu carinho por Cathy com palavras e evitava, com uma desconfiança raivosa, os carinhos da menina, como se soubesse que não poderia sentir satisfação em demonstrar tamanho afeto. Na ocasião que mencionei anteriormente, ele entrou na casa para anunciar sua intenção de não fazer nada naquele dia, enquanto eu ajudava a senhorita Cathy a se vestir. Ela não esperava que ele fosse ter essa ideia. E, pensando que ficaria sozinha em casa, ela conseguiu, de algum modo, avisar Edgar sobre a ausência do seu irmão e se preparava para recebê-lo.

– Cathy, você está ocupada esta tarde? – perguntou Heathcliff. – Vai a algum lugar?

– Não, está chovendo – respondeu ela.

– Por que então você está usando este vestido de seda? – indagou ele. – Não há ninguém vindo para cá, não é?

– Não... que... que eu saiba – gaguejou a senhorita. – Mas você deveria estar no campo agora, Heathcliff. Já passou uma hora desde o almoço. Achei que você já tivesse ido.

– Hindley quase nunca nos poupa de sua presença maldita – observou o rapaz. – Não vou mais trabalhar hoje. Ficarei com você.

– Oh, mas Joseph vai contar – disse ela. – É melhor você ir!

– Joseph está carregando cal do lado de lá do penhasco de Penistone. Ele vai ficar fazendo isso até que escureça e jamais ficará sabendo.

Dizendo isso, ele andou devagar até a lareira e sentou-se. Catherine ficou refletindo por um instante, franzindo a testa: ela achava necessário preparar o terreno para a intromissão.

– Isabella e Edgar Linton comentaram que fariam uma visita esta tarde – disse ela, ao fim de um minuto de silêncio. – Como está chovendo, não acredito que venham, mas podem acabar vindo e, nesse caso, você corre o risco de ser repreendido sem motivo.

– Mande a Ellen dizer que você ficou noiva, Cathy – insistiu ele. – Não me troque por aqueles seus amigos detestáveis e bobos! Estou a ponto de, às vezes, reclamar que eles... Mas não vou...

– Que eles o quê? – gritou Catherine, olhando para ele com um semblante perturbado. – Oh, Nelly! – acrescentou ela, irritada, desvencilhando a cabeça das minhas mãos. – Você penteou tanto meus cabelos que desfez os cachos! Basta! Deixe-me em paz. Você estava a ponto de reclamar do quê, Heathcliff?

– De nada... Apenas olhe para o almanaque naquela parede. – Ele apontou para a folhinha emoldurada, pendurada perto da janela, e prosseguiu: – As cruzes marcam os fins de tarde que você passou com os Lintons, e os pontos marcam aqueles passados comigo. Está vendo só? Marquei todos os dias.

– Sim... Que bobagem! Até parece que eu reparo nessas coisas! – replicou Catherine, com um tom de voz irritado. – E para que serve isso?

– Para lhe mostrar que eu, *sim*, reparo nessas coisas – disse Heathcliff.

– E eu, por acaso, tenho de ficar sempre com você? – indagou ela, ficando ainda mais irritada. – O que eu ganho com isso? De que assuntos fala? Você poderia ser mudo, ou um bebê, por causa de tudo o que diz para me impressionar e pelas coisas que faz!

– Você nunca me disse que eu falava pouco demais ou que não gostava da minha companhia, Cathy! – exclamou Heathcliff, nervoso.

– Não se trata de companhia quando a pessoa não sabe nada e não diz nada... – murmurou ela.

O companheiro dela se levantou, mas não teve tempo de seguir expressando seus sentimentos, pois ouviram-se as patas de um cavalo contra o chão de terra batida. Depois de bater à porta de leve, o jovem Linton entrou, com o rosto brilhando de prazer por causa do convite inesperado que havia recebido dela. Sem dúvida, Catherine percebeu a diferença entre seus amigos, à medida que um entrou e o outro saiu. O contraste parecia como se mudar de um lugar montanhoso, desolador e cheio de carvão para um lindo vale fértil; e a voz e os modos de Linton eram igualmente contrastantes. Ele tinha uma maneira de falar doce e baixa e pronunciava as palavras como faz o senhor: com menos rudeza do que falamos aqui, e com mais suavidade.

– Não cheguei cedo demais, não é? – disse ele, desviando o olhar para mim. Eu havia começado a espanar o tampo e a arrumar algumas gavetas na extremidade mais distante do aparador.

– Não – respondeu Catherine. – O que você está fazendo aqui, Nelly?

– Meu trabalho, senhorita – repliquei. (O senhor Hindley havia me instruído para que eu estivesse presente sempre que Linton decidisse fazer uma visita.)

Ela veio por trás de mim e sussurrou, contrariada:

– Leve seus espanadores e a si mesma daqui. Quando há visitas na casa, os criados não começam a esfregar e a limpar o cômodo em que elas estão!

– É uma boa oportunidade, agora que o amo não está em casa – respondi em voz alta. – Ele detesta que eu fique mexendo nessas coisas na presença dele. Estou certa de que o senhor Edgar vai me desculpar.

– Odeio quando você fica mexendo nessas coisas na *minha* presença – exclamou, imperiosa, a jovem senhorita, sem dar ao seu convidado tempo de falar. Ela não conseguira recobrar a compostura desde a pequena discussão com Heathcliff.

– Sinto muito, senhorita Catherine – foi a minha resposta, e prossegui minha ocupação trabalhando com afinco.

Ela, achando que Edgar não podia ver, tirou o pano da minha mão e deu-me um longo e vingativo beliscão no braço. Já disse que eu não gostava dela e sentia muito prazer em mortificar seu orgulho de vez em quando. Além disso, ela havia me machucado muito. Então, levantei-me, pois estava de joelhos, e gritei:

– Ai, senhorita, que maldade! Não tem o direito de me beliscar, e eu não vou tolerar isso.

– Eu não encostei em você, criatura mentirosa! – berrou ela, com os dedos coçando para repetir o ato e as orelhas vermelhas de raiva. Ela jamais conseguiu disfarçar esses acessos; ficava com a pele toda em brasa.

– O que é isto, então? – repliquei, mostrando um indisfarçável hematoma como testemunha a desmenti-la.

Ela pisoteou o chão, hesitou por um instante e, em seguida, irresistivelmente impelida por seu mau gênio, deu-me um tapa na cara, um golpe que ardeu e que me encheu os olhos de lágrimas.

– Catherine, amor! Catherine! – interpôs-se Linton, muito chocado com a dupla falta, a falsidade e a violência cometidas por seu ídolo.

– Saia já deste aposento, Ellen! – repetiu ela, tremendo por inteiro.

O pequeno Hareton, que me seguia por todos os cantos e estava sentado no chão perto de mim, ao ver as minhas lágrimas, começou a chorar também e a reclamar, aos soluços, da "malvada tia Cathy", o que atraiu a fúria dela para o coitado. Agarrou-o pelos ombros e sacudiu-o até o pobre menino ficar lívido, e Edgar, sem pensar, pegou as mãos dela para soltar a criança. Em um instante, uma das mãos soltou-se, e o atônito jovem sentiu-a ir em direção à sua orelha de um modo que não poderia ser confundido com uma brincadeira. Consternado, ele se afastou. Peguei Hareton em meus braços e fui para a cozinha com ele, deixando a porta comunicante aberta, pois estava curiosa para ver como eles iriam resolver aquele desentendimento. O visitante insultado foi para o lugar onde havia deixado seu chapéu, pálido e com os lábios trêmulos.

– É isso mesmo! – disse comigo mesma. – Tome isso como aviso e vá embora! Foi uma gentileza ela ter lhe mostrado um vislumbre de seu verdadeiro temperamento.

– Aonde você está indo? – perguntou Catherine, avançando em direção à porta.

Ele se virou de lado e tentou passar.

– Você não pode ir! – exclamou ela, energicamente.

– Não só devo como vou! – replicou ele, com a voz abafada.

– Não – insistiu ela, agarrando a maçaneta. – Ainda não, Edgar Linton. Sente-se. Você não vai me deixar neste estado. Vou sofrer a noite toda, e não sofrerei por sua causa!

– E eu posso ficar depois que você me bateu? – perguntou Linton.

Catherine ficou muda.

– Deixou-me envergonhado e com medo de você – prosseguiu ele. – Não volto mais aqui!

Os olhos dela começaram a brilhar, e os lábios, a tremer.

– E você mentiu intencionalmente! – disse ele.

– Não menti! – berrou ela, recobrando a voz. – Não fiz nada intencionalmente. Bem, vá, se quiser... Vá embora! E agora vou chorar... Vou chorar até ficar doente!

Ela caiu de joelhos perto de uma cadeira e começou a chorar copiosamente. Edgar perseverou em sua decisão até o pátio, onde ficou parado. Decidi encorajá-lo.

– A senhorita é terrivelmente caprichosa – gritei. – Má como qualquer criança mimada. É melhor o senhor cavalgar de volta para casa ou ela ficará doente só para nos irritar.

O rapaz de coração mole olhou de soslaio pela janela. Era tão capaz de sair dali quanto um gato é capaz de deixar um rato meio morto ou um pássaro devorado pela metade. "Ah", pensei, "não há salvação para ele; está perdido e voando em direção à sua sina!" E assim foi. Ele se virou abruptamente, foi às pressas de volta para a casa e fechou a porta. Quando voltei a entrar, depois de um tempo, para avisá-los de que Earnshaw havia voltado para casa bêbado e furibundo, pronto para colocar a casa abaixo (seu temperamento normal nesse estado), percebi que a briga apenas tinha feito aumentar a intimidade entre eles, rompendo as barreiras da timidez da juventude e permitindo que eles abandonassem o disfarce da amizade e se declarassem namorados.

A informação da chegada do senhor Hindley fez com que Linton fosse rapidamente montar em seu cavalo, e Catherine, para o quarto. Eu fui esconder o pequeno Hareton e descarregar a caçadeira do meu amo, com a qual ele adorava brincar em sua animação insana, pondo em risco a vida daqueles que o provocavam, ou até daqueles que chamavam demais sua atenção. E eu tive a ideia de descarregá-la para que os danos fossem mínimos caso ele decidisse puxar o gatilho.

Capítulo 9

Ele entrou, vociferando blasfêmias terríveis de se ouvir, e me pegou bem quando eu estava escondendo o filho dele no armário da cozinha. Hareton tinha total pavor da ternura bestial ou da raiva insana do pai, pois, no primeiro caso, corria o risco de ser abraçado e beijado até a morte, e, no segundo, de ser atirado ao fogo ou contra a parede. O coitadinho ficava perfeitamente quieto onde quer que eu o deixasse.

– Pronto! Finalmente descobri tudo! – gritou Hindley, puxando-me pela nuca, como faria a um cachorro. – Pelo céu e pelo inferno, vocês juraram matar esta criança! Agora sei por que ele está sempre fora do meu alcance. Mas, com a ajuda de Satanás, vou lhe fazer engolir o trinchante, Nelly! Não é caso para rir, pois acabei de atirar Kenneth de cabeça no pântano de Blackhorse; e quem mata um, mata dois... E quero matar alguns de vocês; não descansarei enquanto não fizer isso!

– Mas eu não gosto do trinchante, senhor Hindley – respondi. – Ele estava sendo usado para limpar arenques vermelhos. Preferia levar um tiro, se o senhor não se incomodar.

– Você preferia era ir para o inferno! – disse ele. – E irá. Não há lei na Inglaterra que impeça um homem de manter a decência na própria casa, e a minha está abominável! Abra a boca. – Segurou o trinchante e colocou a ponta entre meus dentes; mas, de minha parte, jamais tive muito medo dos caprichos dele. Cuspi e afirmei que o trinchante tinha um gosto terrível... De maneira alguma eu engoliria aquilo.

– Oh! – disse ele, soltando-me. – Estou vendo agora que esse fedelho horrível não é Hareton. Peço perdão, Nelly. Caso seja, ele merece ser esfolado vivo por não vir correndo me dar as boas-vindas e por ter gritado como se eu fosse um trasgo. Cria desnaturada, venha aqui! Vou lhe ensinar a abusar da amabilidade de um pai ingênuo e de bom coração. Agora, você não acha que o garoto ficaria mais bonito com as orelhas cortadas? Isso torna um cachorro mais feroz, e adoro coisas ferozes... Arranje-me umas tesouras... Vamos deixá-lo feroz e bem aparado! Além disso, é uma afetação infernal, uma vaidade diabólica, o apreço que temos por nossas orelhas. Já somos burros o bastante sem elas. Calado, garoto, calado! Isso, meu querido! Calma, enxugue as lágrimas... pronto! Que alegria! Dê-me um beijo. O quê? Ele se recusa a me beijar? Beije-me, Hareton! Beije-me, maldito! Por Deus! Até parece que eu criaria tamanho monstro! Com a mesma certeza de que estou vivo, ainda quebro o pescoço desse garoto mimado.

O pobre Hareton estava nos braços do pai, aos berros e dando pontapés com toda a força, e redobrou seus gritos quando ele o levou pelas escadas e o ergueu por cima do corrimão. Gritei que iria assustar o menino ao ponto de ter um ataque e corri para resgatá-lo. Quando os alcancei, Hindley inclinou-se para a frente no corrimão para escutar um barulho que vinha de baixo, quase se esquecendo do que tinha em mãos.

– Quem está aí? – perguntou ele, escutando alguém se aproximar do pé da escada. Também me inclinei para a frente, com o objetivo de sinalizar para Heathcliff, cujos passos eu reconheci, que não se aproximasse mais. No instante em que tirei os olhos de Hareton, ele, de súbito, deu um pulo, soltando-se das mãos que o seguravam sem cuidado, e caiu.

Mal houve tempo de sentirmos um calafrio de terror antes de percebermos que o infeliz estava a salvo. Heathcliff havia chegado ao pé da escada no momento exato. Em um impulso natural, aparou-lhe a queda e, colocando o menino de pé, olhou para cima para identificar o responsável pelo acidente. Um avarento que vende um bilhete de loteria premiado por cinco xelins e descobre no dia seguinte que perdeu cinco mil libras no negócio não poderia estampar um semblante mais lívido do que o dele ao avistar o senhor Earnshaw no alto da escada. O semblante de Heathcliff expressava, de modo mais claro do que palavras poderiam, a mais intensa angústia por ter sido ele mesmo o instrumento que frustrou sua vingança. Se estivesse escuro, ouso dizer que ele teria tentado corrigir seu erro esmagando o crânio de Hareton nos degraus. Mas todos testemunhamos o salvamento, e, naquele momento, eu já estava no andar de baixo apertando o menino contra meu peito. Hindley desceu mais lentamente, recobrou a sobriedade e sentiu-se envergonhado.

– A culpa é sua, Ellen – disse ele. – Você deveria tê-lo mantido fora de vista. Deveria tê-lo tomado de mim! Ele está machucado?

– Machucado! – gritei com raiva. – Se ele não morrer, é capaz de ficar idiota! Oh! Tomara que a mãe dele não se levante do túmulo para ver como o senhor de fato trata o menino. O senhor é pior do que um pagão ao tratar assim o sangue do seu sangue! – Ele tentou tocar no menino, que, ao se ver no meu colo, havia parado de chorar na hora. No entanto, quando o pai encostou o primeiro dedo nele, o menino voltou a chorar mais alto do que antes e começou a debater-se, como se estivesse prestes a ter convulsões.

– O senhor não vai mais se meter com ele! – prossegui. – Ele o odeia... Todos o odeiam... Essa é a verdade! Que família feliz tem o senhor! E a que belo estado o senhor chegou!

– E vou ficar num estado mais belo ainda, Nelly – riu o homem desencaminhado, recobrando sua dureza. – Agora, retire-se daqui e leve-o. E preste atenção, Heathcliff! Vá também para bem longe das minhas mãos e dos meus ouvidos. Não é hoje que eu vou matá-lo, a não ser, talvez, que eu bote fogo na casa, mas só se me der na telha.

Enquanto dizia isso, pegou uma garrafa de *brandy* do aparador e derramou um pouco em um copo de vidro.

– Não faça isso! – supliquei. – Senhor Hindley, ouça o que lhe digo. Tenha piedade deste infeliz menino, se não se importa consigo mesmo!

– Qualquer pessoa será melhor para ele do que eu – respondeu ele.

– Tenha piedade da própria alma! – falei, tentando tirar o copo da mão dele.

– Eu, não! Pelo contrário, terei um imenso prazer em mandá-la à perdição para castigar o Criador dela – exclamou o blasfemador. – Um brinde à completa danação da minha alma!

Ele bebeu o destilado e, impacientemente, mandou que saíssemos dali, terminando sua ordem com uma sequência de imprecações horríveis, indignas demais de repetir ou lembrar.

– É uma pena que ele não consiga se matar com bebida – observou Heathcliff, resmungando em resposta a várias pragas quando a porta se fechou. – Está fazendo o possível, mas o corpo resiste a ele mesmo. O doutor Kenneth disse que apostaria sua égua que ele vai viver mais do que qualquer outro homem deste lado de Gimmerton. E que vai para a tumba como um pecador de cabelos brancos, a não ser que alguma feliz e extraordinária casualidade lhe aconteça.

Entrei na cozinha e sentei-me para embalar meu cordeirinho. Pensei que Heathcliff tivesse ido até o celeiro. Na verdade, ele apenas passou ao lado do sofá, jogou-se em um banco perto da parede, longe do fogo, e ficou em silêncio.

Eu embalava Hareton sobre meus joelhos e cantarolava uma canção que começava com: "Os bebês choravam, alta noite já se ia, e a mãe, de sua cova, os ouvia", quando a senhorita Cathy, que havia ouvido o alvoroço de seu quarto, colocou a cabeça para dentro da cozinha e sussurrou:

– Está sozinha, Nelly?

– Sim, senhorita – respondi.

Ela entrou e se aproximou da lareira. Eu, presumindo que iria dizer alguma coisa, olhei para cima na direção dela. A expressão em seu rosto parecia perturbada e ansiosa. Seus lábios estavam entreabertos, como se fosse falar, e ela tomou fôlego, mas, em vez de uma frase, de sua boca saiu um suspiro. Tornei a cantar, sem esquecer de seu comportamento recente.

– Onde está Heathcliff? – perguntou ela, interrompendo-me.

– Cuidando de seu trabalho no estábulo – foi a minha resposta.

Ele não me contradisse. Talvez estivesse cochilando. Fez-se outra longa pausa, durante a qual notei uma lágrima ou duas escorrerem das faces de Catherine para o chão. "Estaria ela arrependida de seu comportamento vergonhoso?", perguntei a mim mesma. "Isso seria uma novidade; ela talvez chegue a esse ponto algum dia, mas não vou ajudá-la!" Não, ela não se incomodava com nada, exceto com o que lhe dizia respeito.

– Ai, Deus! – gritou ela por fim. – Estou muito infeliz!

– É uma pena – observei. – A senhorita é difícil de agradar. Tem muitos amigos e pouquíssimas preocupações, e ainda assim não consegue ficar contente!

– Nelly, você guardaria um segredo? – prosseguiu ela, ajoelhando-se ao meu lado, e ergueu para mim seus adoráveis olhos, com aquele tipo de olhar que alivia qualquer mau humor, mesmo quando se tem todo o direito do mundo de estar zangado.

– É um segredo que vale a pena guardar? – perguntei, já bem menos emburrada.

– Sim. Ele me aflige e preciso desabafar! Quero saber o que eu devo fazer. Hoje, Edgar Linton pediu-me em casamento, e eu lhe dei uma resposta. Agora, antes que eu lhe diga se aceitei ou recusei, diga-me o que eu deveria ter respondido.

– Francamente, senhorita Catherine, como acha que posso saber? – repliquei. – Para falar a verdade, considerando a cena que você protagonizou na presença dele esta tarde, eu talvez diria que seria aconselhável recusar.

Como ele lhe fez o pedido depois disso, deve ser irremediavelmente estúpido ou um tolo imprudente.

– Se continuar falando desse jeito, não vou mais lhe contar – devolveu ela, que se levantou, irritada. – Eu aceitei, Nelly. Seja breve, e diga-me se cometi um erro!

– A senhorita aceitou! Então, de que adianta discutir o assunto? A senhorita deu sua palavra e não pode voltar atrás.

– Mas me diga se eu deveria ter aceitado... Por favor! – exclamou ela com um tom de voz irritado, esfregando as mãos uma contra a outra e franzindo a testa.

– Há muito o que se considerar antes que se possa responder de modo adequado – sentenciei. – Antes de mais nada, a senhorita ama o senhor Edgar?

– E quem consegue evitar? Claro que sim – respondeu ela.

Em seguida, submeti-a ao seguinte interrogatório, que não era descabido para uma moça de vinte e dois anos:

– Por que o ama, senhorita Cathy?

– Que pergunta sem sentido. Eu o amo... E isso basta.

– De modo algum. A senhorita tem de dizer o porquê.

– Ora, porque ele é bonito e é uma companhia agradável.

– Ruim – foi meu comentário.

– E porque ele é jovem e alegre.

– Ainda está ruim.

– E porque ele me ama.

– Isso não importa.

– Ele vai ser rico, eu vou gostar de ser a mulher mais importante da vizinhança e terei orgulho de ter tal marido.

– Pior ainda. Agora, diga como você o ama.

– Como todos amam... Você é boba, Nelly.

– Nem um pouco... Responda.

– Amo o chão que ele pisa, o ar sobre sua cabeça e tudo o que ele toca. E cada palavra que ele diz. Adoro todos os seus olhares, todas as suas atitudes, amo-o inteiro e por completo. Pronto!

– E por quê?

– Não. Você está zombando de mim. Isso é de extremo mau gosto! Para mim, isso não é brincadeira! – disse a jovem senhorita, franzindo a testa e virando o rosto para o fogo.

– Estou longe de estar zombando de você, senhorita Catherine – repliquei. – A senhorita ama o senhor Edgar porque ele é bonito, jovem, alegre e rico e porque ele a ama. No entanto, o último motivo de nada vale. A senhorita provavelmente o amaria mesmo que ele não a amasse; e também não o amaria por causa disso, a não ser que ele tivesse os outros quatro atrativos.

– Não, certamente que não. Eu apenas sentiria pena dele... Odiaria-o, talvez, se ele fosse feio e um palhaço.

– Mas há vários outros rapazes ricos e bonitos no mundo: possivelmente até mais bonitos e mais ricos do que ele. O que a impediria de amá-los também?

– Se eles existem, estão fora do meu alcance. Jamais vi alguém como Edgar.

– Talvez veja alguns. E ele não será eternamente bonito e jovem, e pode não ser rico para sempre.

– Agora ele é, e eu só quero saber do presente. Gostaria que você falasse de modo mais racional.

– Bem, isso encerra a questão. Se a senhorita só quer saber do presente, case-se com o senhor Linton.

– Eu não estou pedindo sua permissão para isso. Eu *vou* me casar com ele; e, mesmo assim, você ainda não me disse se eu fiz bem.

– Fez muito bem, caso as pessoas façam bem em se casar pensando apenas no presente. Agora, escutemos os motivos de sua infelicidade. Seu irmão vai ficar feliz com a notícia; os velhos senhor e senhora Linton não vão se opor, eu acho. A senhorita vai escapar de uma casa desordenada e sem conforto e vai para uma casa rica e respeitável. E a senhorita ama Edgar, e ele a ama. Tudo parece fácil e simples. Onde está o obstáculo?

– *Aqui*! E *aqui*! – replicou Catherine, colocando uma mão na testa e a outra no peito. – Onde quer que resida a alma, em minha alma e em meu coração, estou convencida de que estou errada!

– Isso é muito estranho! Não consigo entender.

– Esse é o meu segredo. Mas, se você não for zombar de mim, eu lhe explico. Não posso explicar precisamente, mas vou lhe dar uma ideia de como eu me sinto.

Ela tornou a sentar-se ao meu lado. Seu semblante foi ficando mais triste e mais sério, e suas mãos entrelaçadas estavam trêmulas.

– Nelly, você nunca tem sonhos estranhos? – perguntou ela depois de alguns minutos de reflexão.

– Sim, de vez em quando – respondi.

– Eu também. Em minha vida, já tive sonhos que permaneceram comigo para sempre e mudaram as minhas ideias. Eles foram penetrando cada vez mais dentro de mim, como vinho diluído em água, e mudaram as cores da minha mente. Este é um deles. Vou lhe contar, mas tente não rir em nenhuma parte.

– Oh! Não faça isso, senhorita Catherine! – exclamei. – Já estamos tristes o bastante sem precisar conjurar fantasmas e visões para nos assombrar. Vá! Seja feliz e natural! Olhe só para o pequeno Hareton! Ele não está sonhando nada de triste. Como ele ri docemente enquanto dorme!

– Sim, e quão docemente o pai dele pragueja quando está sozinho! Você deve se lembrar dele, ouso dizer, quando era apenas uma coisinha gorducha como esta, quase tão jovem e inocente quanto. No entanto, Nelly, vou obrigá-la a ouvir meu sonho. Ele não é longo, e não tenho forças para me alegrar nesta noite.

– Não vou ouvi-lo. Não vou ouvi-lo! – repeti apressadamente.

Naquela época, eu era supersticiosa com relação aos sonhos, e até hoje o sou. Catherine tinha um aspecto melancólico incomum, que me fez recear que eu pudesse extrair de suas palavras alguma profecia ou prever alguma catástrofe terrível. Ela estava irritada, mas não prosseguiu com o relato. Aparentemente mudando de assunto, ela logo continuou a falar.

– Se eu estivesse no céu, Nelly, seria extremamente infeliz.

– Porque a senhorita não merece ir para lá – respondi. – Todos os pecadores seriam infelizes no céu.

– Não é por isso que estou falando. Certa vez, sonhei que estava lá.

– Estou lhe falando que não vou escutar nada sobre seus sonhos, senhorita Catherine! Vou para a cama – tornei a interromper.

Ela riu e segurou-me, pois fiz menção de me levantar da cadeira.

– Não tem nada de mais! – exclamou ela. – Eu ia apenas dizer que o céu parecia não ser meu lar, e fiquei de coração partido de tanto chorar, querendo voltar para a Terra. E os anjos ficaram tão irritados que me atiraram bem no meio dos arbustos no topo do Morro dos Ventos Uivantes, onde acordei chorando de alegria. Isso serve para explicar meu segredo, assim como outro segredo. Eu devo me casar com Edgar Linton tanto quanto mereço estar no céu. E, se aquele homem perverso lá em cima não tivesse feito Heathcliff descer tão baixo, eu não pensaria duas vezes. Seria degradante para mim me casar com Heathcliff agora; portanto, ele jamais saberá o quanto o amo. E isso não por ele ser bonito, Nelly, mas porque ele é mais eu do que eu mesma. Seja qual for a matéria de que nossas almas são feitas, a minha e a dele são iguais; e a de Linton é tão diferente quanto o raio de luar é de um relâmpago, ou a geada, do fogo.

Antes que o discurso de Catherine terminasse, percebi a presença de Heathcliff. Tendo reparado em um leve movimento, virei a cabeça e vi-o se levantar do banco e sair discretamente, sem fazer barulho. Ele havia escutado até o ponto em que ouviu Catherine dizer que seria degradante para ela se casar com ele, e então não permaneceu ali para continuar escutando. Minha companhia, sentada no chão, foi impedida pelas costas do sofá de reparar sua presença e partida, mas eu levei um susto e mandei que ela se calasse.

– Por quê? – perguntou ela, olhando nervosamente ao redor.

– Joseph está chegando – respondi, oportunamente, bem no momento em que se ouviram as rodas da carroça dele rolando pela estrada. – E Heathcliff vai entrar junto com ele. Não tenho certeza se ele não estava na porta agora mesmo.

– Ah, da porta ele não poderia me escutar! – exclamou ela. – Dê-me o Hareton enquanto você cuida do jantar, e, quando estiver pronto, me chame para jantar com você. Quero enganar a minha consciência incômoda e me convencer de que Heathcliff não tem noção dessas coisas. Ele não tem, não é mesmo? Ele não sabe o que é estar apaixonado!

– Não vejo razão para que ele não saiba, assim como a senhorita – retruquei. – E, se a senhorita é quem ele escolheu, ele será a criatura mais desafortunada que já nasceu! Assim que a senhorita se tornar a senhora Linton, ele irá perder a amiga, a amada e tudo mais! A senhorita já pensou em como suportará essa separação? E como ele irá suportar ser abandonado no mundo? Porque, senhorita Catherine...

– Ele, abandonado! Nós, separados! – exclamou ela, em tom de indignação. – Quem poderá nos separar, hein? Eles teriam o mesmo destino de Mílon de Crotona[3]! Enquanto eu estiver viva, Ellen, nenhuma criatura mortal irá nos separar. Cada Linton na face da Terra pode derreter e desaparecer antes que eu concorde em abandonar Heathcliff. Oh, essa não é a minha intenção... Não foi isso que quis dizer! Não me tornarei a senhora Linton caso esse seja o preço exigido! Ele vai continuar tendo a mesma importância para mim que teve a vida toda. Edgar deve superar sua antipatia e, ao menos, tolerá-lo. E ele vai fazer isso, uma vez que souber de meus verdadeiros sentimentos por ele. Nelly, agora percebo que você me

---

[3] Célebre atleta grego, conhecido por sua força que, ao tentar partir uma árvore com as duas mãos, ficou com estas presas nos galhos e foi devorado por lobos. (N.T.)

toma por uma pessoa desprezível e egoísta, mas nunca lhe ocorreu que, se Heathcliff e eu nos casássemos, seríamos mendigos? Mas, se eu me casar com Linton, posso ajudar Heathcliff a dar a volta por cima e tirá-lo do jugo do meu irmão.

– Com o dinheiro do seu marido, senhorita Catherine? – perguntei. – Vai descobrir que ele não é tão maleável quanto a senhorita imagina. A mim não cabe julgar, mas acho que este até agora foi o pior motivo que a senhorita me deu para se tornar a esposa do jovem Linton.

– Não é o pior – retrucou ela. – É o melhor motivo! Os outros eram a satisfação dos meus caprichos e, pelo Edgar também, para satisfazê-lo. E este é por uma pessoa que concentra em si tanto meus sentimentos por Edgar quanto por mim mesma. Não posso expressá-lo, mas certamente você e todo mundo têm noção de que há ou deveria haver uma existência sua além de você mesmo. Qual teria sido a utilidade da minha criação se eu estivesse contida inteiramente aqui? Meus grandes desgostos neste mundo são os desgostos de Heathcliff; acompanhei e senti cada um desde o começo; o que me mantém viva é ele. Caso tudo mais perecesse e *ele* permanecesse vivo, *eu* seguiria existindo. Porém, se tudo permanecesse vivo e ele fosse aniquilado, o universo se tornaria algo extremamente desconhecido, do qual eu não pareceria fazer parte. Meu amor por Linton é como a folhagem na floresta: o tempo o altera, tenho plena consciência disso, assim como o inverno transforma as árvores. Meu amor por Heathcliff é as pedras eternas no solo: uma parca fonte de prazer visual, mas essencial. Nelly, eu *sou* Heathcliff! Ele está sempre, sempre, na minha mente. Não como um prazer, pois tampouco sou sempre um prazer para mim mesma, mas como meu próprio ser. Portanto, não volte a falar de nossa separação, pois ela é impraticável e...

Ela fez uma pausa e afundou o rosto nas dobras do meu vestido, mas eu o puxei com força. Minha paciência para os disparates dela havia se esgotado!

– Se eu consigo extrair algum sentido do seu disparate – falei –, é que a senhorita apenas ignora os deveres que terá de assumir ao se casar ou, então, que é uma menina má e inescrupulosa. Mas não me importune mais com segredos. Não prometo guardá-los.

– Mas vai guardar o que lhe contei agora? – perguntou ela, ansiosa.

– Não, não prometo – repeti.

Ela estava prestes a insistir, mas a chegada de Joseph pôs um fim à nossa conversa. Catherine levou sua cadeira para um canto e passou a embalar Hareton, enquanto eu preparava o jantar. Depois de pronto, eu e meu colega de criadagem começamos a discutir sobre quem deveria levar um prato ao senhor Hindley, sem chegar a uma decisão até que a comida estivesse quase fria. Por fim, decidimos que deixaríamos que ele pedisse o jantar, caso quisesse comer, pois temíamos ficar na sua presença, especialmente depois de ter passado algum tempo sozinho.

– Como é que aquele zé-ninguém ainda não voltou do campo? O que aquele vadio anda fazendo? – perguntou o velho, referindo-se a Heathcliff.

– Vou chamá-lo – respondi. – Ele está no celeiro, não tenho dúvida.

Fui até lá e o chamei, mas não obtive resposta. Na volta, sussurrei para Catherine que ele havia ouvido boa parte do que ela dissera, eu tinha certeza. Contei também que o vi sair da cozinha no momento em que ela reclamava do tratamento que seu irmão dispensava a ele. Cathy levou um susto, jogou Hareton no sofá e correu para procurar, sozinha, seu amigo, sem sequer pensar em por que ela estava tão agitada e como suas palavras poderiam tê-lo afetado. Ela ficou tanto tempo ausente que Joseph propôs que não esperássemos mais. Matreiro, conjecturou que eles se mantinham longe para evitar ouvir seus longos sermões, afirmando que ambos eram ruins o bastante para agir desse modo. E, com isso em mente, naquela noite, ele acrescentou uma oração especial aos costumeiros quinze minutos de súplicas antes da carne, e teria feito outra antes de acabar de dizer as graças, caso sua jovem ama não tivesse irrompido cozinha adentro com uma ordem urgente para que ele corresse estrada abaixo, procurasse Heathcliff onde quer que estivesse perambulando e o trouxesse de volta imediatamente!

– Quero falar com ele, *preciso*, antes que eu suba para o meu quarto – disse ela. – E o portão está aberto. Ele está em algum lugar onde não consegue nos ouvir, pois não respondeu, apesar de eu ter gritado o mais forte que pude do alto do curral das ovelhas.

A princípio, Joseph se opôs. No entanto, ela estava sendo sincera demais para ser contrariada. Por fim, ele colocou seu chapéu e saiu resmungando. Enquanto isso, Catherine ficou andando de um lado para o outro, exclamando:

– Fico me perguntando onde ele pode estar… Fico me perguntando onde ele pode estar! O que foi que eu disse, Nelly? Já esqueci. Será que ele ficou irritado com meu mau humor nesta tarde? Minha nossa! Diga-me o que foi que eu disse para entristecê-lo! Eu realmente queria que ele voltasse. Realmente queria que ele voltasse!

– Quanto barulho por nada! – gritei, mas eu também estava muito preocupada. – Uma bobagem dessas a assusta! Com certeza não é motivo de preocupação que Heathcliff tenha saído para dar um passeio no brejal, ou até mesmo que tenha decidido ir se deitar no feneiro, triste demais para falar conosco. Aposto que foi lá que ele se escondeu. Veja só se eu não o tiro de lá!

Saí para procurar de novo, mas foi em vão, e a busca de Joseph teve o mesmo resultado.

– Esse garoto vai de mal a pior! – observou o criado ao voltar. – Ele deixou a porteira aberta, e o pônei da senhorita pisoteou duas plantações de milho e foi direto para o prado! O amo vai ficar furioso como o demônio amanhã, e com toda razão. Ele é a paciência em pessoa com essas criaturas descuidadas e inúteis… a paciência em pessoa! Mas ele não vai ser sempre assim. Vocês todos vão ver! Não devem fazer com que ele perca a cabeça por bobagens!

– Você por acaso o encontrou, sua besta? – interrompeu Catherine. – Você estava procurando por ele, como eu mandei?

– Eu deveria era estar procurando pelo pônei – replicou ele. – Faria mais sentido. Mas eu não posso procurar pônei ou homem em uma noite como esta, escura como o interior da chaminé! E Heathcliff não é o tipo de pessoa que vai responder ao *meu* chamado; é mais provável que ele atenda a um chamado da *senhorita*!

Aquele começo de noite era escuro demais para o verão. As nuvens pareciam querer soltar trovões, e eu disse que era melhor que nos sentássemos; a chuva iminente com certeza o traria de volta à casa sem maiores problemas. No entanto, eu não conseguia convencer Catherine a ficar calma. Ela continuou andando de um lado para o outro, da porteira à porta, em um estado de agitação que não lhe permitia um descanso. Por fim, postou-se de um dos lados do muro, perto da estrada, onde, sem dar atenção às minhas reclamações, aos trovões que rugiam e às grandes gotas que começavam a cair à sua volta, ela permaneceu chamando de tempos em tempos, depois ouvindo e, em seguida, desatando a chorar. Ela era capaz de suplantar Hareton, ou qualquer outra criança, em uma boa e intensa crise de choro.

Por volta de meia-noite, enquanto ainda estávamos acordados, a tempestade caiu sobre o Morro dos Ventos Uivantes com toda a sua fúria. Soprava um vento violento e trovejava, e os trovões ou o vento partiram ao meio uma árvore num dos lados da casa. Um galho enorme caiu pelo telhado, derrubando uma parte do cano da chaminé do lado direito, mandando uma chuva de escombros e fuligem da lareira cozinha adentro. Pensamos que um raio havia caído entre nós. Joseph caiu de joelhos, suplicando ao Senhor que se lembrasse dos patriarcas Noé e Ló e, como nos tempos antigos, poupasse os justos e aniquilasse os ímpios. Eu também senti como se aquilo fosse um julgamento de todos nós. Em minha mente, Jonas era o senhor Earnshaw, e fui sacudir a maçaneta de seu quarto para ver se ele estava vivo. Ele respondeu num tom de voz alto o bastante para fazer meu colega vociferar, mais ruidosamente do que antes, que deveria haver uma grande distinção entre santos como ele e pecadores como seu amo.

Mas o alvoroço passou em vinte minutos, deixando a todos ilesos, com exceção de Cathy, que ficou completamente encharcada por causa de sua obstinação em se recusar a buscar abrigo, ficando de pé sem touca e sem xale, apanhando o máximo de chuva que podia no cabelo e nas roupas. Ela voltou a entrar na casa e deitou-se no sofá, encharcada como estava, tapando o rosto com as mãos e virando na direção do encosto.

– Ora, senhorita! – exclamei, tocando no ombro dela. – Por acaso está querendo morrer? Sabe que horas são? Meia-noite e meia. Venha já para a cama! Não adianta continuar esperando por aquele garoto bobo. Ele deve ter ido para Gimmerton, e por hoje ficará por lá. Ele deve ter presumido que não esperaríamos por ele até tarde da noite ou, pelo menos, que apenas o senhor Hindley estaria acordado, e ele preferiria evitar que o amo abrisse a porta e desse de cara com ele.

– Não, não, ele não está em Gimmerton – disse Joseph. – Não me admiraria se ele estivesse no fundo do pântano. Esse desaparecimento não foi à toa, e eu aconselharia a senhorita a ter muito cuidado, pois pode ser a próxima. Obrigado aos céus por tudo! No fim, conspira a favor dos eleitos, daqueles que foram retirados da imundície! Vocês sabem o que dizem as Escrituras. – E ele começou a citar várias passagens bíblicas, fazendo referências aos capítulos e versículos delas.

Eu, tendo em vão implorado à menina teimosa que se levantasse e retirasse suas roupas molhadas, deixei Joseph rezando e Cathy tremendo de frio e fui para a cama com o pequeno Hareton, que adormeceu rápido como se as outras pessoas à sua volta também estivessem dormindo. Escutei Joseph ler por um bom tempo ainda. Em seguida, distingui seus passos lentos pela escada e caí no sono.

Descendo um pouco mais tarde do que de costume, vi, pelos raios de sol que penetravam as frestas dos postigos, a senhorita Catherine ainda sentada perto da lareira. Além disso, a porta da casa estava entreaberta; luz entrava pelas vidraças abertas da porta. Hindley havia saído do quarto e estava de pé na lareira da cozinha, abatido e sonolento.

– O que a aflige, Cathy? – dizia ele, quando entrei. – Você parece mais triste do que um cachorrinho afogado. Por que está tão úmida e pálida, menina?

– Eu me molhei – respondeu ela, relutantemente. – E estou com frio. É só isso.

– Ah, como ela é malcriada! – exclamei, notando que o amo estava razoavelmente sóbrio. – Ela se encharcou na tempestade de ontem à noite, ficou sentada aí a noite toda, e não consegui convencê-la a sair daí.

O senhor Earnshaw olhou para nós surpreso.

– A noite toda – repetiu ele. – O que tirou o sono dela? Certamente não foi medo de trovão, não é? Já faz tempo que as trovoadas acabaram.

Nenhuma de nós quis mencionar a ausência de Heathcliff até que fosse impossível escondê-la, então respondi que não sabia por que ela havia cismado de ficar acordada, e ela não disse nada. A manhã estava fresca e agradável. Abri a gelosia e, naquele momento, o cômodo encheu-se dos aromas doces do jardim, mas Catherine me disse, irritada:

– Ellen, feche a janela. Estou faminta! – E seus dentes tremeram à medida que encolhia o corpo para ficar mais perto das brasas quase apagadas.

– Está doente – disse Hindley, pegando o pulso dela. – Presumo que este tenha sido o motivo de ela não ter ido para a cama. Maldição! Não quero ser importunado com mais casos de doença aqui. Por que você ficou na chuva?

– Ela estava correndo atrás de rapazes, como sempre! – Joseph grasnou, aproveitando a nossa hesitação para destilar seu veneno. – Se eu fosse o senhor, amo, bateria a porta na cara de todos eles. Simples assim! Não tem um dia que o senhor esteja fora de casa que aquele filho do Linton não venha sorrateiramente para cá; e a senhorita Nelly, nem lhe conto! Ela fica sentada na cozinha espiando quando o senhor vai voltar. E é só o senhor entrar por uma porta que ele sai por outra. Depois, nossa grande dama vai cortejar por conta própria! É um belo comportamento, ficar esgueirando-se pelos campos, depois da meia-noite, com aquele repugnante e assustador demônio cigano, Heathcliff! Eles acham que *eu sou* cego, mas não sou, não mesmo! Eu vi o jovem Linton tanto entrar quanto sair de casa, e vi *você* dirigindo-se a mim, sua bruxa desgrenhada e imprestável, entrar correndo em casa no minuto em que ouviu o cavalo do amo subir a estrada!

– Cale a boca, seu bisbilhoteiro! – gritou Catherine. – Não vou suportar sua insolência na minha frente! Edgar Linton veio ontem aqui por acaso, Hindley. E fui *eu* quem disse a ele para ir embora, pois sabia que não gostaria nem um pouco de tê-lo encontrado do jeito que você estava.

– Você está mentindo, Cathy, não tenho dúvida – respondeu o irmão. – E você é uma tola maldita! Mas não se preocupe agora com Linton. Diga-me: você estava ou não com Heathcliff ontem à noite? Mas fale a verdade. Não precisa ter medo de causar mal a ele. Apesar de eu odiá-lo tanto quanto de costume, ele fez-me uma boa ação há pouco tempo, e vou ficar com dor na consciência de quebrar o pescoço dele. Para impedir que isso aconteça, vou mandá-lo para fora daqui esta manhã mesmo. E, depois que ele for embora, aconselho todos vocês a andarem na linha, pois terei ainda menos paciência.

– Não me encontrei com Heathcliff ontem à noite – Catherine respondeu, começando a chorar de amargura. – E, se você expulsá-lo, saio daqui com ele. Mas talvez você não tenha essa oportunidade, pois talvez ele já tenha ido. – Nesse momento, ela desatou a chorar incontrolavelmente, e o restante de suas palavras foi um balbucio.

Hindley despejou sobre ela uma torrente de insultos desprezíveis e ordenou que fosse imediatamente para o quarto ou teria motivos reais para chorar. Forcei-a a obedecer, e jamais esquecerei o escândalo que ela armou quando chegamos ao quarto, pois fiquei muito assustada. Achei que ela estava enlouquecendo, e implorei a Joseph que corresse para chamar o médico. De fato, aquilo era o começo do delírio. O doutor Kenneth, assim que a viu, declarou que ela estava gravemente doente: tinha febre. Aplicou-lhe uma sangria e disse-me que a alimentasse com soro de leite e mingau ralo à base de água, tomando cuidado para que ela não se atirasse das escadas ou da janela. Em seguida, foi embora, pois ainda tinha muito o que fazer pela freguesia, onde três a quatro quilômetros era a distância habitual entre as casas.

Apesar de eu não poder dizer que era uma enfermeira gentil, Joseph e o amo eram ainda piores. Apesar de nossa paciente ser cansativa e teimosa como qualquer paciente pode ser, o fato é que resistiu. A senhora Linton fez-nos várias visitas, para ver como a doente andava, para botar as coisas nos eixos, para repreender e dar ordens a todos. Quando Catherine estava convalescente, insistiu em transportá-la para a Granja de Thrushcross, o que nos deixou muito gratos. Mas a pobre dama teria motivos para se arrepender de sua bondade: ela e o marido contraíram a febre e morreram com dias de diferença um do outro.

Nossa jovem dama voltou para nós mais insolente, passional e arrogante do que nunca. Não se ouviu falar de Heathcliff desde a noite da tempestade. E, certo dia, tive a infelicidade, depois que havia me provocado exageradamente, de colocar nela a culpa pelo desaparecimento; isso era mesmo verdade, como ela bem sabia. Depois disso, durante vários meses, deixou de falar comigo, exceto pelas ordens que me dava como simples criada. Joseph sofreu o mesmo castigo: falava o que lhe vinha à cabeça e passava sermões nela como se fosse uma garotinha. Ela se considerava uma mulher e a nossa ama. Achava que sua doença recente lhe dava o direito de exigir ser tratada com consideração. Nessa altura, o médico tinha dito que Cathy não suportaria ser contrariada, que deveríamos fazer suas vontades e que, aos olhos dela, era praticamente um crime se alguém tentasse contrariá-la. Ela mantinha distância do senhor Earnshaw e de suas companhias; e, instruído por Kenneth e ameaçado pelos ataques de loucura que muitas vezes se sucediam aos seus acessos de raiva, seu irmão permitia que ela exigisse tudo o que quisesse e geralmente evitava agravar-lhe o gênio tempestuoso. Era indulgente demais com relação aos caprichos dela, não por amor, mas por orgulho. Sinceramente desejava que ela conferisse um pouco de honra à família ao fazer uma aliança com os Lintons, e, contanto que o deixasse em paz, Catherine podia nos pisotear como escravos, e ele nem se importava! Edgar Linton, assim como muitos antes e depois dele, estava apaixonado e julgou-se o homem mais feliz do mundo no dia em que a conduziu pela capela de Gimmerton, três anos após a morte do pai.

Muito contra minha vontade, fui persuadida a sair do Morro dos Ventos Uivantes e vir com ela para cá. O pequeno Hareton tinha quase cinco anos, e eu havia acabado de começar a ensinar-lhe o alfabeto. Nossa partida foi muito triste, mas as lágrimas de Catherine foram mais poderosas do que as nossas. Quando me recusei a vir e ela descobriu que suas súplicas não me comoviam, foi queixar-se com o marido e com o irmão. O primeiro ofereceu-me um generoso salário, e o último ordenou que eu fizesse as malas. Agora que a casa já não tinha ama, ele não queria mulheres ali. Quanto a Hareton, o coadjutor logo passaria a cuidar dele.

Portanto, eu tinha apenas uma escolha: seguir as ordens que me haviam sido dadas. Disse ao amo que ele se livrara de todas as pessoas decentes só para poder apressar sua ruína, beijei Hareton e despedi-me. A partir daí, ele é como um desconhecido para mim, e é muito estranho pensar nisso, mas não tenho dúvida de que ele se esqueceu completamente de Ellen Dean e de que ele significava mais do que o mundo para ela, e ela, para ele!

Nesse ponto da história, a governanta se arriscou a olhar para o relógio sobre a chaminé e ficou impressionada ao ver que o ponteiro dos minutos marcava uma e meia da manhã. Ela se recusou a ficar um segundo a mais e, na verdade, confesso que eu também preferia que ela deixasse a continuação da história para outro momento. E, agora que ela se retirou para repousar e que meditei por uma ou duas horas, devo reunir a coragem para ir dormir também, apesar da languidez dolorosa que atinge minha cabeça e meus membros.

Capítulo 10

Que encantadora apresentação à vida de um eremita! Quatro semanas torturado, revirando-me na cama e doente! Oh, esses ventos desoladores, esse céu amargurado do Norte, as estradas intransponíveis e os médicos pachorrentos do interior! E, oh, essa escassez de fisionomias humanas! E, o pior de tudo, a sentença terrível de Kenneth de que eu não devo ter esperanças de sair de casa até a primavera!

O senhor Heathcliff acabou de me honrar com uma visita. Cerca de sete dias atrás, ele me mandou um par de tetrazes, os últimos da temporada de caça. Canalha! Ele também é culpado por minha doença, e eu queria muito dizer isso a ele. Mas ai de mim! Como eu poderia ofender um homem caridoso o bastante para ficar por uma hora sentado ao lado da minha cama, falando de qualquer outro assunto que não envolvesse pílulas, ventos encanados, pústulas e sanguessugas? Foi um momento agradável. Estou fraco demais para ler. Ainda assim, tenho vontade de fazer algo interessante. Por que não chamo a senhora Dean aqui para terminar sua história? Até o ponto em que ela contou, consigo me lembrar dos acontecimentos principais. Sim, lembro que o herói da história havia fugido, e fazia três anos que ninguém ouvia falar dele; e a heroína havia se casado. Vou tocar a sineta; ela vai adorar ver que estou bem-disposto para conversar alegremente. A senhora Dean veio.

– Senhor, ainda faltam vinte minutos para a hora do remédio – começou ela.

– Tire isso daqui! – respondi. – Eu queria...

– O médico disse que o senhor não precisa mais tomar os pós.

– De bom grado! Mas não me interrompa. Venha e sente-se aqui. Mantenha as mãos longe desse batalhão de frascos amargos. Tire sua costura do bolso, assim está bom, e, agora, continue a história do senhor Heathcliff, de onde a senhora parou até os dias de hoje. Ele, por acaso, terminou os estudos no continente e voltou um *gentleman*? Ou quem sabe conseguiu uma bolsa de estudos na universidade, ou escapou para a América, onde se cobriu de honras ao derramar sangue em seu país de adoção? Ou quem sabe fez fortuna mais rápido, nas estradas inglesas?

– Ele é capaz de ter feito um pouco de tudo isso, senhor Lockwood, mas não posso dizer com certeza. Eu afirmei antes que não sei como fez sua fortuna e tampouco sei de que meios se utilizou para tirar a mente da ignorância violenta em que estava presa, mas, com sua licença, vou prosseguir com a história ao meu modo, se o senhor acha que vai lhe agradar e não ser cansativo. Está se sentindo melhor agora de manhã?

– Muito.

– Boa notícia.

Fui com a senhorita Catherine para a Granja de Thrushcross e, para minha feliz surpresa, ela se comportou infinitamente melhor do que eu jamais ousei esperar. Quase parecia sentir carinho em excesso pelo senhor Linton e demonstrava, inclusive, muito afeto pela irmã dele. E os dois irmãos atentavam para que ela estivesse sempre confortável, é claro. Não era o espinho que se dobrava às madressilvas, mas as madressilvas que acolhiam o espinho. Não havia concessões mútuas: um se empertigava, e os outros cediam; e quem é capaz de ser hostil e mal-humorado quando não encontra oposições ou indiferença? Reparei que o senhor Edgar tinha um medo muito arraigado de irritá-la. Ele escondia isso dela, mas, se algum dia me ouvia dar uma resposta ríspida ou via qualquer outro criado fechar a cara perante alguma ordem imperiosa dela, mostrava sua reprovação com um franzir de testa que nunca expressava quando o assunto era com ele. Muitas vezes, falou severamente comigo sobre insolência e afirmava que uma punhalada não lhe causaria uma dor maior do que ver a esposa irritada. Para não afligir um amo bondoso, aprendi a ser menos melindrosa e, por cerca de seis meses, a pólvora ficou inofensiva como areia, pois nenhum fogo que a fizesse explodir se aproximava. Catherine passava por alguns períodos de tristeza e quietude de vez em quando, os quais eram respeitados com um silêncio solidário da parte do marido, que atribuía isso a uma alteração na constituição física dela, provocada pela sua grave doença que havia enfrentado, já que nunca antes tivera surtos de depressão. O retorno da alegria da esposa era respondido por ele com igual contentamento. Acho que posso afirmar que eles, de fato, viviam uma profunda e crescente felicidade.

Mas isso acabou. Bem, no fim das contas, devemos zelar por nós mesmos. Os brandos e generosos são apenas mais justos em seu egoísmo do que os autoritários, e a felicidade acaba quando as circunstâncias fazem cada um deles pensar que seus interesses não são a principal preocupação do outro. Num aprazível fim de tarde de setembro, eu vinha do jardim com uma cesta pesada e cheia de maçãs que havia colhido. Chegara o crepúsculo, e a lua estava bem em cima do muro alto do pátio, lançando sombras indefinidas que se esgueiravam pelos cantos das inúmeras protuberâncias da fachada. Deixei meu fardo nas escadas da casa que davam para a cozinha, parei para descansar e respirei um pouco mais do doce e suave ar. Meus olhos estavam fixados na lua, e eu estava de costas para a entrada quando ouvi uma voz atrás de mim dizer:

– Nelly, é você?

Era uma voz grave, com um tom desconhecido. Apesar disso, havia algo no modo de pronunciar meu nome que me soou familiar. Virei-me para descobrir quem falava, mas com medo, pois as portas estavam fechadas e não tinha visto ninguém quando me aproximei dos degraus. Alguma coisa se mexeu no pórtico e, aproximando-me, pude distinguir um homem alto, vestindo roupas escuras, de rosto e cabelos igualmente escuros. Estava com o flanco recostado na fachada e segurava o ferrolho entre os dedos, como se tencionasse abrir a porta ele mesmo. "Quem será?", pensei. "O senhor Earnshaw? Oh, não! A voz não se parece com a dele."

– Faz uma hora que estou esperando – voltou a falar ele, enquanto eu continuava encarando-o. – E, durante todo esse tempo, tudo esteve quieto como a morte. Não ousei entrar. Não me reconhece? Olhe! Não sou um desconhecido!

O luar iluminou suas feições: as faces eram pálidas, meio encobertas por suíças negras; as sobrancelhas, baixas; e olhos, fundos e singulares. Eu me lembrava daqueles olhos.

– O quê! – gritei, sem saber se o tratava como um ser vivente, e ergui as mãos, espantada. – O quê! Você voltou? É você mesmo? É?

– Sim, Heathcliff – respondeu ele, olhando de mim para as janelas, que refletiam várias luas brilhantes, mas não mostravam nenhuma luz acesa dentro da casa. – Eles estão em casa? Onde está ela? Nelly, você não ficou contente! Não precisa ficar tão preocupada assim. Ela está aqui? Diga alguma coisa! Quero dar uma palavra com ela... Sua ama. Vá e diga que uma pessoa de Gimmerton deseja vê-la.

– Como será que ela vai reagir? – exclamei. – O que ela vai fazer? A surpresa me deixa desconcertada... E vai fazê-la perder a cabeça! E é você mesmo, Heathcliff! Só que mudado! Não, não há como entender. Você se alistou como soldado?

– Vá e transmita meu recado – interrompeu ele, impaciente. – Vou sofrer até você fazer isso!

Ele abriu o ferrolho e eu entrei, mas, quando cheguei à sala onde estavam o senhor e a senhora Linton, não consegui me convencer a dar o recado.

Por fim, decidi inventar uma desculpa para perguntar se eles queriam que eu acendesse as velas, e, então, abri a porta. Eles estavam sentados junto a uma janela cuja gelosia estava contra a parede. Da janela via-se, além das árvores e do parque selvagem, o vale de Gimmerton, com uma longa faixa de névoa serpenteando até quase seu cume. (Logo depois que se passa da capela, como o senhor deve ter reparado, a ravina que desce do pântano deságua num regato que segue a curvatura do vale.) O Morro dos Ventos Uivantes erguia-se sobre este vapor prateado, mas nossa antiga casa ficava fora de vista, pois ficava mais abaixo, do outro lado. Tanto o cômodo quanto seus ocupantes, assim como a cena que eles contemplavam, pareciam maravilhosamente tranquilos. Relutei em transmitir o recado e já estava indo embora, sem transmiti-lo, depois de fazer a pergunta sobre as velas, quando percebi a minha insensatez e fui forçada a voltar, murmurando:

– Alguém de Gimmerton deseja vê-la, senhora.

– E o que ele quer? – indagou a senhora Linton.

– Não perguntei a ele – respondi.

– Bem, feche as cortinas, Nelly – disse ela. – E traga o chá. Volto agora mesmo.

Ela saiu do aposento. O senhor Edgar perguntou, sem muito interesse, quem era.

– Alguém que a senhora não espera – repliquei. – É aquele Heathcliff, o senhor deve se lembrar dele, que costumava morar na casa do senhor Earnshaw.

– O quê! O cigano... O roceiro? – exclamou ele. – Por que não disse isso a Catherine?

– O senhor não deve falar dele assim – retruquei. – Ela ficaria deveras magoada se o ouvisse. Ficou com o coração partido quando ele fugiu. Acho que a volta dele vai deixá-la muito feliz.

O senhor Linton caminhou até uma janela do outro lado da sala, com vista para o pátio. Ele a destrancou e inclinou-se para fora. Presumo que estivessem bem embaixo da janela, pois ele exclamou rapidamente:

– Não fique aí, meu amor! Convide a pessoa para entrar, caso seja alguém conhecido.

Logo depois, ouvi o ferrolho se abrir, e Catherine subiu as escadas em disparada, sem fôlego e descontrolada. Ela estava entusiasmada demais para demonstrar alegria: na verdade, pela sua expressão, era possível imaginar que havia ocorrido uma terrível calamidade.

– Oh, Edgar, Edgar! – ela ofegava, jogando os braços em volta do pescoço dele. – Oh, Edgar querido! Heathcliff voltou. Voltou mesmo! – Ela intensificou seu abraço, que virou um aperto.

– Calma, calma! – exclamou o marido, irritado. – Não me estrangule por isso! Nunca o considerei um tesouro tão maravilhoso assim. Não precisa ficar agitada desse jeito!

– Sei que você não gostava dele – respondeu ela, contendo um pouco a intensidade de sua alegria. – Ainda assim, por mim, devem se tornar amigos agora. Devo dizer a ele que suba?

– Até aqui na sala? – perguntou ele.

– Onde mais? – replicou ela.

Ele parecia contrariado e sugeriu que a cozinha era um lugar mais apropriado para Heathcliff. A senhora Linton olhou para ele com uma expressão jocosa, misturando raiva e diversão do fastio do marido.

– Não – acrescentou ela, depois de um instante. – Eu não posso me sentar na cozinha. Arrume duas mesas aqui, Ellen: uma para seu amo e para a senhorita Isabella, a aristocracia, e a outra para Heathcliff e para mim, afinal, somos da plebe. Assim você fica satisfeito, querido? Ou devo pedir que acendam a lareira em outro cômodo? Caso sim, indique-me onde. Vou correndo lá embaixo pegar meu convidado. Receio que a alegria seja grande demais para ser verdade!

Ela estava prestes a sair correndo novamente, mas Edgar a segurou.

– Vá *você* pedir que ele suba – disse para mim. – E, Catherine, tente parecer feliz, mas não seja insensata. A casa toda não precisa testemunhar você recebendo um criado fujão como se fosse seu irmão.

Eu desci e encontrei Heathcliff esperando sob o pórtico, claramente à espera de um convite para entrar. Ele me seguiu quase sem dizer palavra, e eu o conduzi até a presença do amo e da ama, cujas faces coradas revelavam que haviam tido uma discussão acalorada. No entanto, o semblante da ama brilhou com outro sentimento quando seu amigo apareceu na porta. Ela deu um salto à frente, pegou as duas mãos do rapaz e o levou até Linton. Em seguida, pegou os dedos relutantes de Linton e esmagou-os contra os de Heathcliff. Agora, sob a luz do fogo da lareira e das velas, fiquei mais impressionada do que nunca ao notar a transformação de Heathcliff. Ele havia se tornado um homem alto, de porte atlético e bem-conformado. Ao lado dele, meu amo parecia um rapazote muito magro. A postura empertigada de Heathcliff sugeria que ele havia passado algum tempo no Exército. Tinha o semblante bem mais maduro e decidido do que o senhor Linton. Seu rosto irradiava inteligência, sem vestígios da antiga degradação. Uma ferocidade semicivilizada ainda espreitava em suas sobrancelhas franzidas e em seus olhos cheios de um fogo negro, mas estava reprimida. Seu comportamento exprimia, inclusive, dignidade: já não tinha a rudeza de antes, mas era severo demais para ser gracioso. A surpresa de meu amo foi tão grande quanto – ou talvez maior do que – a minha: ele permaneceu por um minuto atordoado, sem saber como se dirigir ao homem que costumava chamar de roceiro. Heathcliff deixou cair a mão delicada de Edgar e ficou parado, encarando-o, até este resolver falar.

– Sente-se, senhor – disse ele, por fim. – A senhora Linton, em nome dos velhos tempos, gostaria que eu o recebesse cordialmente, e, obviamente, sinto-me grato sempre que algo a agrada.

– E eu também – respondeu Heathcliff. – Especialmente quando se trata de algo que envolva minha participação. Ficarei de bom grado por uma ou duas horas.

Sentou-se de frente para Catherine, que manteve o olhar fixo nele, como se temesse que fosse desaparecer caso ela deixasse de olhá-lo. Ele não retribuía o olhar para ela com muita frequência, apenas um olhar de soslaio aqui e ali eram suficientes. Cada vez mais confiante, o olhar dele refletia o prazer indissimulável que Heathcliff absorvia do olhar dela. Eles estavam deveras absortos em sua felicidade mútua para sentir qualquer tipo de constrangimento. Quanto ao senhor Edgar, ele não se sentia assim; estava lívido de pura irritação, um sentimento que atingiu seu clímax quando a esposa se levantou e, atravessando o tapete, tornou a pegar as mãos de Heathcliff e riu como se fosse outra pessoa.

– Amanhã vou achar que tudo não passou de um sonho! – exclamou ela. – Não serei capaz de acreditar que vi, toquei e falei com você novamente. Ainda assim, como você foi cruel, Heathcliff! Você não merece essas boas-vindas. Ficou sumido e sem dar notícias por três anos e jamais pensou em mim!

– Pensei em você um pouco mais do que você pensou em mim… – murmurou ele. – Fiquei sabendo de seu casamento, Cathy, faz pouco tempo. E, enquanto esperava no pátio, no andar de baixo, bolei o seguinte plano: ver seu rosto de relance, provocar nele uma expressão de surpresa e, quem sabe, de prazer fingido; depois, acertar as contas com Hindley e, em seguida, antecipar-me à lei e me condenar à morte. Suas boas-vindas fizeram essas ideias desaparecerem, mas cuidado para não me receber de outra maneira da próxima vez! Não, você não vai me afastar daqui outra vez. Você sofreu muito por mim, não é mesmo? Bem, havia motivo. Lutei e vivi uma vida amargurada desde a última vez em que ouvi sua voz, e deve me perdoar, pois lutei apenas por você!

– Catherine, a não ser que queira que tomemos chá gelado, por favor, venha para a mesa – interrompeu Linton, esforçando-se para manter seu tom de voz normal e uma dose adequada de boa educação. – O senhor Heathcliff ainda vai ter uma caminhada longa pela frente, onde quer que ele esteja hospedado, e eu estou com sede.

Ela tomou seu assento de frente para a chaleira, e a senhorita Isabella entrou, avisada pela sineta. Em seguida, depois de chegar as cadeiras deles para a frente, saí da sala. A refeição mal demorou dez minutos. Catherine nem sequer chegou a encher sua xícara, pois não conseguia comer ou beber. Edgar derramou chá no pires e mal deu um bocado. O convidado deles não permaneceu por mais de uma hora naquela noite. Perguntei, enquanto ele partia, se estava indo para Gimmerton.

– Não, para o Morro dos Ventos Uivantes – respondeu. – O senhor Earnshaw convidou-me quando o visitei nesta manhã.

O senhor Earnshaw havia convidado *Heathcliff*! E *ele* fizera uma visita ao senhor Earnshaw! Depois que ele foi embora, fiquei refletindo muito sobre essa frase. Teria ele se tornado um tanto hipócrita e pretendia vir ao interior para provocar a discórdia sob uma falsa capa de bondade? No fundo do meu coração, eu tinha o pressentimento de que seria melhor ele ter permanecido longe daqui.

No meio da noite, fui despertada de meu primeiro sono pela senhora Linton que deslizou para dentro do quarto, sentou-se ao lado da cama e puxou de leve meu cabelo para me acordar.

– Não consigo dormir, Ellen – disse ela, como forma de se desculpar. – E quero que uma criatura viva me acompanhe em minha felicidade! Edgar está emburrado porque estou feliz por algo que não lhe interessa. Recusa-se a abrir a boca, exceto para dizer frases bobas e mal-humoradas, e afirmou que eu era cruel e egoísta por querer conversar quando ele estava doente e sonolento. Ele sempre inventa que está doente quando é contrariado! Eu disse algumas frases elogiosas a Heathcliff, e ele, por dor de cabeça ou por uma pontada de inveja, começou a chorar. Então, levantei-me da cama e deixei-o no quarto.

– Para que elogiar Heathcliff para ele? – respondi. – Quando garotos, eles sentiam aversão um pelo outro, e Heathcliff sentiria o mesmo ódio se ouvisse elogios a Edgar; é a natureza humana. Não fale mais dele ao seu marido, a não ser que queira provocar uma discussão aberta entre eles.

– Mas isso não é um sinal de grande fraqueza? – insistiu ela. – Eu não sou invejosa, nunca fico magoada com o brilho dos cabelos louros ou a brancura da pele de Isabella, com sua refinada elegância ou com o carinho que toda a família demonstra por ela. Até você, Nelly, quando nós duas às vezes discutimos, imediatamente fica do lado de Isabella. E eu me rendo como uma mãe tola: chamo-a de querida e lisonjeio-a até que se acalme. O irmão dela fica satisfeito de nos ver sendo cordiais uma com a outra, e isso me deixa satisfeita. Mas os dois são muito parecidos: são crianças mimadas, que pensam que o mundo foi feito para o conforto deles. E, apesar de eu lhes fazer as vontades, acho que um corretivo lhes faria muito bem.

– Está enganada, senhora Linton – falei. – São eles que fazem as suas vontades. Eu bem sei o que aconteceria caso eles não fizessem. A senhora bem pode relevar os caprichos efêmeros deles contanto que a preocupação maior dos dois seja prever seus desejos. No entanto, pode acabar acontecendo que briguem por algo que tenha a mesma importância para os dois. Então, aqueles a quem a senhora chama de fracos podem ser capazes de ser tão teimosos quanto a senhora.

– E então vamos brigar até a morte, não é, Nelly? – replicou ela, rindo. – Não! Vou lhe dizer que eu acredito tanto no amor de Linton que acho que, se eu tentasse matá-lo, ele não iria querer revidar.

Aconselhei-a a valorizá-lo ainda mais por seu afeto.

– E eu valorizo – respondeu ela. – Mas ele não precisa choramingar por bobagens. É infantilidade, e, em vez de desatar em lágrimas porque eu disse que Heathcliff agora era digno da consideração de qualquer um e que seria uma honra para o fidalgo mais importante da região ser seu amigo, era ele quem deveria ter dito isso para mim. Também deveria ter ficado encantado, por empatia. Tem de se acostumar com Heathcliff, e talvez até goste dele. Considerando como Heathcliff tem motivos para se opor a Edgar, estou certa de que se portou de modo excelente!

– O que você acha da ida dele ao Morro dos Ventos Uivantes? – indaguei. – Aparentemente, ele mudou em todos os aspectos e agora é um bom cristão, que oferece a mão direita, a da amizade, a todos os inimigos à sua volta!

– Ele me explicou – respondeu ela. – Fiquei tão intrigada quanto você. Heathcliff falou que fez a visita para perguntar sobre mim a você, presumindo que ainda morasse no Morro dos Ventos Uivantes. E Joseph contou isso a Hindley, que saiu da casa e começou a perguntar o que ele andava fazendo e como estava vivendo. Por fim, Hindley disse que queria que ele entrasse. Havia algumas pessoas sentadas jogando carteado, e Heathcliff juntou-se a eles. Meu irmão perdeu algum dinheiro para ele e, ao vê-lo tão abastado, pediu que voltasse no fim da tarde, convite que foi aceito. Hindley é muito descuidado e imprudente ao escolher as suas companhias; não se preocupa em refletir sobre os motivos que teria para não confiar em alguém que ele ofendeu tão profundamente. Mas Heathcliff afirma que o motivo principal para ele ter reatado relações com seu antigo perseguidor é o desejo de se instalar em aposentos cuja distância da granja pode ser percorrida a pé e um apego à casa em que moramos juntos. E, também, uma esperança de que terei mais oportunidades de vê-lo do que se ele tivesse se instalado em Gimmerton. Ele tenciona oferecer uma soma generosa pela permissão para se alojar no Morro dos Ventos Uivantes. Não tenho dúvida de que a cobiça de meu irmão o estimulará a aceitar esses termos; sempre foi ganancioso. No entanto, o que ganha com uma das mãos, joga fora com a outra.

– É um bom lugar para um jovem fixar residência! – falei. – Não tem medo das consequências, senhora Linton?

– Não quanto a meu amigo – replicou ela. – Sua determinação irá mantê-lo longe de perigo, mas temo um pouco por Hindley. Ele, porém, não pode se tornar moralmente pior do que já é, e posso protegê-lo de qualquer perigo físico. O acontecimento deste fim de tarde reconciliou-me com Deus e com a humanidade! Eu havia acordado revoltada e com raiva da Providência Divina. Oh, já suportei muita, muita amargura, Nelly! Se a criatura com quem me casei soubesse o quanto sofri, teria vergonha de tentar impedir o fim desse sofrimento com sua petulância inútil. Foi por bondade que suportei isso sozinha. Caso tivesse expressado com frequência a agonia que eu sentia, ele teria aprendido a ansiar pelo alívio dela com o mesmo ardor que eu. No entanto, isso acabou, e não vou me vingar do disparate de meu marido. Daqui em diante, posso suportar qualquer coisa! Se a coisa mais perversa do mundo me desse um tapa na cara, eu não só ofereceria a outra face como também pediria perdão por tê-la provocado. E, como prova disso, vou fazer as pazes com Edgar imediatamente. Boa noite! Eu sou um anjo!

Cheia de si, ela partiu, e o êxito em cumprir sua resolução ficou evidente na manhã seguinte: o senhor Linton tinha não apenas deixado o mau humor de lado (apesar de seu temperamento ainda parecer suavizado pela exuberante vivacidade de Catherine), como também não ousou se opor à ideia de a esposa levar Isabella consigo ao Morro dos Ventos Uivantes naquela tarde. Em resposta, ela lhe retribuiu com tanta doçura e afeto que a casa se tornou um paraíso por vários dias, e tanto o amo quanto os criados se beneficiaram dessa alegria infinita.

Heathcliff – senhor Heathcliff, devo dizer daqui para a frente – a princípio foi cuidadoso com sua permissão para visitar a Granja de Thrushcross. Ele parecia estar avaliando até que ponto o proprietário do local suportaria sua presença. Catherine também julgou ser sensato moderar suas expressões de prazer ao recebê-lo; e ele, aos poucos, conseguiu conquistar o direito de ser esperado. Ele ainda conservava muito do caráter reservado que tanto marcara sua infância, e isso serviu para reprimir quaisquer demonstrações mais exaltadas de sentimentos. A inquietude sentida por meu amo arrefeceu, e outras circunstâncias fizeram esse sentimento ser canalizado para outra direção durante um tempo.

Sua nova fonte de problemas surgiu da inesperada infelicidade provocada pelo fato de Isabella Linton demonstrar uma súbita e irresistível atração pelo convidado tolerado. Naquela época, ela era uma jovem encantadora de dezoito anos, com modos infantis, mas com uma sensatez afiada, sentimentos vivos e um temperamento igualmente forte caso fosse irritada. Seu irmão, que a amava ternamente, ficou chocado com aquela atração absurda. Deixando de lado a desonra de uma aliança com um homem sem sobrenome aristocrático e a possibilidade de que sua propriedade, na falta de herdeiros varões, pudesse ser herdada por tal pessoa, Edgar teve o bom senso de perceber as intenções de Heathcliff e de saber que, apesar de sua aparência exterior ter mudado, a mente dele era imutável. Ele temia essa mente, que o revoltava. Edgar retraía-se só de pensar na ideia de ter de entregar Isabella aos cuidados de Heathcliff. E teria se retraído ainda mais se soubesse que essa atração havia surgido sem ser solicitada e não despertava, no objeto da sua afeição, qualquer sentimento de reciprocidade. No instante em que ele descobriu a existência dessa atração, Edgar culpou as más intenções propositais de Heathcliff.

Todos havíamos comentado que, ultimamente, a senhorita Linton andava inquieta e desejosa de alguma coisa que não sabíamos o que era. Ela ficava cada vez mais irritada e fastidiosa, explodindo por qualquer motivo e provocando Catherine sem parar, sob o risco iminente de esgotar a limitada paciência dela. Relevávamos suas atitudes, até certo ponto, por causa de sua saúde debilitada: ela minguava e definhava a olhos vistos. Mas, certo dia em que havia sido particularmente caprichosa – rejeitando o café da manhã, reclamando que os criados não faziam as coisas do modo como ela mandava, que a ama não permitia que ela tivesse qualquer autoridade dentro da casa, que Edgar a negligenciava, que ela contraíra um resfriado porque as portas haviam sido deixadas abertas e que deixáramos o fogo da sala se extinguir de propósito só para aborrecê-la, além de uma centena de outras acusações frívolas –, a senhora Linton insistiu categoricamente que ela deveria ir para a cama. Depois de repreendê-la de maneira um tanto enérgica, Catherine ameaçou mandá-la ao médico. A simples menção de Kenneth fez com que ela exclamasse imediatamente que sua saúde era perfeita e que era apenas a rispidez de Catherine que a fazia infeliz.

– Como pode dizer que eu sou ríspida, sua enjeitada malcriada? – exclamou a ama, surpresa com a afirmação disparatada. – Você, com certeza, está perdendo o juízo. Diga-me: quando fui ríspida com você?

– Ontem – soluçou Isabella. – E agora!

– Ontem! – retrucou a cunhada de Isabella. – Em que ocasião?

– No nosso passeio pelo brejal. Você disse para eu andar por onde quisesse, enquanto passeava com o senhor Heathcliff!

– Essa é sua noção de rispidez? – disse Catherine, rindo. – Você não percebeu que sua companhia era supérflua? Não nos importávamos se você nos acompanhasse ou não. Apenas pensei que a conversa de Heathcliff não conteria nada divertido para seus ouvidos.

– Ah, não – retrucou a jovem dama chorando. – Você queria que eu ficasse longe porque sabia que eu gostaria de estar lá com vocês!

– Estará ela boa da cabeça? – perguntou a senhora Linton, voltando-se para mim. – Vou repetir a nossa conversa palavra por palavra, Isabella, e quero que me aponte qualquer coisa de interessante nela para você.

– O teor da conversa não me importa – replicou Isabella. – Eu queria estar com…

– Com? – disse Catherine, percebendo que ela hesitava em completar a frase.

– Com ele. E eu não vou ser excluída sempre! – prosseguiu, furiosa. – Você é uma desmancha-prazeres, Cathy, e deseja que ninguém além de você seja amada!

– E você é uma macaquinha impertinente! – exclamou a senhora Linton, surpresa. – Mas não vou acreditar nessa estupidez! É impossível que você cobice a admiração de Heathcliff, que o considere uma pessoa agradável! Espero que eu lhe tenha entendido mal, não é mesmo, Isabella?

– Não, entendeu muito bem – disse a apaixonada menina. – Amo-o mais do que você jamais amou Edgar, e talvez ele venha a me amar, caso permita!

– Nesse caso, eu daria um reino para não estar na sua pele! – Catherine declarou enfaticamente, e ela parecia estar sendo sincera. – Nelly, ajude-me a convencê-la de que isso é uma insanidade. Diga para ela o que Heathcliff é: uma criatura enjeitada, sem refinamento, sem cultura; uma vastidão árida, de tojo e basalto. Eu preferiria soltar um lindo canarinho no parque em um dia de inverno a recomendar que você entregue seu coração a ele!

É uma ignorância deplorável do caráter dele, menina, e nada além disso, o que faz esse sonho entrar em sua cabeça. Por favor, não imagine que ele esconda camadas de benevolência e afeição sob uma capa de seriedade! Ele não é um diamante bruto, nem um bronco que na verdade é uma ostra contendo uma pérola. É um homem feroz, impiedoso, lupino. Eu jamais digo a ele: "Deixe este ou aquele inimigo em paz, porque seria mesquinho ou cruel prejudicá-los"; eu digo: "Deixe-os em paz, pois *eu* detestaria que eles fossem maltratados". E ele esmagaria você como um ovo de pardal, Isabella, caso achasse que é um estorvo. Sei que ele não seria capaz de amar uma Linton; no entanto, ele bem seria capaz de se casar com sua fortuna e suas expectativas. A avareza é um pecado cada vez mais arraigado nele. Essa é a minha avaliação. E olha que sou amiga de Heathcliff, tanto que, se ele chegar a pensar seriamente em conquistar você, talvez eu devesse dobrar a minha língua e deixar você cair na armadilha.

A senhorita Linton olhou para a cunhada com indignação.

– Que vergonha! Que vergonha! – repetiu, cheia de raiva. – Você é pior do que vinte inimigos, sua amiga venenosa!

– Ah! Então, você não acredita em mim? – disse Catherine. – Você acha que digo essas coisas por um egoísmo perverso?

– Tenho certeza de que sim – retrucou Isabella. – E tenho calafrios na sua presença!

– Que bom! – exclamou a outra. – Experimente então, caso realmente queira; eu tentei, e agora dou a discussão por terminada por causa de sua insolência.

– E eu então devo sofrer por causa do egoísmo dela! – soluçou Isabella, enquanto a senhora Linton saía do cômodo. – Tudo, tudo está contra mim: ela arruinou meu único consolo. Mas ela disse mentiras, não é mesmo? O senhor Heathcliff não é um demônio. Ele tem uma alma honrada e verdadeira. Caso contrário, como poderia lembrar-se dela?

– Escorrace-o de seus pensamentos, senhorita – falei. – Ele é uma ave de mau agouro. Não é marido para a senhorita. A senhora Linton disse palavras fortes e, no entanto, não posso contradizê-la. Conhece melhor o coração dele do que eu ou do que qualquer um, por falar nisso. E jamais o descreveria como sendo pior do que ele realmente é. As pessoas honestas não escondem seus atos. Como ele tem ganhado a vida? Quão rico ele é? Por que está hospedado no Morro dos Ventos Uivantes, a casa de um homem que ele abomina? Dizem que o senhor Earnshaw está cada vez pior desde que ele voltou. Eles ficam acordados a noite toda, e Hindley tem pego dinheiro emprestado, dando suas terras como garantia. Ele não faz nada além de beber e jogar. Faz apenas uma semana que ouvi falar disso. Foi Joseph quem me contou, eu o encontrei em Gimmerton. Ele disse:

– Nelly, qualquer dia desses, um médico legista vai fazer uma investigação lá em casa. Um deles quase perdeu um dedo tentando esfaquear o outro como se fosse um bezerro. Esse é meu amo, sabe, que parece estar pedindo para ir a julgamento. Ele jamais temeu o banco dos réus, ou Paulo, ou Pedro, ou João, ou Mateus, nenhum deles! Ele não se importa, anseia por mostrar sua cara um tanto desafiadora! E aquele bem-composto rapaz do Heathcliff, ele é uma peça rara, sabe? É capaz de rir e gargalhar, assim como qualquer um, dessas piadas do diabo. Quando vai até a granja, ele não menciona a vida boa que leva entre nós? É assim que a coisa funciona: ele acorda com o pôr do sol, joga dados e toma *brandy*, com os postigos fechados e à luz de velas, até o meio-dia do dia seguinte. Depois, o idiota vai xingando e esbravejando até o quarto, fazendo as pessoas decentes tapar os ouvidos de vergonha; e o tratante conta o dinheiro, come e dorme, e vai para a casa do vizinho para fofocar com a esposa dele. É óbvio que conta à senhora Catherine como o dinheiro do pai dela está escorrendo para dentro dos seus bolsos e como o filho do pai dela cavalga firme em direção à ruína, enquanto Heathcliff vai na frente e abre a porteira!

– Senhorita Linton, Joseph é um velho patife, mas não é mentiroso. Se o relato dele da conduta de Heathcliff for verdadeiro, a senhorita jamais desejaria ter um marido como esse, não é?

– Você está de conluio com os outros, Ellen! – replicou ela. – Não vou dar ouvidos às suas difamações. Que malevolência você deve ter para querer me convencer de que não há felicidade no mundo!

Se ela superaria essa atração caso fosse deixada em paz ou se continuaria alimentando-a perpetuamente, eu não sei dizer, pois teve pouco tempo para refletir sobre o assunto. No dia seguinte, houve uma reunião do Tribunal de Justiça na aldeia vizinha, e meu amo foi obrigado a comparecer. O senhor Heathcliff, ciente da ausência dele, fez sua visita bem mais cedo do que o normal. Catherine e Isabella estavam sentadas na biblioteca, brigadas, mas em silêncio. A segunda estava preocupada com sua recente indiscrição, ao revelar, num arroubo efêmero de paixão, seus sentimentos secretos; e a primeira, depois de muito refletir, estava realmente ofendida com a cunhada. E, se agora queria rir da petulância de Isabella, não queria demonstrar isso a ela. Ela, de fato, riu ao ver Heathcliff passar diante da janela. Eu, que estava varrendo a lareira, notei um sorriso malicioso nos lábios dela. Isabella, absorta em seus pensamentos ou em um livro, assim permaneceu até que a porta se abriu. Era tarde demais para tentar escapar, o que ela teria feito de bom grado, se fosse possível.

– Entre, isso mesmo! – exclamou a ama alegremente, puxando uma cadeira para perto do fogo. – Eis aqui duas pessoas terrivelmente carentes de uma terceira que faça derreter o gelo entre elas, e você é exatamente a pessoa que nós duas escolheríamos. Heathcliff, tenho orgulho de mostrar-lhe, por fim, alguém que o estima mais do que eu mesma. Espero que se sinta lisonjeado. Não, não é a Nelly. Não olhe para ela! Minha pobre cunhadinha está ficando de coração partido só de contemplar sua beleza física e moral. Só depende de você se tornar irmão de Edgar! Não, não, Isabella, você não vai sair correndo – prosseguiu ela, prendendo, com fingido ar de brincadeira, a garota perplexa, que havia se levantado indignada. – Estávamos brigando feito cão e gato por causa de você, Heathcliff, e fui vencida nas súplicas de devoção e admiração. Além disso, fui informada de que, se eu fizesse a delicadeza de não me intrometer, minha rival, como ela se considera, lançaria uma flecha no seu coração que o prenderia para sempre e mandaria a minha imagem para o esquecimento eterno!

– Catherine! – disse Isabella, recobrando a dignidade e recusando-se a se debater para se soltar do aperto que a segurava. – Eu lhe agradeceria se você se ativesse à verdade e não me caluniasse, nem por brincadeira! Senhor Heathcliff, tenha a gentileza de pedir a esta sua amiga que me solte. Ela se esquece de que eu e o senhor não somos amigos íntimos, e o que a diverte é doloroso demais para que o expresse.

Como o convidado nada respondeu, sentou-se e pareceu completamente indiferente aos sentimentos que ela nutria por ele, Isabella virou-se e sussurrou um sincero apelo por liberdade àquela que a atormentava.

– De jeito nenhum! – berrou a senhora Linton em resposta. – Não tornarei a ser chamada de desmancha-prazeres de jeito nenhum. Você *vai* ficar aqui! Heathcliff, por que não demonstra satisfação com minhas boas notícias? Isabella jura que o amor que Edgar sente por mim não é nada comparado ao que ela sente por você. Estou certa de que ela disse algo nessa linha, não foi, Ellen? E ela tem jejuado desde o dia anterior ao passeio de ontem, por tristeza e raiva, por eu tê-la afastado de nossa companhia, pensando que eu a acho inaceitável.

– Acho que você teve uma impressão errada dela – afirmou Heathcliff, virando sua cadeira para encará-las. – Ela vai desejar sair de minha companhia agora mesmo. Custe o que custar!

E ele encarou intensamente o objeto da conversa, como as pessoas fazem diante de um animal repulsivo: uma lacraia, por exemplo, que provoca tanta curiosidade que leva as pessoas a admirá-la, apesar da aversão que ela suscita. A pobre coitada não conseguia suportar isso. Ficou lívida e corada rapidamente e, enquanto lágrimas se acumulavam como contas em seus cílios, ela dobrou seus pequenos dedos com toda a força para afrouxar o apertão firme de Catherine. Percebendo que, com a mesma rapidez que ela soltava um dedo, outro voltava a prendê-la e que não conseguia soltar todos de uma vez, começou a usar as unhas, que estavam tão afiadas que naquele momento decoravam com meias-luas vermelhas a pele de sua detentora.

– Mas é uma verdadeira tigresa! – exclamou a senhora Linton, libertando-a e sacudindo as mãos de dor. – *Vade retro*, pelo amor de Deus, e esconda esse seu rosto de víbora! Quanta tolice mostrar suas garras para ele. Você não consegue imaginar que conclusões ele vai tirar disso? Olhe só, Heathcliff! As unhas dela são instrumentos de tortura; tome cuidado com seus olhos.

– Eu lhe arrancaria as unhas dos dedos, caso me ameaçassem – retrucou ele brutalmente, depois que a porta se fechou atrás dela. – Mas qual era sua intenção ao azucrinar a criatura desse jeito, Cathy? Você não falava a verdade, não é?

– Posso lhe garantir que sim – devolveu ela. – Ela vem morrendo por você há várias semanas. Estava devaneando sobre você hoje de manhã e cuspindo um dilúvio de insultos porque eu lancei luz sobre seus defeitos com o propósito de acalmar a adoração dela. Mas não repare mais nisso: eu queria puni-la por seu descaramento. É só isso. Gosto dela demais, meu caro Heathcliff, para deixar que você a capture e devore por completo.

– E eu a detesto demais para ao menos tentar – retrucou ele. – A não ser que fosse de um modo muito macabro. Você ouviria falar de coisas estranhas se eu morasse sozinho com aquele ser nauseante de cera. O mais provável seria pintar aquela cara branca com as cores do arco-íris e transformar os olhos azuis em pretos, a cada um ou dois dias. Eles se parecem detestavelmente com os de Linton.

– Deliciosamente, você quer dizer – observou Catherine. – São olhos de pomba... De anjo!

– Ela é herdeira do irmão, não é? – indagou, após um breve silêncio.

– Eu não gostaria de pensar nisso – replicou sua companheira. – Mas, se Deus quiser, meia dúzia de sobrinhos vão tirar dela esse título! Tire esse assunto da sua mente por agora. Você tem uma tendência muito forte a cobiçar os bens do vizinho. Lembre-se de que os bens *deste* vizinho são meus.

– Caso fossem *meus*, tampouco deixariam de ser seus – Heathcliff declarou. – Mas, apesar de Isabella Linton ser uma tonta, não é louca. Trocando em miúdos, deixemos de falar desse assunto, como você sugeriu.

Eles realmente deixaram de falar sobre isso, e Catherine, provavelmente, também deixou de pensar no assunto. Já seu amigo, eu tive certeza, relembrou esse assunto em sua mente com frequência ao longo da noite. Vi-o sorrir consigo mesmo – um sorriso escancarado, na verdade – e entregar-se a uma meditação agourenta sempre que a senhora Linton, por acaso, saía da sala.

Decidi vigiar os movimentos dele. Meu coração invariavelmente pendia para o patrão, em detrimento de Catherine. Com razão, imaginei, pois ele era bom, confiável e honrado. E ela... Ela não podia ser chamada de o *oposto* disso. No entanto, parecia permitir-se tão ampla liberdade que eu levava pouca fé em seus princípios e muito menos tinha empatia por seus sentimentos. Eu queria que acontecesse alguma coisa para livrar tanto o Morro dos Ventos Uivantes quanto a granja de Heathcliff sem alarde, deixando-nos como estávamos antes da chegada dele. As visitas dele eram um pesadelo constante para mim e, também, para meu amo, eu suspeitava. O fato de ele residir no Morro dos Ventos Uivantes era uma opressão indescritível. Eu sentia como se Deus houvesse abandonado a ovelha desgarrada à própria falta de sorte, e uma fera perversa estivesse espreitando por entre o curral, esperando a hora de dar o bote e destruir tudo.

Capítulo II

Às vezes, enquanto refletia sobre esses assuntos, chegava a me levantar com um pavor súbito e a colocar minha touca para ver como estavam as coisas na fazenda. Convenci minha consciência de que era meu dever avisar ao senhor Earnshaw sobre o que as pessoas falavam das suas atitudes. Em seguida, relembrei seus indiscutíveis maus hábitos e, já sem esperanças de que isso fosse fazer algum bem, além de duvidar que eu suportasse ser vítima de seu temperamento, decidi evitar voltar a entrar naquela casa lúgubre.

Certa vez, passei em frente ao antigo portão, saindo do meu caminho enquanto ia para Gimmerton. Foi mais ou menos na época em que aconteceu o que eu acabei de narrar. Era uma tarde iluminada e gelada: a terra estava desprovida de vegetação, e a estrada, seca e dura. Cheguei a uma pedra onde a estrada se bifurcava para o pântano, à esquerda. Era um marco tosco de arenito, com a letras M, V e U talhadas no topo; a letra G, à direita; e, na parte inferior, à esquerda, as letras G e T. Ele servia como placa de indicação para a granja, o Morro dos Ventos Uivantes e o vilarejo. O sol brilhava amarelo em seu topo cinza, o que me fez lembrar o verão e, não sei explicar o motivo, de uma só vez, uma torrente de sentimentos dos tempos de criança fluiu para meu coração. Hindley e eu tínhamos um lugar favorito ali, vinte anos atrás. Olhei fixamente, por um longo tempo, para o bloco de pedra desgastado pelo clima e, ao me agachar, notei um buraco na parte de baixo que ainda estava cheio de conchas de caracóis e seixos, que costumávamos armazenar ali, junto com outras coisas mais perecíveis. E, de forma palpável como a realidade, parecia estar vendo o meu primeiro companheiro de brincadeiras sentado na grama seca: sua cabeça quadrada, de cabelos castanhos inclinada para a frente, enquanto sua mãozinha cavava a terra com um xisto.

– Pobre Hindley! – exclamei involuntariamente. Assustei-me, pois meu olhar foi levado a acreditar, por um momento, que a criança havia erguido seu rosto e olhado diretamente para mim! A imagem dissipou-se em um piscar de olhos, mas eu imediatamente senti uma vontade irresistível de ir até o Morro dos Ventos Uivantes. A superstição fez-me seguir esse impulso. "E se ele estivesse morto ou prestes a morrer?", pensei. "E se aquilo fosse um sinal da morte dele?" Quanto mais eu me aproximava da casa, mais agitada ficava e, ao avistá-la, cada membro do meu corpo tremia. A aparição me precedera: lá estava, olhando através do portão. Foi isso o que pensei, a princípio, quando vi um menino de cachos desgranhados e olhos castanhos imprensando o rosto avermelhado contra as barras. Uma longa reflexão sugeriu-me que aquele devia ser Hareton, o *meu* Hareton, que não havia mudado muito desde que eu o deixara, fazia dez meses.

– Que Deus o abençoe, querido! – exclamei, imediatamente esquecendo meus medos bobos. – Hareton, eu sou a Nelly! Nelly, sua babá.

Ele recuou até onde eu não podia alcançá-lo e pegou uma pederneira.

– Vim ver seu pai, Hareton – acrescentei, presumindo, pela atitude dele, que, se ele guardava Nelly na memória, a imagem que tinha de mim não correspondia à minha atual.

Ele ergueu sua arma, pronto para usá-la. Comecei a dizer palavras reconfortantes, mas não pude detê-lo: a pedra acertou a minha touca. Em seguida, dos lábios balbuciantes do menininho saiu uma série de xingamentos que, compreendidos por ele ou não, eram ditos com uma ênfase ensaiada. Eles torciam suas feições de bebê, dando-lhe uma expressão chocante de maldade. O senhor pode ter certeza de que aquilo me entristeceu mais do que me enraiveceu. Prestes a chorar, peguei uma laranja do bolso e ofereci a ele, para apaziguá-lo. Ele hesitou e, em seguida, tomou a fruta da minha mão, como se achasse que eu tencionava enganá-lo para, depois, decepcioná-lo. Mostrei-lhe outra, mas mantive-a fora de seu alcance.

– Quem lhe ensinou essas belas palavras, meu menino? – inquiri suavemente. – O coadjutor?

– Que se danem o coadjutor e você! Dê-me logo isso – replicou ele.

– Diga-me onde aprendeu isso, e dou-lhe a laranja – falei. – Quem é seu preceptor?

– O diabo do meu pai – foi a resposta dele.

– E o que você aprendeu com o papai? – prossegui.

Ele saltou na direção da fruta, e eu a ergui ainda mais alto.

– O que ele lhe ensina? – perguntei.

– Nada – retrucou ele. – Além de que eu devo ficar fora do caminho dele. Papai não me suporta, porque eu o xingo.

– Ah! E o diabo é quem lhe ensina a xingar seu pai? – observei.

– Sim... Não – disse ele, arrastando as palavras.

– Quem é então?

– O Heathcliff.

Perguntei se ele gostava do senhor Heathcliff.

– Sim – tornou a dizer ele.

Desejando saber os motivos que o levavam a gostar de Heathcliff, só consegui entender as seguintes frases:

– Não sei. Ele revida no papai o que o papai faz comigo. Ele xinga o papai por me xingar. E diz que posso fazer o que eu quiser.

– E então o coadjutor não lhe ensina a ler e a escrever? – insisti.

– Não. Disseram-me que o coadjutor deveria ter os... dentes enfiados... goela abaixo, se ele apenas pisar na soleira... Heathcliff prometeu isso!

Coloquei a laranja na mão dele e pedi que avisasse ao pai que uma mulher chamada Nelly Dean estava esperando para falar com ele no portão do jardim. Ele subiu pelo caminho e entrou na casa, mas, em vez de Hindley, Heathcliff apareceu no piso de pedras da soleira. Imediatamente, virei-me e corri estrada abaixo o mais rápido que pude, sem parar até chegar no marco de pedra e sentindo-me amedrontada, como se eu houvesse invocado um trasgo. Isso não tem muita relação com o caso da senhorita Isabella, mas me fez ficar mais determinada ainda a montar guarda e fazer o máximo que podia para conter a disseminação de tamanha má influência na granja, mesmo que isso fosse provocar uma tempestade dentro de casa e estragasse o prazer da senhora Linton.

Da outra vez que Heathcliff veio, minha jovem dama estava no pátio alimentando alguns pombos. Fazia três dias que não dirigia palavra à cunhada, mas ela também havia parado com suas irritantes reclamações, o que considerávamos deveras reconfortante. Heathcliff não tinha o hábito de dispensar qualquer cortesia desnecessária à senhorita Linton, eu sabia. Assim que botou os olhos nela, sua primeira precaução foi examinar a fachada da casa com o olhar. Eu estava de pé em frente à janela da cozinha, mas saí de vista. Então, ele cruzou o pátio ao encontro dela e disse algo. A moça pareceu constrangida e ansiosa por escapar dali. Para impedir que isso acontecesse, ele pousou a mão sobre seu braço. Ela virou o rosto. Ele aparentemente lhe fez uma pergunta à qual ela não tinha a intenção de responder. Ele tornou a olhar de relance para a casa e, presumindo que não podia ser visto, o desavergonhado teve o descaramento de beijá-la.

– Judas! Traidor! – exclamei. – Você, por acaso, também é hipócrita? Um resoluto embusteiro.

– Quem é, Nelly? – ouvi a voz de Catherine por sobre meu ombro. Eu estava tão concentrada em observar os dois lá fora que não notei a presença dela.

– Seu amigo imprestável! – respondi sinceramente. – Aquele patife fingido que está ali. Ah, ele nos avistou… E já entrou! Será que ele vai ter coragem de encontrar uma desculpa plausível para estar jurando amores à senhorita Isabella, depois de ter dito que a detestava?

A senhora Linton viu Isabella desvencilhar-se e correr para o jardim; e, pouco depois, Heathcliff abriu a porta. Não pude evitar e desabafei um pouco da minha indignação, mas Catherine, com raiva, insistiu para que eu ficasse calada e ameaçou mandar-me para fora da cozinha caso eu ousasse ter a presunção de soltar a minha língua insolente.

– Se a ouvissem, as pessoas pensariam que a senhora da casa é você! – gritou ela. – Você tem de se colocar em seu lugar! Heathcliff, o que você está pretendendo ao causar esse alvoroço? Eu lhe disse para deixar Isabella em paz... Imploro para que faça isso, a menos que esteja cansado de ser recebido aqui e queira que Linton lhe bata a porta da casa na cara!

– Que Deus o livre de ao menos tentar! – replicou o vilão de pele escura. Passei a detestá-lo naquele exato momento. – Que Deus o conserve submisso e paciente! A cada dia que passa, fico mais louco de vontade de mandá-lo para o céu!

– Cale a boca! – disse Catherine, fechando a porta interna. – Não me irrite. Por que você desconsiderou o meu pedido? Ela cruzou com você de propósito?

– E o que você tem a ver com isso? – rugiu ele. – Tenho o direito de beijá-la, se ela assim quiser. E você não tem o direito de se opor. Eu não sou *seu* marido; *você* não precisa ter ciúme de mim!

– Não tenho ciúme de você – replicou minha ama. – Zelo por você. Desamarre essa cara. Você não vai me repreender! Se gosta de Isabella, deve se casar com ela. Mas você gosta dela? Diga a verdade, Heathcliff! Pronto: você se recusa a responder. Tenho certeza de que não gosta dela.

– E o senhor Linton aprovaria que sua irmã se casasse com esse homem? – indaguei.

– O senhor Linton deve aprovar – replicou, de modo decisivo, a minha ama.

– Ele bem poderia se poupar desse problema – comentou Heathcliff. – Posso muito bem ficar sem a bênção dele. E, quanto a você, Catherine, tenho algumas coisas para lhe dizer agora, enquanto estamos falando desse assunto. Quero que tenha consciência de que eu *sei* que você me tratou de modo infernal... Infernal! Está me ouvindo? E, se você quer se lisonjear achando que eu não percebo, você é uma tonta. Se acha que posso ser consolado com palavras doces, você é uma idiota. E, se você pensa que sofrerei sem me vingar, vou convencê-la do contrário em um instante! Enquanto isso, obrigado por me revelar o segredo de sua cunhada: juro que vou aproveitar isso ao máximo. E que você não se intrometa!

– Que faceta nova do caráter dele é essa? – exclamou a senhora Linton, espantada. – Quer dizer que eu o tratei de modo infernal... E você vai se vingar?! Como vai ser sua vingança, seu brutamontes ingrato? Quando foi que eu o tratei de modo infernal?

– Não quero me vingar de você – replicou Heathcliff, com menos veemência. – A ideia não é essa. O tirano tortura seus escravos, e estes não se revoltam contra ele. Arrasam aqueles que estão abaixo deles. Pode me torturar até a morte, para a própria diversão. Só lhe peço que me permita me divertir um pouco no mesmo estilo e que evite os insultos o máximo que você conseguir. Depois de arrasar meu palácio, não me construa um casebre e fique admirando, de modo complacente, sua caridade ao me dá-lo como novo lar. Se eu ao menos imaginasse que você realmente queria que eu me casasse com Isabella, eu cortaria a minha garganta!

– Ah, então quer dizer que o mal reside no fato de eu *não* ter sentido ciúme? – berrou Catherine. – Bem, não vou repetir a minha oferta de esposa, pois é tão ruim quanto oferecer a Satanás uma alma perdida. Sua alegria, assim como a dele, resume-se a provocar a infelicidade. Você confirma isso. Edgar já se recobrou do mau humor em que ficou com sua vinda. Eu estou começando a me sentir segura e tranquila. E você, inquieto por saber que estamos em paz, aparece decidido a arrumar uma briga. Brigue com Edgar, se quiser, Heathcliff, e engane a irmã dele. Assim, você vai acertar exatamente o método mais eficiente de se vingar de mim.

A conversa acabou ali. A senhora Linton sentou-se perto do fogo, corada e melancólica. O temperamento dela a tornava cada vez mais intratável: já não conseguia acalmá-lo ou contê-lo. Heathcliff ficou de pé diante da lareira, de braços cruzados, remoendo seus pensamentos malignos; e foi nessa posição que eu os deixei e fui procurar meu amo, que estava se perguntando o que prendia Catherine no andar de baixo por todo aquele tempo.

– Ellen, você viu sua ama? – disse ele, quando entrei.

– Sim. Ela está na cozinha, senhor – respondi. – Infelizmente, ela está aborrecida com o comportamento do senhor Heathcliff, e, de fato, acho que é hora de organizar as visitas dele em outros termos. Ser benevolente demais é prejudicial, e agora a situação está desse jeito... – narrei para ele a cena do pátio e, até onde ousei, toda a discussão subsequente. Não achei que aquilo seria prejudicial para a senhora Linton, a não ser que ela assim o transformasse, ao tentar defender seu convidado. Edgar Linton teve dificuldade de me escutar até o fim. Suas primeiras palavras revelaram que ele não isentava sua mulher de culpa.

– Isso é insuportável! – exclamou ele. – É uma vergonha que ela o tenha por amigo e me obrigue a aceitar a companhia dele! Chame dois homens do salão principal, Ellen. Catherine não vai mais ficar discutindo com esse rufião baixo... Já fiz suas vontades o suficiente.

Desceu e, ordenando que os criados o esperassem no corredor, foi até a cozinha, comigo atrás dele. Seus ocupantes haviam reiniciado a discussão acalorada. A senhora Linton, pelo menos, estava dizendo reprimendas com renovado vigor; Heathcliff havia ido até a janela, com a cabeça baixa, talvez intimidado pela violenta repreensão de Catherine. Viu primeiro meu amo e fez um gesto rápido, indicando a ela que ficasse calada, ao que ela obedeceu abruptamente, depois de descobrir o motivo da intimação dele.

– O que é isso? – indagou Linton, dirigindo-se a ela. – Que noção de decência você tem para permanecer aqui depois do linguajar que esse canalha usou com você? Presumo, por se tratar do linguajar corriqueiro dele, que você não fez caso. Você está habituada à baixeza dele e, quem sabe, imagina que eu também possa me acostumar!

– Você estava ouvindo atrás da porta, Edgar? – perguntou minha ama, em um tom de voz particularmente calculado para provocar o marido, sugerindo, ao mesmo tempo, sua indiferença e seu desprezo diante da irritação dele. Heathcliff, que havia arregalado os olhos com o discurso anterior, deu uma risada desdenhosa com o último comentário. Aparentemente, fez isso de propósito, para atrair a atenção do senhor Linton para ele. Teve êxito, mas Edgar não pretendia diverti-lo com um grande arroubo de paixão.

– Até agora, tenho sido paciente com o senhor – disse ele, calmamente. – Isso não quer dizer que ignore seu caráter miserável, mas achei que a culpa por isso fosse apenas parcialmente sua. E, como Catherine queria conservar sua amizade, concordei, o que foi uma tolice. Sua presença é um veneno moral capaz de contaminar a pessoa mais virtuosa. Por isso, e para evitar consequências piores, proíbo-o, daqui em diante, de pisar nesta casa e advirto-lhe que exijo sua saída imediata. Se demorar mais de três minutos, ela será involuntária e desonrosa.

Heathcliff examinou a altura e a largura do orador com um olhar de escárnio.

– Cathy, esse seu cordeirinho faz ameaças como se fosse um touro! – disse ele. – Ele corre o risco de quebrar a cara contra os meus punhos. Por Deus! Senhor Linton, lamento terrivelmente que não valha a pena nocautear o senhor!

Meu amo olhou em direção ao corredor e gesticulou para que eu fosse buscar os homens. Ele não tencionava arriscar uma disputa cara a cara. Obedeci ao seu gesto, mas a senhora Linton, suspeitando de alguma coisa, foi atrás de mim. E, quando tentei chamá-los, ela me puxou para trás, bateu a porta e trancou-a.

– Que seja uma briga limpa! – declarou ela em resposta ao olhar de surpresa furiosa do marido. – Se não tem a coragem de atacá-lo, peça desculpas ou permita que ele lhe dê uma surra. Isso vai lhe ensinar a não fingir ter mais coragem do que você tem. Não! Vou engolir a chave antes de entregá-la a você! Que bela recompensa eu recebo pela minha bondade com cada um de vocês! Depois de ser constantemente indulgente com a natureza fraca de um e a natureza ruim do outro, recebo como agradecimento duas amostras de ingratidão cega, absurdamente imbecil! Edgar, eu estava defendendo você e os seus, e queria que Heathcliff lhe açoitasse até você adoecer, por ter ousado pensar tão mal de mim!

Não foi preciso uma surra para produzir esse efeito em meu amo. Tentou arrancar a chave da mão de Catherine, e, por garantia, ela atirou a chave na parte mais quente do fogo. Com isso, o senhor Edgar foi acometido de uma tremedeira nervosa, e seu semblante ficou terrivelmente lívido. Nem por sua vida ele conseguiria conter esse arroubo de emoção: angústia misturada a humilhação tomaram-no completamente. Ele se escorou no encosto de uma cadeira e cobriu o rosto.

– Ai, pelo amor de Deus! Antigamente, depois dessa, você seria nomeado cavaleiro! – exclamou a senhora Linton. – Fomos derrotados! Fomos derrotados! Heathcliff seria tão capaz de levantar um dedo contra você quanto o rei lançaria seus exércitos contra uma colônia de camundongos. Anime-se! Você não vai apanhar! Não, você não é um cordeiro. É um lebracho recém-nascido.

– Espero que aproveite seu covarde com leite em vez de sangue nas veias, Cathy! – disse seu amigo. – Eu a parabenizo por seu bom gosto. E essa é a coisinha trêmula e babosa que você preferiu em detrimento a mim! Eu não daria um soco nele com meus punhos, mas o chutaria com meu pé e ficaria consideravelmente satisfeito. Ele está chorando ou está prestes a desmaiar de medo?

O camarada aproximou-se e empurrou a cadeira em que Linton se apoiava. Seria melhor que ele tivesse mantido distância: meu amo rapidamente empertigou-se e deu-lhe um soco na garganta que teria derrubado um homem mais fraco. O soco tirou o fôlego de Heathcliff por um instante e, enquanto ele engasgava, o senhor Linton saiu para o pátio pela porta dos fundos e de lá foi até a entrada da frente.

– Pronto! Agora você conseguiu ser proibido de vir até aqui! – berrou Catherine. – Vá embora. Ele vai voltar com uma braçada de pistolas e meia dúzia de ajudantes. Se ele, de fato, ouviu o que falamos, é claro que jamais o perdoará. Você me arrumou uma bela encrenca, Heathcliff! Mas vá, e depressa! Prefiro ver Edgar amuado a você.

– Você está pensando que eu vou embora com aquele soco ainda me queimando a garganta? – trovejou ele. – Pelo diabo, não! Vou afundar as costelas dele como uma avelã podre antes de eu atravessar a soleira! Se eu não o derrubar agora, vou matá-lo em algum outro momento. Então, caso dê valor à existência dele, deixe-me dar-lhe uma surra!

– Ele não vai voltar – interrompi, contando uma leve mentira. – Tem o cocheiro e os dois jardineiros. Você certamente não vai esperar para ser escorraçado daqui por eles! Cada um deles tem um porrete, e meu amo, muito provavelmente, irá assistir a tudo da janela da sala de visitas, para vê-los cumprir suas ordens.

Os jardineiros e o cocheiro estavam lá, mas Linton estava com eles. Já haviam adentrado o pátio. Heathcliff, pensando melhor, decidiu evitar um confronto contra três subalternos. Pegou o atiçador da lareira, usou-o para quebrar a fechadura da porta interna e escapou enquanto eles entravam a passos largos.

A senhora Linton, muito agitada, pediu-me para acompanhá-la escada acima. Ela não sabia da minha contribuição para aquele alvoroço, e eu ansiava por mantê-la ignorante.

– Estou quase enlouquecendo, Nelly! – exclamou ela, jogando-se no sofá. – Mil martelos de ferreiro estão batendo na minha cabeça! Diga a Isabella que me evite. Essa confusão é por causa dela. Caso ela ou outra pessoa me fizerem ficar com mais raiva agora, vou me descontrolar. E, Nelly, diga a Edgar, caso volte a vê-lo esta noite, que eu estou perigando ficar gravemente doente. Tomara que isso aconteça de fato. Ele me assustou e me perturbou de um modo chocante! Quero dar um susto nele. Além do mais, é capaz de vir aqui e soltar uma série de impropérios e reclamações. Estou certa de que vou responder à altura, e sabe lá Deus onde vamos parar! Você pode fazer isso, minha boa Nelly? Você está ciente de que não tenho culpa alguma nessa história. O que fez com que ele nos escutasse escondido? As palavras de Heathcliff, de fato, foram ultrajantes depois que você nos deixou a sós, mas eu rapidamente o afastaria de Isabella, e o resto não significaria nada. Agora, deu tudo errado, por causa do desejo tolo que algumas pessoas têm de ouvir os outros falar mal delas. Isso as assombra como um demônio! Se Edgar não tivesse ouvido a nossa conversa, nada disso teria acontecido. De fato, quando ele avançou para cima de mim com aquele tom irracional de desgosto, depois que eu repreendi Heathcliff até ficar rouca defendendo-o, já não me importava com o que fariam um ao outro. Principalmente porque senti que, não importa como terminasse a cena, todos nós ficaríamos afastados uns dos outros, sabe lá Deus por quanto tempo! Bem, se não posso ter Heathcliff como amigo, se Edgar vai ser perverso e ciumento, vou tentar partir o coração deles partindo o meu próprio. Essa vai ser uma maneira rápida de acabar com tudo, quando sou levada a um extremo! Mas se trata de um ato que deve ser reservado quando não houver mais esperanças; eu não quero pegar Linton de surpresa com isso. Até agora ele tem sido prudente, evitando me provocar. Você deve descrever para ele o perigo de mudar de atitude e relembrá-lo de meu temperamento passional que, quando atiçado, beira o frenesi. Queria que você tirasse essa apatia de seu semblante e parecesse mais ansiosa por mim.

A solidariedade com que recebi essas instruções foi, sem dúvida, muito exasperante, pois foram ditas com a mais perfeita sinceridade. Mas eu acreditava que uma pessoa que era capaz de planejar com antecedência seus acessos de fúria poderia, usando sua força de vontade, controlá-los de modo tolerável, mesmo quando sob a influência deles. E eu não queria "assustar" o marido dela, como acreditava, e aumentar ainda mais seus aborrecimentos, para servir a seu egoísmo. Portanto, não disse nada quando encontrei meu amo vindo em direção à sala de visitas, mas tomei a liberdade de voltar para escutar se iriam continuar a discussão. Ele começou a falar primeiro.

– Fique onde está, Catherine – disse ele, sem raiva na voz, mas com um desalento melancólico. – Não vou ficar aqui. Não vim discutir ou tentar a reconciliação, mas queria apenas saber, depois dos acontecimentos deste fim de tarde, se você planeja conservar suas intimidades com...

– Ai, pela misericórdia – interrompeu minha ama, pisoteando o chão. – Pela misericórdia, não falemos mais disso agora! Seu sangue frio não pode ser estimulado a lhe causar uma febre. Suas veias estão repletas de água gélida, mas as minhas fervem, e a mera visão de tamanha frieza faz com que elas tenham espasmos.

– Para se livrar de mim, responda à minha pergunta – insistiu o senhor Linton. – Você tem de responder, e aquela violência não me preocupa. Dei-me conta de que você pode ser tão rigorosa quanto qualquer um, quando isso lhe convém. Vai desistir de Heathcliff daqui para a frente ou vai desistir de mim? É impossível que você seja *minha* amiga e amiga *dele* ao mesmo tempo, e eu *exijo* saber quem vai escolher.

– E eu exijo que me deixe sozinha! – exclamou Catherine, furiosa. – Exijo! Você não consegue ver que eu mal consigo ficar de pé? Edgar, você... Você me deixe em paz!

Ela tocou a sineta com tanta força que se quebrou, e entrei no quarto sem pressa. Aqueles arroubos de raiva, perversos e insensatos, eram o bastante para testar o temperamento de um santo! Lá estava ela, com a cabeça jogada no braço do sofá, rangendo os dentes ao ponto de alguém achar que iria estilhaçá-los! O senhor Linton ficou de pé, olhando para ela, com um súbito medo e culpa na consciência. Ele me disse para buscar um pouco d'água. Ela estava sem fôlego para falar. Trouxe um copo cheio e, como ela não bebia, salpiquei um pouco da água em seu rosto. Em alguns segundos, retesou todo o corpo e revirou os olhos, enquanto as faces, que antes estavam pálidas e lívidas, assumiram um aspecto de morte. Linton parecia horrorizado.

– Não há de ser nada... – sussurrei. Eu não queria que ele cedesse, mas não pude evitar sentir medo em meu coração.

– Ela tem sangue nos lábios! – disse ele, tremendo.

– Não dê atenção – disse eu, com aspereza. E então contei como ela havia decidido, antes de ele chegar, que iria ter um de seus acessos frenéticos. Imprudentemente, disse isso em voz alta, e ela me ouviu, pois se levantou, com os cabelos esvoaçados sobre os ombros, os olhos faiscantes e os músculos de seu pescoço e braços impressionantemente salientes. Achei que fosse sair dali, pelo menos, com alguns ossos quebrados, mas ela apenas lançou um olhar de fúria à sua volta por um instante e depois saiu correndo do cômodo. Meu amo pediu que eu a seguisse. Foi o que fiz, até a porta do quarto, pois ela me impediu de entrar, segurando a porta do lado de dentro.

Como ela não se dispôs a descer para o café da manhã no dia seguinte, fui perguntar se queria comer no quarto.

– Não! – replicou ela, imperiosamente. A mesma pergunta foi repetida no almoço e no chá da tarde; e mais uma vez na manhã seguinte, e a resposta foi sempre a mesma. O senhor Linton, por sua vez, passava o tempo na biblioteca e não fazia perguntas sobre as ocupações da esposa. Isabella e ele tiveram uma conversa de uma hora, durante a qual o irmão tentou incitar nela algum sentimento justo de horror diante das investidas de Heathcliff. Mas não conseguiu extrair nada de suas respostas evasivas e foi obrigado a encerrar o interrogatório de modo insatisfatório. No entanto, acrescentou um aviso solene: se fosse louca o bastante de encorajar aquele pretendente imprestável, isso acabaria com todos os laços de parentesco entre eles.

Capítulo 12

Enquanto a senhorita Linton andava cabisbaixa pelos jardins, sempre em silêncio e quase sempre a chorar, seu irmão se trancava na biblioteca, entre livros que jamais abria – consumido, eu supus, por uma vaga e contínua esperança de que Catherine, arrependendo-se de seu comportamento, descesse de livre e espontânea vontade para pedir perdão e tentar a reconciliação. Ela jejuava insistentemente, talvez pensando que, a cada refeição, Edgar estivesse prestes a engasgar por conta de sua ausência e que apenas o orgulho o impedisse de sair correndo para se jogar aos pés dela. Fiquei ocupada com meus afazeres domésticos, convencida de que a granja abrigava apenas uma alma sensata entre suas quatro paredes, e tal alma estava alojada em meu corpo. Não desperdicei minha solidariedade com a senhorita, não me dei o trabalho de repreender minha ama e tampouco dei muita atenção aos suspiros do meu amo, que ansiava por ouvir o nome da esposa, posto que não podia ouvir-lhe a voz. Decidi que era melhor deixar as coisas seguirem seu curso sem minha interferência e, apesar de este ser um processo enfadonhamente lento, comecei a me sentir feliz ao vislumbrar algum progresso, como eu havia pensado a princípio.

A senhora Linton, no terceiro dia, destrancou a porta e, tendo bebido toda a água da caneca e do jarro, pediu mais, além de uma tigela de mingau, pois acreditava estar morrendo. Absorvi aquilo como um discurso destinado aos ouvidos de Edgar. Não acreditei nela. Então, guardei suas palavras para mim e trouxe-lhe um pouco de chá com torrada pura. Ela comeu e bebeu com avidez e voltou a se afundar no travesseiro, cerrando os punhos e gemendo.

– Oh, vou morrer! – exclamou ela. – Ninguém se importa com nada que me aconteça. Quem me dera não ter comido isso. – Um bom tempo depois, ouvi-a murmurar: "Não, eu não vou morrer… Ele ficaria feliz com isso… Ele nem sequer me ama… Ele jamais sentiria a minha falta!".

– Gostaria de alguma coisa, senhora? – indaguei, mantendo minha compostura exterior, apesar do semblante cadavérico dela e de seus modos estranhos e exagerados.

– O que anda fazendo aquele ser apático? – perguntou ela, afastando os grossos e enroscados cachos da frente do rosto arrasado. – Está letárgico ou está morto?

– Nenhuma das duas coisas, se a senhora está se referindo ao senhor Linton – repliquei. – Ele anda razoavelmente bem, eu acho, mas os estudos tomam mais o tempo dele do que deviam. Está sempre entre seus livros, pois não tem outra companhia.

Eu não deveria ter falado desse jeito se soubesse do verdadeiro estado de saúde dela, mas não conseguia deixar de pensar que parte da doença era puro fingimento.

– Entre seus livros! – exclamou ela, perplexa. – E eu, morrendo! Eu, com o pé na cova! Meu Deus! Será que ele sabe o quão alterada estou? – prosseguiu ela, olhando para o próprio reflexo no espelho pendurado na parede do outro lado do quarto. – Aquela ali é Catherine Linton? Ele acha que estou apenas de mau humor… Ou que estou fingindo, talvez. Você não pode dizer a ele que estou sendo terrivelmente sincera? Nelly, caso não seja tarde demais, assim que eu souber como ele se sente, vou escolher entre estas duas coisas: ou morrer de fome agora mesmo – o que não seria um castigo para ele, a não ser que ele tivesse coração – ou me recuperar e deixar esta terra. Você está falando a verdade sobre ele agora? Cuidado. Ele realmente sente uma total indiferença com relação à minha vida?

– Ora, senhora – respondi. – O amo não faz ideia de que a senhora está louca. É óbvio que ele não teme que a senhora vá deixar a si mesma morrer de fome.

– Você acha que não? Não pode dizer a ele que sim, que vou morrer? – replicou ela. – Convença-o! Diga a ele o que você realmente acha: diga que você tem certeza de que eu vou morrer!

– Não, a senhora se esquece, senhora Linton, de que comeu com gosto um pouco de comida neste fim de tarde, e amanhã vai sentir os efeitos benéficos disso – sugeri.

– Se pelo menos eu tivesse certeza de que isso o faria morrer, eu me mataria imediatamente! – interrompeu ela. – Não preguei o olho nestas três noites horríveis, e, oh, como fui atormentada! Fui assombrada, Nelly! Mas agora começo a achar que você não gosta de mim. Que estranho! Pensei que, apesar de todos se odiarem por aqui, ninguém conseguiria deixar de me amar. E todos viraram inimigos ao cabo de poucas horas: tornaram-se, sim, tenho certeza, as pessoas daqui. Que terrível é morrer rodeada por esses rostos gélidos! Isabella, aterrorizada e enojada, com medo de entrar em meu quarto, pois seria triste demais ver Catherine morrer. E Edgar, de pé, solenemente observando tudo e, depois, oferecendo preces de agradecimento a Deus por haver restaurado a paz em sua casa, voltando para os seus *livros*! Por que diabos ele tem de estar metido entre *livros* enquanto eu estou morrendo?

Ela não conseguia aceitar a ideia que eu havia incutido em sua cabeça sobre a resignação filosófica do senhor Linton. E, debatendo-se na cama, intensificou seu desconcerto febril, transformando-o em loucura, e rasgou o travesseiro com os dentes. Depois, levantando-se, furiosa, pediu-me para abrir a janela. Estávamos no meio do inverno, e soprava um vento forte vindo do noroeste, então me recusei a abrir a janela. Tanto as expressões que mudavam constantemente em seu rosto quanto suas mudanças de humor começaram a me preocupar terrivelmente e fizeram-me lembrar de sua doença anterior e a ordem do médico de que ela não deveria ser contrariada. Um minuto antes, ela estava violenta. Agora, apoiada em um dos braços e, percebendo minha recusa em obedecer às suas ordens, parecia divertir-se infantilmente puxando as penas dos rasgos que tinha acabado de fazer e dispondo-as sobre o lençol de acordo com a espécie a que pertenciam. Sua mente já se desviara para outros assuntos.

– Esta é de peru... – murmurou consigo mesma. – E esta é de marreco selvagem; e esta é de pombo. Ah, colocaram penas de pombo nos travesseiros. Não me admira eu não conseguir morrer[4]! Preciso jogá-los no chão quando eu me deitar. E esta é de lagópode-escocês; e esta... Eu deveria poder distingui-la entre mil... É de abibe. Que lindo pássaro! Voa sobre nossas cabeças quando estamos no pântano. Ele queria ir para seu ninho, pois as nuvens pareciam tocar o mar no horizonte, e parecia que ia chover. Esta pena foi pega do meio da mata, o pássaro não foi morto: vimos seu ninho no inverno, cheio de pequenos esqueletos. Heathcliff armou uma armadilha sobre o ninho, e os pais não se atreveram a voltar. Fiz com que ele prometesse jamais matar um abibe depois daquilo, e ele cumpriu a promessa. Sim, aqui há mais delas! Será que ele matou os meus abibes, Nelly? Tem sangue em alguma delas? Deixe-me ver.

– Pare de criancice! – interrompi, arrancando o travesseiro dela e virando o lado esburacado contra o colchão, pois ela estava arrancando as penas do travesseiro aos punhados. – Deite-se e feche os olhos. Você está divagando. E olhe esta bagunça! A penugem está pairando por aqui como se fosse neve.

---

[4] Na época, costumava-se acreditar que pessoas deitadas em travesseiros de penas de pombo não poderiam morrer, pois a alma ficaria impedida de abandonar o corpo. Segundo a *Encyclopaedia of Superstitions 1949* ("Enciclopédia de superstições 1949", de E. Radford, M. Radford. Whitefish, Kessinger, 2004), há relatos de que bolsas com penas de pombo foram propositalmente colocadas sob a cabeça de pessoas moribundas para que o "travesseiro" as retivesse até a chegada de algum parente que estava sendo esperado. (N.T.)

Passei a recolher as penas aqui e ali.

– Eu vejo em você, Nelly… – prosseguiu ela, em seu devaneio. – Uma mulher envelhecida: você tem cabelos grisalhos e os ombros encurvados. Esta cama é a caverna das fadas sob o penhasco de Penistone, e você está juntando flechas de duendes[5] para machucar nossos novilhos, e fingindo, enquanto eu estou por perto, que são apenas fios de lã. É assim que você vai ser daqui a cinquenta anos. Agora bem sei que você não é. Não estou delirando. Está enganada; caso contrário, eu realmente acreditaria que é essa bruxa encarquilhada e que eu *estava* sob o penhasco de Penistone. E estou ciente de que já é noite e que há duas velas sobre a mesa que fazem o armário preto brilhar como azeviche.

– O armário preto? Onde está ele? – perguntei. – Você está falando enquanto dorme!

– Está contra a parede, onde sempre esteve – replicou ela. – Mas ele, *de fato*, parece estranho… Vejo nele um rosto!

– Não há armário preto no quarto e nunca houve – falei, voltando para o meu assento e abrindo as cortinas, para que pudesse vigiá-la.

– *Você* não está vendo aquele rosto? – indagou ela, olhando seriamente para o espelho.

E não importava o que eu dissesse. Fui incapaz de fazê-la compreender que se tratava de seu próprio rosto. Então, levantei-me e cobri o espelho com um xale.

– O rosto ainda está atrás do xale! – insistiu ela, ansiosa. – E ele se mexeu! Quem será? Espero que ele não saia dali quando você for embora! Oh! Nelly, este quarto é assombrado! Tenho medo de ficar sozinha!

Peguei a mão dela e pedi que se recompusesse, pois uma sucessão de tremores lhe sacudia o corpo. E ela continuava olhando fixamente para o espelho.

– Não tem ninguém aqui! – insisti. – Era *a senhora mesma*, senhora Linton, sabe bem disso.

---

[5] Flechas pré-históricas com pontas de pedra que os camponeses acreditavam ser encantadas, usadas pelos seres sobrenaturais para ferir pessoas e animais. (N.T.)

– *Eu mesma*! – arquejou ela. – E o relógio está marcando meia-noite! Então, é verdade! Isso é terrível!

Seus dedos agarraram suas roupas e cobriram seus olhos com elas. Tentei abrir sorrateiramente a porta com a intenção de chamar o marido dela, mas fui atraída de volta para o quarto por um grito estridente: o xale havia caído da moldura do espelho.

– Ora, o que está havendo? – berrei. – Quem está sendo covarde agora? Acorde! Este é o espelho... Apenas o espelho, senhora Linton. E a senhora está vendo seu reflexo nele, e o meu também, ao seu lado.

Trêmula e atordoada, ela me agarrou com força, mas o pavor aos poucos se esvaiu de seu semblante. A palidez deu lugar a um brilho de vergonha.

– Oh, minha nossa! Pensei que estava em minha casa – suspirou ela. – Pensei que estava deitada em meu quarto no Morro dos Ventos Uivantes. Pelo fato de eu estar fraca, meu cérebro confundiu-se e gritei inconscientemente. Não diga nada, mas fique aqui comigo. Tenho medo de dormir. Meus sonhos horrorizam-me.

– Uma boa noite de sono lhe faria bem, senhora – respondi. – E espero que esse sofrimento a impeça de tentar fazer greve de fome outra vez.

– Oh, se pelo menos eu estivesse na minha cama na antiga casa! – prosseguiu ela, com amargura, retorcendo as mãos. – E aquele vento uivando entre os abetos perto da gelosia. Deixe-me senti-lo, pois ele vem direto do pântano. Deixe-me aspirá-lo ao menos uma vez!

Para acalmá-la, deixei o caixilho da janela entreaberto por alguns segundos. Uma lufada de ar frio entrou rápido no quarto. Fechei o caixilho e voltei para o meu lugar. Agora ela estava deitada e quieta, com o rosto banhado em lágrimas. A exaustão física havia abrandado completamente o temperamento dela: nossa inflamada Catherine não passava de uma criança chorona.

– Há quanto tempo me encerrei aqui? – perguntou ela, subitamente se reanimando.

– Desde o fim da tarde de segunda – repliquei. – E hoje é noite de quinta, ou madrugada de sexta, para ser mais exata.

– O quê? Da mesma semana? – exclamou ela. – Tão pouco tempo assim?

– Tempo o bastante para sobreviver à base de água e mau humor – observei.

– Bem, pareceu-me um número infinito de horas – resmungou ela, hesitante. – Deve ter sido mais tempo. Lembro-me de estar na sala de visitas depois que eles discutiram, com Edgar sendo cruelmente provocador, e eu correndo, em desespero, para este quarto. Assim que tranquei a porta, uma completa escuridão tomou conta de mim, e caí no chão. Não conseguia explicar para Edgar quanta certeza eu tinha de que teria apenas um acesso ou de que ficaria completamente louca se ele continuasse a me provocar! Não conseguia controlar minha língua ou meu cérebro, e ele talvez não tenha percebido a minha agonia; restou-me apenas o parco bom senso de escapar dele e de sua voz. Antes de que eu estivesse suficientemente recuperada para poder voltar a ver e a escutar, o dia começou a raiar, e, Nelly, vou lhe dizer o que pensei e o que voltou sem parar à minha mente até eu temer estar perdendo a razão. Enquanto estava deitada ali, com minha cabeça contra a perna da mesa e os olhos mal distinguindo os quadrados cinza da janela, pensei que estava encerrada entre os painéis de carvalho da cama da minha antiga casa, e meu coração doía com uma aflição que, assim que acordei, não conseguia lembrar. Ponderei e fiquei preocupada em descobrir o que poderia ser e, muito estranhamente, apaguei da mente todos os últimos sete anos da minha vida! Não me lembrava de nada do que havia acontecido. Eu era criança. Meu pai acabara de ser enterrado, e minha infelicidade veio da separação que Hindley ordenara entre mim e Heathcliff. Fiquei sozinha pela primeira vez e, despertando de um cochilo terrível depois de passar a noite toda chorando, levantei a mão para abrir os painéis e dei com o tampo da mesa! Arrastei a mão pelo tapete, e minha memória voltou: meu sofrimento recente transformou-se em um paroxismo de desespero. Não sei dizer por que eu me sentia tão violentamente desgraçada; deve ter sido insanidade temporária, pois mal havia motivos para eu me sentir assim. Mas suponha que, aos doze anos de idade, eu tenha sido arrancada do Morro dos Ventos Uivantes, de todos os meus primeiros afetos e da pessoa mais importante da minha vida, que era Heathcliff naquela época, e, num átimo, fosse transformada na senhora Linton, a senhora da Granja de Thrushcross, esposa de um desconhecido; uma exilada, uma pária, a partir de então, para aquilo que tinha sido o meu mundo. Sim, você pode ter um vislumbre do abismo pelo qual eu me arrastei! Balance a cabeça o quanto quiser, Nelly, você ajudou a me deixar perturbada! Você deveria ter falado com Edgar, de fato deveria, e obrigado-o a me deixar em paz! Oh, estou ardendo de calor! Queria estar ao ar livre! Queria ser uma menina outra vez, um tanto selvagem, e forte, e livre; e rindo das injúrias, e não enlouquecendo com elas! Por que mudei tanto? Por que meu sangue ferve com apenas algumas palavras? Tenho certeza de que voltaria a ser eu mesma se tornasse a estar entre as urzes naquele morro. Abra a janela de novo, abra bem: trave-a depois de aberta! Rápido! Por que você não se mexe?

– Porque não quero que a senhora morra de frio – respondi.

– Você não quer é me dar uma oportunidade de viver – disse ela, triste. – No entanto, não estou totalmente impotente ainda: vou eu mesma abrir a janela.

E, saindo da cama antes que eu pudesse impedi-la, atravessou o quarto, caminhando com muita hesitação. Escancarou a janela e inclinou-se para fora, sem se importar com o ar gélido que passava por seus ombros, afiado como uma faca. Implorei e, por fim, tentei forçá-la a sair dali. Mas logo descobri que, em seu delírio, era muito mais forte do que eu (ela estava delirante, e fiquei convencida disso por suas atitudes e devaneios subsequentes). Não havia lua no céu, e tudo abaixo dele estava envolto por uma escuridão brumosa. Nenhuma luz brilhava de nenhuma casa, longe ou perto; tudo parecia haver sido extinto fazia muito, e as luzes do Morro dos Ventos Uivantes tampouco eram visíveis. Ainda assim, ela asseverou que podia ver seu brilho.

– Olhe! – exclamou ela, ansiosamente. – Aquele é o meu quarto, com a vela acesa, e as árvores balançando diante da janela. E a outra vela está acesa na mansarda de Joseph. Joseph fica acordado até tarde, não é? Ele deve estar me esperando voltar para casa para fechar o portão. Bem, ele ainda vai ter de esperar um bocado. É uma caminhada dura, ainda mais com o coração triste assim. Ainda temos de passar pelo adro da igreja presbiteriana de Gimmerton no caminho! Já enfrentamos seus fantasmas muitas vezes juntos e desafiamos um ao outro a subir nos túmulos e invocá-los. Mas, Heathcliff, se eu o desafiar agora, você se atreveria? Caso sim, ficarei com você. Não vou deitar lá sozinha; eles podem me enterrar sob quatorze palmos de terra e jogar a igreja sobre o meu túmulo, mas não vou descansar até que você esteja comigo. Jamais descansarei!

Ela fez uma pausa e depois prosseguiu, com um sorriso estranho.

– Ele está decidindo... Espera que eu vá até ele! Ache um jeito, então! Mas não por aquele adro. Como você é lerdo! Fique contente. Você sempre me seguiu!

Percebendo que não adiantaria discutir diante da insanidade dela, eu planejava como poderia alcançar alguma coisa para amarrar em volta dela sem deixá-la solta (pois eu não confiava em deixá-la sozinha com aquela gelosia escancarada), quando, para minha consternação, ouvi o chacoalhar da maçaneta da porta, e então o senhor Linton entrou. Ele havia acabado de sair da biblioteca e, passando pelo vestíbulo, reparara em nossa conversa e fora atraído pela curiosidade ou pelo medo, a avaliar o que significava aquilo tão tarde da noite.

– Oh, senhor! – gritei, vendo a exclamação que se formou em seus lábios diante da cena que ele presenciava e da atmosfera lúgubre do quarto. – Minha pobre ama está doente, e ela é bem mais forte do que eu. Não consigo segurá-la de jeito nenhum. Eu lhe suplico: venha e convença-a a ir para a cama. Esqueça sua raiva, pois é difícil conduzi-la a uma direção diferente da que ela quer ir.

– Catherine, doente? – disse ele, vindo até nós apressado. – Feche a janela, Ellen! Catherine! Por que...

Ele ficou em silêncio. A aparência macilenta da senhora Linton deixou-o sem palavras. Tudo o que ele conseguia fazer era desviar o olhar dela para mim, num assombro horrorizado.

– Ela tem ficado inquieta aqui – prossegui. – Quase não come e jamais reclama. Até o fim da tarde de hoje, ela não deixava ninguém entrar e, portanto, não pudemos informá-lo sobre o estado dela, pois nós mesmos o ignorávamos. Mas não há de ser nada.

Senti que havia me enrolado em minhas explicações, pois meu amo franziu a testa.

– Então, não há de ser nada, é mesmo, Ellen Dean? – disse ele, severamente. – Você vai ter de me explicar com mais clareza por que me manteve ignorante com relação a isso! – E pegou a esposa nos braços e olhou angustiado para ela.

A princípio, ela não dirigiu a ele nenhum olhar de reconhecimento; ele era invisível para o olhar vago dela. O delírio não havia se instalado por completo e, tendo por fim desgrudado os olhos da escuridão do lado de fora da casa, aos poucos ela centrou sua atenção nele e deu-se conta de quem a segurava.

– Ah! Você veio, não é, Edgar Linton? – disse ela, com uma animação raivosa. – Você é uma daquelas coisas que sempre se acha quando não se quer e, quando se quer, jamais se acha! Presumo que agora vamos passar por uma torrente de lamentos, sei que vamos, mas não podem me manter longe daquela minha pequena casinha ali da frente, minha última morada, para onde irei antes do fim da primavera! Lá está ele, não entre os Lintons, repare, sob a capela, mas ao ar livre, com uma lápide. E, depois, você pode fazer o que preferir: ficar com eles ou comigo!

– Catherine, o que você fez? – começou meu patrão. – Já não significo nada para você? Você ama aquele miserável do Heath...

– Cale-se! – exclamou a senhora Linton. – Cale-se imediatamente! Se voltar a mencionar esse nome, termino o assunto jogando-me da janela! Você pode ter aquilo que está tocando neste momento, mas a minha alma vai estar no topo daquele morro antes que você volte a encostar a mão em mim. Não o quero, Edgar; já superei esse desejo. Volte para seus livros. Fico contente que você tenha um consolo, pois tudo o que tinha de mim acabou.

– A mente dela devaneia, senhor – interrompi. – Ela vem falando disparates a noite toda, mas deixe-a quieta. Sob os cuidados adequados, ela vai se recompor. Daqui em diante, precisamos ter muito cuidado para não a contrariar.

– Não quero mais conselhos seus – respondeu o senhor Linton. – Você conhecia a natureza de sua ama e me incentivou a acossá-la. Ainda por cima, não me deu sequer uma pista sobre o estado dela nos últimos três dias! Que atitude cruel! Uma doença que durasse meses não provocaria tamanha mudança!

Comecei a me defender, pensando que era muito ruim levar a culpa da rebeldia perversa de outra pessoa.

– Eu sabia que a senhora Linton era obstinada e dominadora! – exclamei. – Mas não sabia que o senhor tinha a intenção de instigar o temperamento feroz dela! Não sabia que, para agradá-la, eu deveria fingir não ver o senhor Heathcliff. Cumpri o dever de uma criada fiel ao contar o que sabia ao senhor, e agora recebo em troca a paga de uma criada de confiança! Ora, com isso vou aprender a ser mais cautelosa no futuro. Da próxima vez, que descubra pelo senhor mesmo!

– Da próxima vez que vier me contar histórias, vou dispensá-la, Ellen Dean – replicou ele.

– Presumo que o senhor prefere não ficar sabendo, senhor Linton? Heathcliff tem sua permissão para vir aqui cortejar a senhorita Isabella e para aparecer sempre que sua ausência oferecer uma oportunidade, com o objetivo de envenenar minha ama contra o senhor?

Apesar de confusa, Catherine mantinha-se alerta com relação à nossa conversa.

– Ah! Nelly bancou a traidora – exclamou ela, passionalmente. – Nelly é minha inimiga secreta. Sua bruxa! Então você, de fato, está procurando flechas de duende para nos ferir! Solte-me, e a farei se arrepender amargamente! Vou fazer com que ela se retrate gritando!

A fúria de um maníaco acendeu-se em seus olhos, e ela lutou desesperadamente para se desvencilhar dos braços de Linton. Não senti nenhuma inclinação de prolongar aquela cena e, decidindo buscar ajuda médica por minha própria conta, saí do quarto.

Ao passar pelo jardim para chegar à estrada, num ponto da parede onde há um gancho para amarrar cavalos, vi uma coisa branca mexer-se de modo irregular, evidentemente por conta de outro agente que não o vento. Apesar da minha pressa, fiquei ali para examinar aquilo, para que depois eu não ficasse para sempre com a impressão de que se tratava de uma criatura de outro mundo. Minha surpresa e perplexidade foram grandes quando descobri, mais pelo tato do que pela visão, a cadela *springer spaniel* inglesa da senhorita Isabella, Fanny, presa com um lenço no pescoço e quase dando seu último suspiro. Soltei o animal e coloquei-o no chão do jardim. Eu havia visto a cadela seguir a senhorita escada acima quando foi para a cama e fiquei muito intrigada pensando como ela poderia ter chegado até ali e que pessoa perversa havia feito aquilo. Enquanto desatava o nó do gancho, pareceu-me que escutei repetidamente o barulho dos cascos de cavalos galopando a distância, mas havia tantas coisas ocupando meus pensamentos que não dei muita atenção àquilo, apesar de ser um som estranho, naquele lugar, às duas da manhã.

Felizmente, o doutor Kenneth estava acabando de sair de sua casa para ir ver um paciente no vilarejo, e fiz com que ele me acompanhasse imediatamente. Ele era um homem simples e rude, e não teve reservas ao falar que duvidava de que ela fosse sobreviver a esse segundo ataque, exceto se que passasse a obedecer às indicações dele com mais afinco do que antes.

– Nelly Dean, não consigo deixar de achar que há uma causa a mais por trás disso – falou ele. – O que anda acontecendo na granja? Aqui em cima chegam relatos estranhos. Uma garota forte e saudável como Catherine não adoece por uma bobagem. Esse tipo de gente não adoece assim. Dá muito trabalho cuidar delas durante as febres e coisas do tipo. Como começou?

– Meu amo vai informá-lo – respondi. – Mas o senhor conhece bem o temperamento violento dos Earnshaws, e a senhora Linton consegue superar todos eles. Posso lhe dizer isto: tudo começou com uma discussão. Durante um acesso de raiva, ela teve uma espécie de ataque. Pelo menos é o que ela diz, pois saiu disparada no auge desse acesso e trancou-se no quarto. Depois, passou a se recusar a comer, e agora ela se alterna entre delírios e um estado em que parece estar meio que sonhando: reconhece as pessoas à sua volta, mas tem a mente cheia de todo o tipo de ilusões e ideias estranhas.

– O senhor Linton vai lamentar? – observou Kenneth, de forma curiosa.

– Lamentar? Ele vai ficar de coração partido caso aconteça alguma coisa! – repliquei. – Não o deixe preocupado mais do que o necessário.

– Bem, eu disse a ele que tivesse cuidado – falou meu companheiro. – E agora ele tem de sofrer as consequências de ter negligenciado o meu aviso! Ele tem se relacionado com o senhor Heathcliff ultimamente não é?

– Heathcliff visita a granja com frequência – respondi. – Mais pelo fato de ele ser amigo de infância da minha ama do que pelo fato de meu amo gostar de sua companhia. No momento, ele está proibido de fazer visitas, por conta de algumas aspirações presunçosas que manifestou em relação à senhorita Linton. Duvido que lhe permitam voltar a fazer visitas.

– E a senhorita Linton não retribuiu o sentimento? – perguntou o médico em seguida.

– Não sou confidente dela – devolvi, hesitando em prosseguir com aquele assunto.

– Não, ela é dissimulada – comentou ele, balançando a cabeça. – Aconselha-se consigo mesma! Mas ela é, de fato, uma tolinha. Sei por uma fonte confiável que, ontem à noite (e que noite linda fez!), ela e Heathcliff caminharam pela plantação atrás da casa de vocês por mais de duas horas. Ele a pressionou para não voltar para casa e montar no cavalo dele e irem embora juntos! Meu informante disse que ela só conseguiu demovê-lo da ideia ao dar sua palavra de honra de que estaria pronta no próximo encontro dos dois. Quando será esse encontro meu informante não ouviu, mas avise ao senhor Linton que fique de olhos abertos!

Essa notícia trouxe-me novos temores. Ultrapassei Kenneth e corri o resto do caminho de volta para casa. A cadelinha ainda gritava no jardim.

Demorei um minuto para abrir o portão para ela, mas, em vez de ir em direção à porta da casa, ficou subindo e descendo pelo jardim, farejando a grama. Teria escapado para a rua se eu não a tivesse pego e levado para dentro comigo. Enquanto subia as escadas até o quarto de Isabella, minhas suspeitas se confirmaram: ele estava vazio. Se eu tivesse chegado algumas horas mais cedo, a notícia da doença da senhora Linton talvez a impedisse de fazer esse ato impensado. Mas o que poderia ser feito agora? Havia alguma chance de alcançá-los se alguém fosse atrás deles imediatamente. No entanto, eu não podia ir e não me atreveria a alarmar a família, provocar mais confusão ou revelar esse assunto ao meu amo, que estava absorto na calamidade atual e não tinha espaço em seu coração para mais uma tristeza! Não vi solução a não ser ficar calada e deixar as coisas seguirem seu curso. Quando Kenneth chegou, fui anunciá-lo com um semblante transtornado. Catherine estava dormindo um sono inquieto; seu marido havia conseguido acalmar o excesso de frenesi. Ele agora estava debruçado sobre o travesseiro dela, observando cada sombra e cada mudança em suas feições dolorosamente expressivas.

O médico, após examinar o caso, disse esperançoso ao meu amo que teria um fim favorável, caso conseguíssemos manter em torno dela uma atmosfera de perfeita e constante tranquilidade. Em minha opinião, o que ele queria dizer era que o perigo não era tanto a morte, mas sim a alienação permanente do intelecto.

Não preguei os olhos naquela noite, assim como o senhor Linton; na verdade, nenhum de nós foi para a cama. Os criados já estavam todos despertos bem antes da hora de costume, caminhando pela casa sem fazer barulho e trocando sussurros à medida que se encontravam em meio à tarefas. Todos estavam acordados, exceto a senhorita Isabella. Logo começaram a comentar como ela dormia profundamente. Seu irmão também perguntou se ela já havia acordado. Ele parecia esperar ansiosamente pela presença dela e estar magoado por ela demonstrar tão pouca preocupação pela cunhada. Tremi com a possibilidade de ele me mandar acordá-la, mas fui poupada da dor de ser a primeira a anunciar sua fuga. Uma das criadas, uma garota de pouco tato, que estivera mais cedo em Gimmerton cumprindo uma incumbência, subiu as escadas arquejando, boquiaberta, e correu até o quarto gritando:

– Oh, minha nossa! O que mais vai acontecer? Amo, amo, nossa jovem dama...

– Não faça tanto barulho! – exclamei, apressada, com raiva dos modos ruidosos dela.

– Fale mais baixo, Mary. O que houve? – disse o senhor Linton. – O que aflige a nossa jovem dama?

– Ela foi embora! Ela foi embora! O jovem Heathcliff fugiu com ela! – arquejou a menina.

– Isso não é verdade! – exclamou Linton, levantando-se, agitado. – Não pode ser. Como essa ideia lhe entrou na cabeça? Ellen Dean, vá e procure por ela. É incrível, não pode ser.

– Enquanto ele falava, levou a criada até a porta e, em seguida, repetiu sua exigência de saber os motivos dela para fazer tal afirmação.

– Ora, encontrei na estrada um garoto que entrega leite a... aqui – gaguejou ela. – Ele perguntou se havia algum problema na granja. Achei que falava da doença da senhora e respondi que sim. Então, ele disse:

– Então presumo que alguém tenha ido atrás deles, não?

Levei um susto. Ele percebeu que eu não sabia do que ele falava e me contou como um cavalheiro e uma dama haviam parado em um ferreiro para apertar a ferradura de um cavalo, a cerca de três quilômetros de Gimmerton, pouco depois da meia-noite! E como a filha do ferreiro havia acordado para espiar quem eram. Ela conhecia os dois e percebeu que o homem... era Heathcliff. Ela teve certeza; ninguém poderia confundi-los. Além disso... ele colocou um soberano na mão do pai dela como pagamento. A dama usava uma capa com capuz cobrindo o rosto, mas, ao pedir um gole de água, enquanto bebia, o capuz caiu para trás, e a menina pôde vê-la claramente. Heathcliff segurava as duas rédeas enquanto cavalgavam, e eles foram embora do vilarejo, fugindo tão rápido quanto as estradas pedregosas permitiam. A menina não disse nada ao pai, mas contou a todos em Gimmerton nesta manhã.

Corri e espiei dentro do quarto de Isabella e confirmei a declaração da criada. O senhor Linton estava sentado à beira da cama. Quando voltei, ele ergueu os olhos, entendeu o significado de meu semblante lívido e baixou-os novamente, sem dar nenhuma ordem e sem dizer uma palavra.

– Devemos tentar fazer alguma coisa para alcançá-la e trazê-la de volta? – indaguei. – O que devemos fazer?

– Ela foi embora por livre e espontânea vontade – respondeu meu amo. – Tinha o direito de ir se quisesse. Não volte a me incomodar com esse assunto. Daqui em diante, ela é minha irmã só no nome, não porque a deserdei, mas porque ela me deserdou.

E foi tudo o que ele falou sobre o assunto. Ele não fez nem sequer uma pergunta ou menção de qualquer coisa, exceto para me pedir que mandasse para a casa nova dela, onde quer que a irmã tivesse se instalado, todos os seus bens assim que eu tivesse notícia.

Capítulo 13

Por dois meses, os fugitivos permaneceram ausentes. Durante esse período, a senhora Linton sofreu e se recuperou da pior crise do que foi chamado de febre cerebral. Nenhuma mãe poderia ter cuidado de um filho único com tanta devoção quanto Edgar cuidou dela. Dia e noite, ele ficava em vigília e pacientemente suportou todas as perturbações que nervos irritadiços e uma razão abalada podem causar. Apesar de Kenneth ter comentado que o que ele resgatava do túmulo poderia recompensar seus cuidados tornando-se uma fonte de constante ansiedade futura – e que, na verdade, a saúde e o vigor dele estavam sendo sacrificados para salvar um mero resquício de humanidade –, Edgar sentiu alegria e gratidão sem limites quando se declarou que Catherine já não corria risco de morrer. Hora após hora, ele permanecia ao lado dela, acompanhando o retorno gradual de sua saúde física e alimentando suas esperanças demasiado otimistas com a ilusão de que a mente dela voltaria ao equilíbrio. E que logo ela voltaria a ser como sempre foi.

A primeira vez que Catherine saiu do quarto foi no início do mês de março. Pela manhã, o senhor Linton havia colocado sobre o travesseiro dela um punhado de açaflores dourados. Seus olhos, há muito desacostumados com qualquer vislumbre de alegria, viram as flores ao despertar e brilharam de deleite enquanto ela as recolhia.

– Estas são as primeiras flores da estação no Morro dos Ventos Uivantes! – exclamou ela. – Elas me fazem lembrar dos ventos suaves da primavera, dos leves raios de sol e da neve quase derretida. Edgar, o vento sul não está soprando, e a neve já não derreteu quase toda?

– Querida, a neve aqui embaixo já quase acabou – replicou o marido. – E só consigo ver dois pontos brancos por todo o pântano. O céu está azul, as cotovias estão cantando, e os riachos e córregos estão cheios até o topo da margem. Catherine, nesta mesma época na primavera passada, eu desejava ter você morando sob este teto. Agora, gostaria que você estivesse de dois a três quilômetros acima deste morro. O vento sopra suavemente, e acho que isso a curaria.

– Irei para lá só mais uma vez – disse a inválida. – E você vai me deixar lá, onde ficarei para sempre. Na próxima primavera, você vai a desejar novamente ter-me sob este teto, vai lembrar-se de hoje e pensar em como era feliz.

Linton dispensava-lhe as mais gentis carícias e tentava animá-la com palavras carinhosas. Mas, reparando vagamente nas flores, lágrimas se acumularam em seus cílios e escorreram pelas faces sem que ela percebesse. Sabíamos que, de fato, ela estava melhor, e, portanto, decidimos que aquele longo confinamento em um único lugar contribuía para seu abatimento, que talvez pudesse ser abrandado com uma mudança de cenário. Meu amo disse-me que acendesse o fogo na sala de visitas, que estava deserta havia semanas, e que colocasse uma poltrona reclinável perto do facho de luz do sol que entrava pela janela. Ele, então, trouxe-a para o andar de baixo. Catherine sentou-se por um longo tempo, desfrutando do calor agradável e, conforme esperávamos, foi reanimada pelos objetos à sua volta, que, apesar de familiares, estavam livres das terríveis associações despertadas pelo seu odiado quarto de doente. Ao fim da tarde, porém, ela parecia demasiadamente exausta. Ainda assim, não havia argumento que a convencesse a voltar aos seus aposentos, e tive de arrumar o sofá da sala de visitas como se fosse sua cama, até que algum outro quarto fosse arrumado. Para poupar o esforço de subir e descer escadas, arrumamos este quarto em que o senhor está agora, no mesmo andar da sala de visitas. Pouco tempo depois, Catherine tinha forças suficientes para ir de um cômodo ao outro, amparada pelo braço de Edgar. "Ah", pensei comigo mesma, "ela talvez se recupere, pois está sendo muito bem cuidada." E havia um motivo duplo para desejar a recuperação dela, pois outra existência dependia da sua: alimentávamos a esperança de que, dentro em breve, o coração do senhor Linton se alegraria e suas terras ficariam a salvo de serem tomadas por um desconhecido, com o nascimento de um herdeiro.

Devo mencionar que Isabella mandou para o irmão, cerca de seis semanas após sua partida, um bilhete curto, anunciando o casamento com Heathcliff. A mensagem parecia seca e fria, mas, na parte de baixo do papel, estava escrito a lápis um pedido de desculpas ambíguo e uma súplica para que se lembrasse dela com carinho e de forma reconciliada caso as atitudes dela o tivessem ofendido. Ela afirmava que na época não pôde evitar fazer o que fez e, agora que estava feito, não tinha como voltar atrás. Linton não respondeu ao bilhete, creio. Quinze dias depois, recebi uma extensa carta, algo que considerei estranho vindo de uma noiva que acabara de voltar da lua de mel. Vou lê-la, pois a guardei. Qualquer relíquia dos finados é preciosa, caso eles tenham sido estimados em vida.

CARA ELLEN – assim ela começa –, ontem à noite vim para o Morro dos Ventos Uivantes e ouvi dizer, pela primeira vez, que Catherine tem estado, e ainda está, muito doente. Presumo que seja melhor que eu não escreva para ela, e meu irmão está com muita raiva ou muito transtornado para responder à carta que enviei a ele. Ainda assim, preciso escrever para alguém, e a única opção que me sobrou foi você.

Informe a Edgar que eu daria o mundo para tornar a ver o rosto dele e que meu coração voltou para a Granja de Thrushcross vinte e quatro horas depois que eu saí, e ele está aí neste exato momento, cheio de sentimentos carinhosos por Edgar e por Catherine! *Não posso acompanhar meu coração* (estas palavras estão sublinhadas); não precisam esperar que eu volte, e podem tirar as conclusões que lhes aprouverem, cuidando, no entanto, de não colocar a culpa disso em minha fraca força de vontade ou em meu parco afeto.

O restante da carta é dirigido apenas a você. Gostaria de fazer-lhe duas perguntas. A primeira é: como fez para preservar as qualidades inerentes à natureza humana quando morava aqui? Não consigo distinguir nenhum sentimento partilhado entre mim e os que me rodeiam.

A segunda pergunta, que me desperta muito interesse, é a seguinte: será que o senhor Heathcliff é um homem de fato? Caso sim, será ele louco? Caso não, será ele um demônio? Não vou revelar meus motivos para fazer esta pergunta, mas lhe suplico que me explique, caso possa, com o que exatamente eu me casei. Isso, claro, quando você vier me visitar; e você deve vir me visitar, Ellen, e logo. Não escreva; apenas venha e traga-me alguma coisa de Edgar.

Agora, você saberá como eu fui recebida em minha nova casa, que tudo leva a crer que será o Morro dos Ventos Uivantes. É para me divertir que me detenho em tais assuntos como a falta de confortos externos: nunca ocupam meus pensamentos, exceto quando sinto falta deles. Eu deveria rir e dançar de alegria caso descobrisse que a ausência deles era o único motivo por trás de minha infelicidade, e que o resto era apenas um sonho antinatural!

O sol punha-se atrás da granja quando chegamos ao pântano. Por causa disso, imaginei serem seis da tarde, e meu companheiro deteve-se por meia hora para inspecionar o parque, os jardins e, provavelmente, a própria casa, tão bem quanto podia. Portanto, já era noite quando apeamos no pátio pavimentado da casa, e seu antigo colega de criadagem, Joseph, saiu para nos receber à luz de uma vela de sebo. Fez isso com uma cortesia que fazia jus à sua reputação. A primeira atitude dele foi erguer a luz até a altura do meu rosto, apertar os olhos de modo malévolo, projetar o lábio inferior e dar as costas para mim. Em seguida, pegou os dois cavalos, conduziu-os para os estábulos e reapareceu com o propósito de fechar o portão de fora, como se vivêssemos em um castelo muito antigo.

Heathcliff ficou para falar com ele, e eu entrei na cozinha, um buraco sujo e desarrumado; atrevo-me a dizer que você não a reconheceria, pois ela está muito mudada em relação ao tempo em que você a comandava. Perto do fogo, estava de pé uma criança bestial, com membros fortes e roupas imundas, e com os olhos e os lábios parecidos com os de Catherine.

"Legalmente, este é o sobrinho de Edgar, e meu também, de certa maneira", pensei. "Devo ir apertar a mão dele, e... sim... devo beijá-lo. O correto a se fazer é estabelecer boas relações desde o começo."

Eu me aproximei e, tentando pegar seu punho gorducho, disse:

– Como você vai, meu querido?

Ele respondeu usando um linguajar que eu não compreendi.

– Será que eu e você vamos ser amigos, Hareton? – foi a minha próxima tentativa de dialogar.

Um palavrão e uma ameaça de soltar Throttler em cima de mim, caso eu não "desse o fora", foram a recompensa por minha perseverança.

– Ei, Throttler! – suspirou o pequeno desgraçado, chamando o cachorro, um misto de buldogue que estava em seu covil num dos cantos da cozinha.

– E, agora, você cairá fora? – perguntou ele, de modo autoritário.

O amor que tenho por minha vida obrigou-me a concordar. Fui para a soleira da porta, aguardando até que outras pessoas entrassem. O senhor Heathcliff estava fora de vista; e Joseph, que eu segui até os estábulos, para quem eu pedi que me acompanhasse até a casa, depois de me encarar e murmurar consigo mesmo, torceu o nariz e replicou:

– Ora, mas quanta afetação! Onde já se ouviu um cristão falar assim? Engole todas as palavras! Como posso entender o que diz?

– Estou dizendo que quero que o senhor entre na casa comigo! – exclamei, achando que fosse surdo, mas muito enojada com a grosseria dele.

– Eu não! Tenho mais o que fazer – respondeu ele e continuou com seu trabalho, movendo seu lampião enquanto examinava meu vestido e meu semblante (o primeiro refinado até demais, e o segundo, estou certa, tão triste quanto ele poderia desejar) com extremo desdém.

Caminhei pelo pátio e, passando por uma pequena porta, cheguei a outra, onde tomei a liberdade de bater, na esperança de que um criado mais cortês pudesse aparecer. Após um breve momento de suspense, a porta foi aberta por um homem alto e muito magro, sem lenço de pescoço e de aparência extremamente desagradável. Suas feições estavam escondidas por trás de tufos de cabelos desgrenhados que iam até a altura dos ombros. E os olhos *dele*, espectrais como os de Catherine, tinham toda a beleza arruinada.

– O que quer aqui? – perguntou ele, de modo severo. Quem é você?

– Meu nome é Isabella Linton – respondi. – Já me viu antes, senhor. Recentemente, casei-me com o senhor Heathcliff, e ele me trouxe até aqui, presumo que com sua permissão.

– Então quer dizer que ele voltou? – perguntou o eremita, lançando-me um olhar de fúria, como um lobo faminto.

– Sim... Acabamos de chegar – falei. – Mas ele me deixou perto da porta da cozinha. E, quando eu ia entrar, seu filho fez as vezes de sentinela e me espantou dali com a ajuda de um buldogue.

– É bom mesmo que aquele vilão dos infernos tenha mantido sua palavra! – rugiu meu futuro anfitrião, perscrutando a escuridão atrás de mim na esperança de encontrar Heathcliff. Em seguida, soltou um solilóquio de pragas e de ameaças sobre o que ele teria feito caso o "demônio" o tivesse enganado.

Eu me arrependi de ter tentado essa segunda entrada e me senti inclinada a ir embora sorrateiramente antes que ele parasse com seus xingamentos. No entanto, antes que pudesse colocar essa intenção em prática, ele ordenou que eu entrasse, fechando e trancando a porta em seguida. Havia um enorme fogo na lareira, que era a única fonte de luz de todo o cômodo. O piso adquirira um tom uniforme de cinza por causa da fuligem e da sujeira; e as outrora brilhantes travessas de cobre, que costumavam atrair o meu olhar quando menina, compartilhavam uma obscuridade similar gerada pela falta de lustre e pela poeira. Perguntei se eu poderia chamar a camareira, para me levar ao meu quarto! O senhor Earnshaw não respondeu. Ele caminhava de um lado para o outro, com as mãos nos bolsos, aparentemente esquecido de minha presença. Seu abstraimento era tão patentemente profundo e seu aspecto, no geral, tão misantropo que decidi não importuná-lo mais.

Você não vai se surpreender, Ellen, por eu estar me sentindo particularmente infeliz. Sentada em frente daquela lareira nada acolhedora, fui invadida por algo pior do que a solidão, lembrando que, a pouco mais de seis quilômetros de distância, estava o meu agradável lar, com as únicas pessoas que amei na Terra. E o trecho que nos separa bem poderia ser o oceano Atlântico, em vez desses seis quilômetros, pois não posso atravessá-lo! Perguntei a mim mesma: a que lugar posso recorrer em busca de consolo? E – não conte isso a Edgar ou Catherine –, em meio a todas as tristezas, uma sensação predominava: o desespero por não encontrar ninguém que pudesse ser meu aliado contra Heathcliff! Quase de bom grado eu teria buscado abrigo do Morro dos Ventos Uivantes, pois assim garantiria que não moraria sozinha com ele. Mas ele conhecia as pessoas com quem iríamos conviver e não temia a intromissão delas.

Eu me sentei e fiquei triste, pensando por um tempo. O relógio bateu as oito da noite, depois nove, e minha companhia ainda andava de um lado para o outro, cabisbaixo e absolutamente em silêncio, exceto por alguns resmungos e exclamações amarguradas que soltava de vez em quando. Prestei atenção tentando ouvir alguma voz de mulher na casa, e, neste intervalo, preenchi minha mente com arrependimentos violentos e expectativas sombrias. Por fim, explodi em suspiros e choros irreprimíveis. Não percebi quão abertamente eu sofria até que Earnshaw parou na minha frente, em seu caminhar calculado, e me encarou com uma surpresa recém-desperta. Aproveitando sua atenção recobrada, exclamei:

– Estou cansada da viagem e quero ir para a cama! Onde está a criada que trabalha como camareira? Indique-me onde ela está, pois ela se recusa a vir até mim!

– Não temos camareira – respondeu ele. – Você terá de se arranjar sozinha!

– Então, onde devo dormir? – perguntei, aos soluços. Sentindo o peso da fadiga e do meu infortúnio, eu havia mandado o orgulho às favas.

– Joseph vai lhe mostrar o aposento de Heathcliff – disse ele. – Abra aquela porta. Ele está lá dentro.

Eu ia obedecer, mas ele, de súbito, me deteve e acrescentou, num tom muito estranho:

– Certifique-se de virar a tranca e passar o ferrolho. Não se esqueça disso!

– Ora! – falei. – Mas por quê, senhor Earnshaw? – Não me agradava a ideia de deliberadamente me trancar no quarto com Heathcliff.

– Olhe aqui! – replicou ele, tirando do bolso de seu colete uma pistola muito curiosa, com uma lâmina retrátil de dois gumes acoplada ao cano. – É uma enorme tentação para um homem desesperado, não acha? Não consigo evitar subir empunhando-a todas as noites e tentar a porta dele. Se alguma vez eu a encontrar aberta, ele já era. Faço isso todas as noites, invariavelmente, mesmo que, minutos antes, eu tenha me lembrado de uma centena de motivos para não o fazer. É algum demônio que me incita a frustrar os meus próprios planos, matando-o. Pode lutar contra esse demônio por amor o quanto quiser, mas, quando chegar a hora, nem todos os anjos do céu poderão salvá-lo!

Examinei a arma inquisidoramente. Uma ideia hedionda ocorreu-me: quão poderosa eu seria se possuísse tal instrumento! Peguei a arma da mão dele e toquei a lâmina. Ele pareceu perplexo com a expressão que estampei no rosto: não era de horror, mas de cobiça. Rapidamente, ele tomou a pistola de volta, enciumado. Depois, retraiu a faca e voltou a guardá-la.

– Não me importo que conte para ele – disse o senhor Earnshaw. – Diga-lhe que fique alerta e que vele por si mesmo. Percebo que você está a par do que se passa entre nós, pois o perigo que ele corre não a choca.

– O que Heathcliff lhe fez? – perguntei. – O que ele lhe fez de mal para despertar um ódio tão abominável? Não seria mais sensato convidá-lo a se retirar da casa?

– Não! – trovejou Earnshaw. – Caso ele resolva me deixar, será um homem morto. Convença-o a tentar e você se tornará uma assassina! Devo perder *tudo* sem ter uma chance de reaver o que perdi? Hareton terá de se tornar um mendigo? Oh, maldição! *Hei* de reaver o que perdi, e também vou ficar com o ouro *dele*, e, em seguida, com o sangue. O inferno ficará com a alma! Com esse novo hóspede, o inferno ficará dez vezes mais tenebroso do que antes!

Ellen, você me familiarizou com os hábitos de seu antigo amo. Ele claramente está à beira da loucura – pelo menos era assim que estava ontem à noite. Eu tremia só de me aproximar dele, e cheguei achar a falta de educação ranzinza do criado quase agradável em comparação. Ele havia retomado sua caminhada mal-humorada, e aproveitei para abrir o ferrolho e escapar para a cozinha. Joseph estava curvado sobre a lareira, espiando dentro de uma enorme panela pendurada sobre o fogo. Uma tigela de madeira cheia de farinha de aveia estava sobre o escabelo próximo dali. Quando o conteúdo da panela começou a ferver, ele se virou para pegar a tigela. Supus que aquele seria o nosso jantar e, como estava faminta, decidi tornar a gororoba comestível. Então, gritando em tom agudo "*Vou fazer* o mingau!", tirei o recipiente do alcance dele e comecei a tirar minha roupa de montaria.

– O senhor Earnshaw disse que eu devia me virar sozinha, e é isso o que farei – prossegui. – Não vou me portar como uma dama entre vocês, com medo de morrer de fome.

– Meu Deus! – murmurou ele, sentando-se e correndo os dedos por sua meia comprida que ia do joelho até o calcanhar. – Agora vão surgir ordens novas? Logo agora que eu estava me acostumando a ter dois amos? Se vou ter também uma ama enchendo os meus ouvidos, é hora de eu ir embora. Jamais imaginei que eu viveria para ver o dia em que deixaria esta velha casa, mas suspeito de que isso esteja próximo!

Não dei atenção a esse lamento. Rapidamente, comecei a trabalhar, suspirando ao me lembrar de uma época em que aquilo tudo era uma alegre diversão. Mas, logo me forcei a espantar a lembrança, pois ela me fazia contorcer de dor ao relembrar da minha felicidade passada. Quanto mais perigoso era invocar essas lembranças, mais rápido eu girava a colher de pau e jogava punhados de farinha de aveia na água. Joseph observava meu estilo de cozinhar com crescente indignação.

– Pronto! – exclamou ele. – Hareton, esta noite você não vai comer seu mingau, pois isso aí não vai ser nada além de grumos do tamanho do meu punho. Pronto! Outra vez! Se eu fosse você, jogava logo a tigela dentro da panela! Pronto! Coe a nata do leite e está terminado. Como você bate com força na panela! É um milagre que o fundo não se tenha partido!

Devo admitir que o mingau não tinha um aspecto muito agradável quando foi servido nas tigelas. Quatro tigelas haviam sido dispostas além de um jarro grande com leite fresco trazido da vacaria. Hareton logo pegou e começou a beber direto do jarro, deixando leite escorrer de seus lábios escancarados. Protestei, dizendo que ele deveria usar a própria caneca, e afirmei que eu não me atreveria a provar um líquido tratado de maneira tão suja. O velho cínico ficou muitíssimo ofendido diante de minha demonstração de fineza e assegurou-me, repetidamente, que "o garotinho era tão bom" quanto eu, "e ainda mais saudável", acrescentando que não entendia como eu podia ser tão presunçosa. Enquanto isso, o rufião mirim continuava a sorver o leite, lançando-me olhares ameaçadores e babando dentro do jarro.

– Vou jantar em meu quarto – falei. – Aqui não há um cômodo que vocês chamem de sala de visitas?

– *Sala de visitas*! – repetiu ele, ironicamente. – *Sala de visitas*! Não temos *salas de visitas*. Se não gostar da nossa companhia, tem sempre a companhia do meu amo. E, se não gostar do meu amo, sobra a nossa companhia.

– Então vou para o andar de cima – repliquei. – Mostre-me algum quarto.

Coloquei minha tigela em uma bandeja e fui eu mesma pegar um pouco mais de leite. Resmungando muito, o velho levantou-se e começou a subir as escadas na minha frente. Fomos até as mansardas. De vez em quando, ele abria uma porta para olhar dentro dos aposentos pelos quais passávamos.

– Aqui tem um quarto – disse ele, por fim, empurrando uma tábua de madeira torta presa com dobradiças. – É bom o bastante para se comer um mingau. Ali no canto tem uma saca de milho, totalmente limpa. Se tem medo de sujar suas grandiosas roupas de seda sentando-se na saca, estenda um lenço sobre ela.

O "quarto" era um tipo de depósito de madeira com um forte cheiro de malte e cereais. Várias sacas desses artigos estavam empilhadas pelo chão, deixando um espaço vazio bem no centro.

– Ora, homem! – exclamei, encarando-o com raiva. – Isso não é lugar para dormir. Quero ver o meu quarto de dormir.

– *Quarto de dormir*! – repetiu ele, em tom zombeteiro. – Você já viu todos os quartos de dormir que há aqui; aquele lá é o meu.

Ele apontou para a segunda mansarda, que só diferia da primeira pelo fato de haver menos coisas próximas às paredes e por ter uma cama grande e baixa, sem dossel, com uma colcha índigo em uma das pontas.

– E eu lá quero saber do seu quarto? – repliquei. – Presumo que o senhor Heathcliff não fique hospedado no sótão da casa, não é verdade?

– Oh! É o quarto do amo *Heathcliff* que você está procurando? – exclamou ele, como se descobrisse algo novo. – Por que não disse isso logo, então? Assim, eu poderia ter-lhe dito, sem nenhuma cerimônia, que esse é um quarto que não se vê. Ele sempre o deixa trancado, e ninguém se mete ali além dele.

– Que bela casa, Joseph! – não pude evitar de comentar. – E que moradores agradáveis vivem aqui. Acho que a essência concentrada de toda a loucura do mundo deve ter se instalado em meu cérebro no dia em que uni meu destino aos deles! No entanto, isso não vem ao caso agora. O fato é que há outros quartos. Pelo amor de Deus, seja rápido e deixe que eu me instale em outro lugar!

Ele não respondeu a minha súplica. Apenas desceu lenta e decididamente os degraus de madeira, parando em frente a um aposento que, pela parada dele e pela qualidade superior dos móveis, conjecturei tratar-se do melhor quarto da casa. Havia um tapete – um tapete de qualidade –, mas sua padronagem estava oculta sob a poeira. Uma lareira orlada com um cercado de papel recortado, caindo aos pedaços, um lindo estrado de carvalho com largas cortinas escarlate de material muito caro e corte moderno, porém evidentemente desgastadas. As sanefas pendiam como festões, arrancadas de suas argolas, enquanto o varão de ferro que lhes servia de suporte estava inclinado de um dos lados, deixando o tecido drapeado arrastar-se pelo chão. As cadeiras também estavam danificadas, muitas delas bastante, e sulcos fundos deformavam os painéis das paredes. Eu estava preparando-me para tomar a decisão de entrar e apossar-me dele quando o imbecil do meu guia anunciou:

– Este é o quarto do meu amo.

A essa altura, meu jantar já havia esfriado e minha paciência se esgotava. Insisti para que ele me fornecesse imediatamente um lugar em que eu pudesse me abrigar e repousar.

– Para onde, diabos? – começou o idoso religioso. – Que Deus nos abençoe! Que Deus nos perdoe! Para onde *diabos* você iria, sua coisa insignificante, enfadonha e mimada! Você já viu todos, menos o minúsculo quarto de Hareton. Não há outro buraco onde se deitar nesta casa!

Fiquei tão irritada que joguei a bandeja e o conteúdo dela no chão. Em seguida, sentei-me no topo da escada, coloquei as mãos no rosto e chorei.

– Aff! Aff! – exclamou Joseph. – Muito bem, senhorita Cathy! Muito bem, senhorita Cathy! De todo modo, meu amo simplesmente vai tropeçar nessas louças quebradas, e aí vamos ouvir, vamos ouvir o diabo. Sua louca imprestável! Você merecia passar fome até o Natal por jogar no chão os preciosos presentes de Deus em seus acessos de raiva! Posso estar enganado, mas duvido que mantenha esse temperamento por muito tempo. Será que Heathcliff vai permitir esses desmandos? Eu só queria que ele a visse agir desse modo. Queria mesmo.

Então, ele foi resmungando para seu covil no andar de baixo, levando a vela, e eu fiquei no escuro. O período de reflexão que se sucedeu a essa atitude boba me forçou a admitir a necessidade de sufocar meu orgulho e abafar minha ira. Também me levaram a decidir limpar a consequente sujeira. Naquele momento, uma ajuda inesperada surgiu: Throttler, que eu agora reconhecia como cria do nosso velho Skulker. O cão havia passado a infância na granja e foi dado de presente por meu pai ao senhor Hindley. Percebi que ele me reconhecia; empurrou seu focinho contra meu nariz como cumprimento e, em seguida, apressou-se a em comer todo o mingau, enquanto eu andava tateando a cada passo, recolhendo a louça quebrada e secando com meu lenço de bolso o leite que havia caído no corrimão. Mal tínhamos acabado nosso trabalho quando ouvi os passos de Earnshaw pelo corredor. Meu assistente enfiou o rabo entre as pernas e se encostou contra a parede. Eu entrei sorrateiramente na primeira porta que vi. A tentativa do cachorro de evitá-lo foi malsucedida. Eu soube disso quando ouvi o animal descer as escadas correndo, soltando gemidos penosos. Eu tive mais sorte: Earnshaw passou, entrou em seu quarto e fechou a porta. Logo depois, Joseph subiu com Hareton, para pôr o menino na cama. Eu havia me refugiado no quarto de Hareton, e o velho, quando me viu, disse:

– Agora, acho que há espaço o bastante para você e seu orgulho na parte de baixo da casa. A sala está vazia. Pode ficar com ela todinha para você e para o Tinhoso, que será o terceiro a se juntar a tão péssima companhia!

De bom grado, aproveitei-me dessa intimação e, assim que me joguei em uma cadeira, perto do fogo, abaixei a cabeça e dormi. Meu sono foi profundo e bom, apesar de muito curto. O senhor Heathcliff acordou-me. Ele havia acabado de entrar em casa e perguntou, do seu jeito amável, o que eu estava fazendo ali. Disse-lhe que estava acordada até tão tarde porque ele havia guardado em seu bolso a chave do nosso quarto. O pronome *nosso* ofendeu-o mortalmente. Ele jurou que o quarto não era, e jamais seria, meu. E ainda ameaçou... mas não vou repetir o linguajar dele nem descreverei sua conduta costumeira. Ele é engenhoso e inquieto quando se trata de me aborrecer! Às vezes, espanto-me com ele com tamanha intensidade que meu medo se esvai; ainda assim, posso lhe assegurar que um tigre ou uma cobra venenosa não provocam em mim o terror que ele desperta. Ele me falou da doença de Catherine, acusou meu irmão de provocá-la e prometeu que eu sofreria no lugar de Edgar até conseguir botar as mãos em meu irmão.

Eu, de fato, o odeio – sou uma infeliz – e fui uma tola! Cuidado para não falar sobre isso a ninguém na granja. Vou esperar todos os dias pela sua visita. Não me decepcione!

ISABELLA

Capítulo 14

Assim que li com atenção, fui até meu amo e informei-o de que sua irmã havia chegado ao Morro dos Ventos Uivantes. Disse-lhe também que ela tinha mandado uma carta expressando sua tristeza pela situação da senhora Linton e manifestando seu desejo ardente de vê-lo, além de que ele transmitisse por mim, o mais cedo possível, algum sinal de perdão.

– Perdão! – disse Linton. – Não tenho nada para perdoar, Ellen. Você pode visitar o Morro dos Ventos Uivantes esta tarde, se quiser, e dizer a ela que eu não estou com raiva, apenas lamentando tê-la perdido, principalmente porque não consigo imaginar que algum dia será feliz. No entanto, está fora de questão que eu vá vê-la. Estamos eternamente separados. E, se ela, de fato, quer me fazer um favor, que convença o vilão com quem se casou a deixar esta região.

– E o senhor não vai nem escrever um bilhete para ela? – indaguei, suplicante.

– Não – respondeu. – Não há necessidade. Minha comunicação com a família de Heathcliff deve ser tão escassa quanto a dele com a minha. Simplesmente não deve existir!

A frieza do senhor Edgar deprimiu-me profundamente, e, durante todo o caminho da granja até o Morro dos Ventos Uivantes, forcei o meu cérebro a incutir mais carinho nas palavras dele ao repeti-las. Também tentei imaginar como abrandar a recusa dele em escrever ao menos algumas poucas linhas para consolar Isabella. Atrevo-me a dizer que ela ficou vigiando, aguardando a minha chegada desde cedo. Eu a vi olhar pela gelosia à medida que subia a trilha calçada do jardim; acenei com a cabeça para ela, mas se afastou rapidamente, como se temesse estar sendo observada. Entrei sem bater. Jamais presenciei uma cena tão deplorável e lúgubre quanto a que me foi apresentada na casa que outrora era alegre! Devo confessar que, se eu estivesse no lugar daquela jovem dama, teria, pelo menos, varrido o chão próximo à lareira e espanado o pó das mesas. Mas ela já parecia compartilhar do espírito de negligência que a rodeava. Seu lindo rosto estava pálido e apático; seu cabelo, desprovido de cachos. Algumas mechas pendiam lisas, enquanto outras estavam enroladas de modo descuidado em volta da cabeça. Ela, provavelmente, não havia trocado de vestido desde a noite anterior. Hindley não estava lá. O senhor Heathcliff, sentado à mesa, folheava alguns papéis em sua carteira, mas levantou-se ao me ver entrar. Perguntou, de maneira bastante amigável, como eu estava e ofereceu-me uma cadeira. Ele era a única coisa ali que parecia decente, e achei que nunca o tinha visto com uma aparência tão boa. As circunstâncias haviam alterado tanto a situação que um desconhecido poderia jurar que ele tinha nascido e sido criado como um fidalgo, enquanto sua mulher era uma porca completa! Ela se aproximou de mim ansiosa por me cumprimentar e estendeu uma das mãos para pegar a carta que ela esperava. Balancei a cabeça. Não entendeu meu sinal, mas me seguiu até um aparador lateral, onde deixei a minha touca. Com um sussurro, insistiu para que eu desse logo a ela o que eu havia trazido. Heathcliff adivinhou o significado das manobras dela e disse:

– Se tem algo para Isabella, como você sem dúvida tem, Nelly, dê para ela. Não precisa fazer segredo; não há segredos entre mim e ela.

– Oh, não trouxe nada! – repliquei, achando melhor dizer logo a verdade. – Meu amo pediu-me que dissesse à irmã dele que não espere cartas ou visitas dele no momento. Ele me mandou transmitir o amor dele, senhora, o desejo de que você seja feliz e o perdão pela tristeza que a senhora lhe causou. No entanto, acha que, a partir de agora, a casa dele e esta casa não devem mais se comunicar, pois seria inútil manter as comunicações.

Os lábios da senhora Heathcliff tremeram levemente, e ela voltou para seu assento perto da janela. O marido tomou o lugar dele, próximo da lareira e de mim, e começou a fazer perguntas sobre Catherine. Contei-lhe o tanto quanto julguei adequado sobre a doença dela, e ele acabou extraindo de mim, por acareação, muitos dos fatos relacionados à origem de sua enfermidade. Culpei-a, como merecia, por ter causado aquela doença. Por fim, transmiti minha esperança de que ele seguisse o exemplo do senhor Linton e evitasse interferências futuras na família dele, fosse para o bem ou para o mal.

– A senhora Linton está começando a se recuperar agora – falei. – Ela jamais será como era antes, mas sua vida foi poupada. E, se o senhor realmente se importa com ela, evitará tornar a cruzar seu caminho. Não, o senhor mudará definitivamente desta região. Para que isso não o faça sofrer, informarei ao senhor que Catherine Linton hoje é tão diferente de sua velha amiga Catherine Earnshaw quanto aquela jovem dama é diferente de mim. A aparência dela mudou bastante, e seu caráter ainda mais. E a pessoa que é forçada, por necessidade, a ser o companheiro dela só manterá seu afeto, daqui em diante, por causa da lembrança do que ela outrora foi, por mera humanidade e por um senso de dever!

– Isso é bem provável – comentou Heathcliff, forçando-se a parecer calmo. – É bem provável que seu amo tenha apenas a mera humanidade e um senso de dever em que se escorar. Mas você acha que vou deixar Catherine entregue ao *senso de dever* e à *humanidade* dele? E você consegue comparar meus sentimentos com relação a Catherine aos dele? E, antes que saia desta casa, devo exigir de você que me prometa que arranjará para mim um encontro com ela. Quer ela concorde ou não, eu *vou* vê-la! O que me diz?

– Minha resposta, senhor Heathcliff, é que o senhor não deve fazer isso jamais, de modo algum – repliquei. – Outro encontro entre o senhor e o meu amo iria matá-la de vez.

– Com sua ajuda, isso pode ser evitado – prosseguiu ele. – E, caso haja o risco de isso acontecer, caso ele seja a causa de ao menos mais um aborrecimento à existência dela, então acho que se justificaria que eu tomasse uma atitude extrema! Gostaria que você fosse sincera o suficiente para me dizer se Catherine sofreria muito com a morte dele; o medo de ela sofrer é o que me detém. E eis a diferença entre os meus sentimentos e os dele. Se trocássemos de lugar, apesar de eu odiá-lo com um ódio que tornasse a minha vida puro fel, eu jamais levantaria a mão contra ele. Pode fazer cara de incrédula o quanto quiser! Eu nunca o teria afastado da companhia dela se ela de fato desejasse a companhia dele. No instante em que a consideração dela se esvaísse, eu arrancaria o coração dele e beberia seu sangue! Mas, até lá – e se você não acredita em mim, é porque não me conhece de fato –, até lá eu teria morrido aos poucos antes de ao menos tocar em um fio de cabelo da cabeça dele!

– Ainda assim... – interrompi. – O senhor não tem o menor escrúpulo em arruinar completamente todas as esperanças de que ela se recupere por completo, avivando-lhe recordações suas, quando ela quase já o esqueceu, e envolvendo-a em uma confusão de discórdia e aflição.

– Você presume que ela praticamente já me esqueceu? – disse ele. – Oh, Nelly! Você sabe que isso não é verdade! Sabe tão bem quanto eu que, para cada pensamento que ela devota a Linton, devota mil outros a mim! No período mais infeliz da minha vida, eu também pensava assim, e essa ideia me assombrou em meu retorno a esta freguesia no verão passado. Mas só admitiria novamente essa ideia mediante uma declaração dela. E, então, Linton não significaria nada, tampouco Hindley ou todos os sonhos que já sonhei. Duas palavras resumiriam o meu futuro: *morte* e *inferno*. Minha existência, depois de tê-la perdido, seria o inferno. Ainda assim, por um instante, fui tolo por achar que ela valorizaria mais o vínculo com Edgar Linton do que o vínculo comigo. Se ele amasse com todas as forças de seu exíguo ser, ainda assim não seria capaz de amar, em oitenta anos, o que eu sou capaz de amar em um dia. E o coração de Catherine é tão profundo quanto o meu: todo o afeto dela poderia ser monopolizado por ele com a mesma facilidade que o mar poderia ser contido nessa gamela. Ora! Ele é apenas um pouquinho mais caro a ela do que o cachorro ou o cavalo dela. Não é da natureza dele ser amado como eu sou. Como ela poderia amar nele algo que ele não tem?

– Catherine e Edgar gostam um do outro tanto quanto qualquer outro casal! – gritou Isabella, com súbita vivacidade. – Ninguém tem o direito de falar desse jeito, e eu não vou ficar calada enquanto escuto o meu irmão ser diminuído!

– Seu irmão também morre de amores por você, não é mesmo? – observou Heathcliff, com desdém. – Ele a deixa à deriva no mundo com um entusiasmo surpreendente.

– Ele não tem consciência do quanto eu sofro – replicou ela. – Não contei nada a ele.

– Então quer dizer que você tem dito coisas a ele. Você escreveu para seu irmão, não é?

– Sim, para comunicar-lhe que havia me casado. Você viu o bilhete.

– Não escreveu nada mais depois disso?

– Não.

– A jovem senhora Isabella, infelizmente, está com uma aparência pior desde que sua condição mudou – comentei. – No caso dela, falta-lhe amor, obviamente; o amor de quem eu acho que posso adivinhar, mas talvez seja melhor não dizer.

– Eu diria que lhe falta amor-próprio – disse Heathcliff. – Degradou-se tanto que virou uma simples rameira! E se cansou muito cedo de tentar me agradar. Você provavelmente não acreditaria, mas, na manhã seguinte ao nosso casamento, ela já estava chorando porque queria voltar para casa. No entanto, como não se arruma muito, vai se encaixar muito bem nesta casa, e vou garantir que não me desonre vadiando por aí.

– Bem, senhor – tornei a dizer. – Espero que o senhor leve em conta o fato de que a senhora Heathcliff está acostumada a ser cuidada e servida. E que ela foi criada como filha única, a quem todos estavam dispostos a servir. O senhor deve permitir que ela tenha uma criada para manter arrumadas as coisas dela e deve tratá-la com gentileza. Não importa o que o senhor pense do senhor Edgar, mas não pode duvidar de que ela tem a capacidade de criar vínculos fortes. Caso contrário, não teria abandonado as elegâncias, os confortos e os amigos de sua antiga casa para se instalar, de bom grado, em uma terra selvagem como esta, com o senhor.

– Ela os abandonou por uma ilusão – respondeu ele. – Porque me via como um herói de romance e esperava indulgências sem fim de minha devoção cavalheiresca. Mal a vejo como uma criatura racional, pelo modo tão obstinado como insistiu em formar uma ideia fabulosa sobre meu caráter e agiu seguindo as falsas impressões que ela estimava. Mas, no fim das contas, acho que está começando a me conhecer. Já não percebo os sorrisos bobos e as caretas que a princípio tanto me irritavam, nem sua insensata incapacidade de discernir que eu estava sendo sincero quando lhe dei a minha opinião sobre ela própria e sua paixonite. Foi um esforço maravilhoso de perspicácia descobrir que eu não a amava. Houve um tempo em que acreditei que não haveria lição capaz de ensinar-lhe isso! Mesmo assim, aprendeu mal a lição, pois, esta manhã, anunciou, como uma chocante amostra de inteligência, que eu, de fato, tive êxito em fazê-la me odiar! Um verdadeiro trabalho de Hércules, posso lhe garantir! Se ele for completo, tenho motivos para agradecê-la. Posso confiar na sua afirmação, Isabella? Tem certeza mesmo de que me odeia? Se eu a deixar sozinha por metade do dia, tem certeza de que depois não vai vir a mim suspirando e me bajulando outra vez? Atrevo-me a dizer que ela preferiria que eu parecesse muito carinhoso diante de você, Nelly. A revelação da verdade fere a vaidade dela. Mas não me importo que as pessoas saibam que a paixão era completamente unilateral. Jamais menti para ela quanto a isso. Ela não pode me acusar de sequer uma vez ter demonstrado falsa suavidade. A primeira coisa que me viu fazer, quando saíamos da granja, foi enforcar sua cadelinha. E, quando ela suplicou pelo animal, as primeiras palavras que pronunciei foram para expressar o desejo que eu tinha de enforcar todos aqueles que pertenciam a ela, com exceção de uma pessoa; provavelmente, achou que a exceção era ela. Mas não havia brutalidade que a revoltasse. Presumo que tenha uma admiração inata pela brutalidade, desde que sua preciosa pessoa fique a salvo! Ora, não foi o cúmulo do absurdo, da autêntica imbecilidade, que esta cadela desprezível, submissa e maldosa tenha chegado a sonhar que eu seria capaz de amá-la? Diga a seu amo, Nelly, que eu jamais, em toda a minha vida, encontrei coisa tão abjeta quanto ela. Ela, inclusive, desonra o nome dos Lintons. E, algumas vezes, por pura falta de imaginação, decidi abrandar meus experimentos para ver até que ponto ela suportava humilhações. Mesmo assim, vergonhosamente, ela voltava se arrastando! Mas diga a ele também que seu coração fraternal e magistral pode ficar descansado, pois eu ajo estritamente dentro dos limites da lei. Evitei, até agora, dar a ela o mínimo pretexto para requerer uma separação. Além do mais, ela não agradeceria a ninguém por ter nos separado. Se ela quisesse ir embora, talvez fosse; o incômodo da presença dela supera a gratificação advinda de atormentá-la!

– Senhor Heathcliff, essas são as palavras de um louco. Sua esposa, muito provavelmente, está convencida de que o senhor está louco, e, por esse motivo, vem suportando-o até agora. Mas, agora que o senhor diz que ela pode ir embora, sem dúvida ela se sentirá liberada para fazê-lo sem pedir permissão. A senhora não está enfeitiçada para permanecer aqui com ele por livre e espontânea vontade, ou está?

– Cuidado, Ellen! – respondeu Isabella, com os olhos chispando de ira. Pela expressão dela, não havia dúvida de que os esforços de seu marido para fazê-la detestá-lo tinham tido êxito. – Não acredite em uma só palavra do que ele diz. Ele é um demônio mentiroso! Um monstro, e não um ser humano! Ele já me disse antes que eu podia ir embora. Eu tentei, e jamais ousarei tentar outra vez! Ellen, apenas lhe peço que prometa não contar uma sílaba dessa conversa infame dele para meu irmão ou para Catherine. Por mais que ele tente esconder suas intenções, o que ele quer é provocar Edgar até o desespero. Diz que se casou comigo com o objetivo de obter poder sobre Edgar, mas não vai conseguir isso. Morro antes que isso aconteça! Só espero, e rezo, para que ele esqueça sua prudência diabólica e me mate! O único prazer que consigo imaginar é morrer ou vê-lo morto!

– Pronto, por agora chega! – disse Heathcliff. – Se a chamarem para depor no tribunal, você vai se lembrar do linguajar dela, Nelly! E olhe bem para o semblante dela: está quase no ponto que me convém. Não, você não é capaz de cuidar de si mesma ainda, Isabella. E eu, como seu protetor legal, devo mantê-la sob minha custódia, por mais desagradável que seja essa obrigação. Vá para o andar de cima. Tenho uma coisa para dizer a Ellen Dean em particular. O caminho não é este: para cima, estou avisando! Ora, esse é o caminho para o andar de cima, menina!

Ele a agarrou e a escorraçou do cômodo e voltou resmungando:

– Não tenho piedade! Não tenho piedade! Quanto mais os vermes se contorcem, mais tenho vontade de esmagar suas entranhas! É como uma dentição moral, e ranjo os dentes com mais força para aumentar a dor.

– Você entende o que a palavra piedade significa? – perguntei, apressando-me a pegar minha touca. – Já sentiu ao menos um pingo de piedade em toda a sua vida?

– Deixe essa touca onde está! – interrompeu ele, percebendo a minha intenção de partir. – Você não vai embora ainda. Venha aqui agora, Nelly. Eu preciso ou convencê-la ou forçá-la a me ajudar a cumprir a minha determinação de ver Catherine, e sem demora. Juro que não penso em fazer mal. Não desejo causar nenhuma perturbação, exasperar ou insultar o senhor Linton. Quero apenas ouvir dela como está, por que tem estado doente e perguntar se posso fazer algo de útil para ela. Ontem à noite passei seis horas no jardim da granja, e vou voltar lá hoje à noite. Todas as noites e todos os dias eu vou assombrar aquele lugar, até encontrar uma oportunidade de entrar. Se Edgar Linton me encontrar, não hesitarei em lhe dar um murro, derrubá-lo ao chão e bater nele ainda mais para garantir sua concordância enquanto permaneço por lá. Se os criados dele me enfrentarem, vou afugentá-los com estas pistolas. Mas não seria melhor fazer com que eu fosse para lá sem encontrar os criados ou o seu amo? E você poderia fazer isso muito facilmente. Eu a avisaria quando fosse, e então talvez você pudesse me deixar entrar sem ser visto, assim que ela ficasse a sós, e observar até que eu me fosse, com sua consciência tranquila. Você estaria impedindo qualquer malfeito.

Opus-me a desempenhar esse papel traiçoeiro na casa de meu empregador. Além disso, insisti na crueldade e no egoísmo por trás do fato de ele destruir a tranquilidade da senhora Linton para satisfazer seu desejo.

– A ocorrência mais corriqueira a sobressalta terrivelmente – falei. – Ela é puro nervo e não suportaria a surpresa, tenho certeza. Não insista, senhor! Ou vou ser obrigada a informar ao meu amo sobre suas intenções, e ele tomará medidas para manter a casa e seus habitantes seguros de quaisquer intrusões indesejadas!

– Nesse caso, vou tomar medidas para segurar você aqui, mulher! – exclamou Heathcliff. – Você não vai sair do Morro dos Ventos Uivantes até amanhã de manhã. É uma tolice afirmar que Catherine não suportaria me ver. E, quanto a surpreendê-la, não desejo isso. Você deve prepará-la, perguntar se posso ir. Você diz que ela nunca menciona o meu nome e que tampouco mencionam meu nome para ela. Para quem ela vai falar de mim se sou assunto proibido naquela casa? Ela acha que todos vocês são espiões a serviço do marido dela. Oh, não tenho dúvida de que ela está vivendo um inferno estando entre vocês! Mais do que qualquer coisa, adivinho o que ela está sentindo pelo silêncio. Você diz que ela, com frequência, fica inquieta e parecendo ansiosa. Isso lá é prova de tranquilidade? Você diz que a mente dela está perturbada. No terrível isolamento em que vive, como poderia ser diferente? E aquela criatura insípida e insignificante cuidando dela por *dever* e *humanidade*! Por *pena* e *caridade*! Ele bem podia plantar um carvalho em um vaso de flores e esperar que vingasse se imagina que pode restaurar o vigor dela no solo de seus cuidados superficiais! Vamos resolver isso de uma vez: você vai ficar aqui, e eu terei de lutar contra Linton e seu lacaio para chegar a Catherine, ou você vai ser minha amiga, como tem sido até agora, e fazer o que eu peço? Decida-se! Pois não tenho motivos para me demorar aqui um minuto sequer, se você insistir com essa teimosia!

Bem, senhor Lockwood, argumentei e reclamei, recusei cinquenta vezes fazer o que ele queria, mas, no fim das contas, ele me forçou a fazer um acordo. Concordei em levar uma carta dele para a minha ama. E, caso ela consentisse, prometi avisá-lo da próxima vez que Linton se ausentasse de casa, quando ele poderia vir e entrar como conseguisse. Eu não estaria lá, e meus colegas de criadagem também ficariam fora do caminho dele. Foi certo ou errado? Temo que tenha sido errado, mas conveniente. Pensei estar evitando outro conflito com minha concordância em fazer aquilo. Pensei, também, que aquilo poderia gerar uma crise favorável na doença mental de Catherine. Então, lembrei-me da repreensão severa do senhor Edgar quanto a eu ficar passando recados e tentei abrandar qualquer inquietude minha com relação a esse assunto, firmando, repetidas vezes, que aquela traição de confiança, se é que ela podia ser chamada tão duramente assim, seria a minha última. No entanto, meu caminho de volta para casa foi mais triste do que meu caminho até o Morro dos Ventos Uivantes, e hesitei muito antes de me convencer a colocar a missiva nas mãos da senhora Linton.

Mas Kenneth chegou. Vou descer e dizer a ele quão melhor o senhor está. Minha história é mais *comprida* do que esperança de pobre, como dizemos por aqui, e servirá para matarmos o tempo em outra manhã.

"Comprida e triste!", refleti, à medida que a boa mulher descia para receber o médico. E aquele não era exatamente o tipo de história que eu escolheria para me entreter. Mas não importa! Vou extrair remédios benéficos das ervas amargas da senhora Dean. Antes de mais nada, tenho de tomar cuidado com o fascínio que espreita nos olhos brilhantes de Catherine Heathcliff. Eu me veria em uma situação deveras curiosa caso entregasse meu coração àquela linda jovem e ela se revelasse uma segunda edição da mãe.

Capítulo 15

Mais uma semana se passou. Estou muito mais próximo de recobrar a saúde e da chegada da primavera! Agora, já ouvi toda a história do meu vizinho, em diferentes ocasiões, contada à medida que a governanta tinha um tempo livre de suas ocupações. Vou continuar a narrá-la com as palavras dela, embora um pouco resumida. Ela é, de modo geral, uma boa narradora, e não acho que conseguiria melhorar seu estilo.

Naquela mesma noite – disse ela –, na noite em que fiz minha visita ao Morro dos Ventos Uivantes, eu sabia, com tanta certeza quanto se o tivesse visto, que o senhor Heathcliff estava na granja. E evitei sair, pois ainda tinha a carta dele no bolso e não queria mais ser ameaçada ou importunada. Eu havia decidido não entregá-la até que meu amo estivesse fora, pois não tinha como saber como a carta afetaria Catherine. A consequência disso é que a carta só chegou a ela depois de três dias. O quarto dia foi um domingo, e então levei a carta depois que a família havia ido à igreja. Um criado ficou para cuidar da casa comigo, e nós geralmente costumávamos trancar as portas durante o horário de serviço. Mas, naquela ocasião, o clima estava tão quente e agradável que deixei as portas escancaradas. Para cumprir com meu compromisso, pois sabia quem viria, falei para meu colega que nossa ama desejava muito algumas laranjas e que ele deveria correr até o vilarejo para comprar, que seriam pagas na manhã seguinte. Ele saiu, e eu fui para o andar de cima.

A senhora Linton estava sentada, usando um vestido branco solto, com um xale fino sobre os ombros, perto da janela aberta, como de costume. Seus longos e grossos cabelos haviam sido cortados no começo de sua doença, e ela agora tinha um penteado simples, com os cachos naturais e escovados caindo-lhe sobre as têmporas e a nuca. Sua aparência havia mudado, como eu dissera a Heathcliff, mas, quando ela estava calma, parecia haver uma beleza sobrenatural nessa mudança. O brilho em seus olhos havia sido substituído por uma suavidade melancólica e sonhadora. Eles já não davam a impressão de estar olhando para os objetos à volta dela. Pareciam sempre olhar além, e muito além. Seria possível até dizer que olhavam para fora deste mundo. Além disso, a palidez do seu rosto – embora o aspecto macilento desaparecesse à medida que ela voltava a ganhar peso – e a expressão peculiar advinda de seu estado mental, ainda que fossem dolorosamente sugestivas das causas da doença, acentuavam o comovente interesse que ela despertava. E, invariavelmente, para mim, como eu sei, para qualquer pessoa que a visse, refutavam provas mais concretas de convalescença, marcando-a como uma pessoa fadada a definhar.

Um livro estava aberto sobre o parapeito da janela diante dela, e a brisa quase imperceptível revirava as páginas de tempos em tempos. Imagino que Linton o tivesse colocado ali, pois ela nunca se aventurara a distrair-se com leituras ou com qualquer outra ocupação. Ele costumava passar horas tentando atrair sua atenção para algum assunto que outrora a interessara. Catherine tinha consciência do objetivo dele. Quando estava de bom humor, aguentava esses esforços com placidez, apenas demonstrando sua inutilidade, abafando de vez em quando um suspiro de cansaço e, por fim, fazendo-o parar com os mais tristes sorrisos e beijos. Em outros momentos, ela se virava de modo petulante, escondendo o rosto com as mãos ou até o afastava, com raiva. Então, ele tratava de deixá-la em paz, pois tinha certeza de que seus esforços não traziam nenhum bem a ela.

Os sinos da capela de Gimmerton ainda soavam, e o murmúrio suave do riacho, correndo cheio no vale, relaxava os ouvidos. Era um som agradável, substituindo o ainda ausente murmúrio da folhagem de verão, que abafava aquela música na granja quando as árvores estavam cobertas de folhas. No Morro dos Ventos Uivantes, era essa música que soava nos dias calmos depois de um grande degelo ou uma temporada de chuvas constantes. E era no Morro dos Ventos Uivantes que Catherine pensava enquanto escutava, quer dizer, se é que ela realmente pensava ou escutava. Seu olhar era vago e distante, como eu disse antes, e ela não expressava nenhum reconhecimento das coisas materiais pelos ouvidos ou pelos olhos.

– Tem uma carta para a senhora – falei, delicadamente colocando a carta na mão que estava pousada sobre o joelho dela. – Você deve lê-la imediatamente, porque exige uma resposta. Posso romper o selo de cera?

– Sim – respondeu ela, sem alterar a direção do olhar. Abri a carta; ela era muito curta.

– Agora, leia-a – prossegui. – Ela tirou a mão do joelho, deixando a carta cair. Coloquei a carta no colo dela e fiquei de pé, esperando até que tivesse vontade de olhar para baixo. Mas ela demorou tanto a reagir que voltei a falar:

– Devo ler a carta, senhora? É do senhor Heathcliff.

Ela teve um sobressalto, e seus olhos refletiam um brilho de lembranças perturbadoras, acompanhadas de um esforço para reorganizar suas ideias. Por fim, ergueu a carta e parecia lê-la detidamente. Ao chegar à assinatura, suspirou. Ainda assim, achei que não tivesse compreendido sua importância, pois, quando lhe disse que desejava ouvir a resposta dela, Catherine simplesmente apontou para o nome e olhou-me com uma triste e inquisidora ansiedade.

– Bem, ele gostaria de vê-la – falei, percebendo que ela precisava de uma interpretação. – A essa hora, ele já deve estar no jardim, impaciente por saber que resposta vou lhe comunicar.

À medida que eu falava, observei um grande cão deitado na grama ensolarada levantar suas orelhas, como se estivesse prestes a latir, e, em seguida, abaixá-las, anunciando, pelo balanço do rabo, que alguém que ele não considerava um desconhecido se aproximava. A senhora Linton inclinou-se para a frente e ouviu, ofegante. No minuto seguinte, ouviu-se um passo na sala principal. A casa aberta era tentadora demais para que Heathcliff resistisse a entrar nela. Muito provavelmente, ele deve ter pensado que eu estivesse inclinada a quebrar minha promessa e, portanto, resolveu confiar na própria audácia. Cada vez mais ansiosa, Catherine olhou fixamente para a entrada do quarto. Ele não acertou o cômodo imediatamente. Ela gesticulou para que eu o deixasse entrar, mas ele achou o quarto antes que eu pudesse alcançar a porta. Com uma ou duas passadas largas, ficou ao lado dela e a tomou nos braços.

Heathcliff não falou nem afrouxou o abraço por uns bons cinco minutos, período em que a beijou mais vezes do que jamais havia feito em toda a vida, atrevo-me a dizer. Mas minha ama havia beijado-o primeiro, e eu vi claramente que ele mal conseguia suportar olhar para o rosto dela, por pura agonia! No instante em que ele a contemplou, a mesma convicção que a minha recaiu sobre ele: não havia perspectiva de uma recuperação definitiva; ela estava condenada, decerto morreria.

– Oh, Cathy! Oh, minha vida! Como posso suportar isso? – foram as primeiras palavras que ele pronunciou, com um tom que não tentava disfarçar seu desespero. E agora olhava para ela fixamente, com tanta devoção que pensei que a mera intensidade do seu olhar o faria chorar. Mas seus olhos, ardendo de angústia, não verteram lágrimas.

– O que foi agora? – disse Catherine, inclinando-se para trás e devolvendo-lhe o mesmo olhar, com a testa subitamente franzida. O estado de espírito dela era um mero cata-vento para caprichos constantemente volúveis. – Você e Edgar partiram-me o coração, Heathcliff! E ambos vêm até mim lamentar o feito, como se vocês fossem dignos de pena! Não vou sentir pena de você, não eu. Você me matou... e se fortaleceu com isso, eu acho. Como você está forte! Quantos anos pretende viver depois que eu me for?

Heathcliff dobrara um joelho para abraçá-la. Ele tentou levantar-se, mas ela o agarrou pelos cabelos e o manteve preso.

– Queria poder segurar você – prosseguiu ela, com amargura. – Até que nós dois estivéssemos mortos! Não me importaria com seu sofrimento. Não me importo nem um pouco com seus sofrimentos. Por que você não deveria sofrer? Eu sofro! Você vai me esquecer? Vai ficar feliz quando eu for enterrada? Vai dizer, daqui a vinte anos: "Este é o túmulo de Catherine Earnshaw?". "Amei-a faz muito e fiquei muito infeliz de tê-la perdido, mas isso é passado. Amei muitas outras desde então. Meus filhos me são mais caros do que ela jamais foi. E, quando eu morrer, não vou me regozijar pelo fato de que vou reencontrá-la; lamentarei o fato de ter de abandonar os meus filhos!" Vai dizer isso, Heathcliff?

– Não me torture até que eu fique tão louco quanto você – exclamou ele, soltando a cabeça das mãos dela e rangendo os dentes.

Para um espectador desavisado, os dois apresentavam uma imagem estranha e assustadora. Catherine bem podia acreditar que o paraíso seria seu lugar de exílio, a menos que, junto com seu corpo mortal, esvaísse-se também seu caráter. Seu semblante atual estampava um violento desejo de vingança nas faces pálidas, no lábio exangue, nos olhos faiscantes. Ela ainda manteve entre os dedos fechados uma mecha dos cachos que agarrara. Quanto à sua companhia, enquanto se levantava apoiado em uma das mãos, segurou o braço dela com a outra. Tão deficientes eram suas reservas de gentileza com relação à condição dela que, ao soltá-la, vi quatro marcas roxas estampadas na pele descorada dela.

– Você, por acaso, está possuída por um demônio para falar comigo desse modo enquanto está morrendo? – insistiu ele, selvagemente. Já parou para refletir que todas essas palavras vão ficar marcadas em minha memória e vão me corroer cada vez mais fundo, eternamente, depois que você me deixar? Sei que mente quando diz que a matei. E, Catherine, você sabe que eu a esqueceria com a mesma facilidade com que esqueceria minha própria existência! Não basta para seu egoísmo diabólico que eu me contorça de dor com os tormentos do inferno, enquanto você descansa em paz?

– Não descansarei em paz – gemeu Catherine, voltando a perceber sua fraqueza física pela violência e pela irregularidade das batidas de seu coração, que palpitava visível e audivelmente sob o excesso de agitação. Ela não disse nada mais até que a crise cessou. Depois, prosseguiu, com mais gentileza: – Não lhe desejo um tormento maior do que o meu, Heathcliff. Apenas desejo que jamais nos separemos. E, caso alguma palavra minha venha a angustiá-lo daqui em diante, pense que eu sinto a mesma angústia embaixo da terra e, por amor a mim, perdoe-me! Venha cá e ajoelhe-se outra vez! Você jamais, em toda a sua vida, me fez mal. Não, se você guarda rancor, isso será pior de rememorar do que minhas duras palavras! Você não vai voltar para cá? Volte!

Heathcliff foi para as costas da cadeira dela e inclinou-se, mas não ao ponto de que ela pudesse ver seu rosto, que estava lívido de emoção. Ela virou para olhá-lo, mas ele se recusava a permitir isso. Em um movimento abrupto, ele andou até a lareira, onde permaneceu em silêncio, de costas para nós. O olhar da senhora Linton seguiu-o com desconfiança. Cada movimento dele despertava nela um sentimento novo. Após uma pausa, encarando-o por um tempo, ela voltou a falar, dirigindo-se a mim com um tom de voz de decepção indignada:

– Oh, você está vendo, Nelly, ele não seria capaz de dedicar um momento sequer para me manter longe da sepultura. É *assim* que sou amada! Bem, não importa. Este não é o *meu* Heathcliff. Vou continuar amando o meu e levá-lo comigo quando me for; ele faz parte da minha alma. E o que mais me dá nos nervos é esta prisão destroçada, no fim das contas – acrescentou, pensativa. – Estou farta de ficar enclausurada aqui. Anseio por escapar para aquele mundo glorioso e para ficar lá eternamente. Não quero vê-lo turvado pelas lágrimas ou desejá-lo através das paredes de um coração doído; quero estar nele e com ele. Nelly, você se acha melhor e mais afortunada do que eu. Goza de saúde e vigor perfeitos. Você sente pena de mim... Mas isso logo mudará. Eu sentirei pena de *você*. Estarei incomparavelmente além e acima de todos nós. Admira-me que ele não queira estar perto de mim! – prosseguiu ela, falando consigo mesma. – Pensei que ele desejasse isso. Heathcliff, querido! Você não deve ficar zangado agora. Venha até mim, Heathcliff.

Ansiosa, ela se levantou e se apoiou no braço da cadeira. Com aquele apelo sincero, Heathcliff virou-se para ela, parecendo completamente desesperado. Os olhos dele, rasos d'água e arregalados, faiscaram ferozmente na direção dela. Seu peito arquejava convulsivamente. Por um instante, eles permaneceram separados. Então, mal percebi quando tornaram a ficar juntos. Catherine deu um salto, e ele a agarrou, e ficaram presos em um abraço do qual achei que minha ama jamais sairia viva. De fato, aos meus olhos, Catherine parecia indiferente. Ele se jogou no assento mais próximo e, quando me aproximei apressadamente para verificar se ela havia desmaiado, ele rugiu para mim, com a boca espumando como um cão raivoso, e puxou-a para si com um ciúme cobiçoso. Não senti como se estivesse na companhia de um ser da mesma espécie do que eu. Parecia que ele não entenderia, caso eu falasse com ele. Então, mantive distância e permaneci em silêncio, bastante perplexa.

Um movimento de Catherine deu-me um pouco de alívio naquele momento: ergueu uma das mãos para agarrar o pescoço dele e para aproximar sua face da dele, enquanto ele a segurava. Heathcliff, por sua vez, cobrindo-a de carícias sem fim, disse violentamente:

– Você está me mostrando o quão cruel tem sido, cruel e falsa. *Por que* você me desprezou? *Por que* traiu o próprio coração, Cathy? Nem tenho uma palavra de conforto sequer. Você merece isso. Você matou a si mesma. Sim, pode até me beijar e chorar, arrancar de mim meus beijos e lágrimas. Eles serão sua ruína... sua danação. Você me amou. Então, que *direito* tinha você de me abandonar? Que direito? Responda-me: foi pela atração débil que sentia por Linton? Porque nem a infelicidade, nem a degradação, nem a morte, nem nada que Deus ou Satanás pudesse infligir teria nos separado. Mas *você*, por livre e espontânea vontade, nos separou. Tanto pior para mim, que sou forte. Quero eu viver? Que espécie de vida será a minha depois que você... Oh, Deus! *Você* gostaria de viver com sua alma na sepultura?

– Deixe-me em paz, deixe-me em paz – soluçou Catherine. – Se eu agi mal, estou morrendo por isso. Basta! Você também me abandonou, mas não vou repreendê-lo! Eu o perdoo. Perdoe-me!

– É difícil perdoar e olhar para esses olhos, sentir essas mãos exangues – respondeu ele. – Beije-me outra vez e não deixe que eu veja seus olhos! Eu a perdoo pelo que você me fez. Amo a minha assassina... Mas não a sua. Como posso?

Eles ficaram em silêncio, com os rostos escondidos um contra o outro e sendo banhados pelas lágrimas um do outro. Pelo menos, presumo que os dois choravam. Ao que pareceu, Heathcliff era capaz de chorar em uma ocasião importante como aquela.

Enquanto isso, fui ficando muito incomodada, pois a tarde passou voando. O homem que eu havia mandado até o vilarejo voltara de sua incumbência, e eu podia distinguir, pelo brilho do sol a oeste no vale, o vestíbulo enchendo-se no pórtico da capela de Gimmerton.

– O culto acabou – anunciei. – Meu amo vai estar aqui dentro de meia hora.

Heathcliff resmungou um impropério e puxou Catherine ainda mais para si. Ela nem sequer se moveu.

Logo percebi que um grupo de criados passava estrada acima, em direção à ala da casa onde fica a cozinha. O senhor Linton não vinha muito atrás. Ele mesmo abriu o portão e subiu o caminho com toda tranquilidade, provavelmente desfrutando da tarde agradável, suave como as tardes de verão.

– Agora ele está aqui! – exclamei. – Pelo amor de Deus, vá embora! Depressa! Você não encontrará ninguém na escada da frente. Mas seja rápido e fique entre as árvores até que ele já tenha entrado.

– Devo ir, Cathy – disse Heathcliff, tentando desvencilhar-se dos braços de sua companheira. – Mas, se eu sobreviver, tornarei a vê-la antes que você durma. Não me afastarei nem cinco metros de sua janela.

– Você não deve ir! – respondeu ela, segurando com toda a firmeza que suas forças lhe permitiam. – Você *não vai* embora. Estou lhe falando.

– Só por uma hora – suplicou ele, com sinceridade.

– Nem por um minuto – replicou ela.

– Eu *preciso*… Linton vai chegar aqui em cima agora mesmo – insistiu o alarmado intruso.

Ele tentou se levantar e se desvencilhar dos dedos dela, mas Cathy agarrava-se a ele com força, ofegante. Uma convicção louca estampava-se em seu rosto.

– Não! – berrou ela. – Oh, não, não vá. Esta é a última vez! Edgar não nos fará mal. Heathcliff, vou morrer! Vou morrer!

– Que se dane o imbecil! Lá está ele! – gritou Heathcliff, afundando-se novamente em seu assento. – Calma, minha querida! Calma, Catherine! Vou ficar. E, caso ele atire em mim, eu morrerei com uma bênção nos lábios.

E, então, tornaram a se abraçar. Ouvi meu amo subir as escadas, e um suor frio escorreu da minha testa. Eu estava horrorizada.

– Vai dar ouvidos aos disparates dela? – disse eu, enfaticamente. – Ela não sabe o que diz. O senhor vai levá-la à ruína porque ela não tem cabeça para ajudar a si própria? Levante-se! Pode soltar-se a qualquer momento. Este é o ato mais diabólico já praticado pelo senhor. Estamos todos arruinados: amo, ama e criada.

Esfreguei as mãos uma na outra e dei um berro, e o senhor Linton, com o barulho, apressou-se. Em meio à minha agitação, fiquei sinceramente contente ao observar que os braços dela haviam caído, relaxados, e sua cabeça estava inclinada para a frente.

"Ela desmaiou ou morreu", pensei. Melhor assim. Bem melhor do que ela permanecer sendo um fardo e uma fonte de infelicidade para todos à sua volta.

Edgar deu um salto em direção ao seu convidado indesejado, lívido de assombro e ódio. O que ele pretendia fazer eu não tive como saber. No entanto, o outro parou de se manifestar imediatamente, colocando em seus braços a forma que parecia não ter vida.

– Olhe só! – disse ele. – A não ser que você seja um demônio, vai ajudar ela primeiro e só depois me dirigir a palavra!

Ele entrou na sala de visitas e sentou-se. O senhor Linton chamou-me, e, com muito custo, e depois de tentar de muitas maneiras, conseguimos fazê-la recobrar os sentidos, mas ela estava completamente desorientada. Ela suspirou, gemeu e não reconhecia ninguém. Edgar, em sua ansiedade com relação a ela, esqueceu-se do odiado amigo da esposa. Mas eu não. Fui, na primeira oportunidade que tive, implorar para que partisse, afirmando que Catherine estava melhor e que, na manhã seguinte, ele receberia de mim notícias sobre como ela passaria a noite.

– Não vou me recusar a sair porta afora – retrucou ele. – Mas ficarei no jardim. E, Nelly, não deixe de manter sua palavra amanhã. Estarei sob aqueles ciprestes. Atenção! Ou farei outra visita, quer Linton esteja em casa, quer não esteja.

Capítulo 16

Ele olhou de soslaio rapidamente para a porta entreaberta do quarto de Cathy e, verificando a aparente verdade do que eu havia afirmado, livrou a casa de sua presença infeliz.

Por volta de meia-noite daquela data, nasceu Catherine, a criança que o senhor viu no Morro dos Ventos Uivantes: uma criança mirrada de sete meses. Duas horas depois, a mãe morreu, sem jamais ter recobrado a consciência para notar a ausência de Heathcliff ou reconhecer Edgar. A confusão mental de Edgar, causada pela perda, é um assunto doloroso demais para que eu me detenha nele. Os efeitos subsequentes demonstraram quão profunda era sua tristeza. A meu ver, contribuiu muito para isso o fato de ele ter ficado sem um herdeiro homem. Lamentei isso e olhei fixamente para a fraca órfã. Mentalmente, censurei o velho Linton pela parcialidade natural: ter legado sua propriedade à própria filha, em vez de à filha do seu filho. Ela era um bebê indesejado, a pobrezinha! Poderia morrer de tanto chorar, pois ninguém dava a mínima atenção a ela naquelas primeiras horas de sua existência. Redimimo-nos por nossa negligência depois, mas o começo da vida dela foi tão solitário quanto provavelmente será seu fim.

Na manhã seguinte, luminosa e alegre do lado de fora da casa, a luz do sol penetrou suavemente pelas persianas do cômodo silencioso e cobriu o sofá e seu ocupante com um brilho terno e delicado. Edgar Linton estava com a cabeça pousada na almofada, de olhos fechados. Suas feições jovens e bonitas pareciam tão mortas quanto as da forma ao lado dele e quase tão imóveis. Mas as *dele* exprimiam o silêncio e a exaustão provocados pela angústia, e as *dela, a paz perfeita.* A testa lisa, os olhos fechados, os lábios estampando a expressão de um sorriso; nenhum anjo no céu poderia ser mais bonito do que ela aparentava ser. E eu compartilhei da calma infinita em que ela jazia; minha mente jamais esteve em tal estado de graça como enquanto eu contemplava aquela imperturbada imagem de descanso divino. Instintivamente, repeti as palavras que ela havia pronunciado algumas horas antes: "Incomparavelmente além e acima de todos nós! Esteja ela na Terra ou no céu, seu espírito está com Deus!".

Não sei se é uma peculiaridade minha, mas raramente deixo de me sentir feliz quando estou velando um morto, a não ser que algum dos enlutados comece a gritar ou a chorar desesperadamente. Vejo uma quietude que nem a terra nem o inferno podem interromper e sinto a certeza da existência de um além infinito e sem sombras – a eternidade em que entram os mortos –, onde a vida é ilimitada em sua duração, o amor, em sua solidariedade, e a alegria, em sua plenitude. Percebi, naquela ocasião, quanto egoísmo há, inclusive, em um amor como o que o senhor Linton sentia, quando ele tanto se ressentia da abençoada libertação de Catherine! Na verdade, poderia duvidar-se, com a existência caprichosa e impaciente que ela havia levado, se merecia, de fato, afinal estar em paz no paraíso. Poderia duvidar-se disso em momentos de reflexão fria, mas não naquele momento, na presença do cadáver dela. O corpo reivindicava a própria tranquilidade, o que parecia ser uma promessa de igual tranquilidade para a pessoa que o habitara.

– Você acredita que essas pessoas são felizes no outro mundo, senhor? Daria muitas coisas para saber.

Evitei responder à pergunta da senhora Dean, pois me pareceu um tanto heterodoxa. Ela prosseguiu.

Recordando a trajetória de Catherine Linton, temo que não tenhamos motivos para acreditar que sim, mas deixemos por conta de seu Criador.

Meu amo parecia estar dormindo; e, logo após a aurora, atrevi-me a sair do quarto e da casa para ir tomar um pouco de ar fresco. Os criados pensaram que eu saía para espantar a sonolência provocada pela vigília prolongada. Na verdade, o motivo principal de minha saída era ver o senhor Heathcliff. Se ele tivesse permanecido a noite toda entre os ciprestes, não teria ouvido nada do alvoroço na granja, a não ser, talvez, o galope do mensageiro que fora até Gimmerton. Caso tivesse se aproximado mais, provavelmente teria percebido, pelas luzes bruxuleantes e pelo abrir e fechar das portas que davam para o lado de fora da casa, que as coisas não estavam bem do lado de dentro. Desejei e, ao mesmo tempo, temi encontrá-lo. Senti que a notícia terrível deveria ser contada e queria acabar com tudo de uma vez, mas eu não sabia como fazer isso. Ele estava lá, alguns metros para dentro do parque da casa, encostado contra um velho freixo, sem chapéu e com o cabelo empapado pelo orvalho que se acumulara nos galhos em flor, caindo em gotas ao seu redor. Heathcliff havia permanecido naquela posição por muito tempo, pois vi um casal de melros passar de lá para cá, a pouco menos de um metro dele, ocupados fazendo seu ninho, dando à sua presença a mesma importância que a de um toco de madeira. Voaram para longe dali quando me aproximei, e ele ergueu os olhos e falou:

– Cathy morreu! – disse ele. – Não esperei por você para receber essa notícia. Guarde seu lenço. Não fique choramingando na minha frente... Danem-se vocês todos! Ela não quer as lágrimas de nenhum de vocês!

Eu chorava tanto por ele quanto por ela. Nós, de fato, às vezes nos apiedamos de criaturas que não têm piedade de si mesmas ou dos outros. Quando olhei inicialmente para o rosto dele, percebi que Heathcliff já sabia da catástrofe. E tive a tola impressão de que seu coração havia se apaziguado e que ele rezava, pois seus lábios se moviam e ele olhava para o chão.

– Sim, ela morreu! – respondi, abafando meus soluços e enxugando meu rosto. – Foi para o céu, espero, onde talvez possamos, cada um de nós, nos juntar a ela, caso nos acautelemos e abandonemos nossos modos perversos para seguir o caminho do bem!

– Então, *ela* soube acautelar-se? – perguntou Heathcliff, tentando forçar um tom de escárnio. – Por acaso ela morreu como uma santa? Vamos lá, conte-me a verdadeira história do que aconteceu. Como...?

Ele tentou pronunciar o nome, mas não conseguiu. Apertando os lábios, travou um combate silencioso contra sua agonia interior, resistindo à minha solidariedade com um olhar fixo, feroz e impávido.

– Como ela morreu? – tornou ele, finalmente, grato, apesar de sua força de vontade, por ter um apoio atrás de si, pois, depois do esforço para falar, e contra a própria vontade, ele tremeu por inteiro, até a ponta dos dedos.

"Pobre infeliz", pensei, "você tem um coração e nervos assim como todos os outros homens, seus irmãos! Por que tanta ânsia em escondê-los? Seu orgulho não pode iludir a Deus! Ele ficará tentado a arrancar isso de você, até que lhe force a dar um grito de humilhação."

– Morreu em paz! – respondi, em voz alta. – Ela deu um suspiro e se espreguiçou, como uma criança que acorda e, logo depois, volta a dormir. Cinco minutos depois, senti um pequeno batimento em seu coração, e nada mais!

– E... Ela chegou a mencionar o meu nome? – indagou ele, hesitante, como se temesse que resposta à sua pergunta fosse trazer detalhes que ele não conseguiria suportar ouvir.

– Ela jamais recobrou os sentidos. Não reconheceu mais ninguém a partir do momento em que o senhor a deixou – falei. – Ela jaz com um sorriso doce no rosto. E seus pensamentos derradeiros a levaram para dias mais agradáveis de seu passado. A vida dela terminou como um sonho delicado. Tomara que ela acorde do mesmo modo delicado no outro mundo!

– Tomara que ela acorde atormentada! – berrou ele, com uma veemência aterrorizante, pisoteando o chão e gemendo em um súbito paroxismo de paixão ingovernável. – Ora, ela foi mentirosa até o fim! Onde está ela? Não está *lá*... Não no céu... Não pereceu... Onde? Oh! Você disse que não se importava com meus sofrimentos! E eu vou rezar uma oração. Vou repeti-la até que minha língua fique dura: Catherine Earnshaw, que você não descanse enquanto eu for vivo. Você disse que eu a matei: assombre-me, então! Os assassinados, *de fato*, assombram seus assassinos, creio eu. Sei que fantasmas já *vagaram* pela terra. Fique sempre comigo, tome qualquer forma, e enlouqueça-me! Só *não* me deixe neste abismo em que não consigo encontrar você! Oh, Deus! É impronunciável! *Não posso* viver sem a minha vida! *Não posso* viver sem a minha alma!

Ele bateu a cabeça contra o tronco nodoso e, erguendo os olhos, gritou, não como um homem, mas como uma besta selvagem sendo espicaçada até a morte com lanças e facas. Observei várias manchas de sangue na casca da árvore, e a mão e a testa dele estavam manchadas. Provavelmente, a cena que presenciei foi uma repetição de outras, encenadas durante a noite. Aquilo não me inspirou compaixão; pelo contrário, deixou-me chocada. Ainda assim, relutei em abandoná-lo naquele estado. Mas, no momento em que ele se recompôs o bastante para reparar que eu o observava, trovejou uma ordem para que saísse dali, e obedeci. Ele estava além da minha capacidade de tranquilizar ou consolar!

O funeral da senhora Linton foi marcado para a sexta-feira após sua morte, e, até esse dia, o caixão dela permaneceu aberto, com flores e folhas aromáticas espalhadas sobre ele, no grande salão principal. Linton passou seus dias e suas noites ali, como um guardião insone. E Heathcliff passou pelo menos duas noites do lado de fora, também em claro – uma circunstância escondida de todos, menos de mim. Não troquei palavra com ele. Ainda assim, estava ciente de seu desejo de entrar, se pudesse. E, na terça-feira, um pouco depois do crepúsculo, quando meu amo, por pura fadiga, fora forçado a descansar por algumas horas, fui e abri uma das janelas, comovida pela perseverança dele em buscar uma oportunidade de dar à imagem desbotada do objeto de sua idolatria um derradeiro adeus.

Ele não se recusou a aproveitar a oportunidade, cautelosa e brevemente; com tanta cautela que não revelou sua presença com o menor barulho que fosse. Na verdade, eu não deveria nem ter suspeitado de que ele havia estado ali, exceto pelo fato de o tecido drapeado sobre o rosto do cadáver estar desarrumado e porque vi no chão um cacho de cabelos claros, amarrado com uma linha prateada, que, depois de examinar, confirmei ter sido retirado de um relicário que envolvia o pescoço de Catherine. Heathcliff havia aberto a joia de pequeno valor e retirado dela seu conteúdo, substituindo-o por um cacho negro dos próprios cabelos. Entrelacei os dois cachos e guardei-os dentro do relicário.

O senhor Earnshaw foi, obviamente, convidado a acompanhar os restos mortais da irmã ao túmulo. Ele não deu satisfações e não apareceu. Então, além do marido dela, o grupo de enlutados era composto unicamente de rendeiros e criados. Isabella não foi convidada.

O lugar de sepultamento de Catherine, para a surpresa dos aldeões, não foi nem sob o monumento entalhado dos Lintons, dentro da capela, nem próximo às sepulturas dos próprios parentes, no adro. Foi cavado em um pendor verdejante, em um dos cantos do adro da capela presbiteriana, onde o muro era tão baixo que as urzes e os mirtilos assomavam do pântano, e musgos quase o cobriam por inteiro. Seu marido hoje jaz no mesmo lugar. Ambos possuem uma lápide simples e, no extremo oposto, um bloco de pedra cinza sem adornos para marcar suas sepulturas.

Capítulo 17

Aquela sexta-feira foi o último dia com um clima bom em um mês. No fim da tarde, o tempo virou: o vento mudou de sul para nordeste, trazendo primeiro chuva, depois granizo e neve. Na manhã seguinte, mal era possível imaginar que havíamos tido três semanas de verão: as flores estavam ocultas sob montes de neve invernal. As cotovias já não cantavam, e as folhas novas das árvores temporãs murcharam e enegreceram. Aquela manhã arrastou-se, nublada, fria e lúgubre! Meu amo permaneceu em seu quarto. Eu me apossei da solitária sala de visitas, transformando-a em berçário. Lá fiquei, sentada com uma criança que mais parecia uma boneca chorosa deitada sobre meus joelhos, embalando o bebê de um lado para o outro e observando, enquanto isso, os flocos de neve que ainda caíam e se amontoavam na janela descortinada. Foi então que a porta se abriu, e alguém entrou, ofegante e rindo! Minha raiva foi maior do que meu assombro por um instante. Presumi tratar-se de uma das camareiras e exclamei:

– Pare já! Como ousa demonstrar sua alegria aqui? O que o senhor Linton diria se o ouvisse?

– Perdão! – respondeu uma voz familiar. – Mas sei que Edgar está na cama e não consigo me conter.

Com isso, a interlocutora veio em direção ao fogo, ofegante e com uma das mãos sobre o flanco.

– Corri até aqui desde o Morro dos Ventos Uivantes! – prosseguiu ela, após uma pausa. – A não ser pelos pontos em que saí voando. Eu não conseguiria contar quantas quedas sofri no caminho. Oh, estou toda doída! Não se espante! Eu lhe darei uma explicação assim que conseguir. Apenas tenha a bondade de sair e pedir que o coche me leve até Gimmerton e diga a um dos criados que pegue algumas roupas em meu guarda-roupa.

A intrusa era a senhora Heathcliff. O estado dela, certamente, não era para risos: o cabelo escorria pelos ombros, pingando neve e água. Ela usava o mesmo vestido juvenil que costumava usar, mais adequado para sua idade do que para sua posição social. Era um vestido longo, sem mangas, e não tinha nada na cabeça ou no pescoço. O tecido de seda leve estava grudado ao corpo por estar molhado, e os pés estavam protegidos apenas por sapatilhas finas. Somava-se a isso um corte fundo em uma orelha, que só o frio impedia de sangrar abundantemente; o rosto pálido estava cheio de arranhões e hematomas, e o corpo quase incapaz de se sustentar devido à fadiga. Você imagina que meu medo inicial não foi muito aliviado quando tive tempo de examiná-la melhor.

– Minha querida jovem dama! – exclamei. – Não vou a lugar algum, ou escutar qualquer coisa, até que a senhora tire essas roupas molhadas e vista roupas secas. E você, com certeza, não vai a Gimmerton hoje à noite. Então, não há necessidade de mandar preparar o coche.

– Mas eu vou sim, com certeza – disse ela. – De coche ou a pé. Ainda assim, não me oponho a vestir roupas mais decentes. E... Ah, veja só como o sangue escorre pelo meu pescoço agora! O fogo, de fato, aviva o ferimento.

Ela insistiu para que eu seguisse suas instruções antes que me deixasse tocá-la. Apenas depois que o cocheiro havia sido instruído a se preparar e que uma criada foi encarregada de colocar as roupas necessárias em uma mala, obtive seu consentimento para cuidar da ferida e ajudá-la a trocar de roupa.

– Agora, Ellen... – disse, quando terminei minha tarefa e ela estava sentada em uma poltrona reclinável perto da lareira, com uma xícara de chá diante de si. – Sente-se à minha frente e tire o bebê de Catherine daqui. Não gosto de vê-lo! E você não deve pensar que eu me importo pouco com Catherine por causa de meu comportamento bobo quando entrei. Já chorei também, amargamente, sim, mais do que qualquer um tem motivos para chorar. Separamo-nos sem reatar nossa relação, você lembra, e não vou me perdoar por isso. Mas, por causa de tudo isso, eu não estava disposta a me solidarizar com ele, aquela fera brutal! Oh, dê-me o atiçador! Esta é a última coisa dele que levo comigo. – Ela tirou a aliança de ouro do dedo anelar e jogou-a no chão. – Vou destruí-la! – prosseguiu com um rancor infantil. – E depois vou queimá-la! – Ela pegou o artigo usado incorretamente que estava no chão e jogou-o no carvão em brasa. – Prometo! Ele vai comprar outra se conseguir me pegar de volta. Ele seria capaz de vir aqui me procurar, só para provocar Edgar. Não me atrevo a ficar, para que essa ideia não passe por sua mente perversa! Além disso, Edgar não tem sido muito gentil, não é? E não vou até ele pedir assistência nem causar mais problemas. A necessidade forçou-me a buscar abrigo aqui. No entanto, se eu não tivesse ficado sabendo que ele estava no quarto, teria parado na cozinha, lavado o rosto, aquecido-me, pedido para você trazer as coisas que eu queria e teria partido para qualquer lugar longe do alcance de meu maldito... daquele trasgo de carne e osso! Ah, ele ficou furioso! Se tivesse me pegado! É uma pena que Earnshaw não seja páreo para ele em termos de força. Eu não teria corrido até vê-lo praticamente arruinado, se Hindley tivesse tido a capacidade de fazê-lo!

– Ora, não fale tão rápido assim, senhora! – interrompi. – Vai tirar do lugar o lenço que amarrei em volta de seu rosto e fazer o ferimento voltar a sangrar. Beba seu chá, respire fundo e pare de rir. Risadas não são apropriadas sob este teto nem em seu estado!

– Uma verdade inegável – replicou ela. – Escute só aquele bebê! Ele chora constantemente. Tire-o de perto dos meus ouvidos por uma hora. Não vou ficar aqui por mais tempo do que isso.

Toquei a sineta e entreguei o bebê aos cuidados de uma criada. Depois, perguntei o que a impelira a escapar do Morro dos Ventos Uivantes em tal improvável apuro e para onde ela pretendia ir, visto que se recusava a permanecer conosco.

– Eu deveria e bem queria ficar – respondeu ela. – Para consolar Edgar e cuidar do bebê, por esses dois motivos. E porque a granja é a minha casa por direito. Mas posso garantir-lhe que ele não permitiria! Você acha que ele suportaria me ver engordando e feliz? Que suportaria pensar estarmos tranquilos, sem tentar envenenar nosso conforto? Agora, tenho a satisfação de ter certeza de que ele me detesta, ao ponto de ficar profundamente irritado quando estou à vista ou ao alcance de seus ouvidos. Percebo, quando estou na presença dele, que os músculos de seu rosto se retorcem involuntariamente, estampando uma expressão de ódio. Isso vem, em parte, de sua consciência de que tenho bons motivos para nutrir o mesmo sentimento por ele e, em parte, pela própria aversão. Esse ódio é tão intenso que me deixa muito certa de que ele não me perseguiria por toda a Inglaterra, caso eu consiga planejar uma fuga. Portanto, devo ir para bem longe daqui. Eu me recuperei de meu desejo inicial de que ele me matasse. Preferia que ele matasse a si mesmo! Ele extinguiu meu amor eficazmente, e, portanto, estou tranquila. No entanto, ainda consigo me lembrar de como o amei e consigo imaginar vagamente que talvez eu ainda o estivesse amando se... Não, não! Mesmo que ele tivesse me tratado com afeição, de algum modo sua natureza diabólica teria se revelado. Catherine tinha um gosto bastante pervertido para estimá-lo tanto, apesar de conhecê-lo tão bem. Monstro! Queria que pudesse ser banido da existência, escorraçado da minha memória!

– Calma, calma! Ele é um ser humano – falei. – Seja mais caridosa. Há homens ainda piores do que ele!

– Ele não é um ser humano – retorquiu ela. – E não merece minha caridade. Entreguei meu coração, e ele o tomou, espicaçou até a morte e, depois, atirou de volta para mim. As pessoas sentem com o coração, Ellen. E, como ele destruiu o meu, não sou capaz de sentir pena de Heathcliff. Não sentiria, por mais que ele gemesse até o fim de seus dias, ou chorasse lágrimas de sangue por Catherine! Não, de fato, não sentiria! – Isabella começou a chorar, mas, imediatamente, secou as lágrimas dos cílios e continuou: – Você me perguntou o que me levou a fugir, não foi? Fui impelida a tentar porque consegui atiçar a raiva dele, além da própria maldade. Puxar os nervos com pinças em brasa requer mais frieza do que simplesmente golpeá-lo. Ele foi provocado a ponto de esquecer a prudência diabólica de que se vangloriava, e passou a agir com violência homicida. Senti prazer em poder exasperá-lo. Esse prazer despertou meu sentido de autopreservação. Portanto, libertei-me e, se algum dia eu voltar a cair nas garras dele, ele tem o direito de se vingar de modo notável.

"Ontem, sabe, o senhor Earnshaw deveria ter comparecido ao funeral. Ele se manteve sóbrio com esse objetivo, quer dizer, razoavelmente sóbrio, evitando ir para cama irritado às seis da tarde e acordar bêbado à meia-noite. No entanto, acabou acordando com uma depressão suicida, tão apropriada para a igreja quanto para ir a um baile. Em vez disso, sentou-se perto do fogo e bebeu um copo atrás do outro de gim ou *brandy*.

"Heathcliff... Sinto até um calafrio ao pronunciar seu nome ... Quase não aparece em casa desde domingo. Se os anjos o têm alimentado ou se seus parentes do lado de baixo estão fazendo isso, não sei dizer. O fato é que ele ficou quase uma semana sem fazer uma refeição conosco. Chegava em casa ao amanhecer, subia para o quarto e se trancava lá. Como se alguém ao menos desejasse a companhia dele... Permanecia no quarto, rezando alto e muito devotamente, como um metodista: só que a divindade a quem ele suplicava era apenas poeira e cinzas sem consciência. E Deus, quando abordado, era estranhamente confundido com o próprio pai sombrio dele! Depois de concluir essas preciosas orações – que duravam até ele ficar rouco e a voz ficar presa em sua garganta –, tornava a sair, sempre indo diretamente para a granja! Admira-me que Edgar não tenha mandado um guarda para prendê-lo! Para mim, por mais enlutada que eu estivesse pela perda de Catherine, seria impossível não considerar essa temporada de libertação da opressão degradante como um dia de festa.

"Consegui me recompor o suficiente para suportar os eternos sermões de Joseph sem chorar e para me movimentar pela casa com menos ares de um ladrão assustado do que antes. Você não pode imaginar, mas eu poderia chorar com qualquer coisa dita por Joseph. Contudo, ele e Hareton são companhias detestáveis. Eu preferiria sentar-me com Hindley e ouvir sua conversa horrível do que ficar com 'o pequeno amo' e seu simpático devoto, aquele velho odioso! Quando Heathcliff está em casa, sou frequentemente obrigada a ir para a cozinha, ficar na companhia deles ou morrer de fome nos cômodos úmidos e desabitados. Quando ele não está, como aconteceu nesta semana, eu ponho uma mesa e uma cadeira em um dos cantos da lareira e não me importo com o modo como o senhor Earnshaw ocupa seu tempo. E ele não interfere nas minhas ocupações. Agora ele tem sido mais calmo do que costumava ser, desde que ninguém o provoque – mais taciturno, deprimido e menos furioso. Joseph está certo de que Hindley é um homem mudado, que o Senhor tocou seu coração e o salvou, 'de certo modo, pelo fogo'. Estou intrigada, tentando detectar os sinais da mudança favorável, mas isso não é da minha conta.

"Ontem à noite, fiquei sentada em meu canto, lendo alguns livros velhos até tarde, por volta da meia-noite. Subir parecia-me deprimente demais, com a neve soprando violentamente lá fora, e meus pensamentos sempre voltando para o adro da capela presbiteriana e o túmulo recém-escavado! Mal ousei tirar os olhos da página diante de mim, pois aquela cena melancólica logo tomava seu lugar. Hindley estava sentado do outro lado, com a cabeça apoiada em uma das mãos. Talvez ele estivesse refletindo sobre o mesmo assunto que eu. Ele havia parado de beber logo antes de perder a razão e não se mexeu ou falou por duas ou três horas. Não se ouvia outro som na casa, além do vento que gemia, balançando as janelas de vez em quando, o leve crepitar do carvão e o clique da minha espevitadeira, conforme, em intervalos, eu cortava o pavio da vela. Hareton e Joseph provavelmente estavam na cama, dormindo profundamente. Era muito, muito triste. E, enquanto eu lia, suspirava, pois toda a alegria parecia ter se esvaído do mundo para jamais ser restaurada.

"O silêncio triste foi totalmente quebrado pelo som do ferrolho da porta da cozinha: Heathcliff havia retornado de sua vigília mais cedo do que de costume, devido à tempestade súbita. A porta estava trancada, e ouvimos ele dar a volta para ir até a outra entrada. Eu me levantei com uma expressão irreprimível em meus lábios, o que induziu a minha companhia, que estava olhando fixamente para a porta, se virar e olhar para mim.

"– Vou deixá-lo para fora por mais cinco minutos! – exclamou ele. – Você não vai se incomodar?

"– Não. Por mim, pode deixá-lo para fora a noite toda – repliquei. – Faça isso mesmo! Passe a chave na fechadura e tranque o ferrolho.

"Earnshaw conseguiu fazer isso antes que seu hóspede chegasse à porta da frente. Então, ele veio e colocou sua cadeira do outro lado da minha mesa, inclinando-se sobre ela e tentando encontrar em meus olhos algum sinal de solidariedade para o ódio ardente que faiscava nos seus olhos. Contudo, como ele tinha uma aparência e transmitia uma sensação homicida, não conseguiu encontrar a solidariedade que buscava, mas achou o bastante para encorajá-lo a falar.

"– A senhora e eu temos, cada um, uma enorme conta para acertar com o homem lá fora! – disse ele. Se não fôssemos covardes, talvez pudéssemos nos unir e resolver isso. A senhora é frouxa como seu irmão? Está disposta a suportar isso até o fim da vida, sem sequer uma vez tentar ir à forra?

"– Já estou farta de suportar isso – repliquei. – E muito me agradaria uma retaliação que não se voltasse contra mim. Mas a traição e a violência são lanças de ponta dupla: ferem mais aqueles que as recorrem do que seus inimigos.

"– Traição e violência são apenas a paga por traição e violência! – exclamou Hindley. – Senhora Heathcliff, não pedirei que faça nada, mas fique sentada, quieta e calada. Diga-me: pode fazer isso? Estou certo de que a senhora teria tanto prazer quanto eu em testemunhar a conclusão da existência daquele demônio. Ele vai acabar provocando sua morte, a menos que consiga vencê-lo em astúcia. E será a *minha* ruína. Dane-se aquele vilão infernal! Escute como ele bate à porta, como se já fosse o senhor desta casa! Prometa-me que vai ficar em silêncio e, antes que este relógio bata a próxima hora – faltam apenas três minutos –, a senhora será uma mulher livre!

"Ele tirou do bolso do peito os implementos que descrevi a você em minha carta e estava prestes a apagar a vela. Tomei-os de sua mão e segurei-o pelo braço.

"– Não vou ficar calada! O senhor não deve encostar sequer um dedo nele. Deixe a porta trancada e fique quieto!

"– Não! Já tomei a minha decisão. E, por Deus, hei de executá-la! – exclamou a criatura desesperada. – Apesar de a senhora ser contra, vou fazer-lhe uma gentileza e fazer justiça para Hareton! E não precisa se dar o trabalho de tentar me proteger, pois Catherine morreu. Nenhuma pessoa teria vergonha ou lamentaria a minha morte se eu cortasse a minha garganta neste instante. Chegou a hora de pôr um fim a tudo isso!

"Teria sido mais fácil lutar contra um urso ou tentar argumentar de modo razoável com um lunático. O único recurso que me restava era correr até uma das gelosias e avisar à pretendida vítima do destino que o aguardava.

"– É melhor você ir buscar abrigo em outro lugar esta noite! – gritei, num tom deveras triunfante. – O senhor Earnshaw pretende dar-lhe um tiro se continuar tentando entrar.

"– É melhor você abrir a porta, sua... – respondeu ele, chamando-me de uma palavra nada elegante, que não pretendo repetir.

"– Eu não vou me meter nesse assunto – tornei a retorquir. – Entre e leve um tiro, se assim quiser. Fiz o meu dever.

"Com isso, fechei a janela e voltei ao meu lugar perto do fogo, restando-me muito pouca hipocrisia para fingir qualquer ansiedade diante do perigo que o ameaçava. Earnshaw me xingou com veemência, afirmando que eu ainda amava o vilão, e me chamou por vários nomes que descreviam o temperamento vulgar que, segundo ele, eu demonstrava. Eu, no entanto, secretamente em meu coração (e minha consciência jamais me repreendeu), pensei como seria uma bênção para *Earnshaw* se Heathcliff o livrasse daquela existência ignóbil. E que bênção seria para *mim* se ele mandasse Heathcliff para sua devida morada! Enquanto eu me sentava alimentando esses pensamentos, a janela de batente atrás de mim foi estilhaçada por um golpe de Heathcliff, e seu semblante escuro e sinistro apareceu no buraco. As escoras da janela eram próximas demais uma da outra para que seus ombros passassem, e eu sorri, exultante em minha segurança imaginária. Seus cabelos e suas roupas estavam cobertos de branco pela neve, e seus dentes afiadoss, de aparência canibal, revelados pelo frio e pela ira, brilhavam no escuro.

"– Isabella, deixe-me entrar ou vou fazer você se arrepender! – 'grasniu' ele, como dizia Joseph.

"– Não posso cometer um homicídio – repliquei. – O senhor Hindley está de vigia, com uma faca e uma pistola carregada.

"– Deixe-me entrar pela porta da cozinha – exigiu ele.

"– Hindley chegará lá antes de mim – respondi. – E que amor fraco o seu, que não aguenta uma nevasca! Deixou-o dormir em paz enquanto a lua de verão brilhava, mas, no instante em que uma lufada de inverno retornou, você correu em busca de abrigo! Heathcliff, se eu fosse você, deitaria sobre o túmulo dela e morreria como um cão fiel. Já não vale mais a pena viver no mundo agora, não é mesmo? Você claramente imprimiu em mim a ideia de que Catherine era toda a alegria de sua vida. Não consigo imaginar como pretende sobreviver à perda dela.

"– Ele está aí, não é?! – exclamou minha companhia, apressando-se em direção ao buraco. Se eu conseguir colocar o braço para fora, posso atingi-lo!

Ellen, receio que você vá me achar realmente perversa, mas não sabe de tudo. Portanto, não me julgue. Eu por nada neste mundo teria contribuído ou sido cúmplice de uma tentativa de assassinato, nem mesmo a *dele*. Desejar que ele estivesse morto é o meu dever. Ainda assim, fiquei terrivelmente decepcionada e tomada por horror com as consequências de meu discurso insultante, quando ele jogou o corpo na direção da arma de Earnshaw e a arrancou de sua mão.

"A arma disparou, e a faca, ao se virar para trás, acertou o pulso de seu dono. Heathcliff retirou a faca com violência, rasgando a carne, e guardou-a, ainda pingando sangue, no bolso. Em seguida, pegou uma pedra, quebrou a divisória entre duas vidraças e entrou. Seu oponente havia caído inconsciente, com muita dor, enquanto o sangue jorrava aos borbotões de uma veia ou artéria grande. O rufião chutou Hindley e pisou no seu corpo, batendo a cabeça dele repetidas vezes contra as lajotas do piso, enquanto me segurava com uma das mãos para impedir que eu chamasse Joseph. Foi de uma abnegação sobrenatural ao se abster de terminar de matá-lo completamente. Sem fôlego, finalmente desistiu e arrastou o corpo aparentemente inanimado até o escabelo. Lá, ele rasgou a manga do casaco de Earnshaw e amarrou a ferida com uma aspereza brutal, cuspindo e xingando com a mesma intensidade com que chutara o corpo antes. Ficando livre, não perdi tempo e fui buscar o velho criado, que, compreendendo gradualmente o significado de meu relato afobado, desceu às pressas, ofegante, pulando as escadas dois degraus de cada vez.

"– O que podemos fazer agora? O que podemos fazer agora?

"– Aqui – trovejou Heathcliff. – Seu amo está louco. – Caso ele sobreviva por mais um mês, vou interná-lo em um asilo. E que diabo de ideia foi essa de me deixar trancado do lado de fora, seu sabujo desdentado? Não fique aí parado resmungando e balbuciando. Venha para cá, pois eu não vou cuidar dele. Limpe essa sujeira e cuidado com as fagulhas da sua vela, porque metade do sangue dele é *brandy*!

"– Então quer dizer que estava assassinando ele? – exclamou Joseph, erguendo as mãos e os olhos, horrorizado. – Jamais vi uma coisa dessas! Meu Deus...

"Heathcliff empurrou-o, fazendo-o cair de joelhos em meio ao sangue, e atirou uma toalha para ele. Porém, em vez de secar o sangue, ele uniu as mãos e começou a fazer uma oração, o que me provocou risos por causa de sua estranha fraseologia. Eu estava em um estado mental em que era incapaz de me chocar com qualquer coisa. Na verdade, fui tão insensata quanto se mostram alguns malfeitores ao pé da forca.

"– Oh, esqueci-me de você – disse o tirano. – É você quem vai limpar isso. Pode abaixar-se. Então, quer dizer que conspirou com ele contra mim, não é, sua víbora? Pronto, esta tarefa é bem apropriada para você!

"Ele me sacudiu e me jogou ao lado de Joseph, que concluiu suas orações imperturbável e, em seguida, se levantou, jurando que iria à granja naquele instante. O senhor Linton era um magistrado e, ainda que tivesse perdido cinquenta esposas, deveria averiguar o ocorrido. Joseph estava tão obstinado em sua decisão que Heathcliff julgou ser conveniente arrancar de mim uma recapitulação do que havia acontecido. De pé diante de mim, ele bufava de malevolência conforme eu, relutantemente, relatava o ocorrido em resposta às suas perguntas. Foi preciso muito esforço para convencer o velho de que Heathcliff não era o agressor, principalmente porque as respostas me eram praticamente arrancadas à força. No entanto, o senhor Earnshaw logo convenceu Joseph de que ele ainda estava vivo. Joseph apressou-se para lhe dar uma dose de aguardente. Com isso, seu amo naquele momento recobrou a consciência e os movimentos. Heathcliff, ciente de que seu rival ignorava o tratamento recebido enquanto estava inconsciente, disse que o outro estava delirantemente bêbado. E acrescentou que não levaria em conta sua conduta atroz, mas o aconselhou a ir para a cama. Para a minha alegria, Heathcliff nos deixou a sós depois de dar esse conselho sensato, e Hindley esticou o corpo na moldura da lareira. Fui para o meu próprio quarto, maravilhada por ter escapado tão facilmente.

"Nesta manhã, quando desci, cerca de meia hora antes do meio-dia, o senhor Earnshaw estava sentado próximo ao fogo, mortalmente doente. Seu gênio do mal, quase tão cadavérico e pálido, estava recostado contra a chaminé. Nenhum dos dois parecia inclinado a almoçar e, depois de esperar até que a comida esfriasse na mesa, comecei a comer sozinha. Nada me impedia de comer com gosto, e experimentei uma sensação de satisfação e superioridade à medida que, em intervalos, lançava olhares para minhas silenciosas companhias, sentindo o conforto de uma consciência tranquila dentro de mim. Depois que terminei, tomei a insólita liberdade de me aproximar do fogo, dando a volta pela cadeira de Earnshaw e ajoelhando-me em um canto ao lado dele.

"Heathcliff não olhou em minha direção. E eu olhei para cima e contemplei suas feições quase com a mesma confiança de que o faria se elas tivessem virado pedra. Sua testa, que outrora julguei muito viril e que hoje acho diabólica, estava ensombrada por uma nuvem carregada. Seus olhos de basilisco estavam quase vidrados pela insônia, e pelo choro, talvez, pois os cílios estavam úmidos; e seus lábios, desprovidos de sua ferocidade, estavam fechados, exprimindo uma tristeza indizível. Fosse outra pessoa, eu teria coberto meu rosto na presença de tamanho luto. No caso *dele*, fiquei satisfeita. Por mais ignóbil que pareça insultar um inimigo caído, eu não poderia perder a chance de dar uma alfinetada; apenas na fraqueza dele é que eu podia saborear o prazer de pagar um malfeito com outro malfeito."

– Mas que vergonha, senhora! – interrompi. – Qualquer um acharia que a senhora jamais abriu uma Bíblia em toda a sua vida. Se Deus castiga seus inimigos, isso decerto deve lhe bastar. É perversidade e insolência querer acrescentar sua tortura ao castigo Dele!

– De modo geral, concordo que é verdade, Ellen – prosseguiu ela. – Mas que infelicidade infligida a Heathcliff poderia me satisfazer se nela não houvesse um dedo meu? Eu até preferiria que ele sofresse menos, caso fosse eu a causa de seus sofrimentos e caso ele *soubesse* que eu era a causa. Oh, devo muito a ele! Só posso ter esperanças de perdoá-lo com uma condição: pagando-lhe olho por olho, dente por dente. Para cada dor de agonia, deve devolver-me outra dor, reduzi-lo ao nível em que estou. Como ele foi o primeiro a ferir, fazê-lo com que seja o primeiro a implorar por perdão; e então... ora, então, Ellen, eu talvez pudesse demonstrar alguma generosidade. Mas é completamente impossível que eu algum dia venha a me vingar. Portanto, não posso perdoá-lo. Hindley queria um pouco d'água, e eu lhe dei um copo e perguntei como ele estava.

"– Não tão mal quanto eu desejava – replicou ele. – Mas, tirando o meu braço, cada centímetro do meu corpo está dolorido como se eu tivesse lutado contra uma legião de diabretes!

"– Sim, não me admira – foi meu comentário. – Catherine costumava se vangloriar de que era ela quem impedia que o senhor sofresse algum dano físico. Queria dizer que certas pessoas não lhe fariam mal por medo de ofendê-la. É bom mesmo que as pessoas, *de fato*, não se levantem de suas tumbas, ou, ontem à noite, ela poderia ter testemunhado uma cena repulsiva! O senhor não está com hematomas e com cortes no peito e nos ombros?

"– Não sei dizer – respondeu ele. – Mas o que você quer dizer com isso? Ele ousou me golpear enquanto eu estava inconsciente?

"– Ele o pisoteou e chutou depois de derrubá-lo no chão – sussurrei. – E sua boca aguava de vontade de rasgar-lhe com os dentes, pois ele é só metade homem, nem isso, e o resto é demônio.

"O senhor Earnshaw olhou para cima, assim como eu, para o semblante de nosso inimigo em comum, que, absorto na própria angústia, parecia indiferente a qualquer coisa que acontecesse à sua volta. Quanto mais tempo ele ficava ali, mais claro se refletia em seu rosto o negrume de suas feições.

"– Oh, se pelo menos Deus me desse forças de estrangulá-lo em meio aos meus derradeiros suspiros, eu iria para o inferno de bom grado! – queixou-se o impaciente homem, retorcendo-se de dor ao tentar levantar e afundando desesperançoso de volta em seu assento, convencido de sua inadequação para a briga.

"– Não. Já basta ele ter matado um de vocês – observei em voz alta. – Na granja, todos sabem que sua irmã ainda estaria viva, não fosse pelo senhor Heathcliff. No fim das contas, é preferível ser odiado a ser amado por ele. Quando me lembro de como éramos felizes... Como Catherine era feliz antes de ele voltar... Não posso deixar de amaldiçoar aquele dia.

"Muito provavelmente, Heathcliff percebeu mais da verdade nas palavras ditas do que nas intenções de quem as proferiu. Sua atenção foi despertada, eu vi, pois seus olhos verteram lágrimas sobre as cinzas e ele deu suspiros sufocantes. Olhei fixamente para ele e ri, um riso escarnecedor. As janelas turvas do inferno pareciam se abrir na minha direção por um instante. O demônio que costumava assomar, no entanto, estava tão tênue e afogado que eu não temi me arriscar a emitir outro som de escárnio.

"– Levante-se e desapareça da minha vista – ordenou o enlutado.

"Pelo menos acho que foram essas as palavras que ele pronunciou, mas sua voz era praticamente ininteligível.

"– Peço perdão – repliquei. – Mas eu também amava Catherine. E o irmão dela precisa de assistência, a qual, por amor a ela, fornecerei. Agora que ela morreu, consigo vê-la em Hindley. Hindley teria exatamente os mesmos olhos que os dela, caso você não tivesse tentado arrancá-los e os deixado cobertos de hematomas, e ela...

"– Levante-se, idiota desgraçada, antes que eu a pisoteie até a morte! – berrou ele, fazendo um movimento que me fez reagir imediatamente.

"– Mas, então... – prossegui, já pronta para sair correndo dali. – Se a pobre Catherine tivesse confiado em você e assumido o ridículo, desprezível e degradante título de senhora Heathcliff, ela logo pintaria um quadro semelhante ao que eu estou pintando! *Ela* não teria suportado calada seu comportamento abominável. Ela teria exprimido seu ódio e sua ojeriza.

"O encosto do escabelo e a figura de Earnshaw interpunham-se entre mim e ele. Então, em vez de se arriscar a me alcançar, pegou uma faca da mesa e atirou-a na direção da minha cabeça. Ela me atingiu na base da orelha, interrompendo a frase que eu estava dizendo, mas, arrancando-a, dei um pulo em direção à porta e atirei a faca na direção dele. Espero tê-lo atingido mais fundo do que o "míssil" que ele lançou contra mim. O último vislumbre que tive de Heathcliff foi uma investida furiosa da parte dele, contida quando seu anfitrião o agarrou. Ambos caíram, com os corpos entrelaçados, na lareira. Em minha fuga pela cozinha, avisei Joseph para correr até seu amo. Esbarrei em Hareton, derrubando-o no chão; ele estava enforcando uma ninhada de cachorrinhos no encosto de uma cadeira perto da porta. Abençoada como uma alma que escapou do purgatório, pulei, saltei e voei estrada abaixo. Depois, evitando suas curvas, corri direto pelo pântano, rolando por barrancos e andei chapinhando pelos brejos, precipitando-me em direção às luzes que sinalizavam a granja. Eu preferiria ser condenada a habitar perpetuamente as regiões infernais a tornar a residir sob o teto do Morro dos Ventos Uivantes."

Isabella parou de falar e bebeu um gole de chá. Em seguida, levantou-se e pediu que eu pusesse nela sua touca e um enorme xale que eu havia trazido. Não dando ouvidos às minhas súplicas para que ficasse por mais uma hora, subiu em uma cadeira e beijou os retratos de Edgar e de Catherine, despediu-se de mim da mesma maneira e desceu até o coche, acompanhada por Fanny, que uivou intensamente de alegria por reencontrar sua dona. As circunstâncias a forçaram a ir embora, e ela nunca mais voltou. No entanto, quando as coisas se acalmaram, ela e meu amo passaram a se corresponder regularmente. Acho que a nova morada dela era no sul, perto de Londres. Lá, ela deu à luz um filho apenas alguns meses depois de sua fuga. O menino foi batizado com o nome de Linton e, desde o começo, ela o descreveu como uma criatura enfermiça e irascível.

Certo dia, o senhor Heathcliff me encontrou no vilarejo e perguntou onde ela morava. Eu me recusei a dizer. Ele disse que, na verdade, aquilo não lhe interessava, mas que ela deveria tomar o cuidado de não vir visitar o irmão. Não deveria ficar com ele, se a obrigação de cuidar dela era dele.

Apesar de eu não lhe dar nenhuma informação, Heathcliff descobriu, por algum dos outros criados, tanto o lugar onde ela morava quanto a existência da criança. Ainda assim, ele não a incomodou. Presumo que o que o impediu foi sua aversão, e ela bem poderia ficar grata por isso. Quando me via, ele frequentemente perguntava sobre a criança. Ao ouvir o nome dele, escancarou um sorriso sinistro e observou:

– Eles querem que eu odeie o menino também, não é?

– Não acho que queiram que o senhor saiba algo sobre isso – respondi.

– Mas eu hei de tê-lo para mim – asseverou Heathcliff. – Quando eu quiser. Eles podem ter certeza disso!

Felizmente, a mãe da criança morreu antes de que essa hora chegasse – cerca de treze anos após o falecimento de Catherine, quando Linton tinha doze anos, ou talvez fosse um pouquinho mais velho.

No dia seguinte à visita de Isabella, não tive a oportunidade de falar com meu amo. Ele não quis conversa e não estava em condições de discutir nada. Quando consegui que ele me escutasse, percebi que ficou satisfeito por sua irmã ter abandonado o marido, a quem Edgar abominava com uma intensidade que a brandura de sua natureza não parecia permitir. Tão ressentida e arraigada era sua aversão que ele evitava ir a qualquer lugar onde pudesse ver ou ouvir falar de Heathcliff. Além disso, seu luto o transformou em um completo eremita: abandonou o ofício de magistrado, parou até de frequentar a igreja, evitava o vilarejo em todas as ocasiões e passou a viver uma vida de plena reclusão entre os limites de seu parque e de suas terras. Essa rotina só variava quando ele, às vezes, passeava sozinho pelos pântanos e visitava o túmulo da esposa, na maioria das vezes no fim da tarde ou de manhã cedo, antes que outros transeuntes saíssem de casa. Mas ele era bondoso demais para ficar completamente infeliz por muito tempo. Não rezou para que a alma de Catherine o assombrasse. Com o tempo, ele encontrou a resignação, uma melancolia mais doce do que a alegria comum. Relembrava dela com um amor terno e ardente, esperançoso pelo momento de partir para um mundo melhor, para onde ele não tinha dúvida de que ela havia ido.

Mas ele também tinha consolos e afetos terrenos. Durante alguns dias, como eu já mencionei, ele parecia não dar atenção à frágil sucessora da falecida. Aquela frieza derreteu-se tão rapidamente quanto a neve em abril e, antes que a coisinha minúscula pudesse balbuciar uma palavra ou arriscar um passo, ela brandiu um cetro de déspota contra o coração dele. A ela foi dado o nome de Catherine, mas ele nunca a chamava pelo nome todo, assim como jamais chamara Catherine por alguma forma abreviada, provavelmente porque Heathcliff tinha o hábito de fazer isso. A pequenina era sempre chamada de Cathy, o que para ele marcava uma distinção entre ela e a mãe, ao mesmo tempo em que estabelecia uma conexão com ela. Seu afeto vinha muito mais de sua relação com Catherine do que do fato de ser sua filha.

Eu costumava compará-lo a Hindley Earnshaw, e ficava perplexa ao explicar a mim mesma por que as condutas deles eram tão opostas em circunstâncias similares. Ambos haviam sido maridos carinhosos e ambos eram apegados aos filhos. Não conseguia entender como eles não haviam seguido o mesmo caminho, para o bem ou para o mal. Mas pensei comigo mesma: Hindley, que aparentemente tinha uma mente mais forte, infelizmente se revelou o pior e o mais fraco dos homens. Quando seu navio foi atingido, o capitão abandonou seu posto. A tripulação, em vez de tentar salvar o barco, entregou-se ao tumulto e à confusão, não restando quaisquer esperanças para a malfadada embarcação. Linton, ao contrário, exibia a verdadeira coragem de uma alma leal e fiel: acreditou em Deus, e Deus o confortou. Um nutria esperanças, e o outro desesperava-se. Eles escolheram as próprias sinas e, com razão, foram condenados a suportá-las. Mas o senhor não quer me ouvir moralizar, senhor Lockwood. O senhor julgará por si mesmo, tão bem quanto eu, todas essas coisas. No mínimo, achará que vai julgá-las bem, e isso já é o suficiente. O fim de Earnshaw foi aquilo que se poderia esperar: rapidamente seguiu o mesmo caminho da irmã e morreu menos de seis meses depois dela. Nós, na granja, jamais tivemos um relato sucinto de seu estado antes da morte. Tudo o que fiquei sabendo foi-me dito no momento em que fui ajudar com os preparativos do funeral. O doutor Kenneth veio anunciar o evento para o meu amo.

– Bem, Nelly… – disse ele, entrando a cavalo no pátio em uma manhã, cedo demais para que eu não ficasse alarmada com um pressentimento imediato de que viriam notícias ruins. – Chegou nossa vez de ficarmos de luto. Quem você acha que acaba de nos deixar?

– Quem? – perguntei afobada.

– Ora, adivinhe! – respondeu ele, apeando e prendendo as rédeas em um gancho perto da porta. – E pode pegar uma das pontas do seu avental. Tenho certeza de que vai precisar dela.

– Decerto não foi o senhor Heathcliff, não é? – exclamei.

– O quê? Você choraria por ele? – disse o médico. – Não. Heathcliff é um rapaz forte; hoje está com um aspecto bastante jovial. Acabei de vê-lo. Ele está se recuperando rapidamente desde que perdeu sua cara-metade.

– Quem é então, doutor Kenneth? – repeti com impaciência.

– Hindley Earnshaw! Seu velho amigo Hindley – replicou ele. – E meu burlesco compadre, apesar de ultimamente ele andar arredio demais para o meu gosto. Calma! Eu disse que deveríamos verter lágrimas. Mas se anime! Ele morreu fiel ao seu caráter: bêbado como um lorde. Pobre rapaz! Eu também lamento muito. Não se pode evitar sentir saudades de um velho companheiro, mesmo que ele tenha sido mais ardiloso do que qualquer homem poderia imaginar e tenha me aprontado poucas e boas várias vezes. Parece que ele mal completara vinte e sete anos. Você tem a mesma idade. Quem diria que vocês dois nasceram no mesmo ano?

Confesso que esse golpe foi maior para mim do que o choque com a morte da senhora Linton. Conexões antigas haviam permanecido em meu coração. Sentei-me no vestíbulo e chorei como se ele fosse um parente. E desejei que o doutor Kenneth arrumasse outro criado para anunciar sua chegada a meu amo. Não pude evitar me fazer a seguinte pergunta: "Teria ele sido injustiçado?". Não importava o que eu fizesse, aquela ideia continuaria a me incomodar, tão persistentemente que decidi pedir permissão para sair e ir para o Morro dos Ventos Uivantes, para ajudar nos últimos serviços prestados ao morto. O senhor Linton estava extremamente relutante em consentir, mas evoquei com muita eloquência o abandono em que o falecido se encontrava, sem amigos. E disse que meu antigo amo e irmão de criação tinha tanto direito aos meus serviços quanto ele. Além disso, lembrei que o menino Hareton era sobrinho de sua esposa e que, na ausência de um parente mais próximo, ele deveria se responsabilizar pela criança. Também o lembrei que ele deveria, sem falta, assuntar sobre o estado em que o Morro dos Ventos Uivantes foi deixado e cuidar dos interesses de seu cunhado. Ele não estava em condições de tratar desses assuntos naquele momento, mas me pediu que falasse com seu advogado. Por fim, disse para eu ir. Seu advogado era o mesmo de Earnshaw; visitei-o no vilarejo e pedi que me acompanhasse. Ele assentiu e aconselhou-me a deixar Heathcliff em paz, afirmando que, se a verdade viesse à tona, seria descoberto que Hareton era pouco mais do que um mendigo.

– O pai dele morreu endividado – revelou o advogado. – Toda a propriedade foi hipotecada, e a única chance para o herdeiro natural é despertar alguma afeição no coração de seu credor, para ele se inclinar a tratar o herdeiro com indulgência.

Quando cheguei ao Morro dos Ventos Uivantes, expliquei que eu havia ido para garantir que tudo fosse feito de modo decente. E Joseph, que aparentava estar suficientemente angustiado, expressou satisfação perante a minha presença. O senhor Heathcliff disse que não conseguia ver necessidade da minha presença, mas que eu podia ficar e supervisionar os preparativos para o funeral, se assim quisesse.

– A coisa certa a fazer – comentou ele – seria enterrar o corpo desse idiota numa encruzilhada, sem cerimônia alguma. Ontem à tarde, deixei-o sozinho por dez minutos e, nesse intervalo de tempo, ele trancou as portas da casa para eu não entrar e passou a noite bebendo até morrer! Arrombamos a porta hoje de manhã, quando o ouvimos resfolegar como um cavalo. Lá estava ele, deitado sobre o escabelo; não acordaria nem se fosse esfolado ou escalpelado. Mandei chamar Kenneth, e ele veio, mas não antes de a fera virar carniça. Quando chegou, Hindley já estava morto, com o corpo frio e rígido. Portanto, você há de concordar que não tinha necessidade de fazer mais estardalhaço em relação a ele!

O velho criado confirmou a declaração, mas murmurou:

– Eu preferiria que ele mesmo tivesse ido buscar o médico! Eu teria cuidado do meu amo bem melhor do que ele. E meu amo não estava morto quando eu saí. Nada disso!

Insisti para que o funeral fosse respeitoso. O senhor Heathcliff disse que, nesse ponto, a minha vontade também seria feita, mas que gostaria de me lembrar de que o dinheiro para isso sairia do bolso dele. Ele manteve uma postura rígida e indiferente, que não indicava alegria ou tristeza: se expressava alguma coisa, era uma satisfação pedernal por ter executado bem uma tarefa difícil. De fato, cheguei a observar, em um momento, algo como um júbilo no semblante dele. Foi bem quando as pessoas estavam carregando o caixão para fora da casa. Ele teve a hipocrisia de se fingir de enlutado. Antes de acompanhar o enterro com Hareton, colocou a desafortunada criança sobre a mesa e murmurou, com um entusiasmo peculiar:

– Agora, meu garotinho saudável, você é *meu*! E nós vamos ver se uma árvore não vai crescer torta como a outra, com o mesmo vento a açoitá-la! – A criaturinha incauta ficou satisfeita com o discurso dele: ele brincou com a barba de Heathcliff e afagou sua face. Mas eu intuí o significado daquilo e, com aspereza, fiz uma observação:

– O garoto tem de voltar comigo para a Granja de Thrushcross, senhor. Não há nada no mundo que lhe pertença menos do que ele!

– É o que diz Linton? – indagou ele.

– É claro. Ele me mandou buscar o menino – repliquei.

– Bem – retrucou o canalha –, não vamos discutir isso agora, mas tenho o desejo de ver como eu criaria uma criança. Então, notifique seu amo que, se ele tentar tirar Hareton de mim, vou querer meu filho de volta para ocupar seu lugar. Não pretendo deixar que levem Hareton sem brigar por ele, mas com certeza farei com que o outro venha! Lembre-se de dizer isso a ele.

Essa ameaça foi suficiente para nos deixar de mãos atadas. Repeti suas palavras quando voltei. Edgar Linton, demonstrando-se pouco interessado desde o princípio, não falou mais em interferir. Não acredito que ele poderia ter feito algo a respeito, nem que tivesse vontade.

O hóspede agora era o senhor do Morro dos Ventos Uivantes. Ele tinha a posse por direito e provou isso ao advogado, que, por sua vez, mostrou as provas ao senhor Linton: Earnshaw havia hipotecado cada metro quadrado daquelas terras em troca de dinheiro para alimentar seu vício pelo jogo. E Heathcliff era o credor hipotecário. Dessa maneira, Hareton, que deveria ser o fidalgo mais importante da freguesia, foi reduzido a um estado de completa dependência do inimigo implacável de seu pai. Ele vive na própria casa como um criado, só que desprovido do benefício de um salário; está completamente incapaz de reivindicar seus direitos, pois não tem amigos e ignora que lhe tenham feito mal.

Capítulo 18

Os doze anos, continuou a senhora Dean, que se seguiram àquele período funesto, foram os mais felizes da minha vida. Meus maiores problemas nessa época vinham apenas das doenças triviais de minha pequena ama, comuns a todas as crianças, ricas e pobres. No mais, após os primeiros seis meses, ela cresceu como um cipreste e já conseguia andar e falar antes que o urzal florescesse uma segunda vez sobre os restos mortais da senhora Linton. Jamais uma coisinha tão encantadora trouxe tanta alegria a uma casa enlutada: seu rosto era verdadeiramente belo, com os lindos olhos escuros dos Earnshaws, mas a pele alva, as feições delicadas e os cachos louros dos Lintons. Seu temperamento era vivaz, mas sem aspereza, abrandado por um coração sensível e excessivamente entusiasmado em seus afetos. A capacidade de se apegar intensamente fazia-me lembrar de sua mãe. Ainda assim, ela não se parecia com a mãe, pois era capaz de ser suave e doce como uma pomba, tinha uma voz gentil e uma expressão pensativa. Sua raiva jamais se tornava fúria, e seu amor jamais era feroz: era profundo e terno. No entanto, devo reconhecer que tinha defeitos que anulavam suas qualidades. Um deles era uma propensão à insolência e uma teimosia obstinada que as crianças mimadas invariavelmente desenvolvem, independentemente de terem um bom gênio ou não. Se um criado ousasse contrariá-la, ela sempre dizia:

– Vou contar para o papai!

E, caso Linton a repreendesse, mesmo que apenas com um olhar, parecia que lhe haviam partido o coração. Acho que o pai jamais lhe dirigiu uma palavra ríspida. Ele mesmo cuidou inteiramente da sua educação e fez disso uma diversão. Felizmente, sua curiosidade e intelecto perspicaz fizeram dela uma excelente aluna. Aprendia rápido e com avidez, honrando os ensinamentos do pai.

Até completar treze anos, Cathy não havia sequer uma vez saído da área do parque desacompanhada. O senhor Linton, em raras ocasiões, levava-a para passeios que não ultrapassavam um ou dois quilômetros além da propriedade, mas não confiava a filha a ninguém mais. Gimmerton era um nome que nada significava para ela; a capela era o único edifício que conhecia além da própria casa. O Morro dos Ventos Uivantes e o senhor Heathcliff não existiam para ela. Cathy vivia como uma perfeita reclusa e parecia perfeitamente contente com isso. Às vezes, enquanto examinava a região da janela do quarto, observava:

– Ellen, quanto tempo ainda vou ter que esperar para caminhar até o topo daqueles morros? Eu me pergunto o que há do outro lado. Será o mar?

– Não, senhorita Cathy – eu respondia. – Do outro lado há mais morros iguais a esses.

– E qual a sensação de estar sobre aquelas pedras douradas? – perguntou ela, certa vez.

A descida íngreme do penhasco de Penistone atraiu sua atenção, especialmente quando o sol poente brilhava sobre ele e os picos mais altos, e toda a extensão da paisagem ao lado ficava sob a sombra. Expliquei que se tratava de enormes pedregulhos, com quase nenhuma terra entre as fendas para sustentar árvores, ainda que atrofiadas.

– E por que ainda brilham por tanto tempo quando aqui já está escuro? – insistiu ela.

– Porque estão a uma altura maior do que a nossa – repliquei. – Você não conseguiria escalar essas pedras, pois são muito altas e íngremes. No inverno, o gelo cobre as pedras bem antes de chegar até nós. E, no auge do verão, já encontrei neve na base daquela gruta escura no lado nordeste!

– Oh, quer dizer que você já foi até lá! – exclamou ela, com alegria. – Então eu também vou poder ir quando eu for uma mulher. O papai já foi também, Ellen?

– Seu pai lhe diria, senhorita, que não vale a pena ir até lá – respondi apressada. O pântano, onde você passeia com ele, é muito mais agradável. E o parque de Thrushcross é o melhor lugar do mundo.

– Mas eu já conheço o parque e nunca fui àquelas pedras – murmurou ela consigo mesma. – E eu adoraria ver a vista em volta do topo daquele pico mais alto. Meu pequeno pônei, a Minny, vai me levar lá um dia.

Depois que uma das camareiras mencionou a Gruta das Fadas, ela ficou cheia de vontade de realizar esse projeto. Importunava o senhor Linton sobre isso, e ele prometeu que ela poderia ir até lá quando fosse mais velha. No entanto, a senhorita Catherine contava a idade por meses. "Agora eu já tenho idade para ir ao penhasco de Penistone?" era uma pergunta constante em sua boca. O caminho até o penhasco passava perto do Morro dos Ventos Uivantes, e Edgar não tinha coragem de seguir aquele caminho. Então, com a mesma constância que perguntava, a menina ouvia a resposta:

– Ainda não, meu amor. Ainda não.

Eu mencionei que a senhora Heathcliff viveu por mais de doze anos após abandonar o marido. Sua família tinha uma compleição frágil: tanto ela quanto Edgar careciam da vitalidade que geralmente se encontra por estas terras. Não estou certa de qual foi a derradeira doença deles; suponho que tenham morrido da mesma causa. Era um tipo de febre branda no começo, mas incurável, que consome a vida das pessoas muito rapidamente perto do fim. Ela escreveu ao irmão para informá-lo sobre o provável desfecho de uma indisposição que já durava quatro meses. Suplicou que ele a visitasse, se possível, pois tinha muito o que resolver. Desejava se despedir e entregar Linton a salvo nos braços dele. Tinha esperanças de que Linton pudesse ficar com Edgar, assim como ele ficara com ela. Convencia a si mesma de que o pai de Linton, de bom grado, não desejaria assumir o fardo de seu sustento ou de sua educação. Meu amo não hesitou por um instante em considerar o pedido dela. Por mais que relutasse em sair de casa por motivos banais, partiu apressado para atendê-la. Antes de ir, recomendou Catherine à minha exclusiva vigilância em sua ausência, com repetidas ordens de que ela não deveria sair da área do parque, nem acompanhada por mim. Ele não pensou sequer na hipótese de a menina sair desacompanhada.

Ele ficou fora por três semanas. Nos dois primeiros dias, minha protegida ficou sentada em um canto da biblioteca, triste demais para ler ou brincar. Naquela quietude, ela me causava poucos problemas, mas esse estado de espírito foi sucedido por um período de inquietação tediosa e impaciente. Como eu estava ocupada demais e já não tinha idade para ficar de um lado para outro para entretê-la, descobri uma forma de fazê-la se entreter sozinha. Costumava mandá-la fazer passeios pela propriedade, ora a pé, ora de pônei, e, quando retornava, ouvia com paciência todas as aventuras – reais e imaginárias – que ela dizia ter vivido.

O verão brilhava em seu auge, e ela tomou tanto gosto por esses passeios solitários que, muitas vezes, ficava fora de casa do café da manhã à hora do chá. Depois, passava as noites recontando suas histórias fantasiosas. Eu não receava que ela fosse sair da propriedade, pois os portões costumavam ficar trancados, e pensava ser improvável que se aventurasse a sair sozinha, mesmo que os portões estivessem escancarados. Infelizmente, minha confiança provou-se desmedida. Certa manhã, às oito horas, Catherine veio até mim dizendo que, naquele dia, ela era um mercador árabe que atravessaria o deserto com sua caravana. Pediu mantimentos suficientes para ela e suas "bestas de carga" – um cavalo e três camelos – que, na verdade, eram um enorme cão sabujo e dois perdigueiros. Preparei uma boa quantidade de iguarias e coloquei-as em um cesto em um dos lados da sela. Ela montou, alegre como uma fada, protegida do sol de julho por seu chapéu de abas largas e seu véu de filó. Saiu trotando com uma risada feliz, zombando de meu conselho prudente para que evitasse galopar e que não voltasse tarde. A menina levada não voltou para o chá da tarde. Um dos viajantes, o sabujo, por ser um cachorro velho que valorizava seus momentos de repouso, voltou, mas nem sinal de Cathy, do pônei ou dos dois perdigueiros. Eu mandei emissários por diferentes trilhas e, por fim, fui eu mesma procurá-la. Encontrei um trabalhador consertando uma cerca em volta de uma plantação nos limites da granja. Perguntei se ele tinha visto a nossa jovem dama.

– Eu a vi pela manhã – replicou ele. – Pediu que eu cortasse uma vara de aveleira e, em seguida, saltou com seu pônei por aquela cerca viva, na parte mais baixa, e galopou até desaparecer de vista.

O senhor talvez possa imaginar como me senti ao ouvir essa notícia. Imediatamente, ocorreu-me que ela poderia ter ido em direção ao penhasco de Penistone.

– O que será dela!? – exclamei, abrindo caminho por uma fresta na cerca que o homem estava consertando e seguindo para a estrada principal. Caminhei como se tentasse ganhar uma aposta, quilômetro após quilômetro, até que, ao virar uma curva, avistei o Morro dos Ventos Uivantes, mas não conseguia ver Catherine, nem perto, nem longe. O penhasco ficava a cerca de dois quilômetros e meio da propriedade do senhor Heathcliff, que, por sua vez, estava a mais de seis quilômetros da granja. Então, comecei a temer que já seria noite antes de eu conseguir chegar ao penhasco. "E se ela escorregou enquanto escalava as pedras?", pensei. "E se morreu, ou quebrou alguns ossos?" Meu suspense era verdadeiramente doloroso. Por isso, senti um alívio temporário ao avistar, enquanto andava apressada perto da casa, Charlie, o mais feroz dos perdigueiros, deitado sob uma janela, com a cabeça inchada e sangrando de um dos ouvidos. Abri a cancela e corri até a porta, batendo com força para que me deixassem entrar. Uma mulher que eu conhecia e que havia morado em Gimmerton atendeu; ela estava trabalhando como criada lá desde a morte do senhor Earnshaw.

– Ah! – disse ela. – Você veio procurar sua pequena ama! Não se assuste. Ela está a salvo aqui, mas estou feliz que você não seja meu amo.

– Então ele não está em casa, é isso? – perguntei ofegante, por ter andado rápido e por estar tão alarmada.

– Não, não – respondeu ela. – Tanto ele quanto Joseph saíram, e acho que não voltam por uma hora ou mais. Entre e descanse um pouco.

Entrei e vi minha "ovelha desgarrada" sentada perto da lareira, balançando em uma pequena cadeira que havia sido de sua mãe quando criança. Seu chapéu estava pendurado na parede, e ela parecia bem à vontade, rindo e tagarelando no melhor dos humores possíveis, com Hareton – agora um rapaz forte de dezoito anos. Ele a olhava fixamente com uma curiosidade e assombro, compreendendo muito pouco da sequência fluente de comentários e perguntas que ela disparava.

– Muito bem, senhorita! – exclamei, ocultando minha alegria sob uma expressão de raiva. – Este foi seu último passeio de pônei antes do retorno de seu pai. Não vou mais confiar que você sequer passe da soleira da porta de novo, sua garota travessa!

– Arrá, Ellen! – gritou ela, de alegria, saltando e correndo para o meu lado. – Hoje à noite vou ter uma história linda para contar, e eis que você me descobriu. Você alguma vez na vida já esteve aqui?

– Vista esse chapéu e vamos já para casa – falei. – Estou terrivelmente triste com a senhorita. O que fez foi muito errado! E não adianta fazer bico e chorar. Isso não vai compensar a preocupação e o trabalho que eu tive, vasculhando os lugares atrás da senhorita. O senhor Linton me incumbiu de tomar conta da senhorita, e a senhorita foge desse jeito!? Isso prova que é uma raposinha ardilosa, e ninguém mais lhe dará confiança.

– Mas o que eu fiz? – perguntou, aos soluços, imediatamente mais contida. – O papai não me incumbiu de nada. Ele não vai me repreender, Ellen… Ele nunca fica contrariado como você!

– Vamos, vamos! – repeti. – Eu dou o laço. Agora, chega de petulância. Oh, tenha vergonha! A senhorita já tem treze anos e ainda age como um bebê!

Essa exclamação foi provocada quando ela tirou o chapéu da cabeça e voltou para a lareira, fora do meu alcance.

– Não – falou a criada. – Não seja severa com a linda menina, senhora Dean. Nós é que a detivemos aqui. Ela, de bom grado, teria continuado a cavalgar, para não afligi-la. Hareton ofereceu-se para ir acompanhá-la, e eu bem achei que ele deveria. A estrada que sobe esses morros é violenta.

Hareton, durante a discussão, permaneceu com as mãos nos bolsos, constrangido demais para falar. Apesar disso, ele não parecia desfrutar da minha intrusão.

– Por quanto tempo terei de esperar? – prossegui, não dando ouvidos à interferência da mulher. – Vai escurecer em dez minutos. Onde está o pônei, senhorita Cathy? E onde está Fênix? Vou deixá-la aqui, a não ser que a senhorita se apresse. Portanto, faça o que preferir.

– O pônei está no pátio, e Fênix está trancado ali. Ele foi mordido, assim como Charlie. Eu ia lhe contar isso, mas você está de mau humor e não merece escutar.

Peguei o chapéu dela e aproximei-me para recolocá-lo, mas, percebendo que as pessoas da casa haviam ficado do seu lado, ela começou a dar cabriolas pelo cômodo. Quando tencionei ir atrás dela, correu como um camundongo, sob, sobre e por trás dos móveis, tornando minha perseguição ridícula. Hareton e a mulher riram. Ela se uniu aos dois no riso e ficou ainda mais insolente, até que eu gritei, extremamente irritada:

– Bem, senhorita Cathy, se tivesse noção de quem é o dono desta casa, ficaria feliz o bastante por sair daqui.

– A casa é do *seu* pai, não é? – disse ela, dirigindo-se a Hareton.

– Não – retrucou ele, olhando para baixo e corando de timidez.

Hareton não conseguia encarar os olhos de Cathy, embora fossem iguais aos dele.

– De quem é então? Do seu amo? – indagou ela.

Ele ficou ainda mais corado, mas com um sentimento diferente, murmurou uma grosseria e virou-se de costas.

– Quem é o amo dele? – persistiu a enfadonha garota, apelando para mim. – Ele falou de "nossa casa" e de "nossos parentes". Achei que ele fosse o filho do dono da casa. E ele nunca me tratou por senhorita. Deveria ter feito isso, não é, caso fosse um criado?

A expressão de Hareton se sombrou como uma nuvem carregada de trovões diante desse discurso pueril. Sacudi silenciosamente minha inquiridora e, por fim, tive êxito em arrumá-la para que partíssemos.

– Agora, pegue meu cavalo – ordenou ela, dirigindo-se a seu parente desconhecido como ela se dirigiria a um dos cavalariços da granja. – E você pode vir comigo. Quero ver onde o caçador de duendes surge no pântano e quero ouvir falar sobre as fadas, mas se apresse! Qual é o problema? Pegue meu cavalo, estou dizendo.

– Vou ver você danada antes que eu me torne *seu* criado! – rugiu o rapaz.

– Vai ver *o quê*? – perguntou Catherine, surpresa.

– Danada... Sua bruxa insolente! – replicou ele.

– Pronto, senhorita Cathy! Já pode ver que está em muito boa companhia! – interferi. – Que belas palavras para se dirigir a uma jovem dama! Por favor, não comece a brigar com ele. Bem, vamos nós mesmas buscar Minny e, depois, ir embora.

– Mas Ellen! – gritou ela, olhando fixamente com assombro. – Como ele ousa falar desse modo comigo? Ele não deve ser obrigado a fazer o que eu lhe peço? Sua criatura perversa, vou contar ao papai o que você disse. Aí, você vai ver só!

Hareton não pareceu se comover com essa ameaça. Então, os olhos dela ficaram rasos d'água de indignação.

– Traga você o pônei! – exclamou ela, dirigindo-se para a mulher. – E solte meu cachorro imediatamente!

– Calma, senhorita – respondeu a interlocutora. – A senhorita nada perde sendo educada. Apesar de o senhor Hareton, aquele ali, não ser o filho do meu amo, ele é seu primo, e eu nunca fui contratada para servi-la.

– *Ele*, meu primo! – berrou Cathy, soltando uma risada de escárnio.

– Sim, isso mesmo – confirmou a criada.

– Oh, Ellen! Não deixe que digam essas coisas – insistiu ela, muito aflita. – Papai foi buscar meu primo em Londres. Meu primo é filho de um fidalgo. Meu primo… – calou-se Cathy e começou a chorar na frente de todos, chateada pela simples ideia de ela ter algum laço de parentesco com alguém tão grosseiro.

– Calma, calma! – sussurrei. – As pessoas podem ter muitos primos, e de todos os tipos, senhorita Cathy, sem que se tornem piores por isso. Apenas não necessitam partilhar da companhia deles caso sejam desagradáveis e ruins.

– Ele não é… Ele não é meu primo, Ellen! – prosseguiu, cada vez mais indignada à medida que pensava no assunto, atirando-se em meus braços, em busca de refúgio contra essa ideia.

Fiquei muito irritada com ela e com a criada por causa de suas revelações mútuas. Não tive dúvida de que a notícia da chegada iminente de Linton, revelada por Cathy, seria transmitida ao senhor Heathcliff. E tinha plena confiança de que o primeiro pensamento de Catherine, quando seu pai voltasse, seria arrancar dele uma explicação para as afirmações da criada sobre seu parente malcriado. Hareton, recuperando-se do asco por ter sido confundido com um criado, pareceu comovido com a aflição dela. E, depois de trazer o pônei até a porta, pegou do canil, para apaziguar os ânimos dela, um lindo filhotinho de terrier de pernas tortas. Colocando-o nas mãos da garota, pediu que parasse de chorar, pois não tivera a intenção de ofendê-la. Parando de se lamentar, ela o examinou com um olhar de assombro e horror. Em seguida, desatou a chorar outra vez.

Eu mal contive um sorriso diante dessa antipatia com relação ao pobre rapaz, que era um jovem bem-composto, atlético, de belas feições, robusto e saudável, mas que vestia roupas apropriadas para suas ocupações diárias no trabalho na fazenda e para ficar deitado em meio ao pântano atrás de coelhos e outras presas. Ainda assim, pensei ter podido detectar em sua fisionomia que ele possuía um espírito com qualidades melhores do que aquelas que seu pai jamais teve. Coisas boas perdidas em meio a um matagal de ervas daninhas, com certeza, cuja exuberância superava em muito seu crescimento desamparado. Ainda assim, isso era prova de um solo rico, que poderia render colheitas luxuriantes sob circunstâncias mais favoráveis. O senhor Heathcliff, creio eu, não o maltratara fisicamente, graças à natureza destemida de Hareton, que não oferecia atrativos para esse tipo de opressão. Ele não tinha nada da suscetibilidade tímida que seria o catalisador dos maus-tratos no julgamento de Heathcliff. Ele parecia ter devotado sua malevolência para fazer do rapaz um bruto; jamais o ensinaram a ler ou escrever. Nunca foi repreendido por algum mau hábito que irritasse seu mantenedor. Jamais deu um passo em direção à virtude ou seguiu algum preceito contra o vício. E, pelo que ouvi dizer, Joseph contribuiu bastante para a deterioração de Hareton, com uma predileção provinciana que o estimulava a lisonjear e fazer carinhos no rapaz quando ele era menino, pois ele era o chefe da antiga família. Assim como acusava Catherine Earnshaw e Heathcliff, quando crianças, de fazer seu amo perder a paciência, o que o forçou a buscar consolo na bebida por conta do que Joseph chamava de seus "modos horríveis", naquele momento ele colocava toda a culpa pelos defeitos de Hareton nos ombros do usurpador da propriedade do rapaz. Se o garoto dizia um palavrão, não o repreendia, assim como não repreendia nenhum comportamento dele, por mais recriminável que fosse. Aparentemente, Joseph sentia satisfação em ver Hareton ficar cada vez pior. Ele permitiu que o rapaz se arruinasse, que sua alma fosse abandonada à perdição, mas depois refletiu e decidiu que Heathcliff deveria pagar por isso. O sangue de Hareton mancharia as mãos de Heathcliff, e esse pensamento o consolava imensamente. Joseph havia incutido em Hareton o orgulho de seu nome, de sua linhagem. Se Joseph tivesse ousado, teria alimentado um ódio entre Hareton e o atual dono do Morro dos Ventos Uivantes. Contudo, o pavor que sentia dele beirava a superstição, e seus sentimentos com relação ao amo eram guardados em indiretas murmuradas e ameaças veladas. Não finjo estar intimamente familiarizada com o modo de vida costumeiro atual no Morro dos Ventos Uivantes; falo apenas com base no que ouvi, pois eu mesma testemunhei pouco. Os aldeões afirmam que o senhor Heathcliff é *sovina* e um senhorio cruel e severo com seus rendeiros, mas o interior da casa recobrou seu antigo conforto quando voltou a ser cuidado por uma mulher, e as cenas de tumulto, comuns na época de Hindley, já não se repetem entre as suas paredes. O amo estava taciturno demais para buscar a companhia de qualquer pessoa, boa ou ruim. E continua assim até hoje.

No entanto, com isso, não estou prosseguindo com minha história. A senhorita Cathy rejeitou o pedido de paz representado pelo terrier e exigiu que lhe trouxessem os próprios cachorros, Charlie e Fênix. Eles vieram mancando e cabisbaixos, e fomos para casa, todos muito mal-humorados. Não consegui extrair de minha pequena dama como ela havia passado o dia. Só consegui saber, como eu presumia, que o objetivo da peregrinação dela era chegar ao penhasco de Penistone. E ela chegou, sem maiores incidentes, ao portão da propriedade, quando Hareton calhou de aparecer, com alguns acompanhantes caninos, que atacaram seu séquito. Os cachorros travaram uma boa briga até que seus donos conseguissem separá-los; esta foi a apresentação dos dois. Catherine disse a Hareton quem ela era, aonde estava indo e pediu que lhe mostrasse o caminho. Acabou persuadindo-o a acompanhá-la. Ele revelou para ela os mistérios da Gruta das Fadas e de mais outros vinte lugares estranhos. Mas, como ela estava chateada comigo, não fui beneficiada com uma descrição dos objetos interessantes que ela viu. Pude concluir, no entanto, que seu guia tinha caído nas graças dela até que Cathy ofendeu os sentimentos do rapaz ao tratá-lo como um criado. E que a governanta de Heathcliff a ofendera ao dizer que ela era prima de Hareton. Em seguida, o linguajar que ele usou com a menina causou um ressentimento em seu coração: Cathy, que sempre era tratada como "amor", "querida", "rainha" e "anjo" por todos na granja, tinha sido insultada de modo muito chocante por um completo estranho! Catherine não compreendia isso, e trabalhei duro para arrancar da garota uma promessa de que ela não ia levar essa reclamação ao pai. Expliquei como ele se opunha a todo o ambiente familiar do Morro dos Ventos Uivantes e o quão triste ficaria de saber que ela havia estado lá. Mas insisti principalmente no fato de que, se revelasse meu descuido com relação às ordens do patrão, ele talvez ficasse com tanta raiva que me mandasse embora. E Cathy não podia suportar essa ideia. Ela deu sua palavra e manteve-a, pelo meu bem. Afinal de contas, ela era uma menininha doce.

Capítulo 19

Uma carta de bordas negras anunciou o dia do regresso de meu amo. Isabella havia morrido, e ele escreveu pedindo-me que providenciasse roupas de luto para a filha e que arrumasse um quarto e outras acomodações para seu jovem sobrinho. Catherine correu pela casa, louca de alegria com a ideia de dar boas-vindas ao pai de volta à casa, e permitiu-se exprimir as mais otimistas expectativas sobre as inúmeras excelentes qualidades de seu primo "de verdade". Veio a noite em que sua chegada era esperada. Desde a manhã, ela havia estado ocupada com suas coisinhas. E agora, trajando seu novo vestido preto – coitada! A morte de sua tia não lhe provocara precisamente uma tristeza –, obrigou-me, com sua constante preocupação, a caminhar com ela pela propriedade para recebê-los.

– Linton é somente seis meses mais jovem do que eu – tagarelou ela, enquanto passeávamos distraidamente pelas elevações e depressões de turfa, sob a sombra das árvores. Como vai ser agradável tê-lo para brincar comigo! A tia Isabella mandou para o papai um lindo cacho do cabelo dele. Era mais claro do que o meu, mais louro, e igualmente belo. Eu o tenho guardado em uma linda caixinha de vidro, e muitas vezes pensei como seria um prazer conhecer seu dono. Oh! Estou feliz... E papai, querido, querido papai! Venha, Ellen! Vamos correr! Venha! Corra!

Ela correu, voltou e tornou a correr, muitas vezes antes que meus passos sóbrios alcançassem o portão. Em seguida, ela se sentou no barranco coberto de grama ao lado da trilha e tentou esperar pacientemente, mas isso foi impossível: não conseguia ficar parada um minuto.

– Como eles estão demorando! – exclamou ela. – Ah, estou vendo um pouco de poeira na estrada: estão chegando! Não! Quando eles vão chegar aqui? Será que podemos andar pelo menos uma parte do caminho... uns oitocentos metros, Ellen, só cerca de oitocentos metros? Por favor, diga que sim, até aquele conjunto de bétulas naquela curva!

Recusei o pedido dela terminantemente. Por fim, seu suspense terminou: o coche em movimento apareceu diante de nós. A senhorita Cathy berrou e estendeu os braços assim que avistou o pai pela janela. Ele desceu quase tão ansioso quanto Cathy. E um intervalo de tempo considerável passou-se antes que pudessem pensar em qualquer pessoa que não eles mesmos. Enquanto trocavam carinhos, fui espiar dentro do coche para ver Linton. Ele estava dormindo em um canto, embrulhado em uma capa forrada de pele, como se houvéssemos estado no inverno. Era um menino pálido, delicado, afeminado, que poderia ser confundido com o irmão mais novo de meu amo, pois a semelhança era enorme, mas havia uma irritabilidade enfermiça em seu aspecto que Edgar Linton nunca teve. O menino viu que eu o olhava e, depois de apertar minha mão, aconselhou-me a fechar a porta do coche e deixá-lo quieto, pois a viagem o fatigara. Cathy teria, de bom grado, dado uma olhada, mas seu pai disse a ela que o acompanhasse, e caminharam juntos parque acima. Enquanto isso, fui na frente deles, apressada, preparar os criados.

– Agora, querida... – disse o senhor Linton, dirigindo-se à filha, enquanto eles paravam nos degraus da entrada –, lembre-se de que seu primo não é tão forte e vivaz quanto você, e ele perdeu a mãe, lembre-se, faz pouco tempo. Portanto, não espere que brinque e corra por aí com você imediatamente. E não o importune muito falando; deixe-o quieto nesta noite pelo menos. Você consegue?

– Sim, sim, papai – respondeu Catherine. – Mas eu quero, de fato, vê-lo, e ele não olhou para fora da janela nem uma vez.

O coche parou, e o dorminhoco, sendo acordado, foi retirado do coche e posto de pé no chão por seu tio.

– Esta é sua prima Cathy, Linton – falou, unindo as mãozinhas dos dois. – Ela já gosta muito de você, e cuide para não chorar nesta noite e deixá-la triste. Tente se animar agora. A viagem acabou, e você não tem nada a fazer além de descansar e divertir-se do modo como lhe aprouver.

– Deixe-me ir para a cama, então – respondeu o garoto, encolhendo o corpo ao cumprimentar Catherine e levando os dedos ao rosto para secar lágrimas incipientes.

– Calma, calma, que criança boazinha... – falei ao seu ouvido, conduzindo-o para dentro. – Assim vai fazê-la chorar também. Olhe como ela lamenta muito por sua causa!

Eu não sei se foi por tristeza pelo primo, mas ela estampou uma expressão tão triste quanto a do menino e voltou para o lado do pai. Os três entraram e foram para a biblioteca, onde o chá estava servido. Retirei o chapéu e a capa de Linton e coloquei-o em uma cadeira à mesa, mas, logo que se sentou, ele tornou a chorar. Meu amo indagou qual era o problema.

– Não consigo ficar sentado em uma cadeira – reclamou o menino, aos soluços.

– Então, vá para o sofá, que Ellen vai lhe servir um pouco de chá – respondeu pacientemente seu tio.

Eu estava convencida de que ele havia passado por grandes provações durante a viagem por causa de seu pupilo doente. Linton afastou-se devagar e deitou-se. Cathy carregou um banco e sua xícara até o lado do primo. A princípio, sentou-se em silêncio, mas isso não poderia durar muito. Ela estava decidida a fazer de Linton o objeto de seus mimos e tratou de agir de acordo: começou acariciando seus cachos, beijando sua face e oferecendo-lhe chá de sua xícara, como se fosse um bebê. Aquilo o agradou, pois ele, de fato, não era mais do que um bebê. Secou os olhos e deu um leve sorriso.

– Oh, ele vai ficar muito bem – disse meu amo para mim, depois de observá-los por um instante. – Muito bem mesmo, se pudermos ficar com ele, Ellen. A companhia de uma criança da mesma idade incutirá logo nele um novo ânimo, e o desejo de ficar forte o revigorará.

"Sim, se pudermos ficar com ele", pensei comigo mesma, mas tristes dúvidas recaíram sobre mim, pois achava que havia pouca esperança de que isso acontecesse. Em seguida, pensei: "Como esse menino frágil vai conseguir viver no Morro dos Ventos Uivantes? Que companheiros de brincadeiras e que tutores Hareton e seu pai dariam?". Meus questionamentos foram resolvidos, até mais cedo do que eu esperava. Eu havia acabado de levar as crianças para o andar de cima, após terminado o chá, ficado com Linton até que dormisse – ele não me deixava sair dali até que isso acontecesse – e depois descido. Estava de pé, perto da mesa do salão, acendendo uma vela para o quarto do senhor Edgar, quando uma criada saiu da cozinha e me informou que Joseph, o criado do senhor Heathcliff, estava na porta e queria falar com meu amo.

– Primeiro vou perguntar o que ele quer – falei, extremamente inquieta. – Esta é uma hora muito improvável para se importunar as pessoas, e justo no instante em que acabaram de voltar de uma viagem longa. Não acho que meu amo possa vê-lo.

Joseph havia cruzado a porta da cozinha enquanto eu pronunciava essas palavras e agora estava no salão. Ele trajava suas roupas de culto de domingo, estampava sua expressão mais santarrona e amarga e, segurando seu chapéu em uma das mãos e sua bengala na outra, começou a limpar os sapatos no capacho.

– Boa noite, Joseph – cumprimentei friamente. – Qual assunto o traz aqui hoje à noite?

– É com o amo Linton que eu devo falar – respondeu ele, fazendo um aceno desdenhoso para que eu saísse do caminho.

– O senhor Linton está indo dormir. A não ser que tenha algo especial a dizer, estou certa de que ele não vai lhe dar ouvidos agora – prossegui. – É melhor você se sentar ali e confiar seu recado a mim.

– Qual é o quarto dele? – insistiu o homem, examinando a série de portas fechadas.

Percebi que ele tencionava recusar minha mediação. Então, com muita relutância, subi até a biblioteca e anunciei o visitante inoportuno, aconselhando meu amo a dispensá-lo até o dia seguinte. O senhor Linton não teve tempo de me dar essa ordem, pois Joseph subiu as escadas bem atrás de mim e, forçando sua entrada no aposento, ficou plantado na cabeceira mais distante da mesa, com as duas mãos sobre a ponta de sua bengala, e começou a falar em um tom de voz elevado, como se previsse objeções:

– Heathcliff mandou-me buscar o menino dele. E eu não devo voltar sem ele.

Edgar Linton ficou em silêncio por um minuto. Uma expressão de profunda tristeza encobriu suas feições. Ele sentiu pena da criança por sua condição, mas, ao relembrar as esperanças e os temores de Isabella, seus desejos ansiosos com relação ao filho e suas recomendações para que Edgar cuidasse do menino, afligiu-se amargamente com a ideia de entregá-lo a Heathcliff. Buscou em seu coração uma maneira de evitar isso. No entanto, não lhe ocorreu nenhum plano. A mera demonstração de qualquer desejo de ficar com o menino tornaria o reclamante mais peremptório. Nada havia a fazer, senão renunciar a ele. Ainda assim, ele não iria acordar o garoto.

– Diga ao senhor Heathcliff – respondeu ele, calmamente – que o filho dele irá para o Morro dos Ventos Uivantes amanhã. Ele está na cama e cansado demais para percorrer essa distância agora. Pode também dizer a ele que a mãe de Linton queria que ele ficasse sob os meus cuidados e que, no momento, a saúde dele é muito precária.

– Não! – exclamou Joseph, dando uma pancada no chão com sua bengala e assumindo um ar autoritário. – Não! Isso não quer dizer nada. Heathcliff não leva em conta o que disse a mãe nem o senhor. Mas ele vai ficar com o garoto, e eu devo levá-lo até lá. Então, agora o senhor já sabe!

– Esta noite, não – asseverou Linton. – Desça as escadas e repita para seu amo o que eu disse. Ellen, leve-o até lá embaixo. Vá...

E, ajudando o idoso indignado, pegando-o por um dos braços, Linton retirou Joseph do quarto e fechou a porta.

– Muito bem! – gritou Joseph, enquanto era retirado à força. – Amanhã de manhã, ele mesmo vai vir até aqui, e quero ver se o senhor vai ter a ousadia de *expulsá-lo*!

Capítulo 20

Para evitar o perigo de essa ameaça ser cumprida, o senhor Linton encarregou-me de levar o menino para casa de manhã bem cedo, no pônei de Catherine. Ele disse:

– Como agora não teremos nenhuma influência sobre o destino dele, para o bem ou para o mal, você não deve dizer nada para minha filha sobre o lugar aonde ele será levado. A partir de agora, ela não pode mais se associar a ele, e é melhor para ela que permaneça ignorante quanto à proximidade dele. Do contrário, ficaria inquieta e ansiosa por visitar o Morro dos Ventos Uivantes. Simplesmente diga a ela que o pai dele subitamente mandou buscá-lo e que foi obrigado a nos deixar.

Linton relutou muito em ser acordado de seu sono às cinco da manhã e ficou surpreso ao ser informado de que deveria preparar-se para seguir viagem. Mas amenizei a situação afirmando que ele iria passar algum tempo com seu pai, o senhor Heathcliff, que desejava tanto vê-lo que não queria adiar esse prazer até que ele se recuperasse da viagem.

– Meu pai! – exclamou ele, com estranha perplexidade. – Mamãe nunca me disse que eu tinha um pai. Onde ele mora? Eu prefiro ficar com meu tio.

– Ele mora a pouca distância da granja, logo depois daqueles morros – respondi. – Não é muito longe, e o senhor pode caminhar até aqui quando estiver bem. E deveria ficar contente por estar indo para casa e por vê-lo. O senhor deve tentar amá-lo, assim como fez sua mãe, e então ele o amará.

– Mas por que eu nunca ouvi falar dele antes? – perguntou Linton. – Por que ele e a mamãe não moravam juntos, como fazem as outras pessoas?

– Seus negócios o mantinham ocupado no norte, e a saúde de sua mãe a obrigava a morar no sul.

– E por que a mamãe não falava dele para mim? – insistiu a criança. – Ela falava do meu tio com frequência, e aprendi a amá-lo faz muito tempo. Como posso amar o papai? Eu não o conheço.

– Ah, todas as crianças amam os seus pais – falei. – Sua mãe talvez tenha pensado que o senhor iria querer estar com ele se falasse dele com frequência. Temos de nos apressar. Uma cavalgada bem cedo, em uma manhã bonita como esta, é bem melhor do que dormir por mais uma hora.

– *Ela* vai com a gente? – indagou ele. – A menininha que eu vi ontem?

– Agora não – respondi.

– E meu tio? – prosseguiu ele.

– Não, eu vou acompanhá-lo até lá.

Linton afundou-se no travesseiro e ficou refletindo, irritado.

– Não vou sem meu tio! – gritou ele, por fim. – Não sei aonde você pretende me levar.

Tentei convencê-lo de que era uma malcriação recusar-se a conhecer o pai. Ainda assim, ele resistiu obstinadamente a qualquer tentativa de se vestir, e tive de pedir ajuda ao meu amo para persuadi-lo a sair da cama. O pobrezinho finalmente foi retirado da cama, com várias garantias falsas de que sua ausência seria breve, que o senhor Edgar e Cathy o visitariam, e outras promessas igualmente infundadas que inventei e repeti em intervalos ao longo do caminho. O ar puro, perfumado pela urze, o brilho do sol e o delicado meio-galope de Minny aliviaram o desalento dele depois de algum tempo. Ele começou a fazer perguntas sobre sua nova casa e seus habitantes com mais interesse e vivacidade.

– O Morro dos Ventos Uivantes é um lugar tão agradável quanto a Granja de Thrushcross? – indagou ele, virando-se para olhar uma última vez para o vale, onde uma fina bruma se aglomerava e formava nuvens lanosas no azul do céu.

– Lá não tem tantas árvores – retruquei. – E não é tão grande quanto a granja, mas de lá você tem uma bela vista de toda esta região. E o ar lá vai lhe fazer bem à saúde, pois é mais fresco e mais seco. A princípio, talvez ache a construção velha e sombria, mas se trata de uma casa respeitável, a segunda melhor casa da vizinhança. E o senhor vai dar ótimos passeios pelo pântano. Hareton Earnshaw, ou seja, o outro primo da senhorita Cathy e, de certo modo, seu também, vai mostrar os melhores lugares do pântano. E o senhor pode levar um livro quando o tempo estiver bom e transformar uma furna verdejante em seu escritório. E, de vez em quando, seu tio talvez o acompanhe em um passeio, pois ele, de fato, frequentemente sai para caminhar pelos morros.

– E como é meu pai? É jovem e bonito como meu tio?

– Tão jovem quanto – falei. – Mas ele tem os cabelos e os olhos negros e aparência mais séria. É mais alto e maior, de modo geral. A princípio, ele talvez não lhe pareça tão gentil e bondoso, pois esse não é o jeito dele. Ainda assim, preste atenção: seja franco e cordial com ele, e ele naturalmente terá mais carinho pelo senhor do que qualquer tio. Afinal, você é sangue do sangue dele.

– Cabelos e olhos negros! – ponderou Linton. – Não consigo imaginar como ele é. Então, quer dizer que eu não me pareço com ele?

– Não muito – respondi, mas o que pensei foi "nem um pouco", e examinei com remorso a cútis branca e o corpo franzino de meu acompanhante, além de seus grandes olhos lânguidos. Eram os olhos de sua mãe, só que sem nenhum vestígio de seu espírito cintilante, exceto quando uma suscetibilidade mórbida os iluminava.

– Que estranho ele nunca ter ido visitar a mim e à mamãe... – murmurou ele. – Ele nunca me viu? Se viu, deve ter sido quando eu era bebê. Não me lembro de absolutamente nada sobre ele!

– Ora, senhor Linton, quatrocentos e oitenta quilômetros é uma distância enorme. E, para um adulto, dez anos parecem passar de modo diferente de como passam para o senhor. É provável que o senhor Heathcliff tencionasse visitá-los a cada verão, mas nunca encontrou uma oportunidade que lhe fosse conveniente, e agora é tarde demais. Não o importune com perguntas sobre esse assunto. O senhor só vai aborrecê-lo à toa.

O garoto permaneceu absorto nas próprias cogitações pelo resto da cavalgada, até que paramos diante do portão da propriedade. Fiquei atenta para perceber suas impressões por meio do semblante. Ele examinou detalhadamente e com atenção solene a fachada entalhada, as gelosias salientes, as esparsas groselheiras verdes e os abetos tortos, e depois balançou a cabeça. Seus sentimentos íntimos reprovavam completamente o exterior de sua nova moradia. Contudo, ele teve a sensatez de postergar as suas queixas, pois o interior da casa poderia compensar o exterior. Antes que ele apeasse, fui abrir a porta. Eram seis e meia da manhã. A família acabava de tomar o café da manhã. O criado estava limpando a mesa com um pano. Joseph estava de pé ao lado da cadeira de seu amo, contando alguma história sobre um cavalo coxo, e Hareton preparava-se para ir ao campo de feno.

– Olá, Nelly! – disse o senhor Heathcliff ao me ver. – Receava que eu teria de descer e ir eu mesmo buscar minha propriedade. Mas você a trouxe até mim, não é mesmo? Vejamos o que poderemos fazer dessa coisa.

Ele se levantou e se dirigiu com passos largos até a porta. Hareton e Joseph o seguiram, boquiabertos de curiosidade. O pobre Linton lançou um olhar assustado para o rosto dos três.

– Com certeza ele trocou as crianças, amo, e essa é a filha dele! – comentou Joseph após um exame sério.

Heathcliff, depois de encarar o menino até ele ficar confuso, soltou uma risada de escárnio.

– Meu Deus! Que beleza! Que coisa charmosa e adorável! – exclamou ele. – Deve ter sido criado à base de caracóis e leite azedo, não é mesmo, Nelly? Oh, que minha alma se dane! Mas isso é pior do que eu esperava, e o diabo sabe que não fui otimista!

Pedi ao trêmulo e perplexo menino que apeasse e entrasse na casa. Ele não entendeu completamente o significado das palavras de seu pai, tampouco sabia se haviam sido dirigidas a ele. Na verdade, ainda não tinha plena certeza de que o nefasto e desdenhoso estranho era seu pai. Contudo, agarrou-se a mim com crescente trepidação. Quando o senhor Heathcliff se sentou e lhe disse "venha cá", Linton afundou o rosto em meu ombro e começou a chorar.

– Tsc, tsc! – Heathcliff, impaciente, soltou um muxoxo, estendendo uma das mãos e arrastando-o desajeitadamente para junto de seus joelhos, segurando a cabeça dele pelo queixo. – Chega desses disparates! Nós não vamos machucar vossa mercê, Linton. Não é esse o nome seu nome? É filho de sua mãe, completamente! Onde está a minha parte em você, seu frangote choramingão?

Ele tirou o gorro do menino e puxou para trás seus grossos cachos louros, apalpou seus braços esguios e seus dedos pequenos. Durante esse exame, Linton parou de chorar e ergueu seus enormes olhos azuis para observar o homem.

– Você sabe quem eu sou? – perguntou Heathcliff, depois de constatar que todos os membros do menino eram igualmente frágeis e fracos.

– Não – respondeu Linton, com um olhar vago de medo.

– Mas aposto que já ouviu falar de mim, não é?

– Não – repetiu ele.

– Não! Que vergonha de sua mãe por nunca ter despertado em você o amor filial por mim! Então, vou lhe dizer: você é meu filho. E sua mãe foi uma rameira perversa por deixá-lo ignorante quanto ao tipo de pai que tem.

Agora, não se encolha de medo nem fique corado! No entanto, é bom saber que você não tem sangue branco. Seja um bom garoto, e nada lhe faltará.

Heathcliff virou-se para mim:

– Nelly, se você estiver cansada, pode se sentar; caso contrário, volte para casa. Você deve relatar tudo o que ouviu e viu aqui para aquele borra-botas da granja. E essa coisa não vai sossegar enquanto você ficar perto dela.

– Bem... – repliquei – Espero que seja gentil com o menino, senhor Heathcliff, ou não vai ficar com ele por muito tempo. Afinal, ele é o único parente que o senhor tem neste mundo, pelo menos que saiba. Lembre-se disso.

– Serei muito gentil com ele. Não precisa ter medo – ele disse, rindo. – Mas ninguém mais poderá ser gentil com ele. Sou ciumento e vou monopolizar seu afeto. E, para dar início às minhas "gentilezas", Joseph, traga o café da manhã para o rapaz. Hareton, seu bezerro infernal, vá trabalhar. Sim, Nelly – acrescentou ele, depois que os dois saíram –, meu filho é o futuro proprietário em potencial da casa em que você mora, e não gostaria que ele morresse até eu me certificar de que serei seu sucessor. Além disso, ele é *meu*, e quero o triunfo de ver meu descendente senhor legítimo das propriedades deles, contratando os filhos deles para lavrar as terras dos pais deles em troca de renda. Essa é a única razão que me faz suportar o pirralho. Eu o desprezo pelo que ele é e detesto-o pelas memórias que reaviva! Mas isso basta: ele está tão seguro comigo quanto com seu amo, e será cuidado com o mesmo zelo que seu amo dispensa à filha dele. Tenho um quarto no andar de cima que foi mobiliado para ele com um estilo bonito. Também contratei um preceptor, que vive a mais de trinta quilômetros daqui, para vir três vezes por semana ensiná-lo o que ele quiser aprender. Mandei que Hareton o obedecesse, e, na verdade, arrumei tudo com o objetivo de preservar nele o sentido de superioridade e fidalguia com relação àqueles que o rodeiam. Ressinto-me, no entanto, pelo fato de que ele merece muito pouco todo esse incômodo. Se algum dia já desejei alguma dádiva neste mundo, foi a de achá-lo um objeto digno de orgulho.

E estou amargamente decepcionado com esse desgraçado choramingão e de rosto pálido!

Enquanto falava, Joseph voltou trazendo uma tigela de mingau de aveia com leite e colocou-a diante de Linton. O menino remexeu a modesta gororoba com a colher, exibindo um olhar de aversão, e afirmou que não conseguiria comer aquilo. Notei que o velho criado compartilhava do desdém que o amo sentia pela criança. No entanto, era forçado a esconder seu sentimento em seu coração, pois Heathcliff obviamente não admitiria que seus subalternos o desonrassem.

– Não consegue comer? – repetiu Heathcliff, olhando fixamente para o rosto de Linton e diminuindo o tom de voz para um sussurro, por medo de que alguém mais o ouvisse. – Mas o amo Hareton nunca comeu outra coisa quando era pequeno. E o que era bom para ele, certamente será bom para você!

– *Não vou* comer! – disparou Linton, irritado. – Tire isso daqui.

Joseph tirou a comida da frente dele com indignação e trouxe a tigela até nós.

– Há alguma coisa errada com os mantimentos? – perguntou ele, enfiando a tigela embaixo do nariz de Heathcliff.

– Que coisa errada eles poderiam ter?

– O quê! – respondeu Joseph. – O seu garoto luxento diz que não pode comer isso. Mas acho que era de esperar! A mãe dele era exatamente assim. Nós éramos quase sujos demais para plantar o milho para fazer pão para ela.

– Não mencione a mãe dele na minha frente – disse Heathcliff, com raiva. – Arrume algo que ele possa comer. É só isso. O que ele costuma comer, Nelly?

Sugeri leite fervido ou chá. A governanta foi instruída a preparar um pouco. "Bem", refleti, "o egoísmo do pai dele pode acabar contribuindo para o conforto do menino. Ele percebe a constituição frágil do filho e a necessidade de tratá-lo de modo razoável. Vou consolar o senhor Edgar ao deixá-lo a par da mudança de temperamento de Heathcliff." Sem ter mais desculpas para permanecer ali por mais tempo, saí sorrateiramente, enquanto Linton estava ocupado recusando, timidamente, as investidas de um cão pastor. Mas ele estava atento demais para ser enganado. À medida que eu me aproximava da porta, ouvi um grito e a repetição frenética das seguintes palavras:

– Não me deixe! Não vou ficar aqui! Não vou ficar aqui!

Em seguida, o ferrolho foi erguido e tornou a cair. Não permitiram que ele saísse. Montei em Minny e apressei-lhe o trote. E, assim, terminou minha breve tutela.

Capítulo 21

Tivemos muito trabalho com Cathy naquele dia. Ela acordou muito alegre, ansiosa por se juntar ao primo. À notícia de sua partida seguiram-se lágrimas e lamentos tão intensos que o próprio Edgar foi obrigado a acalmá-la, afirmando que o primo voltaria em breve. No entanto, ele acrescentou "se eu conseguir trazê-lo", e não havia quaisquer esperanças de que isso fosse acontecer. Essa promessa mal a tranquilizou, mas o tempo foi mais forte, e, apesar de ainda de vez em quando perguntar ao pai sobre o retorno de Linton, antes que pudesse vê-lo novamente, as feições do menino tornaram-se tão tênues em sua memória que já não o reconheceu.

Quando eu, por acaso, encontrava a governanta do Morro dos Ventos Uivantes no vilarejo de Gimmerton, costumava perguntar como andava o jovem amo, pois ele vivia quase tão recluso quanto a própria Catherine e jamais era visto. Pude entender, pelo que ela me disse, que ele continuava com a saúde frágil e era um residente cansativo. Falou que o senhor Heathcliff parecia desgostar cada vez mais dele, apesar de se dar algum trabalho para esconder isso. Sentia antipatia pelo som da voz do menino e não suportava nem um pouco que Linton ficasse no mesmo cômodo que ele por mais do que alguns minutos. Eles raramente conversavam. Linton recebia suas lições e passava os fins de tarde em um pequeno aposento que chamavam de sala de visitas ou, então, ficava o dia todo na cama, pois constantemente contraía tosses, resfriados e sentia algum tipo de dor ou moléstia.

– E eu nunca conheci criatura tão desanimada – acrescentou a mulher. – Ou tão cheia de cuidados consigo mesma. E *como* ele reclama se eu deixo a janela aberta um pouco até mais tarde à noite. Oh! Uma lufada do ar da noite, que coisa mortal! E exige ficar com a lareira acesa em pleno verão; e o cachimbo de Joseph é como veneno; e ele sempre quer comer doces e iguarias, e sempre quer leite, o tempo todo, sem considerar o fato de que no inverno mal há comida para todos; e lá ele fica sentado, enrolado em sua capa de pele, na cadeira perto do fogo, com um pouco de torrada e água, ou alguma outra porcaria de beber que ele aquece junto à lareira. E, se Hareton, por pena, vem distraí-lo um pouco (Hareton não é ruim por natureza, apesar de ser bruto), em pouco tempo se separam, com um lançando impropérios e o outro chorando. Acho que meu amo até gostaria de ver Earnshaw dar uma surra em Linton, caso ele não fosse seu filho, e estou certa de que o poria porta afora se soubesse de metade dos paparicos que o menino faz para si mesmo. Mas ele não cede ao perigo da tentação: jamais entra na sala de visitas, e caso Linton demonstre esses modos em alguma parte da casa em que ele esteja, meu amo o manda direto para o andar de cima.

Por meio desse relato, pude adivinhar que a total falta de solidariedade havia transformado o jovem Heathcliff em uma pessoa egoísta e desagradável, se é que ele já não era assim de nascença. Consequentemente, meu interesse por ele diminuiu, apesar de eu ainda sentir certa pena pelo que o destino lhe reservou e de desejar que tivesse permanecido conosco. O senhor Edgar estimulou-me a conseguir informações. Ele pensava muito no menino, imagino eu, e teria corrido algum risco para vê-lo. E disse-me, certo dia, que eu perguntasse à governanta se em algum momento o menino ia ao vilarejo. Ela contou que ele havia estado ali apenas duas vezes, a cavalo, acompanhando o pai. Nas duas vezes, fingiu estar arrasado por três ou quatro dias depois. Aquela governanta deixou de trabalhar lá, se me lembro bem, dois anos depois de ele ter chegado. E outra, que eu não conhecia, sucedeu-a; ela mora lá até hoje.

O tempo passou na granja de modo tão agradável quanto antigamente, até que a senhorita Cathy completasse dezesseis anos. No aniversário dela, não expressamos nenhum sinal de júbilo, pois também era o aniversário da morte de minha finada ama. O pai de Cathy invariavelmente passava esse dia sozinho na biblioteca; e caminhava, ao entardecer, até o adro de Gimmerton, onde com frequência estendia sua estada além da meia-noite. Portanto, Catherine tinha de se divertir por si própria. Aquele vinte de março foi um lindo dia de primavera e, depois que seu pai já havia se retirado para a biblioteca, minha jovem ama apareceu no andar de baixo, vestida com roupa de sair, e disse que havia pedido ao pai para dar um passeio na margem do pântano comigo. O senhor Linton dera-lhe permissão, desde que não fôssemos muito longe e voltássemos em uma hora.

– Então, apresse-se, Ellen! – gritou ela. – Eu sei bem aonde quero ir: onde um bando de lagópodes-escoceses estão vivendo. Quero ver se eles já fizeram seus ninhos.

– Isso deve ficar bem no interior do pântano, pois eles não acasalam na margem – respondi.

– Não é, não – disse ela. – Já cheguei muito perto dali com o papai.

Vesti minha touca e saí, não achando nada de mais naquilo. Ela saiu na minha frente, voltou para o meu lado e tornou a passar à minha frente como um jovem galgo. A princípio, entretive-me bastante ouvindo as cotovias cantar, ora perto, ora ao longe, desfrutando da doce e amena luz do sol; e observando-a, minha queridinha e minha alegria, com seus cachos dourados voando soltos, caindo-lhe às costas, suas faces coradas, tão suaves e puras em seu rubor quanto uma rosa selvagem, e seus olhos radiantes, sem uma nuvem que turvasse seu prazer. Ela era uma criatura feliz, um anjo, nessa época. É uma pena que isso não lhe bastasse.

– Bem – falei –, onde estão os seus lagópodes, senhorita Cathy? Já devíamos tê-los avistado, pois a cerca do parque da Granja já ficou bem para trás.

– Oh, é logo ali adiante... Logo ali adiante, Ellen – era o que ela dizia sempre. – Suba aquela colina, ultrapasse aquela inclinação e, quando você tiver chegado do outro lado, já terei espantado os pássaros.

Mas havia tantas colinas e inclinações para transpor que, no fim das contas, comecei a me cansar e disse que deveríamos voltar. Gritei, pois ela já estava muito à minha frente; ou me não escutou ou não deu ouvidos, pois continuou a saltitar, e fui obrigada a segui-la. Por fim, ela se jogou em uma depressão do terreno, e, antes que eu pudesse avistá-la outra vez, estava três quilômetros mais perto do Morro dos Ventos Uivantes do que de sua própria casa. Observei duas pessoas agarrarem-na, e fiquei convencida de que uma delas era o próprio senhor Heathcliff.

Cathy fora pega tentando roubar ovos ou, pelo menos, procurando os ninhos dos lagópodes. O Morro dos Ventos Uivantes era propriedade de Heathcliff, e ele estava repreendendo a larápia.

– Não encontrei nem roubei nenhum ovo – disse ela, enquanto eu me esforçava para chegar até eles, abrindo as mãos para corroborar sua afirmação. – Minha intenção não era roubar os ovos, mas papai me disse que havia muitos por aqui, e eu queria vê-los.

Heathcliff olhou-me com um sorriso de más intenções, demonstrando saber quem ela era e, consequentemente, revelando sua hostilidade em relação à menina. E perguntou quem era "papai".

– O senhor Linton, da Granja de Thrushcross – respondeu ela. – Sabia que não me conhecia, ou não teria falado comigo dessa maneira.

– Então, você presume que o papai seja altamente estimado e respeitado, não é? – disse ele, em tom sarcástico.

– E quem é o senhor? – indagou Catherine, olhando intrigada para o interlocutor. – Aquele homem eu já vi antes. Ele é seu filho?

Ela apontou para Hareton, o outro indivíduo, que, com dois anos que haviam se passado, não havia ganhado nada além de mais corpo e força. Parecia tão desengonçado e rude como sempre.

– Senhorita Cathy... – interrompi. – Já vai fazer três horas que estamos fora de casa, em vez de apenas uma. Nós realmente precisamos voltar.

– Não, aquele homem não é meu filho – respondeu Heathcliff, não me dando atenção. – Mas eu tenho um filho, e a senhorita também já o viu. E, apesar de sua babá estar com pressa, acho que vocês duas deveriam descansar um pouco. O que acham de dar a volta por trás daquele urzal e caminhar até minha casa? Depois que descansarem, o caminho de volta parecerá mais curto, e vocês serão recebidas com gentileza.

Sussurrei para Catherine que, de modo algum, ela deveria aceitar a proposta; aquilo estava completamente fora de cogitação.

– Por quê? – perguntou ela, em voz alta. – Estou cansada de correr, e a terra está cheia de orvalho. Não posso me sentar aqui. Vamos lá, Ellen. Além disso, ele disse que já vi o filho dele. Acho que está enganado, mas posso adivinhar onde ele mora: na propriedade que visitei vindo do penhasco de Penistone. Não é?

– Sim. Venha, Nelly, dobre sua língua. Ela vai gostar de ver como vivemos. Hareton, vá na frente com a moça. Você vai caminhar comigo, Nelly.

– Não, ela não vai a lugar nenhum! – exclamei, esforçando-me para soltar meu braço, que ele tinha segurado, mas Catherine já estava quase na soleira do pórtico, subindo o topo da colina a toda velocidade. A companhia que lhe fora indicada sequer fingiu acompanhá-la. Ele caminhava timidamente pela beira da estrada e depois desapareceu.

– Senhor Heathcliff, isso está muito errado – prossegui. – O senhor sabe que suas intenções não são boas. E lá ela vai ver Linton, e tudo será revelado assim que voltarmos para casa. E eu vou levar a culpa.

– Quero que ela veja Linton – respondeu ele. – Ele está com uma aparência melhor ultimamente, o que nem sempre acontece. E já vamos convencê-la a manter a visita em segredo. Que mal há nisso?

– O mal nisso é que o pai dela me detestaria se descobrisse que eu permiti que ela entrasse em sua casa. E estou convencida de que o senhor tem más intenções ao estimulá-la a fazer isso – repliquei.

– Minhas intenções são tão sinceras quanto possível. Vou logo expor todo o escopo delas: quero que os primos talvez se apaixonem e se casem. Estou sendo generoso com seu amo. A pirralha imatura dele não tem esperanças de herdar nada. E, se ela atender aos meus desejos, terá desde já a garantia de vir a ser minha herdeira, junto com Linton.

– Se Linton morrer, e a vida dele é muito incerta, Catherine seria a única herdeira – respondi.

– Não, não seria – disse ele. – Não há cláusula no testamento que garanta isso. Os bens dele passariam para mim. Mas, para evitar disputas, eu desejo a união deles e estou decidido a promovê-la.

– E eu decidi que ela jamais voltará a se aproximar da casa do senhor comigo – retruquei, enquanto nos aproximávamos do portão onde a senhorita Cathy aguardava nossa chegada.

Heathcliff mandou-me ficar quieta e, passando à nossa frente no caminho, apressou-se para abrir a porta. Minha jovem dama lançou-lhe vários olhares, como se não pudesse exatamente decidir o que pensar dele. Mas agora ele sorria sempre que os olhares dos dois se encontravam e passou a dirigir-se a ela em um tom mais suave. Eu, tola que fui, cheguei a imaginar que a lembrança da mãe dela talvez o desarmasse, impedindo-o de fazer mal à menina. Linton estava de pé perto da lareira. Ele havia passeado pelos campos, pois ainda vestia seu gorro e pedia a Joseph que lhe trouxesse sapatos secos. Era alto para a idade, faltando apenas seis meses para completar dezesseis anos. As feições dele ainda eram bonitas, e seus olhos e sua pele eram mais radiantes do que eu me lembrava, mas tinham apenas um lustre temporário tomado do ar salobro e do sol agradável.

– E então, quem é este? – perguntou o senhor Heathcliff, dirigindo-se a Cathy. – Sabe dizer?

– Seu filho? – disse ela, examinando primeiro um, depois o outro, sem muita convicção.

– Sim, sim – respondeu ele. – Mas esta é a primeira vez que você o vê? Pense bem! Ah! Como você tem a memória curta. Linton, você não se lembra da sua prima? Costumava nos importunar muito porque queria vê-la.

– O quê? Linton! – berrou Cathy, ficando alegremente surpresa ao ouvir o nome. – Este é o pequeno Linton? Ele está mais alto do que eu? Você é mesmo Linton?

O jovem deu um passo à frente e confirmou que era, de fato, Linton. Ela o beijou calorosamente, e ambos se admiraram com as mudanças que o tempo havia provocado na aparência de cada um. Catherine já havia alcançado sua altura máxima e não cresceria mais. Seu corpo era ao mesmo tempo esbelto e roliço, flexível como aço, e sua aparência geral irradiava saúde e vivacidade. A aparência e os movimentos de Linton eram muito lânguidos, e sua silhueta era extremamente magra. Contudo, havia uma graça em seus modos que amenizava esses defeitos, tornando-o agradável à sua maneira. Depois de trocar várias declarações de carinho com ele, sua prima foi até o senhor Heathcliff, que permanecia à porta, dividindo a atenção entre o que acontecia dentro e fora da casa. Ou melhor, fingindo observar o que havia lá fora, mas, na verdade, atentando apenas para o que acontecia dentro.

– Então, o senhor é meu tio! – exclamou ela, esticando-se para cumprimentá-lo. – Eu bem desconfiei que havia gostado do senhor, apesar de o senhor estar irritado no início. Por que não faz uma visita à granja com Linton? É estranho que vivamos todos esses anos como vizinhos tão próximos e o senhor nunca nos tenha visitado. Por que o senhor fez isso?

– Visitei a granja vezes demais antes de você nascer – respondeu ele. – Chega! Maldição! Se tem mais beijos para dar, dê-os em Linton, pois em mim eles seriam um desperdício.

– Como você foi ruim, Ellen! – exclamou Catherine, lançando-se sobre mim com suas carícias abundantes. – Como você foi perversa, Ellen, por ter tentado me impedir de entrar! Mas eu farei este passeio todas as manhãs de agora em diante. Posso, tio? E, às vezes, vou trazer o papai. O senhor não vai ficar feliz em nos ver?

– É claro que sim – replicou o tio, fazendo uma careta que ele mal conseguiu conter, evidenciando sua profunda aversão os visitantes propostos. – Mas espere – prosseguiu ele, virando-se para a jovem dama. – Pensando bem, é melhor eu lhe contar. O senhor Linton tem aversão a mim. Nós discutimos em um momento de nossas vidas, com uma ferocidade não muito cristã. E, se você mencionar a ele que esteve aqui, ele proibirá terminantemente suas visitas. Portanto, você não deve relatar isso para ele, a não ser que não se importe em nunca mais ver seu primo. Você pode vir, se quiser, mas não mencione nada a ele.

– Por que vocês discutiram? – perguntou Catherine, desanimada.

– Ele me considerava pobre demais para me casar com a irmã dele – respondeu Heathcliff. – E ficou triste porque a conquistei. Ele ficou com o orgulho ferido e jamais perdoará isso.

– Mas isso não está certo! – exclamou a jovem dama. – Algum dia vou dizer isso a ele. Mas Linton e eu não temos nada a ver com a discussão de vocês. Então, eu não virei aqui; ele é quem vai para a granja.

– Vai ser longe demais para mim... – murmurou o primo dela. – Caminhar mais de seis quilômetros seria a minha morte. Não, venha para cá, senhorita Catherine, de vez em quando. Não todas as manhãs, mas uma ou duas vezes por semana.

O pai lançou na direção do filho um olhar de amargo desprezo.

– Receio, Nelly, que meu trabalho tenha sido em vão – murmurou ele para mim. – A senhorita Catherine, como o parvo a chama, vai descobrir o caráter dele e mandá-lo para o diabo. Agora, se fosse Hareton! Você sabe que, vinte vezes por dia, eu invejo Hareton, mesmo com toda a degradação dele? Eu teria amado o garoto caso ele tivesse sido outra pessoa. Mas acho que ele está a salvo do amor *dela*. Vou fazê-lo medir forças contra aquela criatura insignificante, a não ser que Linton fique mais esperto. Calculamos que essa coisa mal vai sobreviver até completar dezoito anos. Oh, maldita seja essa criatura insossa! Ele está absorto, secando os pés e sequer olha para ela. Linton!

– Sim, pai – respondeu o menino.

– Você não tem nada para mostrar à sua prima na propriedade? Nenhum buraco de coelho ou toca de doninha? Leve-a para o jardim antes de trocar os sapatos, e também ao estábulo, para que ela veja seu cavalo.

– Você não prefere ficar aqui? – indagou Linton, para Cathy, com um tom de voz que expressava relutância em tornar a se mexer.

– Não sei – replicou ela, lançando um olhar comprido na direção da porta, evidentemente ansiosa para fazer alguma atividade.

Ele permaneceu onde estava, aconchegando-se ainda mais perto do fogo. Heathcliff levantou-se, entrou na cozinha e, de lá foi para o pátio, chamando por Hareton. Este respondeu, e, logo depois, os dois entraram de novo na sala. O rapaz parecia estar lavando-se, como indicavam o brilho em suas faces e o cabelo molhado.

– Oh, vou perguntar ao *senhor*, tio! – exclamou a senhorita Cathy, lembrando-se da afirmação da governanta. – Aquele ali não é meu primo, não é mesmo?

– É sim – replicou ele. – Sobrinho da sua mãe. Não gosta dele?

Catherine fez uma cara estranha.

– Ele não é um rapaz bonito? – prosseguiu Heathcliff.

A criaturinha malcriada ficou na ponta dos pés e sussurrou algo no ouvido de Heathcliff. Ele riu, enquanto Hareton assumia uma expressão sombria. Percebi que ele era muito sensível a qualquer suspeita de desprezo, embora claramente tivesse muito pouca noção de sua inferioridade. Contudo, seu amo ou tutor o fez parar de franzir o cenho ao exclamar:

– Você vai ser o favorito entre nós, Hareton! Ela disse que você é um... O que foi mesmo? Bem, foi algo muito lisonjeiro. Pronto! Vá você com ela dar um passeio pela propriedade. E atenção: comporte-se como um fidalgo! Não diga nenhum palavrão, não fique encarando a jovem dama quando ela não estiver olhando para você e esteja pronto para desviar o olhar quando ela também estiver. E, ao falar, articule as palavras vagarosamente e mantenha as mãos fora dos bolsos. Agora, vá e a entretenha da melhor maneira que puder.

Ele observou o casal passar pela janela. Earnshaw desviara completamente seu rosto de sua acompanhante, como se examinasse a paisagem familiar com o interesse de um desconhecido e de um artista. Catherine olhou para ele com certa malícia e um toque de admiração. Em seguida, ela dirigiu a atenção para buscar algo que pudesse diverti-la, saltitando alegre e cantarolando uma música para compensar a ausência de conversa.

– Eu amarrei a língua dele – observou Heathcliff. – Ele não vai se atrever a dizer uma só palavra o tempo todo! Nelly, você se lembra de mim nessa idade... Não, alguns anos mais jovem. Em algum momento, eu já pareci tão estúpido, tão "atoleimado", como diz o Joseph?

– O senhor era até pior, porque era mais soturno – repliquei.

– Sinto prazer em vê-lo – prosseguiu, refletindo em voz alta. – Ele satisfez as minhas expectativas. Se fosse tolo de nascença, eu não desfrutaria nem a metade do que desfruto. Mas ele não é tolo, e solidarizo-me de seus sentimentos, pois já os experimentei. Sei exatamente o que ele está sofrendo agora, por exemplo. É apenas o começo do que ainda vai sofrer, no entanto. E ele jamais conseguirá emergir de seu anticlímax de grosseria e ignorância. Consegui mantê-lo mais dependente do que o canalha do pai dele me mantinha, e ainda mais degradado, pois ele se orgulha de sua brutalidade. Ensinei-o a desprezar tudo o que não seja animalesco, como se fossem coisas bobas. Você não acha que Hindley teria orgulho de seu filho se pudesse vê-lo? Quase tão orgulhoso quanto sou do meu? Mas há esta diferença: um é ouro usado como lajota para o calçamento, enquanto o outro é estanho polido para imitar prataria. O *meu* não tem nada de valioso em si. Ainda assim, terei o mérito de fazê-lo avançar tanto quanto esses materiais tão pobres podem permitir. O *dele* tinha qualidades de primeira ordem, mas elas se perderam: tornaram-se mais do que inúteis. Não tenho nada a lamentar; ele, sim, e só eu sei o quanto. E o melhor de tudo é que Hareton morre de carinho por mim! Você tem de admitir que, nesse quesito, eu superei Hindley. Se o finado vilão pudesse levantar de sua tumba para me repreender pelos erros de sua prole, eu teria o prazer de ver essa mesma prole lutar contra ele mais uma vez, indignada por ele ter ousado admoestar o único amigo que tem no mundo!

Heathcliff soltou uma risada diabólica ao imaginar isso. Eu não respondi nada, pois percebi que ele não esperava uma resposta. Enquanto isso, nosso jovem acompanhante, sentado longe demais de nós para ouvir o que era dito, começou a demonstrar sinais de ansiedade, provavelmente arrependido por ter negado a si mesmo o obséquio da companhia de Catherine por medo de sentir uma leve fadiga. O pai dele comentou sobre os olhares inquietos em direção à janela e sobre a mão indecisa que se estendia em direção ao gorro.

– Levante-se, garoto preguiçoso! – exclamou ele, com suposto entusiasmo. – Saia daí e vá atrás deles! Eles estão naquele canto, perto das colmeias.

Linton reuniu suas forças e saiu de perto da lareira. A gelosia estava aberta e, enquanto ele saía, ouvi Cathy perguntar a seu assistente insociável o que significava aquela inscrição em cima da porta. Hareton olhou para cima e coçou a cabeça, parecendo um verdadeiro palhaço.

– É uma maldita escrita – respondeu ele. – Não consigo ler.

– Não consegue ler? – exclamou Catherine. – Pois eu consigo; está na nossa língua. Mas eu quero saber por que ela está ali.

Linton deu uma risadinha, a primeira manifestação de alegria dele.

– Ele não sabe o alfabeto – disse Linton à prima. – Você consegue acreditar que exista alguém tão colossalmente burro assim?

– Ele, por acaso, é normal? – indagou seriamente a senhorita Cathy. – Ou tem algum problema mental? Já fiz duas perguntas a ele, e, em ambas as vezes, ele fez uma cara tão estúpida que acho que não me entende. E eu mal consigo entendê-lo, posso lhe garantir!

Linton repetiu a risada e lançou um olhar rápido e implicante para Hareton, que certamente não parecia entender o que se passava naquele momento.

– Não há problema nenhum, apenas preguiça, não é mesmo, Earnshaw? – disse ele. – Minha prima acha que você é um idiota. Agora você está experimentando as consequências de desdenhar as "lições de livros", como você mesmo diria. Já percebeu, Catherine, o sotaque horrível de Yorkshire que ele tem?

– Ora, para que diabos serve essa porcaria? – rugiu Hareton, mais propenso a responder ao companheiro de todos os dias. Ele parecia prestes a continuar, mas os dois jovens tiveram um ataque de riso alto. E minha tola dama ficou encantada ao perceber que poderia transformar o modo peculiar dele de falar em uma fonte de divertimento.

– E qual é a utilidade de incluir o diabo nessa frase? – disse Linton, rindo nervoso. – Papai lhe disse para não falar palavrões, e você não consegue abrir a boca sem dizer um. Agora, tente se comportar como um fidalgo!

– E, se você não fosse mais rapariga do que rapaz, eu o derrubaria neste minuto, derrubaria mesmo, seu fracote desprezível! – retorquiu o raivoso brutamontes, afastando-se enquanto seu rosto ardia com um misto de raiva e humilhação, ciente de que o ofendiam, mas constrangido por não saber como revidar.

O senhor Heathcliff, que assim como eu ouvira toda a conversa, sorriu ao ver Hareton se afastar. Contudo, logo em seguida, lançou um olhar de aversão à frívola dupla que permaneceu conversando na porta: o garoto entusiasmava-se enquanto criticava os defeitos e limitações de Hareton e contava histórias sobre as peripécias dele; a garota, deleitando-se com os comentários rancorosos e descarados de Linton, sem se dar conta do caráter doentio que revelavam. Passei a desgostar de Linton em vez de sentir compaixão por ele, e, até certo ponto, comecei a desculpar seu pai por tê-lo em tão pouca consideração.

Ficamos até a tarde. Eu não teria conseguido arrancar a senhorita Cathy dali antes disso; mas, felizmente, meu amo não havia saído do aposento em que estava e permaneceu alheio à nossa ausência prolongada. À medida que caminhávamos para casa, eu teria de bom grado explicado à minha pupila sobre o caráter das pessoas que acabávamos de deixar, mas ela meteu na cabeça a ideia de que eu tinha preconceito contra todos.

– Arrá! – exclamou ela. – Você está do lado do papai, Ellen. Sei que você é parcial, caso contrário, não teria me enganado por todos estes anos, me fazendo acreditar que Linton morava muito longe daqui. Estou, de fato, extremamente irritada, mas estou tão satisfeita que nem consigo demonstrar! E você deve dobrar a língua com relação ao meu tio. É meu tio, lembre-se disso, e vou dar uma bronca em papai por ter discutido com ele.

E assim ela prosseguiu, até que desisti do esforço de convencê-la de seu erro. Naquela noite, ela não mencionou a visita ao Morro dos Ventos Uivantes, pois não encontrou o senhor Linton. No dia seguinte, revelou tudo, infelizmente, para minha decepção. Ainda assim, eu não lamentava inteiramente; pensava que o fardo de orientar e acautelar seria mais eficientemente carregado por ele do que por mim. Mas ele era muito tímido ao dar motivos satisfatórios para o desejo de que ela não tivesse contato com a casa do Morro dos Ventos Uivantes, e Catherine gostava de ter boas razões para todas as restrições que afetavam sua natureza caprichosa.

– Papai! – exclamou ela, depois de desejar bom-dia. – Adivinhe quem eu vi ontem enquanto passeava pelo pântano? Ah, papai, foi o senhor que começou! O que o senhor fez foi errado, não é mesmo? Eu vi... Preste atenção, e saberá como eu descobri tudo. E Ellen, que está de conluio com o senhor e ainda fingia ter muita pena de mim, quando eu continuava nutrindo esperanças, e sempre ficava decepcionada com relação à volta de Linton!

Ela fez um relato fiel de sua excursão e das consequências dela; e meu amo, apesar de ter lançado em mim mais de um olhar de reprovação, não disse nada até que ela terminasse de falar. Depois, puxou-a para perto de si e perguntou se ela sabia por que ele havia escondido o fato de Linton ser vizinho deles. Poderia ela pensar que havia feito isso para negar um prazer de que poderia desfrutar sem fazer mal a ninguém?

– Foi porque o senhor não gosta do senhor Heathcliff – respondeu ela.

– Então, quer dizer que você acha que eu me importo mais com os meus próprios sentimentos do que com os seus, Cathy? – indagou ele. – Não, não foi porque eu não gosto do senhor Heathcliff, mas é porque o senhor Heathcliff não gosta de mim, e ele é o homem mais diabólico que há, que sente prazer em fazer mal e arruinar aqueles de quem não gosta, caso lhe deem a mínima oportunidade. Eu sabia que você não manteria amizade com seu primo sem entrar em contato com ele. E sabia que ele a detestaria por minha causa. Portanto, para seu próprio bem, e nada mais, tomei precauções para que você jamais voltasse a ver Linton. Eu tinha a intenção de contar isso a você quando fosse mais velha, e sinto muito por ter adiado isso.

– Mas o senhor Heathcliff foi muito cordial, papai – Catherine observou, não completamente convencida. – E não se opôs a que eu e meu primo nos víssemos: disse que eu poderia ir à casa dele sempre que eu quisesse, só que eu não deveria contar isso ao senhor, pois o senhor havia brigado com ele e não o perdoaria por ter se casado com a tia Isabella. E o senhor não o vai perdoar. O *senhor* é quem deve levar a culpa. Ele, pelo menos, está disposto a deixar que sejamos amigos, Linton e eu; e o senhor, não.

Meu amo, percebendo que ela não iria dar ouvidos a ele quanto ao caráter perverso do tio postiço, fez uma descrição rápida do comportamento dele com Isabella e de como o Morro dos Ventos Uivantes tornou-se propriedade dele. Não suportava alongar-se muito nesse assunto, pois, apesar de quase não falar sobre ele, ainda sentia os mesmos horror e ódio pelo antigo inimigo que tomaram seu coração desde a morte da senhora Linton. “Ela talvez ainda estivesse viva, não fosse por ele!” era sua constante reflexão amarga. E, aos seus olhos, Heathcliff assemelhava-se a um assassino. A senhorita Cathy – que não era familiarizada com malfeitos, exceto por seus próprios leves atos de desobediência, injustiça e passionalidade, oriundos de seu temperamento irascível e de sua falta de consideração, e dos quais ela se arrependia no mesmo dia em que eram cometidos – ficou espantada com a maldade de um espírito que era capaz de remoer e planejar uma vingança por anos, deliberadamente pôr os seus planos em prática sem o menor sinal de remorso. Parecia tão impressionada e chocada com essa revelação sobre a natureza humana – que até aquele momento não fazia parte de suas ideias e reflexões – que o senhor Edgar não achou necessário prosseguir com o assunto. Ele simplesmente acrescentou:

– A partir de agora, querida, você sabe por que eu quero que você evite a casa e a família dele. Agora, volte para as antigas ocupações e divertimentos e não pense mais neles.

Catherine beijou o pai e ficou sentada quieta, fazendo suas lições por cerca de duas horas, como de costume. Em seguida, ela o acompanhou pela propriedade, e o dia todo seguiu também como de costume, mas, no fim da tarde, quando ela se retirou para o quarto, fui ajudá-la a tirar a roupa e a encontrei chorando, ajoelhada ao lado da cama.

– Ah, onde já se viu isso, menina boba! – exclamei. – Se você realmente tivesse algum motivo de tristeza, teria vergonha de desperdiçar suas lágrimas por causa desta pequena contrariedade. Você jamais sentiu tristeza de verdade, senhorita Catherine. Imagine, por um instante, que meu amo e eu estivéssemos mortos e você estivesse sozinha no mundo. Como você se sentiria, então? Compare a ocasião atual com um infortúnio, como o que descrevi, e fique grata pelos amigos que a senhorita já tem, em vez de cobiçar mais.

– Não estou chorando por mim, Ellen – respondeu ela –, mas por ele. Ele esperava me ver amanhã e vai ficar muito decepcionado. Vai esperar por mim e não vou aparecer!

– Que bobagem! – falei. – Acha que ele pensou tanto na senhorita quanto pensou nele? Ele não tem o Hareton para fazer companhia? Nem uma pessoa em cem choraria por ter cortado relações com alguém que viu apenas duas vezes, durante duas tardes. Linton vai entender como é a situação e já não vai mais se incomodar com a senhorita.

– Mas será que posso escrever um bilhete para ele, explicando por que não posso ir? – perguntou ela, levantando-se. – Posso também mandar aqueles livros que disse que emprestaria a ele? Os livros dele não são tão bons quanto os meus. E ele queria muito lê-los, depois que falei como eram interessantes. Posso, Ellen?

– Mas é claro que não! É claro que não! – repliquei, de modo decisivo. – Senão, ele escreveria de volta, e isso nunca teria fim. Não, senhorita Catherine, a relação de vocês deve ser terminantemente cortada. Assim espera seu papai, e vou me certificar de que isso seja feito.

– Mas como pode um bilhetinho...? – tornou ela, estampando um semblante suplicante.

– Silêncio! – interrompi. – Não vamos recomeçar com seus bilhetinhos. Vá para a cama.

Ela me lançou um olhar muito malcriado, tão malcriado que, a princípio achei que eu não lhe daria um beijo de boa-noite. Eu a cobri e fechei a porta, com muito desgosto, mas, arrependendo-me no meio do caminho, voltei de mansinho e – quem diria! – lá estava a senhorita de pé à mesa com um pedaço de papel em branco e um lápis na mão, que ela, com culpa, escondeu da minha vista quando entrei.

– Você não vai conseguir alguém para mandar isso, Catherine, se escrever esse bilhete. E, neste momento, vou apagar sua vela.

Coloquei o apagador sobre a chama e, enquanto fazia isso, levei, de fato, um tapa na mão e recebi um comentário petulante: "Coisa irritante!". Depois, tornei a sair do quarto, e ela trancou o ferrolho, em um de seus piores e mais irascíveis humores. O bilhete foi terminado e enviado ao destino por um jovem que vinha do vilarejo buscar leite, mas eu só soube disso algum tempo depois. Passaram-se semanas, e Cathy recobrou seu bom humor. No entanto, ela passou a gostar muito de fugir para algum canto sozinha, e, com frequência, quando me aproximava dela de súbito enquanto ela lia, Cathy assustava-se e virava o livro em direção a si mesma, evidentemente desejando esconder o que lia. Percebi bordas de papéis soltos por entre as páginas. Ela inventou um truque de descer bem cedo de manhã e ficar pela cozinha, como se estivesse esperando a chegada de alguma coisa. E tinha uma pequena gaveta em uma escrivaninha com a qual ficava entretida por horas, cuja chave retirava com cuidado sempre que saia dali.

Certo dia, enquanto ela inspecionava essa gaveta, observei que os brinquedos e as quinquilharias que até recentemente formavam seu conteúdo haviam sido transmutados em pequenos pedaços dobrados de papel. Minha curiosidade e minha suspeita foram atiçadas, e decidi dar uma espiada nos tesouros misteriosos dela. Então, à noite, assim que ela e meu amo estavam a salvo no andar de cima, procurei e rapidamente achei, entre as muitas chaves que eu tinha daquela casa, uma que se encaixasse na fechadura.

Tendo aberto a gaveta, despejei em meu avental todo o conteúdo e levei--o comigo para examiná-lo com calma em meu quarto. Apesar de poder apenas suspeitar, ainda assim fiquei surpresa ao descobrir que se tratava de um conjunto enorme de cartas – quase diárias, assim deve ter sido – de Linton Heathcliff. Eram respostas a cartas enviadas por ela. As que tinham datas menos recentes eram cartas curtas e envergonhadas. No entanto, gradualmente, elas se expandiram, tornando-se copiosas cartas de amor, tolas, como era natural, considerando-se a idade de quem as escrevia, mas com trechos aqui e ali que pensei terem sido extraídos de uma fonte mais experiente. Alguns deles me pareceram uma combinação particularmente estranha de ardor e insipidez; começavam com emoções intensas e terminavam com o estilo afetado e palavroso que um aluno de colégio talvez usasse para se dirigir à sua amada imaginária e incorpórea. Se eles satisfaziam Cathy, eu não sabia, mas, para mim, pareciam um lixo totalmente inútil. Depois de abrir tantas cartas quanto achei adequado, amarrei-as em um lenço e deixei-as de lado, para depois tornar a trancá-las na gaveta vazia.

Seguindo seu costume, minha jovem dama desceu cedo e foi para a cozinha. Eu a observei ir até a porta quando chegou um certo rapazinho. E, enquanto a leiteira enchia o galão dele, ela botou alguma coisa no bolso de seu casaco e retirou dali outra coisa. Dei a volta pelo jardim e fiquei esperando pelo mensageiro, que lutou corajosamente para defender o que lhe havia sido confiado, e acabamos por derrubar o leite. Mas eu tive êxito em extrair dele a epístola e, ameaçando-o com sérias consequências caso ele não voltasse imediatamente para casa, fiquei encostada no muro e li detidamente a composição afetuosa da senhorita Cathy. Era mais simples e menos eloquente do que as cartas do primo; muito bonitas e muito bobas. Balancei a cabeça e voltei para casa pensando. Como o dia estava úmido, Cathy não podia se divertir passeando a esmo pelo parque. Então, depois de concluir seus estudos da manhã, ela se consolou com o conteúdo da gaveta. Seu pai estava sentado à mesa lendo, e eu, de propósito, pus-me a consertar umas franjas da cortina da janela, mantendo os olhos bem fixos no que ela fazia. Jamais uma ave voando de volta para um ninho saqueado, deixado repleto até a borda de passarinhos que chiavam, expressou tão pleno desespero, gritando e debatendo-se de angústia, quanto ela com seu único "Oh!" e com a mudança que transfigurou seu recentemente feliz semblante. O senhor Linton ergueu os olhos de sua leitura.

– O que houve, meu amor? Você se machucou? – disse ele.

Seu tom de voz e semblante asseguraram a Cathy que *ele* não havia sido o descobridor de sua coleção.

– Não, papai! – arquejou ela. – Ellen! Ellen! Suba comigo, por favor... Estou enjoada!

Obedeci à convocação dela e a acompanhei para fora dali.

– Oh, Ellen! Você está com as cartas – disse ela, imediatamente, jogando-se de joelhos no chão, depois que estávamos sozinhas no quarto fechado. – Oh, devolva-as, e eu nunca, nunca mais vou fazer isso! Não conte ao papai. Você não contou ao papai, não é, Ellen? Diga-me que não. Comportei-me mal, mas não vou mais fazer isso!

Com muita severidade, pedi que ela ficasse de pé.

– Bem, senhorita Catherine! – exclamei. – Ao que parece, a senhorita já foi razoavelmente longe demais e deve mesmo sentir vergonha dessas cartas! Que bela porcaria anda lendo em suas horas de ócio! Ora, elas são tão boas que mereciam ser impressas! – disse, ironicamente. – E o que a senhorita acha que meu amo vai pensar quando eu as mostrar para ele? Eu ainda não fiz isso, mas nem precisa imaginar que eu vou guardar seus segredos ridículos. Quanta vergonha! E a senhorita é quem deve ter começado a escrever esses absurdos. Ele não teria pensado em fazer isso, tenho certeza.

– Não fui eu! Não fui eu! – soluçou Cathy, prestes a ficar de coração partido. – Em nenhum momento pensei em amá-lo, até que...

– *Amá-lo*! – exclamei, o mais desdenhosamente que pude com a menção da palavra. – *Amá-lo*! Até parece que já ouviu alguém falar de uma coisa dessas! Desse jeito, eu bem poderia falar de amor com o moleiro que vem aqui uma vez por ano comprar o nosso milho. Que belo amor, com certeza! E, juntando as duas vezes em que se viram, a senhorita mal esteve quatro horas de sua vida na presença de Linton! Aqui está esse lixo infantil. Vou levá-lo para a biblioteca, e já vamos ver o que seu pai diz desse *amor*.

Ela saltou em direção às suas preciosas missivas, mas eu as segurei por cima da minha cabeça. Depois, começou a suplicar freneticamente para que eu as queimasse, para que eu fizesse qualquer coisa, menos mostrá-las ao pai. E estando, na verdade, tão inclinada a rir quanto a dar-lhe uma bronca – pois eu achava que aquilo tudo era apenas uma vaidade de menina – eu, por fim, cedi de certo modo e perguntei:

– Se concordar em queimá-las, você me promete sinceramente jamais mandar ou receber outra carta, ou um livro (pois eu percebo que você tem mandado livros para ele), ou cachos de cabelo, ou anéis, ou brinquedos?

– Nós não trocamos brinquedos! – gritou Catherine, com orgulho sobrepujando sua vergonha.

– Ou nenhuma coisa que seja, então, minha dama? – falei. – A não ser que me prometa, vou descer já.

– Eu prometo, Ellen! – exclamou ela, agarrando-me pelo vestido. – Oh, jogue-as no fogo, sim, sim!

Mas, quando eu comecei a abrir espaço entre as brasas com o atiçador, o sacrifício foi demais para ela aguentar. Ela seriamente suplicou para que eu salvasse uma ou duas cartas para ela.

– Uma ou duas, Ellen, para eu guardar como lembrança de Linton!

Desamarrei o lenço e comecei a jogar as cartas no fogo enviesadamente, e a chama deu cabriolas chaminé acima.

– Eu vou ficar com uma, sua desgraçada cruel! – berrou ela, disparando a mão em direção ao fogo e retirando dali alguns fragmentos parcialmente queimados, queimando os próprios dedos.

– Muito bem... Assim, vou ter alguma coisa para mostrar para seu papai! – respondi, puxando de volta o resto para o maço e me virando em direção à porta.

Ela jogou os fragmentos parcialmente queimados de volta ao fogo e fez um gesto para que eu concluísse a imolação. Estava feito: remexi as cinzas e enterrei-as sob um monte de carvão que despejei com uma pá. Ela, muda, sentindo-se extremamente machucada, retirou-se para seus aposentos privados. Desci para dizer a meu amo que o enjoo da menina estava passando, mas que, eu julgava que fosse melhor que ela se deitasse um pouco. Ela não quis almoçar, mas reapareceu na hora do chá, pálida, com os olhos vermelhos e incrivelmente calma em sua aparência. Na manhã seguinte, respondi à carta com um bilhete em que estava escrito: "Pede-se que o jovem senhor Heathcliff não mande mais bilhetes para a senhorita Linton, pois ela não mais os vai receber". A partir de então, o rapazinho vinha à casa de bolsos vazios.

Capítulo 22

O verão chegou ao fim, dando lugar ao início do outono. A festa do Dia de São Miguel já havia passado, mas a colheita daquele ano foi tardia, e alguns dos nossos campos ainda tinham de ser colhidos. Com frequência, o senhor Linton e sua filha passeavam entre os ceifadores; e, no dia em que carregavam os últimos fardos, os dois ficaram ali até o crepúsculo e, como a noite estava fria e úmida, meu amo contraiu um resfriado terrível, que se instalou obstinadamente em seus pulmões, deixando-o confinado dentro de casa por todo o inverno, quase sem interrupção.

A pobre Cathy, assustada com seu pequeno romance, estava consideravelmente mais triste e entediada desde o fim dele. E seu pai insistia para que ela lesse menos e se exercitasse mais. Ela já não tinha a companhia dele, e julguei ser meu dever suprir essa falta, o tanto quanto possível, com minha companhia. Era um substituto ineficiente, pois eu só podia separar umas duas a três horas de minhas numerosas ocupações diurnas para segui-la. Além disso, minha companhia era obviamente menos desejável do que a dele.

Em uma tarde de outubro, ou do começo de novembro, uma tarde chuvosa e fresca, quando a grama e os caminhos farfalhavam com as folhas mortas e úmidas, e o céu frio e azul estava parcialmente nublado – com nuvens negras, compridas e finas rapidamente se concentrando, vindas do oeste, pressagiando uma chuva abundante –, pedi à minha jovem dama que desistisse de seu passeio, pois eu estava certa de que iria chover. Ela se recusou; e eu, contra minha vontade, vesti uma capa e peguei meu guarda-chuva para acompanhá-la em seu passeio até o fundo do parque. Uma formalidade que ela costumava fazer quando desanimada – e ela invariavelmente se sentia assim quando o senhor Edgar ficava pior do que o normal, algo nunca sabido por uma confissão dele, mas adivinhado tanto por ela quanto por mim por causa do seu crescente silêncio e da melancolia em seu semblante. Ela agora caminhava com tristeza; já não corria ou saltitava, apesar de que o vento frio pudesse despertar nela a vontade de correr. E, com frequência, do canto do olho, eu podia percebê-la erguer uma das mãos e limpar algo do rosto. Olhei à nossa volta para encontrar um meio de distrair seus pensamentos. Em um dos lados da trilha, erguia-se um barranco alto e irregular, em que aveleiras e carvalhos atrofiados, com as raízes parcialmente expostas, equilibravam-se precariamente: a terra não era demasiado firme para os carvalhos, e ventos fortes já os haviam vergado quase na horizontal. No verão, a senhorita Catherine adorava escalar esses troncos e sentar-se nos galhos, balançando-se a mais de seis metros do chão. E eu, satisfeita com sua agilidade e seu coração infantil e suave, ainda considerava adequado repreendê-la toda vez que eu a pegava tão alto daquele jeito, mas de tal modo que ela sabia que não havia necessidade de descer. Do almoço à hora do chá, ela costumava ficar deitada em seu berço, embalado pela brisa, sem fazer nada a não ser cantar velhas canções – minhas canções de ninar – para si mesma, ou observar pássaros, seus vizinhos, e alimentar e estimular os filhotes deles a voar. Ou então ficava aninhada com os olhos fechados, meio pensando, meio sonhando, mais feliz do que as palavras podiam exprimir.

– Olhe, senhorita! – exclamei, apontando para uma reentrância sob as raízes de uma árvore torta. – O inverno ainda não chegou aqui. Veja, há uma florzinha lá em cima, o último botão da multidão de jacintos que cobria esses degraus de grama em julho com um tapete lilás. Você consegue escalar até lá para colhê-la e mostrá-la ao seu pai?

Cathy olhou fixamente, por um longo tempo, para o botão de flor que balançava ao vento em seu abrigo terroso e, por fim, replicou:

– Não, não vou tocá-lo. Mas ele parece melancólico, não é mesmo, Ellen?

– Sim – observei. – Parece estar passando tanta fome e sede quanto a senhorita; suas faces estão exangues. Vamos dar as mãos e correr. A senhorita anda tão lenta que eu ouso dizer que vou conseguir acompanhá-la.

– Não – repetiu ela, prosseguindo em seu ritmo tranquilo, parando às vezes para refletir sobre um trecho de musgo, um tufo de grama seca ou um fungo que espalhava seu tom vibrante de laranja por entre os montes de folhagem morta. De vez em quando, voltava a erguer a mão em direção ao rosto virado para um dos lados.

– Catherine, por que está chorando, meu amor? – perguntei, aproximando-me e pousando um braço sobre os ombros dela. – Você não devia chorar porque seu pai está resfriado. Fique grata por não ser algo pior.

Ela agora já não reprimia as lágrimas e ficou sem fôlego de tanto soluçar.

– Ah, mas vai ser alguma coisa pior – disse ela. – E o que vou fazer quando você e o papai se forem e eu ficar sozinha? Não consigo esquecer as suas palavras, Ellen. Elas estão sempre em meus ouvidos. Como a vida vai mudar, quão deprimente será o mundo depois que você e papai morrerem.

– Ninguém pode saber se você por acaso não vai morrer antes de nós – repliquei. – Antecipar o mal é errado. Vamos esperar que se passem ainda anos e anos antes de que algum de nós morra. Meu amo é jovem, e eu sou forte, não tenho nem quarenta e cinco anos ainda. Minha mãe viveu até os oitenta e foi uma senhora alegre até o fim da vida. E suponhamos que o senhor Linton seja poupado até que ele complete sessenta anos. Isso totalizaria mais anos do que a senhorita tem agora. E não seria uma tolice lamentar uma calamidade com vinte anos de antecedência?

– Mas a tia Isabella era mais jovem do que o papai – comentou ela, erguendo os olhos para cima com uma esperança tímida de buscar mais consolo.

– A sua tia Isabella não tinha você e eu para cuidarmos dela – repliquei. – Ela não era tão feliz quanto meu amo e não tinha muitas coisas por que viver. Tudo o que você precisa fazer é cuidar bem de seu pai, animá-lo demonstrando estar animada. E evitar causar-lhe ansiedade com relação a qualquer assunto. Preste atenção nisso, Cathy! Não vou esconder o fato de que a senhorita talvez o mataria caso fosse descuidada e desobediente, ou se nutrisse um afeto tolo e fantasioso pelo filho de uma pessoa que ficaria contente em vê-lo no túmulo. E, mais ainda, se permitisse que seu pai descobrisse que a senhorita ficou magoada por uma separação que o rival dele julgou conveniente impor.

– Não fico magoada por nada neste mundo além da doença de papai – respondeu minha acompanhante. – Não me importo com nada como me importo com papai. E jamais... Jamais... Oh, jamais, enquanto eu estiver em meu juízo perfeito, tomarei qualquer atitude ou direi qualquer palavra para irritá-lo. Amo-o mais do que a mim mesma, Ellen. E sei disso porque rezo todas as noites para que eu viva mais do que papai, porque eu preferiria que eu mesma vivesse infeliz, em vez dele. Essa é a prova de que o amo mais do que a mim mesma.

– Belas palavras – retruquei. – Mas suas atitudes também devem dar provas disso. E, depois que ele estiver melhor, cuide de não esquecer as decisões feitas nos momentos de medo.

Enquanto conversávamos, aproximamos-nos de um portão que dava para a estrada. Minha jovem dama, agora novamente alegre, escalou o portão e sentou-se em cima do muro, estendendo os braços para colher algumas mosquetas-selvagens que brotavam em tons de escarlate nos galhos mais altos dos arbustos que sombreavam a estrada. Os frutos dos galhos mais baixos haviam desaparecido, e apenas pássaros conseguiriam alcançar os mais altos, exceto do ponto em que Cathy estava. Ao se esticar para colher as mosquetas, seu chapéu caiu. Como o portão estava fechado, ela sugeriu descer escalando o muro para pegá-lo. Pedi que tomasse cuidado para não cair, e ela desapareceu com agilidade. Contudo, a volta não foi tão fácil: as pedras eram lisas e bem cimentadas, e os galhos de mosqueta e de amora não facilitavam a escalada. Eu, como uma tonta, não me lembrei disso até que a ouvi rir e exclamar:

– Ellen! Você vai ter de pegar a chave, ou então vou ter de dar a volta até a casa do zelador. Não consigo escalar o muro deste lado!

– Fique onde está – respondi. – Tenho meu chaveiro no bolso, e talvez eu consiga abrir o portão. Caso contrário, vou sim.

Catherine se distraiu, dançando para frente e para trás diante do portão, enquanto eu testava todas as chaves grandes do molho. Ao tentar a última e descobrir que nenhuma delas abria o portão, eu reiterei a ela meu pedido de que permanecesse ali e estava prestes a voltar para casa rapidamente, quando um som, vindo de algo que se aproximava, me deteve. Não era o trote de um cavalo. Cathy também parou de dançar.

– Quem é? – sussurrei.

– Ellen, quem me dera você pudesse abrir o portão – respondeu minha acompanhante, ansiosa, num sussurro.

– Ei, senhorita Linton! – exclamou uma voz grave (a do cavaleiro). – Estou contente de encontrá-la. Não tenha pressa de entrar, pois tenho algo a lhe dizer e um pedido de explicação a fazer.

– Não vou falar com o senhor, senhor Heathcliff – Catherine respondeu. – Papai diz que o senhor é um homem perverso e que odeia tanto a mim quanto a ele; e a Ellen diz a mesma coisa.

– Isso não vem ao caso – disse Heathcliff (era ele). – Eu não odeio meu filho, creio eu. E é a respeito dele que peço sua atenção. Sim, a senhorita tem motivos para ficar corada. Faz dois ou três meses que a senhorita criou o hábito de escrever para Linton, não é? Brincando com o amor, não é?

Os dois bem que mereciam umas chibatadas! Especialmente a senhorita, que é mais velha e, ao que parece, menos sensível. Estou de posse de suas cartas e, caso a senhorita seja malcriada comigo, vou mandá-las para seu pai. Presumo que tenha se cansado da diversão e largado-a de lado, não é? Bem, junto com isso, largou também Linton no Pântano do Desespero[6]. Ele estava sendo sincero, realmente apaixonado. Tão certo quanto estou vivo, ele está morrendo pela senhorita; está de coração partido diante da sua volubilidade. Não falo em sentido figurado, mas literalmente. Apesar de Hareton ridicularizá-lo por seis semanas, e de eu ter tomado medidas mais drásticas para tentar fazê-lo abandonar essa idiotice na base do susto, ele piora a cada dia. E vai estar embaixo da terra antes do verão, a não ser que a senhorita faça com que ele se recupere!

– Como o senhor pode mentir tão descaradamente para a pobre criança? – falei do outro lado do muro. – Por favor, continue sua cavalgada! Como o senhor pode dizer falsidades tão desprezíveis? Senhorita Cathy, vou arrombar o cadeado com uma pedra. Não dê ouvidos a esses absurdos vis. A senhorita pode sentir em seu âmago que é impossível uma pessoa morrer de amor por uma desconhecida.

– Eu não sabia que havia bisbilhoteiros aqui – murmurou o desmascarado vilão. – Valorosa senhora Dean, gosto da senhora, mas não gosto de seu jogo duplo – acrescentou ele, em voz alta. – Como pôde mentir tão descaradamente, afirmando que eu odeio a "pobre criança" e inventando histórias terríveis para deixá-la com medo de ir à minha casa? Catherine Linton (a simples menção do nome me enternece), minha linda menina, estarei fora de casa toda esta semana. Vá até lá e comprove se não falo a verdade. Vá! Seja bondosa! Apenas imagine que seu pai está no meu lugar e Linton no seu; depois, pense em como cuidaria de seu amante imprudente se ele se recusasse a dar um passo sequer para consolá-la, mesmo depois do próprio pai ter implorado. Não cometa esse erro novamente por pura

[6] O Pântano do Desespero é um charco do livro *O peregrino*, de John Bunyan, em que o protagonista, Christian, afunda com o peso de seus pecados e de sua culpa. (N.T.)

estupidez. Juro pela minha salvação que ele vai para a tumba, e ninguém além da senhorita pode salvá-lo!

O cadeado cedeu, e eu rapidamente saí.

– Eu juro que Linton está morrendo – repetiu Heathcliff, olhando intensamente para mim. – E o luto e a decepção estão acelerando sua morte. Nelly, se você não permitir que ela vá até lá, pode ir você mesma. Mas eu não estarei de volta até a próxima semana. E acho que até mesmo seu amo também não se oporia a que ela visitasse o primo.

– Entre – falei, pegando Cathy pelo braço e forçando-a entrar, pois ela permaneceu ali, olhando de maneira perturbada as feições do interlocutor, que estavam sérias demais para revelar sua falsidade interior.

Ele aproximou mais seu cavalo e, inclinando-se, observou:

– Senhorita Catherine, confesso-lhe que tenho pouca paciência com Linton. E Hareton e Joseph têm menos ainda. E reconheço que ele não ficará em boas mãos. Ele precisa de bondade, assim como de amor; e uma palavra gentil de sua parte seria o melhor remédio para ele. Não dê ouvidos às advertências cruéis da senhora Dean. Seja generosa e arrume um modo de ir vê-lo. Ele sonha com a senhorita dia e noite. E não pode ser persuadido de que a senhorita não o detesta, pois não escreve nem o visita.

Fechei o portão e empurrei uma pedra para a frente dele para ajudar o cadeado frouxo a mantê-lo fechado. Depois, abri meu guarda-chuva, colocando minha pupila embaixo dele, pois a chuva começara a cair por entre os galhos das árvores que gemiam com o vento, nos alertando a não nos demorarmos. Nossa pressa impediu-nos de comentar sobre o encontro com Heathcliff enquanto voltávamos para dentro de casa, mas intuí que o coração de Catherine estava agora tomado por uma dupla escuridão. Suas feições estavam tão tristes que não pareciam dela. Evidentemente, ela acreditava que todas as sílabas que ouvira eram verdadeiras.

Meu amo havia se recolhido em seu quarto para descansar antes de entrarmos. Cathy foi até o quarto dele para ver como ele estava: seu pai dormira. Ela voltou e pediu-me que me sentasse com ela na biblioteca.

Tomamos o chá juntas e, depois, ela se deitou no tapete e me disse que não falasse, pois estava cansada. Peguei um livro e fingi lê-lo. Assim que ela presumiu que eu estava absorta em minha ocupação, tornou a chorar em silêncio. Naquele momento, aquela parecia sua distração favorita. Permiti que ela desfrutasse daquilo por algum tempo. Depois, tentei dissuadi-la, zombando e ridicularizando todas as afirmações do senhor Heathcliff sobre o filho, como se eu tivesse certeza de que ela concordaria comigo. Ai de mim! Não tive habilidade para neutralizar os efeitos que o relato dele produzira, e essa era exatamente a intenção dele.

– Você pode até estar certa, Ellen – respondeu ela. – Mas eu nunca ficarei tranquila até saber a verdade. E preciso dizer a Linton que não tenho culpa no fato de não escrever mais para ele e convencê-lo de que meus sentimentos não mudarão.

Que utilidade teria a raiva e a admoestação contra a tola credulidade dela? Naquela noite, separamos-nos brigadas; mas, no dia seguinte, vi-me na estrada para o Morro dos Ventos Uivantes, ao lado do obstinado pônei de minha ama. Eu não suportava testemunhar a tristeza dela, ver seu semblante pálido e abatido e os olhos pesados, e acabei por ceder, com uma fraca esperança de que o próprio Linton comprovasse, pelo modo como nos receberia, quão pouco fundamento tinha aquele relato.

Capítulo 23

A noite chuvosa foi seguida de uma manhã de neblina – meio geada, meio garoa –, e córregos temporários, escorrendo do alto dos morros, atravessavam nosso caminho. Meus pés estavam completamente encharcados. Eu estava irritada e desanimada, o que era precisamente o humor ideal para tirar o melhor proveito possível dessas coisas desagradáveis. Entramos na casa pela porta da cozinha, para confirmar se o senhor Heathcliff estava mesmo ausente, pois eu depositava muito pouca fé na afirmação dele.

Joseph parecia sentado sozinho em uma espécie de paraíso, ao lado de um fogo crepitante. Havia na mesa perto dele um quartilho de cerveja e muitos pedaços grandes de bolo de aveia tostada, e ele tinha na boca seu cachimbo preto e curto. Catherine correu até a lareira para se esquentar. Perguntei se o amo da casa estava presente. Minha pergunta ficou tanto tempo sem resposta que pensei que o velho havia ficado surdo, e repeti a pergunta em um tom de voz mais alto.

– Nã... ão! – grunhiu ele, ou melhor, gritou com uma voz fanhosa. – Nã... ão! Talvez seja melhor vocês voltarem para o lugar de onde vieram.

– Joseph! – exclamou, com voz irritada, ao mesmo tempo que eu, de um cômodo mais interno da casa. – Quantas vezes vou ter de lhe chamar? Agora há apenas algumas brasas. Joseph! Venha para cá imediatamente.

Vigorosas baforadas do cachimbo e um resoluto olhar fixo para a chaminé denunciaram que ele não daria ouvidos àquele apelo. A governanta e Hareton não estavam à vista: uma tinha ido resolver uma incumbência, e o outro, provavelmente, estava trabalhando. Reconhecemos a voz de Linton e entramos.

– Oh, espero que você morra de fome em uma mansarda! – disse o garoto, achando que quem se aproximava era seu empregado negligente em vez de nós.

Ele se conteve quando percebeu seu engano, e sua prima voou até ele.

– É a senhorita? Senhorita Linton? – perguntou ele, erguendo a cabeça da grande poltrona em que estava reclinado. – Não... Não me beije, pois fico sem fôlego. Pobre de mim! Papai disse-me que a senhorita faria uma visita – prosseguiu ele, depois de se recuperar um pouco do abraço de Catherine, enquanto ela ficou de pé com uma aparência muito contrita. – Pode fechar a porta, caso não se importe? A senhorita deixou-a aberta, e essas... essas criaturas *detestáveis* recusam-se a trazer mais carvão para o fogo. E faz muito frio!

Remexi as brasas e fui eu mesma buscar um balde cheio de carvão. O inválido reclamou de ter ficado coberto de cinzas, mas ele tinha uma tosse fatigante, parecia febril e doente. Portanto, não repreendi seu temperamento.

– Bem, Linton – murmurou Catherine, quando ele desfez a testa franzida –, está feliz de me ver? Posso fazer-lhe algum bem?

– Por que não veio antes? – indagou ele. – A senhorita deveria ter vindo em vez de escrever. Escrever aquelas cartas longas deixava-me terrivelmente cansado. Preferiria ter conversado com a senhorita. Agora, já não aguento falar nem fazer qualquer outra coisa. Eu me pergunto onde estará a Zillah! Você poderia (olhou para mim) ir até a cozinha e ver?

Ele não tinha me agradecido por meu serviço anterior, e, como eu não estava disposta a ficar correndo de um lado para o outro cumprindo as ordens dele, repliquei:

– Não há ninguém na cozinha além de Joseph.

– Estou com sede! – exclamou ele, com irritação. – Desde que papai viajou, a Zillah não para de ir a Gimmerton; é lamentável! E eu sou obrigado a vir aqui para baixo, pois eles decidiram não me escutar lá de cima.

– O seu pai é atencioso contigo, senhor Heathcliff? – indaguei, percebendo que Catherine estava contida em suas investidas carinhosas.

– Atencioso? Pelo menos, ele os obriga a serem um pouco mais atenciosos! – exclamou ele. – Miseráveis! Sabe, senhorita Linton, que o grosso do Hareton ri de mim? Eu o detesto! Na verdade, detesto todos eles; são seres odiosos.

Cathy começou a procurar por um pouco de água e descobriu um jarro sobre a cômoda; encheu um copo e levou-o para o primo. Pediu a ela que acrescentasse uma colherada de vinho de uma garrafa que havia na mesa e, depois de dar um pequeno gole, pareceu mais tranquilo e disse que ela era muito gentil.

– E você está feliz de me ver? – indagou ela, repetindo sua pergunta anterior e satisfeita por perceber nele um esboço de sorriso.

– Sim, estou. É uma novidade ouvir uma voz como a sua – replicou ele. – Mas eu tenho andado irritado, porque a senhorita não vinha me ver. E papai jurou que a culpa era minha. Ele falou que eu era uma coisa patética, intratável, imprestável, e disse que a senhorita me desprezava. E que, se estivesse em meu lugar, a esta altura ele já seria mais senhor da granja do que o pai. Mas a senhorita não me despreza, não é mesmo?

– Eu gostaria que você me chamasse de Catherine, ou Cathy – interrompeu minha jovem dama. – Desprezar você? Não! Junto com papai e Ellen, amo você mais do que qualquer pessoa viva. No entanto, não gosto do senhor Heathcliff e não ousarei pisar aqui quando ele voltar. Ele vai ficar muitos dias fora?

– Não muitos – respondeu Linton. – Mas ele vai aos pântanos com frequência, desde que começou a temporada de caça, e você pode passar uma ou duas horas comigo enquanto ele estiver ausente. Por favor, diga que fará isso. Acho que assim eu não ficaria irritado com a senhorita. A senhorita não me provocaria e estaria sempre disposta a me ajudar, não é?

– Sim – respondeu Catherine, correndo os dedos pelos longos e macios cabelos dele. – Se pelo menos eu pudesse conseguir a permissão de papai, eu passaria metade do meu tempo com você. Linton, seu lindo! Queria que você fosse meu irmão.

– Assim você gostaria de mim tanto quanto do seu pai? – observou ele, mais alegre. – Mas papai diz que a senhorita amaria a mim mais do que a ele ou a qualquer um no mundo, se fosse minha esposa. Então, eu preferiria que a senhorita fosse minha esposa.

– Não, jamais amarei alguém mais do que ao papai – tornou ela, seriamente. – E as pessoas às vezes odeiam as suas esposas, mas não suas irmãs e seus irmãos. E, se você fosse o último, moraria conosco, e papai teria tanto carinho por você quanto tem por mim.

Linton negou que as pessoas, em algum momento, odiassem suas esposas, mas Cathy afirmou que odiavam, sim, e, do alto de sua sabedoria, deu como exemplo a aversão do pai de Linton pela tia dela. Eu me esforcei para tentar conter a irrefletida língua dela, mas não consegui fazer isso até que ela revelasse tudo o que sabia. Linton Heathcliff, muito irritado, afirmou que o relato dela era falso.

– Foi o papai que me contou, e papai não me diz falsidades – respondeu ela, com audácia.

– Pois o *meu* papai despreza o seu! – berrou Linton. – Ele diz que o seu pai é um tolo subserviente!

– E o seu é um homem perverso – retorquiu Catherine. – E você é muito malcriado de ousar repetir o que ele diz. Ele só pode ser perverso para ter feito a tia Isabella abandoná-lo do modo como ela fez.

– Ela não o abandonou – disse o menino. – E você não deve, de maneira alguma, me contradizer.

– Abandonou, sim! – gritou minha jovem dama.

– Bem, eu é que vou lhe dizer uma coisa! A sua mãe detestava seu pai. Pronto!

– Oh! – exclamou Catherine, furiosa demais para prosseguir.

– E ela amava meu pai – acrescentou ele.

– Seu pequeno mentiroso! Agora o odeio! – exclamou ela, e seu rosto ficou vermelho de exaltação.

– Amava, sim! Amava, sim! – cantarolou Linton, afundando-se na poltrona e inclinando a cabeça para trás, para desfrutar da agitação da outra litigante, que estava de pé atrás dele.

– Silêncio, senhor Heathcliff! – falei. – Presumo que esta também seja mais uma das histórias de seu pai.

– Não é, e quem tem de dobrar a língua é você! – replicou ele. – Amava, sim. Amava, sim, Catherine! Amava, sim. Amava, sim!

Cathy, fora de si, empurrou a poltrona com violência e fez com que ele caísse sobre um braço. Ele, imediatamente, teve um ataque sufocante de tosse que logo pôs fim ao seu triunfo. A tosse durou tanto que até eu fiquei assustada. Quanto à prima, ela chorou com toda a intensidade que pôde, horrorizada com a maldade que havia feito. No entanto, não disse uma palavra. Segurei-o até que o ataque de tosse se extinguisse. Em seguida, ele se desvencilhou de mim com um empurrão e recostou a cabeça em silêncio. Catherine também controlou seu choro, sentou-se de frente para ele e olhou solenemente para o fogo.

– Como se sente agora, senhor Heathcliff? – perguntei, depois de esperar dez minutos.

– Queria que *ela* se sentisse como eu me sinto – replicou ele. – Criatura cruel e vingativa! Hareton jamais tocou em mim. Nunca me bateu em toda a sua vida. E hoje eu estava me sentindo melhor, mas agora… – A voz dele esmoreceu com um gemido.

– *Eu* não bati em você! – murmurou Cathy, mordendo o lábio para conter outro surto de emoção.

Ele suspirou e gemeu como alguém que sofria muito e continuou assim por quinze minutos. Mas, aparentemente, fazia isso com a intenção de deixar a prima angustiada, pois, sempre que percebia que ela havia abafado um soluço, redobrava o tom de dor e de sofrimento em sua voz.

– Desculpe-me por tê-lo machucado, Linton – disse ela por fim, soluçando até não aguentar mais. – Mas eu não teria me machucado com um empurrãozinho desses e não fazia ideia de que você poderia. Você não está muito machucado, está, Linton? Não deixe que eu volte para casa pensando que o machuquei. Responda! Fale comigo.

– Não posso falar com a senhorita – murmurou ele –, pois me machucou tanto que hei de ficar deitado na cama sem dormir a noite toda, engasgando-me com esta tosse. Se a senhorita tivesse esta tosse, saberia bem como é, mas *a senhorita estará* dormindo confortavelmente enquanto eu agonizo, sem ter alguém ao meu lado. Imagino como você se sentiria se tivesse que passar por essas noites terríveis! – E começou a gemer alto, por pura autocomiseração.

– Visto que o senhor já está habituado a passar por essas noites terríveis, não será minha ama quem estragará o seu descanso. O senhor estaria do mesmo jeito se ela não tivesse vindo. No entanto, ela não voltará a incomodar. E quem sabe o senhor não fica mais quieto depois que sairmos daqui?

– Eu tenho mesmo de ir embora? – perguntou Catherine, com pena, curvando-se sobre ele. – Você quer que eu vá embora, Linton?

– A senhorita não pode mudar o que fez – replicou ele, com mau humor, afastando-se dela. – A não ser que mude para pior, atormentando-me até que eu pegue uma febre.

– Bem, então, eu devo ir embora? – repetiu ela.

– Deixe-me sozinho, pelo menos – disse ele. – Não suporto ouvi-la falar.

Ela hesitou e resistiu às minhas tentativas de convencê-la a partir por um bom e cansativo tempo. Mas, como ele nem olhava para ela nem falava, por fim fez um movimento em direção à porta, e eu fui atrás. Fomos chamadas de volta por um grito. Linton havia escorregado do assento e caído nas lajotas do piso da lareira, deitado, debatendo-se feito uma peste de uma criança birrenta e mimada, determinada a importunar e angustiar os outros o máximo que pudesse. Percebi isso claramente por causa do seu comportamento, e logo vi que seria loucura tentar fazer-lhe a vontade. Já minha companheira não percebeu: ela correu horrorizada, ajoelhou-se, chorou, acalmou e suplicou, até que ele ficou quieto por falta de ar, e não por remorso por estar angustiando a prima.

– Vou levantá-lo do chão e colocá-lo no banco – falei. – E lá ele pode rolar o quanto quiser. Não podemos ficar aqui paradas, vigiando-o. Espero que esteja satisfeita, senhorita Cathy, e convencida de que a senhorita não é a pessoa indicada para ajudá-lo, e que o estado de saúde dele não é provocado por apego à senhorita. Pronto! Agora ele está instalado! Vamos embora. Assim que souber que não há ninguém aqui para se importar com seus absurdos, vai ficar contente de ficar deitado, quieto.

Cathy colocou uma almofada sob a cabeça de Linton e ofereceu-lhe um pouco de água. Ele recusou a segunda e sacudiu-se de modo inquieto, como se almofada fosse uma pedra ou um bloco de madeira. Ela tentou ajeitar a almofada para que o primo se sentisse mais confortável.

– Não gosto desta almofada – disse ele. – Não é alta o bastante.

Catherine trouxe outra almofada e colocou-a sobre a primeira.

– Assim fica alto demais – murmurou a criatura implicante.

– Como devo arrumar as almofadas, então? – perguntou ela, de modo desconsolado.

Agarrou-se a ela, que estava ao lado do banco, com os joelhos levemente dobrados, e usou os ombros da garota como apoio.

– Não, assim não dá – falei. – Pode contentar-se com essas almofadas mesmo, senhor Heathcliff. Minha ama já desperdiçou tempo demais aqui. Não podemos nos demorar nem cinco minutos a mais.

– Sim, sim, podemos! – replicou Cathy. – Ele agora está paciente e bem-comportado. Estou começando a achar que vou sofrer bem mais do que ele esta noite, caso eu creia que ele tenha piorado com minha visita, e, assim, não ousarei voltar aqui. Fale a verdade sobre isso, Linton, pois eu não devo voltar mais aqui caso eu o tenha machucado.

– A senhorita tem de vir para me curar – respondeu ele. – A senhorita deve vir me visitar porque me machucou e sabe que me machucou muito mesmo! Eu não estava tão mal quando a senhorita chegou quanto estou agora... Não é?

– Mas foi você mesmo quem provocou seu mal-estar, ao ficar chorando e tendo acessos de nervos... A culpa não foi nem um pouco minha – disse a prima. – No entanto, agora seremos amigos. E você quer me ver de verdade? Gostaria mesmo de me ver de vez em quando?

– Eu lhe disse que sim – retrucou ele, com impaciência. – Sente-se no banco e deixe-me apoiar a cabeça em seu joelho. – É isso o que mamãe costumava fazer, e passávamos tardes inteiras assim. Sente-se sem se mexer ou falar, mas pode cantar uma música, caso seja afinada; ou talvez a senhorita possa recitar uma boa balada longa e interessante, uma daquelas que a senhorita prometeu me ensinar. Ou, quem sabe, uma história. Mas eu preferia que fosse uma balada. Pode começar.

Catherine recitou a balada mais longa de que ela podia se lembrar. A ocupação agradou bastante aos dois. Linton queria ouvir outra, e depois outra, apesar de minhas vigorosas objeções. Assim eles prosseguiram até que o relógio bateu meio-dia e ouvimos Hareton no pátio, voltando para almoçar.

– E amanhã, Catherine? A senhorita vem me visitar amanhã? – perguntou o jovem Heathcliff, segurando o vestido dela enquanto ela, relutantemente, se levantava.

– Não – respondi. – Nem depois de amanhã. – Cathy, no entanto, evidentemente deu uma resposta diferente, pois Linton deixou de franzir o cenho enquanto ela se inclinava e sussurrava algo em seu ouvido.

– A senhorita não vai voltar amanhã. Lembre-se disso! – comecei a falar quando estávamos já fora da casa. – A senhorita não está nem sonhando com isso, não é mesmo?

Ela sorriu.

– Ah, mas eu tomarei muito cuidado – prossegui. – Vou mandar consertar aquele cadeado, e a senhorita não vai ter outra saída por onde escapar.

– Posso pular o muro – disse ela, rindo. – A granja não é uma prisão, Ellen, e você não é minha carcereira. Além disso, já tenho quase dezessete anos; sou uma mulher feita. E estou certa de que Linton se recuperaria rápido caso tivesse a mim para cuidar dele. Sou mais velha do que ele, sabe, e mais ajuizada; menos infantil, não sou? E ele logo vai fazer o que eu disser, embora precise de um pouco de persuasão. Ele é um amor de menino quando se comporta. Se ele fosse meu, eu o mimaria demais. Jamais discutiríamos, não é mesmo, depois que nos habituássemos um ao outro? Você não gosta dele, Ellen?

– Gostar dele! – exclamei. – Ele é a criaturinha enfermiça mais mal-humorada que já sobreviveu até a adolescência. Felizmente, assim como conjecturou o senhor Heathcliff, ele não chegará aos vinte anos. Na verdade, duvido até que ele sobreviva para ver a primavera. E será uma perda de pouca monta para a família dele no momento em que cair morto. E é sorte a nossa que o pai dele o tenha acolhido: quanto mais gentilmente fosse tratado, mais aborrecido e egoísta ele se tornaria. Fico aliviada de não haver a mínima chance de ele se tornar seu marido, senhorita Catherine.

Minha acompanhante fechou a cara ao ouvir esse discurso. Falar da morte de Linton sem a mínima consideração feria os sentimentos dela.

– Ele é mais jovem do que eu – respondeu ela, depois de uma longa pausa para refletir. – Portanto, deveria viver mais. E ele vai; tem de viver tanto quanto eu. Ele agora tem o mesmo vigor do que quando veio do sul, tenho certeza disso. O que o aflige é apenas um resfriado, o mesmo que o papai pegou. Você diz que o papai vai melhorar. Então, por que ele não melhoraria?

– Calma, calma! – exclamei. – No fim das contas, nós não precisamos nos incomodar com isso. Escute-me, senhorita, e preste atenção, pois cumprirei minha palavra: se a senhorita tentar ir de novo para o Morro dos Ventos Uivantes, em minha companhia ou não, informarei ao senhor Linton e, a não ser que ele dê permissão, sua intimidade com seu primo não deve ser reavivada.

– Ela já foi reavivada – murmurou Cathy, com cara triste.

– Então, ela deve ser interrompida.

– Veremos – respondeu ela, saindo a galope e me deixando para trás, subindo a ladeira a duras penas.

Nós duas chegamos em casa antes do horário de almoço; meu amo presumiu que estivéssemos passeando a esmo pelo parque e, portanto, não exigiu nenhuma satisfação por causa de nossa ausência. Assim que entrei em casa, apressei-me para trocar minhas meias longas e meus sapatos empapados, mas o estrago por ter ficado tanto tempo sentada no Morro dos Ventos Uivantes já fora feito. Na manhã seguinte, fiquei de cama, e por três semanas fiquei incapacitada de cumprir com meus deveres, uma calamidade jamais vivida antes daquele período e que, fico agradecida em dizer, desde a ocasião jamais se repetiu.

Minha pequena ama comportava-se como um anjo ao vir cuidar de mim e ao me alegrar em meio à minha solidão. O confinamento deixou-me extremamente desanimada. A convalescença é fastidiosa para um corpo ativo e inquieto, mas poucas pessoas tinham menos motivos para reclamar do que eu tinha. No instante em que Catherine saía do quarto do senhor Linton, ela aparecia à beira da minha cama. O dia dela dividia-se entre nós dois; nenhuma diversão lhe roubava um minuto de seu tempo. Ela negligenciava as refeições, os estudos e as brincadeiras, sendo a enfermeira mais carinhosa que eu já vi. Tinha mesmo um coração de ouro, amando o pai do modo como amava, e ainda se dedicando tanto a mim. Eu disse que os dias dela se dividiam entre nós dois, mas meu amo ia dormir muito cedo, e eu geralmente não precisava de nada depois das seis da tarde. Portanto, Cathy tinha as noites para si. Pobrezinha! Nunca fiquei pensando no que ela fazia depois do chá. Apesar de, com frequência, reparar, quando ela abria a porta do meu quarto para me desejar boa-noite, que suas faces haviam acabado de ficar mais coradas e seus dedos esguios estavam rosados, em vez de imaginar que essas cores vinham de uma cavalgada no frio pelos pântanos, imaginava que a causa fosse o calor do fogo na biblioteca.

Capítulo 24

Ao final de três semanas, consegui sair do quarto e andar pela casa. Na primeira ocasião em que eu estava desperta e sentada ao entardecer, pedi a Catherine que lesse para mim, pois meus olhos estavam fracos. Estávamos na biblioteca, e meu amo já havia ido dormir. Ela concordou, muito contra a vontade, ao que me pareceu. E, imaginando que eu tivesse um gosto diferente do dela para livros, pedi que escolhesse à vontade algo para ler com atenção. Ela escolheu um de seus favoritos e prosseguiu na leitura por cerca de uma hora. Depois disso, começou a questionar a todo momento:

– Ellen, você não está cansada? Não seria melhor ir se deitar? Vai acabar tendo uma recaída se ficar acordada até muito tarde, Ellen.

– Não, não, querida. Eu não estou cansada – foi o que respondi todas as vezes.

Percebendo que eu não sairia dali, ela ensaiou outro método para demonstrar seu descontentamento com aquela ocupação. Começou a bocejar, a se espreguiçar, até que finalmente disse:

– Ellen, estou cansada.

– Então, pare de ler e vamos conversar – respondi.

Minha sugestão provocou uma reação ainda pior: ela passou a ficar inquieta e a suspirar, olhando para o relógio até às oito da noite. Por fim, foi para o quarto, aparentemente vencida pelo sono, a julgar pelo olhar pesado e irritado e pelo gesto constante de esfregar os olhos. Na noite seguinte, parecia ainda mais impaciente e, na terceira, para evitar minha companhia, reclamou de uma dor de cabeça e me deixou sozinha. Achei o comportamento dela estranho. Tendo ficado sozinha por um bom tempo, decidi perguntar se estava melhor e sugerir que se deitasse no sofá, em vez de ficar no andar de cima, no escuro. Não encontrei Catherine no andar de cima, tampouco no de baixo. Os criados afirmaram não tê-la visto. Encostei a orelha na porta do quarto do senhor Edgar: só se ouvia o silêncio. Voltei ao aposento dela, apaguei minha vela e sentei-me no parapeito da janela.

A lua brilhava intensamente. Uma finíssima camada de neve cobria o chão, e imaginei que ela talvez pudesse ter decidido passear pelo jardim para tomar ar puro. Percebi um vulto movendo-se furtivamente pela parte interna da cerca do parque, mas não era minha jovem ama. Quando saiu da sombra, reconheci um dos cavalariços. Ele permaneceu parado ali por um tempo considerável, observando a estrada para os coches que atravessava a propriedade; em seguida, começou a andar a passos largos, como se tivesse identificado alguma coisa. Logo reapareceu, puxando o pônei de Catherine. E lá estava a garota, recém-apeada, caminhando ao lado dele. O homem conduziu o cavalo furtivamente pelo gramado até o estábulo, enquanto Cathy entrou pela janela de batente da sala de visitas e deslizou silenciosamente para o lugar onde eu a esperava. Fechou a porta com cuidado também, descalçou os sapatos cobertos de neve, desamarrou o chapéu e, sem perceber minha espionagem, começou a tirar a capa. Foi então que eu, subitamente, me levantei e revelei minha presença. A surpresa deixou-a petrificada por um instante. Ela balbuciou uma exclamação e ficou de pé, congelada.

– Minha querida senhorita Catherine... – comecei a falar, ainda impressionada demais com as gentilezas recentes dela para admoestá-la. – Por onde andou cavalgando a esta hora? E por que tenta me enganar inventando uma história? Onde a senhorita estava? Fale!

– Nos fundos do par... parque – gaguejou ela. – Não inventei história alguma.

– Não foi a nenhum outro lugar? – insisti.

– Não – foi a resposta murmurada.

– Oh, Catherine! – exclamei com tristeza. – A senhorita sabe que tem feito coisas que não deve, ou não seria forçada a me contar uma inverdade. Isso me entristece de verdade. Eu preferiria ficar doente por três meses a ouvi-la mentir deliberadamente.

Ela deu um pulo para a frente e, desatando a chorar, jogou os braços em volta do meu pescoço.

– Bem, Ellen, é que tenho muito medo de que você se zangue. Prometa que não vai se zangar, e assim saberá toda a verdade. Odeio ter de esconder isso.

Sentamos-nos no banco junto à janela. Garanti a ela que não iria repreendê-la, qualquer que fosse seu segredo – que eu já adivinhara, é claro. Então, ela começou:

– Eu estive no Morro dos Ventos Uivantes, Ellen, e não deixei de ir lá um só dia desde que você adoeceu, exceto três vezes antes e duas vezes depois de você já não estar de cama no seu quarto. Dei ao Michael livros e gravuras em troca de ele aprontar Minny todas as noites e depois levá-la de volta ao estábulo. Você não deve repreendê-lo, lembre-se disso. Eu chegava ao Morro dos Ventos Uivantes por volta das seis e meia da tarde e geralmente ficava lá até oito e meia da noite, e depois voltava galopando para casa. Não ia para lá para me divertir. Na maioria das vezes, sentia-me mal comigo mesma. De vez em quando, sentia-me feliz, talvez uma vez por semana. A princípio, achei que teria a tarefa ingrata de convencê-la a me deixar cumprir a promessa que eu havia feito a Linton, já que tinha combinado de fazer uma visita no dia seguinte, da última vez que nós duas o vimos. Mas, como na manhã seguinte você ficou de cama, escapei desse problema. Enquanto Michael estava consertando o cadeado do portão do parque naquela tarde, fiquei com a chave e contei a ele como meu primo desejava uma visita minha, porque estava doente e não podia vir até a granja, e como papai se oporia à minha ida até lá. Em seguida, negociei com ele a questão do pônei. Ele gosta muito de ler e pensa em sair daqui em breve para se casar. Então, ofereceu-se para fazer o que eu queria em troca de eu emprestar para ele alguns livros da biblioteca. Mas preferi dar a ele meus próprios livros, o que o agradou ainda mais.

– Na minha segunda visita, Linton parecia mais animado, e Zillah, a governanta deles, limpou um cômodo para nós, acendeu a lareira e disse-nos que, como Joseph havia saído para um encontro de oração, e Hareton Earnshaw, com seus cachorros, estava roubando faisões na mata que pertencia à nossa propriedade – como fiquei sabendo depois –, nós poderíamos fazer o que quiséssemos. Ela me trouxe uma taça de vinho quente e um pouco de biscoito de gengibre, mostrando-se extremamente bondosa. Linton sentou-se na poltrona, e eu na cadeira de balanço perto da lareira. Rimos e conversamos muito alegremente, e nosso assunto parecia não ter fim: planejamos aonde iríamos e o que faríamos no verão. Não preciso repetir esta parte para você, pois você acharia tudo uma bobagem.

Certa vez, no entanto, estávamos prestes a discutir. Ele disse que a maneira mais agradável de se passar uma tarde quente de julho era deitar, desde a manhã até o fim da tarde, em uma encosta cheia de urzes no meio do pântano, com as abelhas zumbindo distraidamente por entre as flores, as cotovias cantando sobre nossas cabeças, o céu azul e o sol brilhando incessantemente, sem nenhuma nuvem. Aquele era o ideal dele da felicidade do paraíso. O meu era ficar balançando em uma árvore verdejante e farfalhante, com o vento oeste soprando, brilhantes nuvens brancas passando rapidamente acima de nós, e não apenas cotovias, mas também tordos, melros, pintarroxos e cucos cantando por todos os lados; com o pântano ao longe, dividido em vales escuros e frescos, perto de grandes colinas de grama longa ondulando com a brisa, cercado por bosques, o som da água ao fundo, e o mundo todo desperto, vibrando de alegria. Ele queria que tudo repousasse em um êxtase de paz; eu queria que tudo cintilasse e dançasse em um jubileu glorioso. Eu disse que o paraíso dele estaria apenas meio vivo, e ele retrucou que o meu estaria bêbado. Eu disse que cairia no sono no paraíso dele, e ele disse que não conseguiria respirar no meu e começou a ficar muito suscetível. Por fim, concordamos em experimentar os dois, assim que fizesse o clima certo, e depois nos beijamos e reatamos a amizade.

Depois de ficar sentada e parada por uma hora, olhei para o grande cômodo, com seu piso liso e sem tapetes, e pensei como seria bom brincar ali se tirássemos a mesa. Pedi a Linton que chamasse a Zillah para nos ajudar, e poderíamos brincar de cabra-cega. Ela deveria tentar nos pegar – você costumava brincar disso comigo, e sabe disso, Ellen. Ele não quis e disse que aquela brincadeira não tinha graça nenhuma, mas concordou em brincar de bola comigo. Achamos duas em um armário, em meio a um monte de brinquedos velhos – piões, aros, raquetes de *badminton* e petecas. Em uma das bolas, estava gravado C., e, na outra, H. Quis ficar com a bola C., pois a letra significava Catherine, e imaginei que o H. talvez fosse de Heathcliff, o nome dele. No entanto, o farelo de trigo que recheava a bola estava saindo por um furo, o que desagradou Linton. Venci todas as partidas, e ele ficou irritado de novo, tossiu e voltou para a poltrona. Naquela noite, porém, ele logo recobrou o bom humor. Ficou encantado com duas ou três canções bonitas – canções *suas*, Ellen. E, quando chegou a hora de eu ir, ele implorou e suplicou para que eu voltasse no fim de tarde do dia seguinte. E prometi que voltaria. Minny e eu voltamos voando para casa, tão leves quanto o ar. E sonhei com o Morro dos Ventos Uivantes e com meu doce e querido primo até a manhã seguinte.

– Na manhã seguinte, fiquei triste, em parte porque você ainda estava mal, e em parte porque eu desejava que meu pai soubesse e aprovasse as minhas excursões. No entanto, depois do chá, uma linda noite de luar se fez, e, enquanto eu cavalgava, a tristeza se esvaiu. "Vou passar outra noite feliz", pensei comigo mesma. "E o que mais me agrada é que meu lindo Linton também ficará feliz." Fui trotando jardim acima e estava prestes a dar a volta pelos fundos da casa quando aquele tal de Earnshaw me encontrou, pegou minhas rédeas e pediu que eu entrasse pela frente. Deu um tapinha no pescoço da Minny e disse que era um animal bonito, e parecia querer que eu falasse com ele. Falei apenas que deixasse meu cavalo em paz, caso contrário Minny daria um coice nele. Ele, com seu tom vulgar, respondeu: "Se levar um coice, nem vai doer muito" e examinou as patas de Minny com um sorriso. Fiquei um tanto tentada a testar sua bravata, mas, antes que eu pudesse reagir, ele se adiantou para abrir a porta. Enquanto levantava o ferrolho, olhou para a inscrição talhada acima de nós e disse, com uma mistura de vergonha e euforia:

"– Senhorita Catherine! Agora eu consigo ler aquilo ali.

"– Que maravilha! – exclamei. – Quero ouvir você ler. Você, de fato, *está* ficando mais esperto!

"Ele soletrou o nome e, em seguida, falou arrastando as sílabas 'Hareton Earnshaw'.

"– E os números!? – exclamei de modo alentador, percebendo que ele havia parado subitamente.

"– Isso eu ainda não sei ler – respondeu ele.

"– Ah, seu cabeça oca! – falei, rindo com vontade do fracasso dele. – O imbecil ficou olhando fixamente, arreganhando os dentes e começando a franzir o cenho, como se não tivesse certeza se deveria se juntar a mim e rir também. Parecia não saber se minha risada era fruto de uma agradável familiaridade ou se era uma expressão de desprezo – o que era o caso. Resolvi a dúvida dele ao, subitamente, voltar a ficar séria e pedir que se afastasse de mim, pois eu tinha vindo visitar Linton, e não ele. Ele ficou com o rosto corado. Vi isso por causa do luar. Então, soltou a mão do ferrolho e saiu dali cabisbaixo, um retrato vivo do orgulho ferido. Ele deve ter imaginado que era tão instruído quanto Linton, presumo, pois era capaz de soletrar o próprio nome, e ficou maravilhosamente desconcertado por eu não ter a mesma opinião."

– Pare, querida senhorita Catherine! – interrompi. – Não vou repreendê-la, mas não gostei do seu comportamento nessa situação. Se a senhorita se lembrasse de que Hareton é tanto seu primo quanto o jovem senhor Heathcliff, perceberia como foi um erro ter se comportado dessa maneira. Foi, no mínimo, louvável ele ter querido ser tão instruído quanto Linton. E, provavelmente, ele não aprendeu aquilo para se exibir. A senhorita já o havia deixado envergonhado pela ignorância dele antes, não tenho dúvida. E ele queria corrigir aquela situação e agradá-la. Desdenhar da tentativa imperfeita dele foi muita grosseria. Caso tivesse sido criada como ele, a senhorita acredita que seria menos rude? Ele era tão esperto e inteligente quando criança quanto a senhorita era. E magoa-me agora vê-lo desprezado, apenas porque aquele chulo do Heathcliff o tratou injustamente.

– Bem, Ellen, você não vai chorar por isso, não é!? – exclamou ela, surpresa com minha franqueza. – Mas espere e você vai saber se ele decorou o abecedário só para me agradar e se valeu a pena ser educada com aquele grosso. Entrei na casa. Linton estava deitado no banco e sentou-se para me cumprimentar.

"– Esta noite estou doente, Catherine, meu amor – disse ele. – Hoje, quem deve falar é você, e eu vou escutar. Venha, sente-se ao meu lado. Eu não tinha certeza de que você cumpriria com sua palavra, e vou fazê-la prometer de novo antes de ir embora.

"Eu sabia que não deveria implicar com ele, pois estava doente, então falei em um tom suave, sem fazer perguntas e evitando irritá-lo de qualquer maneira que fosse. Havia levado alguns dos meus melhores livros para ele. Pediu-me que lesse um trecho de um deles, e eu estava prestes a fazer isso quando Earnshaw escancarou a porta, cheio de veneno depois de refletir sobre o que eu lhe havia dito. Ele veio diretamente em nossa direção, agarrou Linton pelos braços e arrancou-o de seu assento.

"– Vá para o seu quarto! – disse ele, quase balbuciando de tanta exaltação. Seu rosto parecia inchado e furioso. – Leve-a para lá quando ela vier visitá-lo. Vocês não vão me impedir de ficar aqui. Saiam os dois daqui agora!

"Ele nos xingou e não deu a Linton tempo de responder, quase jogando-o para dentro da cozinha. À medida que fui atrás de Linton, cerrou os punhos, como se quisesse me derrubar. Fiquei com medo por um instante e deixei um dos volumes cair. Ele chutou o livro em minha direção e nos trancou do lado de fora da sala. Ouvi uma risada maligna e entrecortada perto do fogo e, ao me virar, vi o detestável Joseph de pé, esfregando as mãos ossudas uma na outra e tremendo de frio.

"– Eu sabia que ele ia dar uma lição em vocês! Ele é um rapaz e tanto! Está comportando-se à altura! Ele sabe, sim, sabe tão bem quanto eu quem deveria ser o senhor desta casa... Hahaha! Ele tirou vocês de lá direitinho! Hahaha!

"– E para onde devemos ir? – perguntei ao meu primo, não dando ouvidos à zombaria do velho miserável.

"Linton ficou lívido e trêmulo. Ele não estava bonito naquele momento, Ellen, ah, não! Parecia assustador, pois seu rosto magro e seus olhos grandes estampavam uma expressão de fúria frenética e impotente. Agarrou a maçaneta da porta e tentou abri-la; mas ela estava trancada por dentro.

"– Se não me deixar entrar, mato você!... Se não me deixar entrar, mato você! – ele berrou mais do que falou. – Demônio! Demônio!... Vou matar você! Vou matar você!

"Joseph soltou mais uma de suas risadas roucas.

"– Meu Deus, é igualzinho ao pai! – exclamou Joseph. – É o próprio pai! Nós sempre herdamos alguma coisa de algum dos lados da família. Não se importe, Hareton, meu rapaz. Não tenha medo, pois ele não pode lhe fazer nada!

"Peguei as mãos de Linton e tentei tirá-lo dali, mas ele berrou tão escandalosamente que não ousei prosseguir. Por fim, seus berros foram abafados por um terrível ataque de tosse. Jorrou sangue de sua boca, e ele caiu no chão. Corri para o pátio, enjoada de horror, e chamei a Zillah o mais alto que pude. Ela logo me escutou. Estava ordenhando as vacas em um galpão perto do celeiro e, saindo dali apressada, perguntou-me o que havia acontecido. Eu não tinha fôlego para explicar. Arrastando-a para dentro da casa, procurei por Linton. Earnshaw havia entrado na cozinha para verificar as consequências de seu malfeito e, naquele momento, carregava o coitado para o andar de cima. Zillah e eu subimos atrás dele, mas ele me deteve no topo da escada e disse que eu não deveria entrar, que deveria ir para casa. Exclamei que, se ele houvesse matado Linton, eu *entraria*, sim. Joseph trancou a porta e declarou que eu não faria 'nada disso' e perguntou se eu ficaria 'tão descontrolada quanto ele'. Fiquei de pé, chorando, até que a governanta reaparecesse. Ela afirmou que ele, em breve, ficaria melhor, mas que não suportaria ouvir aquela gritaria e aquele escândalo. Em seguida, agarrou-me e arrastou-me praticamente de volta para a sala.

"Ellen, eu estava prestes a arrancar os cabelos da minha cabeça! Solucei e chorei até quase ficar cega, e o rufião de quem você se solidariza estava parado na minha frente, atrevendo-se, de quando em quando, a pedir que eu ficasse calada e negando que aquilo havia sido culpa dele. E, por fim, assustado por minhas afirmações de que eu contaria tudo ao papai e que ele deveria ser preso e ir para a forca, começou a chorar e saiu correndo para esconder sua agitação covarde. Ainda assim, não me livrei dele. Por fim, quando me forçaram a partir, e eu já estava a cerca de cem metros da propriedade, ele de repente surgiu das sombras na beira da estrada, deteve a Minny e me agarrou.

"– Senhorita Catherine, estou muito sentido – começou ele. – Mas é uma infelicidade que…

"Dei-lhe uma chibatada, pensando que talvez fosse me matar. Ele me soltou, trovejando um de seus xingamentos horrendos, e eu galopei para casa, fora de mim.

"Naquela noite, não desejei boa-noite a você, e na noite seguinte não voltei ao Morro dos Ventos Uivantes. Eu queria muito ir, mas estava estranhamente agitada. Ora receava ouvir que Linton havia morrido, ora eu tinha calafrios ao pensar em reencontrar Hareton. No terceiro dia, criei coragem. Não aguentava mais aquele suspense e fui para lá uma vez mais.

Saí às cinco da tarde, caminhando, imaginando que talvez conseguisse entrar despercebida na casa e subir até o quarto de Linton. No entanto, os cachorros anunciaram minha aproximação. Zillah recebeu-me e, dizendo-me que 'o rapaz está melhorando bastante', levou-me a um cômodo pequeno, arrumado e atapetado, onde, para minha inexprimível alegria, vi Linton deitado em um pequeno sofá, lendo um dos meus livros. Mas ele, por uma hora, recusou-se a falar ou a olhar para mim, Ellen. Ele estava com um humor péssimo. E o que me deixou perplexa foi que, quando finalmente abriu a boca, mentiu dizendo que eu havia provocado aquele alvoroço e que a culpa não era de Hareton! Incapaz de responder de outra forma que não fosse com raiva, eu me levantei e saí do cômodo. Ele lançou um fraco 'Catherine!', sem imaginar que eu reagiria daquela maneira, mas não voltei atrás. No dia seguinte, fiquei em casa pela segunda vez, quase decidida a não visitá-lo mais. Mas tamanha era a infelicidade de ir dormir e acordar sem saber notícias dele que minha decisão se esvaiu antes que pudesse se formar por completo. Certa vez, eu sentira que era um erro ir até lá. Agora, parecia um erro evitar ir. Michael veio me perguntar se deveria selar a Minny. Disse que sim e considerei que estava cumprindo um dever à medida que Minny me conduzia por aqueles morros. Fui obrigada a passar pelas janelas da frente para chegar ao pátio; de nada adiantava tentar disfarçar minha presença.

"– Meu jovem amo está em casa – disse Zillah ao me ver ir em direção à sala de visitas. Entrei. Earnshaw também estava lá, mas saiu imediatamente. Linton estava sentado na grande poltrona, quase dormindo. Caminhei até a lareira e comecei a falar em um tom sério, desejando que aquilo soasse sincero.

"– Como você não gosta de mim, Linton, e como acha que venho aqui com o objetivo de magoá-lo, fingindo que faço isso todas as vezes, este será nosso último encontro. Devemos nos despedir. Diga ao senhor Heathcliff que você já não deseja me ver e que ele não deve mais inventar nenhuma falsidade com relação a esse assunto.

"– Sente-se e tire seu chapéu, Catherine – respondeu ele. – Você é tão mais feliz do que eu que deveria ser uma pessoa melhor. Papai já fala o suficiente sobre os meus defeitos e demonstra desprezo o bastante por mim. Portanto, é natural que eu duvide de mim mesmo. Eu me pergunto se não sou tão completamente imprestável quanto ele frequentemente diz que sou. E então me sinto tão contrariado e amargurado que termino odiando a todos! Sou um inútil, tenho um temperamento ruim e estou quase sempre de mau humor. E, se assim você preferir, pode dizer adeus; vai se livrar de um grande aborrecimento. Só lhe peço, Catherine, que me faça uma justiça: acredite que, se eu talvez pudesse ser doce, gentil e bom como você é, eu seria, e de mais bom grado do que se eu fosse feliz e saudável. Acredite que sua bondade me fez amá-la mais profundamente do que se eu, de fato, merecesse seu amor. E, apesar de eu não ter conseguido – e de não conseguir – evitar demonstrar minha verdadeira natureza, eu me ressinto e me arrependo dela. E me ressentirei e me arrependerei dela até que eu morra!

"Senti que falava a verdade e deveria perdoá-lo. E, por mais que pudéssemos discutir no instante seguinte, eu tornaria a perdoá-lo. Reconciliamo-nos, mas choramos os dois durante todo o tempo em que fiquei lá – não totalmente de tristeza, embora eu, *de fato*, lamentasse que Linton tivesse uma natureza tão tortuosa. Ele nunca permitirá que seus amigos se sintam sossegados, e ele mesmo jamais encontrará sossego. Desde então, passei a visitá-lo sempre em sua saleta de visitas, pois seu pai voltou no dia seguinte.

"Em três ocasiões, creio eu, estivemos tão felizes e esperançosos como na primeira noite. O restante das minhas visitas foi triste e turbulento – às vezes por causa do egoísmo e do rancor dele, outras por seus sofrimentos. Mas aprendi a suportar os primeiros com quase tão pouco ressentimento quanto dos outros. O senhor Heathcliff tem me evitado intencionalmente, e mal o vi desde que voltou. No último domingo, ao fazer minha visita mais cedo do que de costume, ouvi-o insultar cruelmente Linton por seu comportamento na noite anterior. Não sei como ele poderia saber, a não ser que tenha nos escutado. Linton, de fato, havia se comportado de maneira provocadora, mas isso não dizia respeito a ninguém além de mim. Interrompi o sermão do senhor Heathcliff ao entrar e dizer isso a ele. Ele soltou uma gargalhada e foi embora, dizendo que ficava contente por essa opinião sobre o assunto. Desde então, já falei a Linton que ele tem de sussurrar seus comentários amargos. Agora, Ellen, você já ouviu tudo. Eu não posso ser impedida de ir ao Morro dos Ventos Uivantes sem causar a infelicidade de duas pessoas. Porém, se você não contar nada ao papai, minhas idas ao Morro dos Ventos Uivantes não perturbarão a tranquilidade de ninguém. Você não vai contar, não é mesmo? Seria uma atitude extremamente desalmada."

– Vou tomar uma decisão com relação a isso até amanhã, senhorita Catherine – repliquei. – Preciso ainda refletir. Portanto, vou deixar a senhorita descansar e vou pensar no assunto.

Refleti sobre o assunto em voz alta, na presença do meu amo, enquanto caminhava direto do quarto dela para o dele, contando toda a história – exceto pelas conversas de Cathy com o primo e qualquer menção a Hareton. O senhor Linton ficou mais alarmado e perturbado do que quis admitir para mim. Na manhã seguinte, Catherine descobriu que eu havia traído sua confiança e também que suas visitas secretas chegariam ao fim. Em vão, ela chorou e se contorceu de dor diante da proibição, implorando ao pai que tivesse piedade de Linton. Todo o consolo que ela obteve foi uma promessa de que ele iria escrever e dando-lhe permissão para visitar a granja sempre que quisesse, mas deixando claro que não deveria mais esperar Catherine no Morro dos Ventos Uivantes. Se tivesse ciência do temperamento e do estado de saúde do sobrinho, talvez tivesse considerado inadequado conceder a Cathy até mesmo esse ínfimo consolo.

Capítulo 25

— Essas coisas aconteceram no inverno passado, senhor – disse a senhora Dean. – Faz pouco mais de um ano. Naquela época, eu jamais imaginaria que, ao fim de doze meses, estaria entretendo um desconhecido com a história dessa família! Ainda assim, quem sabe por quanto tempo o senhor continuará sendo um desconhecido? O senhor é jovem demais para se contentar em viver sozinho para sempre. E, de certo modo, imagino que ninguém seja capaz de ver Catherine Linton e não amá-la. O senhor sorri, mas por que fica tão animado e interessado quando eu falo sobre ela? E por que me pediu para pendurar o retrato dela acima da lareira? E por que...

– Pare, minha boa amiga! – exclamei. – Talvez seja possível que *eu* a ame, mas ela me amaria? Tenho dúvidas demais para arriscar minha tranquilidade ao cair em uma tentação. Além do mais, meu lar não é aqui. Venho do mundo atarefado, e é para ele que devo voltar. Prossiga com a história. Catherine obedeceu às ordens do pai?

– Sim – prosseguiu a governanta. – O carinho que sentia pelo pai ainda era o sentimento mais forte em seu coração. Então, ele falou com ela sem raiva, com a ternura profunda de quem está prestes a deixar seu tesouro à merce de perigos e inimigos, em um lugar em que a memória de suas palavras seria a única orientação que poderia lhe deixar. Ele me disse alguns dias depois:

– Gostaria que meu sobrinho me escrevesse, Ellen, ou fizesse uma visita. Diga-me com sinceridade o que pensa dele: será que mudou para melhor ou existe alguma perspectiva de que melhore à medida que amadureça?

– Ele é muito frágil, senhor – repliquei. – É pouco provável que alcance a idade adulta. Mas isto posso lhe dizer: ele não se parece com o pai. E, caso a senhorita Catherine tivesse a infelicidade de se casar com ele, Linton não fugiria ao controle dela, a menos que ela fosse extrema e estupidamente indulgente. No entanto, senhor, haverá tempo suficiente para conhecê-lo e avaliar se ele seria um marido adequado para ela. Faltam ainda mais de quatro anos para que ele atinja a maioridade.

Edgar suspirou e, caminhando até janela, olhou na direção da capela presbiteriana de Gimmerton. Era uma tarde neblinosa, mas o sol de fevereiro brilhava fraco, permitindo que víssemos, ainda que com dificuldade, os dois abetos no adro e as lápides esparsas.

– Já rezei com frequência – disse ele, quase em solilóquio – Pelo que está por vir, e agora eu começo a recuar e a temer isso. Pensei que a lembrança do momento em que eu desci aquele vale como noivo fosse menos doce do que a expectativa de, em breve, dentro de alguns meses, ou talvez semanas, ser carregado para lá e depositado naquela tumba solitária! Ellen, fui muito feliz com minha pequena Cathy. Durante as noites de inverno e os dias de verão, ela foi uma esperança viva ao meu lado. Mas também fui igualmente feliz pensando sozinho por entre estas pedras, sob aquela antiga igreja. Deitado, nas longas noites de junho, na colina verde onde está o túmulo da mãe dela, desejei e ansiei pelo dia em que eu estaria enterrado ali. O que posso fazer por Cathy? Como hei de deixá-la? Não me importaria de maneira alguma que Linton fosse filho de Heathcliff, nem que a roubasse de mim caso pudesse consolá-la por minha perda. Não me importaria que Heathcliff conseguisse o que almeja e triunfasse em me roubar minha última bênção! Mas, caso Linton não seja digno, caso seja apenas um instrumento fraco da vontade do pai, não posso entregá-la a ele! E, por mais duro que seja destruir o espírito otimista dela, devo vê-la triste enquanto eu viver e deixá-la sozinha quando eu morrer. Querida! Eu preferia entregá-la para Deus e depositá-la sob a terra antes de mim.

– Entregue-a a Deus assim mesmo – respondi. – E, se por acaso perdermos o senhor, queira Deus que não, com a ajuda da providência divina, serei amiga e conselheira dela até o fim. A senhorita Catherine é uma boa menina. Não temo que enverede por um mau caminho de livre e espontânea vontade. E as pessoas que cumprem seu dever são sempre recompensadas no fim das contas.

A primavera avançava, mas meu amo não recobrava as forças, apesar de ter retomado os passeios pela propriedade com a filha. Para a inexperiência dela, isso, por si só, era um sinal de convalescença. Além do mais, as faces dele frequentemente estavam coradas, e os olhos, bastante brilhantes. Estava certa da recuperação dele. No aniversário de dezessete anos de Catherine, ele não visitou o adro da capela. Estava chovendo, e eu observei:

– Certamente não sairá nesta noite, não é, senhor?

Ele respondeu:

– Não, este ano adiarei minha visita.

Ele voltou a escrever para Linton, expressando seu enorme desejo de vê-lo. E, se o inválido estivesse apresentável, não tenho dúvida de que seu pai teria permitido a visita. Seguindo as intruções do pai, Linton respondeu, alegando que o senhor Heathcliff se opunha a que ele fosse à granja, mas que a lembrança gentil de seu tio o agradava muito. Assim, esperava encontrá-lo algum dia em seus passeios e pedir pessoalmente ao senhor Linton que ele e sua prima não continuassem completamente separados por muito tempo.

Essa parte da carta dele era simples e, provavelmente, de sua autoria. Heathcliff sabia, então, o quanto o rapaz podia implorar eloquentemente pela companhia de Catherine.

"– Não estou pedindo para que ela possa vir me visitar aqui. Mas jamais voltarei a vê-la, se meu pai me proíbe de ir à casa dela e o senhor a impede de vir à minha? Por favor, cavalgue com ela de vez em quando em direção ao Morro dos Ventos Uivantes e permita que troquemos algumas palavras, em sua presença! Não fizemos nada para merecer esta separação. E o senhor não está com raiva de mim, tampouco tem motivos para não gostar de mim, como reconheceu. Querido tio, mande-me um bilhete gentil amanhã e permita que eu me reúna com o senhor onde for mais conveniente, exceto na Granja de Thrushcross. Acredito que nosso encontro o convencerá de que o caráter de meu pai não é o mesmo que o meu. Ele afirma que sou mais sobrinho seu do que filho dele. E, por mais que eu tenha defeitos que me tornem indigno de Catherine, ela os perdoou. Por ela, o senhor também deveria perdoá-los. O senhor pergunta sobre minha saúde: ela está melhor, mas, enquanto eu permanecer sem esperança e condenado à solidão ou à companhia daqueles que nunca gostaram de mim, como posso ficar bem e contente?"

Edgar, apesar de sentir pena do rapaz, não podia concordar com seu pedido, porque ele não poderia acompanhar Catherine. Disse que, no verão, talvez eles pudessem se encontrar e, enquanto isso, desejava que Linton continuasse escrevendo de vez em quando e comprometeu-se a lhe oferecer os conselhos e o consolo que pudesse transmitir por carta, pois compreendia a posição difícil do sobrinho na família. Linton concordou e, se não tivesse sido contido, provavelmente teria estragado tudo enchendo suas epístolas de lamentos e reclamações. Mas o pai o vigiava de perto e, obviamente, insistia para ler cada linha que meu amo havia escrito. Assim, em vez de descrever seus sofrimentos e as aflições pessoais, os pensamentos que constantemente o dominavam, passou a escrever incessantemente sobre a cruel obrigação de permanecer afastado de sua amiga e amada. E, de forma sutil, sugeriu que o senhor Linton deveria, em breve, permitir um encontro. Caso contrário, temia que o tio estivesse intencionalmente enganando-o com promessas vãs.

Cathy era uma poderosa aliada dele em casa, e os dois, por fim, conseguiram convencer meu amo a permitir que cavalgassem ou passeassem juntos uma vez por semana, sob minha supervisão, nos pântanos próximos à granja. Isso ocorreu porque, em junho, a saúde de meu amo continuava piorar. Embora ele separasse anualmente uma parte de sua renda para compor a fortuna de minha jovem dama, desejava que ela pudesse conservar, ou, pelo menos, recuperar em breve a casa de seus antepassados. Ele considerou que a única chance de isso ocorrer seria casando-a com seu herdeiro. Não fazia ideia de que Linton estava definhando quase tão rápido quanto ele próprio. Ninguém fazia, pois nenhum médico visitava o Morro dos Ventos Uivantes, e ninguém ia até o senhor Heathcliff para que ficássemos sabendo de seu estado. Quanto a mim, comecei a pensar que meus pressentimentos eram falsos e que ele, de fato, deveria estar recuperando sua saúde, já que falava de cavalgar ou passear pelos pântanos e parecia muito entusiasmado por realizar esse objetivo. Eu não conseguia imaginar um pai tratando uma criança moribunda de modo tão tirânico e perverso quanto Heathcliff havia tratado Linton, como vim saber depois, forçando-o a demostrar esse aparente entusiasmo. Seus esforços redobravam com a iminência de seus planos mesquinhos e insensíveis serem derrotados pela morte.

Capítulo 26

O auge do verão já havia passado quando Edgar, relutantemente, cedeu às súplicas deles, e Catherine e eu saímos em nossa primeira cavalgada para encontrar o primo. O clima daquele dia era abafado e sufocante. O sol não brilhava, mas a neblina e as muitas nuvens que salpicavam o céu não ameaçavam chuva. Havíamos combinado que nosso encontro seria no marco de pedra, perto da encruzilhada. No entanto, chegando lá, um pastorinho, enviado como mensageiro, nos informou que o senhor Linton estava logo do outro lado do morro e ficaria muito agradecido se andássemos um pouco mais.

– Então, o senhor Linton já esqueceu da primeira regra do tio – observei. – Ele determinou que permanecêssemos dentro dos limites da granja, e estamos prestes a ultrapassá-los.

– Bem, podemos dar a volta com os cavalos assim que o alcançarmos – respondeu minha acompanhante. – Assim, nossa excursão ficará voltada em direção à casa.

Mas, ao alcançá-lo, e isso foi a menos de quatrocentos metros da casa dele, descobrimos que não tinha um cavalo, e fomos obrigadas a apear, deixando nossos animais pastando. Ele estava deitado no urzal, esperando que nos aproximássemos, e não se levantou até que estivéssemos a poucos metros de distância. Em seguida, caminhou com tanta dificuldade e parecia tão pálido que eu imediatamente exclamei:

– Ora, senhor Heathcliff, não me parece estar em condições de desfrutar de um passeio nesta manhã. O senhor parece muito doente.

Catherine examinou-o com pena e perplexidade. A exclamação de alegria que lhe vinha aos lábios transformou-se em uma de preocupação. Da mesma forma, trocou a felicitação pelo tão adiado reencontro por uma pergunta ansiosa: estaria ele pior do que de costume?

– Não... Estou melhor... Melhor! – ofegou, tremendo e pegando a mão dela como se precisasse de apoio, enquanto seus grandes olhos azuis percorriam timidamente o corpo da garota. As profundas olheiras em volta deles haviam transformado sua antiga expressão lânguida por uma de exaustão macilenta.

– Mas você parece pior – insistiu a prima. – Está pior do que quando o vi pela última vez. Está mais magro e...

– Estou cansado – interrompeu ele apressadamente. – Está quente demais para caminhar. Vamos descansar aqui. E, de manhã, eu frequentemente me sinto enjoado. Papai diz que é porque eu estou crescendo rápido demais.

Muito pouco convencida, Cathy sentou-se, e ele se deitou ao lado dela.

– Isso aqui é parecido com sua ideia do paraíso – comentou ela, esforçando-se para parecer alegre. – Você se lembra dos dois dias em que combinamos pensar no lugar e no modo como cada um de nós considerava um dia perfeito de verão? Este cenário se parece com o seu, mas o dia está nublado. Mas as nuvens são tão delicadas e suaves que talvez seja melhor do que se o tempo estivesse aberto. Na semana que vem, se você puder, cavalgaremos até o parque da granja e experimentaremos meu paraíso.

Linton não parecia se lembrar do que ela falava e, evidentemente, tinha grande dificuldade em manter qualquer tipo de conversa. A falta de interesse pelos assuntos que ela iniciava, assim como sua incapacidade de contribuir para seu entretenimento, eram tão óbvias que Cathy não pôde disfarçar a decepção. Uma mudança indefinida o havia tomado, modificando-o por completo. Sua rabugice, que antes poderia ser suavizada à base de muitas carícias, havia cedido lugar a uma lânguida apatia. Já não havia nele o temperamento irascível de uma criança que choraminga e provoca com a intenção de ser reconfortada; em vez disso, mostrava a taciturnidade egocêntrica de um inválido resignado, que repele qualquer consolo e considera um insulto as risadas bem-humoradas dos outros. Catherine percebeu, assim como eu, que ele considerava nossa presença como um castigo, não uma gratificação. E, naquele momento, ela hesitou em sugerir que partíssemos. Aquela sugestão, inesperada, despertou Linton de sua letargia e o deixou em um estranho estado de agitação. Ele olhou de soslaio e temeroso na direção do Morro dos Ventos Uivantes e implorou para que ela ficasse ali, pelo menos por mais meia hora.

– Mas acho – disse Cathy – que você ficaria mais confortável em casa do que sentado aqui. Hoje não estou conseguindo diverti-lo com minhas histórias, canções e conversas. Você se tornou mais maduro do que eu nestes seis meses e, agora, já não gosta tanto das minhas distrações. Caso contrário, se eu pudesse diverti-lo, ficaria aqui de bom grado.

– Fique para descansar – replicou ele. – E, Catherine, não pense ou diga que eu estou *muito* adoentado. É o tempo pesado e o calor que me deixam sem forças. Antes de você chegar, andei mais do que devia. Diga ao meu tio que minha saúde está razoável, está bem?

– Direi a ele que isso é o que *você* diz, Linton. Mas não poderia afirmar que isso é verdade – observou minha jovem dama, intrigada com a insistência dele em algo que evidentemente não era verdade.

– E volte aqui na próxima quinta-feira – prosseguiu ele, evitando o olhar intrigado dela. – E agradeça ao meu tio por permitir que você viesse. Transmita a ele minha mais profunda gratidão, Catherine. E… se por acaso você se *encontrar* com meu pai e ele perguntar sobre mim, não o leve a crer que fui extremamente estúpido e fiquei calado. Não fique triste nem cabisbaixa, como está agora, ou ele ficará furioso.

– Não me importo nem um pouco com a raiva dele – exclamou Cathy, imaginando que ela seria o alvo da raiva de Heathcliff.

– Mas eu me importo – retrucou o primo, estremecendo. – *Não* o provoque nem o jogue contra mim, Catherine, pois ele é muito severo.

– Ele é severo, senhor Heathcliff? – indaguei. – Cansou-se da indulgência e passou do ódio passivo para o ódio ativo?

Linton olhou para mim, mas não respondeu. Depois de permanecer sentada ao lado dele por mais dez minutos – durante os quais a cabeça do rapaz tombou pesadamente sobre o peito e ele não emitiu som além de gemidos abafados de exaustão e dor –, Cathy começou a buscar consolo colhendo mirtilos e dividindo comigo o resultado de suas buscas. Percebera que, se tentasse falar com Linton, aquilo apenas o cansaria e o irritaria ainda mais.

– Já se passou meia hora, Ellen? – sussurrou ela em meu ouvido, por fim. – Não temos motivos para permanecer aqui. Ele está dormindo, e papai logo vai querer que voltemos.

– Bem, não podemos deixá-lo aqui dormindo – respondi. – Espere até que ele acorde e seja paciente. Você estava tão ansiosa para vir, mas seu desejo de ver o pobre Linton evaporou rapidamente!

– E por que *ele* quis me ver? – devolveu Catherine. – Antigamente, mesmo nos seus piores humores, eu gostava mais dele do que agora, em seu atual humor. Parece que este encontro é uma obrigação, algo que faz por medo de que seu pai o admoeste. Mas não virei aqui para agradar o senhor Heathcliff, qualquer que seja o motivo dele para impor essa penitência a Linton. E, apesar de eu estar feliz por ele estar melhor de saúde, lamento que ele esteja bem menos agradável e afetuoso comigo.

– Então a senhorita, acha que *ele está* melhor de saúde? – perguntei.

– Sim – respondeu ela. – Porque ele sempre fez um estardalhaço com relação ao sofrimento dele, sabe? Ele não está exatamente razoável bem, como me disse para falar ao papai, mas é provável que esteja melhor.

– Nesse ponto, discordamos, senhorita Cathy – comentei. – Eu conjecturaria que ele está muito pior.

Naquele momento, Linton acordou de seu sono com uma expressão de desorientado horror, e perguntou se alguém havia chamado seu nome.

– Não – disse Catherine. – A não ser em seus sonhos. Não consigo entender como você consegue cochilar ao ar livre, em plena manhã.

– Pensei ter ouvido meu pai – arquejou ele, olhando de soslaio para a encosta escarpada acima de nós. – Você tem certeza de que ninguém me chamou?

– Certeza absoluta – replicou a prima. – Ellen e eu só estávamos conversando sobre sua saúde. Linton, você está, de fato, mais forte do que quando nos separamos no inverno? Porque, se estiver, uma coisa certamente não está mais forte: sua consideração por mim. Diga, está mesmo melhor?

Lágrimas escorreram dos olhos de Linton enquanto ele respondia:

– Sim, sim, estou! – E, ainda enfeitiçado pela voz imaginária, seu olhar vagueava para cima e para baixo, como se procurasse o dono da voz.

Cathy levantou-se.

– Agora temos de partir – disse ela. – E não vou fingir que não fiquei tristemente desapontada com nosso encontro, mas não vou comentar isso com ninguém além de você. E não pense que faço isso por medo do senhor Heathcliff.

– Psiu! – murmurou Linton. – Pelo amor de Deus, silêncio! Ele está vindo.

Linton segurou o braço de Catherine tentando detê-la, mas, com esse anúncio, ela rapidamente se desvencilhou e assobiou para Minny, que lhe obedeceu como um cão.

– Estarei aqui na próxima quinta-feira – exclamou ela, saltando para a sela. – Vamos! Rápido, Ellen!

E assim o deixamos, com ele mal percebendo nossa partida, pois estava completamente absorto, antecipando a aproximação do pai.

Antes de chegarmos à casa, o desgosto de Catherine foi se abrandando, dando lugar a uma mistura perplexa de pena e arrependimento, acompanhada de inúmeras dúvidas vagas e incômodas sobre as verdadeiras condições físicas e sociais de Linton. Eu compartilhava dessas mesmas dúvidas, mas a aconselhei a não falar muito sobre isso, pois, após o segundo passeio, poderíamos julgar melhor a situação. Meu amo pediu que relatássemos nosso passeio. Os votos de gratidão de seu sobrinho foram devidamente transmitidos, e a senhorita Cathy falou do resto apenas por alto. Também fui breve ao responder os questionamentos dele, pois eu mal sabia o que deveria esconder e o que deveria revelar.

Capítulo 27

Sete dias passaram voando, cada um deles marcado pelo rápido agravamento do estado de saúde de Edgar Linton. A doença, que antes progredia lentamente, ao longo de meses, agora avançava em questão de horas. Catherine, de bom grado, permaneceria iludida, mas seu espírito esperto se recusava a iludi-la. No íntimo, ela previu o que aconteceria e ficou remoendo a terrível possibilidade, que gradualmente se tornou uma certeza. Na quinta-feira, não teve coragem de mencionar sua cavalgada. Eu toquei no assunto por ela e consegui permissão para que ela saísse. A biblioteca, onde seu pai ficava por um breve período todos os dias, pelo pouco tempo em que ele conseguia ficar sentado, e o quarto dele haviam se tornado o mundo de Catherine. Ela se ressentia de cada instante longe do travesseiro dele ou da cadeira ao seu lado. Seu semblante ficou pálido por causa da vigília e da tristeza, e meu amo, com alegria a dispensou, acreditando que uma mudança de cenário e de companhia lhe faria bem. Além disso, confortava-se com a esperança de que, após sua morte, Catherine não ficaria completamente sozinha.

Ele tinha uma ideia fixa, que pude perceber por meio de várias observações que deixava escapar: acreditava que, por seu sobrinho ser parecido fisicamente com ele, também teria um caráter semelhante. As cartas de Linton não davam nenhum indicação sobre suas falhas, reforçando essa ilusão. E eu, por uma fraqueza perdoável, abstive-me de corrigi-lo, e me perguntava que bem poderia haver em perturbar seus últimos momentos com informações que ele não teria nem tempo nem meios para alterar.

Adiamos nossa excursão para a tarde, uma tarde dourada de agosto, em que cada brisa vinda dos morros parecia tão cheia de vida que até um moribundo poderia se reanimar ao respirá-la. O rosto de Catherine era exatamente como aquela paisagem: sombras e luz alternando-se em rápida sucessão. No entanto, as sombras permaneciam por mais tempo, enquanto a luz era mais transitória. Seu pobre coraçãozinho a repreendia até mesmo por se permitir esse breve alheamento dos cuidados de seu pai.

Avistamos Linton no mesmo ponto de antes. Minha jovem dama se iluminou e sugeriu que, como pretendia ficar muito pouco tempo, era melhor que eu segurasse as rédeas do pônei e permanecesse montada. Mas discordei, pois não me arriscaria a perder minha pupila de vista nem por um minuto. Então, subimos juntas a encosta do urzal. O jovem senhor Heathcliff nos recebeu mais animado desta vez, mas não com a animação do bom humor ou da alegria – parecia mais medo.

– Está tarde! – disse ele, falando com certa dificuldade. – Seu pai não está muito doente? Achei que você não viria.

– *Por que* você não consegue ser sincero!? – berrou Catherine, ignorando qualquer cumprimento. – Por que não diz de uma vez que não me quer aqui? É estranho, Linton, que pela segunda vez tenha me feito vir até este lugar sem outro motivo aparente além de provocar a angústia em nós dois!

Linton estremeceu e olhou de soslaio para ela, meio suplicando, meio constrangido, mas a paciência da prima não era suficiente para aguentar esse comportamento enigmático.

– Meu pai *está* muito doente – disse ela. – E por que fui chamada para longe da cabeceira dele? Por que não mandou um recado liberando-me de minha promessa, já que não desejava que eu a mantivesse? Ora! Quero uma explicação. Brincadeiras e trivialidades estão completamente fora da minha mente agora. Eu não posso dar atenção às suas afetações neste momento!

– Minhas afetações...! – murmurou ele. – Quais são elas? Pelo amor de Deus, Catherine, não fique brava assim! Despreze-me o quanto quiser, pois sou um miserável inútil e covarde. Todo o desdém do mundo ainda seria pouco para mim, mas sou insignificante demais para merecer sua raiva. Odeie meu pai e guarde para mim o desprezo.

– Quanta bobagem! – gritou Catherine, furiosa. – Seu menino tolo e idiota! Pronto! Já começou a tremer! Como se eu realmente fosse encostar um dedo em você! Não precisa pedir desprezo, Linton, qualquer um lhe daria isso de livre e espontânea vontade. Desapareça daqui! Vou voltar para casa. É uma loucura tirá-lo de perto da lareira e fingir... O que nós fingimos mesmo? Solte meu vestido! Se eu sentisse pena por suas lágrimas e essa cara de assustado, deveria recusar essa piedade. Ellen, diga a ele o quão horrível é o comportamento dele. Levante-se! Não se rebaixe ao nível de um réptil abjeto... *Não faça isso!*

Com o rosto banhado em lágrimas e uma expressão de agonia, Linton jogou seu corpo frágil no chão, tomado por convulsões de um terror indescritível.

– Oh! – soluçou ele. – Não consigo mais suportar isso! Catherine, eu também sou um traidor e não me atrevo a contar a você! Mas, se me abandonar, eu serei morto! *Querida* Catherine, minha vida está em suas mãos. Você disse que me amava e, se amasse mesmo, isso não lhe faria mal. Então, não vai embora, não é? Doce, gentil e boa Catherine! E talvez você *concorde*, e ele permitirá morrer ao seu lado!

Minha jovem dama, ao testemunhar tão intensa agonia, inclinou-se para erguê-lo. A velha sensação de ternura indulgente superou sua irritação, e ela ficou completamente comovida e alarmada.

– Concordar com o quê? – perguntou ela. – Ficar aqui!? Esclareça o significado desta conversa estranha, e ficarei. Você se contradiz e me distrai! Seja claro e franco, e conte de uma vez todos os pesares de seu coração. Você não me faria mal, não é, Linton? Não permitiria que algum inimigo me machucasse se pudesse impedir? Sou capaz de acreditar que você é um covarde com relação a si mesmo, mas não um traidor covarde da sua melhor amiga.

– Mas meu pai me ameaçou – ofegou o garoto, crispando os dedos macilentos. – E eu tenho pavor dele... Tenho pavor dele! Não me *atrevo* a contar!

– Pois bem! – retrucou Catherine, com uma compaixão desdenhosa. – Guarde seu segredo. *Eu* não sou covarde. Salve a si mesmo. Eu não tenho medo!

A magnanimidade dela provocou lágrimas nele. Linton soluçava violentamente, beijando as mãos que o amparavam, mas ainda assim não encontrou coragem para falar. Eu cogitava o que poderia ser aquele mistério e, naquele instante, decidi que, se dependesse de mim, Catherine jamais sofreria por ele ou por qualquer outra pessoa. Naquele momento, ouvindo um farfalhar em meio ao urzal, olhei para cima e vi o senhor Heathcliff se aproximando de nós, descendo o Morro dos Ventos Uivantes. Ele não dirigiu seu olhar para meus acompanhantes, apesar de estarem perto o bastante para que os soluços de Linton pudessem ser ouvidos. Mas, chamando-me com o tom de voz quase afável com que ele se dirigia apenas a mim, e de cuja sinceridade eu não podia deixar de duvidar, ele disse:

– Que surpresa vê-la tão perto da minha casa, Nelly. Como estão as coisas na granja? Conte-nos. Dizem os boatos – acrescentou ele, em um tom mais baixo – que Edgar Linton está em seu leito de morte. Não teriam exagerado a gravidade de sua doença?

– Não, meu amo está morrendo – repliquei. – É verdade. Será algo muito triste para nós, mas, para ele, será uma bênção!

– Quanto tempo mais você acha que ele vai durar? – indagou ele.

– Não sei dizer – respondi.

– Porque... – prosseguiu ele, olhando para os dois jovens, que estavam imóveis sob seu olhar. Linton parecia incapaz de se mover ou sequer levantar a cabeça, e Catherine não podia se mexer por causa dele. – Porque aquele rapaz ali parece determinado a me contrariar, e eu agradeceria muito ao tio dele que se apressasse em morrer antes do sobrinho! Ei! Faz muito tempo que este pirralho chorão está nesse joguete? Eu, *de fato*, dei a ele algumas lições sobre como se lamentar. Ele costuma se mostrar muito animado na presença da senhorita Linton?

– Animado? Não... Ele tem demonstrado a maior das angústias – respondi. – Olhando para ele, devo dizer que, em vez de ficar passeando a esmo com sua amada pelos morros, deveria estar na cama, sob os cuidados de um médico.

– E ele estará, dentro de um ou dois dias... – murmurou Heathcliff. – Mas antes disso... levante-se, Linton! Levante-se! – gritou ele. – Não se arraste no chão. Levante-se neste instante!

Linton havia se prostrado mais uma vez, com mais um paroxismo de medo impotente, provocado pelo olhar do pai. Eu presumi que nada mais poderia provocar semelhante humilhação. Ele fez várias tentativas de obedecer, mas suas escassas forças estavam exauridas por ora, e voltou a cair para trás, soltando um gemido. O senhor Heathcliff deu um passo à frente e ergueu o corpo dele, fazendo-o recostar-se contra um pequeno monte coberto de grama.

– Agora... – disse ele, com uma ferocidade contida. – Estou ficando irritado, e, se você não controlar esse seu espírito insignificante... *Maldito* seja você! Levante-se já!

– Vou me levantar, pai – ofegou ele. – Só lhe peço que me deixe sozinho, ou vou desmaiar. Eu fiz o que senhor queria. Estou certo disso. Catherine vai lhe dizer que eu... que eu... tenho andado alegre. Ah! Fique perto de mim, Catherine. Dê-me sua mão.

– Pegue a minha – disse seu pai. – E fique de pé. Pronto, agora ela vai lhe dar o braço. Isso mesmo, olhe para ela. Você deve imaginar que eu sou o próprio demônio, senhorita Linton, por provocar tamanho horror. Teria a bondade de levá-lo até a casa? Pode me fazer esse favor? Ele tem calafrios quando o toco.

– Querido Linton! – sussurrou Catherine – Eu não posso ir para o Morro dos Ventos Uivantes; papai proibiu-me. Mas ele não vai lhe fazer mal. Por que você tem tanto medo?

– Eu jamais poderei entrar naquela casa – respondeu ele. – Não entrarei naquela casa sem você!

– Pare com isso! – gritou o pai dele. – Vamos respeitar os escrúpulos filiais de Catherine. Nelly, leve-o para dentro, e eu seguirei seu conselho sobre o médico, sem demora.

– Pois o senhor vai fazer bem – repliquei. – Mas eu tenho de permanecer com minha ama. Cuidar de seu filho não é incumbência minha.

– Você é muito rígida – disse Heathcliff. – Eu sei bem disso. Mas vai me forçar a dar um beliscão no bebê e fazê-lo chorar antes que sua caridade seja atiçada. Venha, então, meu herói. Está disposto a voltar acompanhado por mim?

Ele se aproximou mais uma vez e fez menção de agarrar aquele ser frágil, mas, retraindo-se, Linton se agarrou à prima e implorou que ela o acompanhasse com uma importunação tão frenética que não admitia recusa. Por mais que eu não aprovasse aquilo, não podia impedi-la. Na verdade, como ela mesma poderia recusar? Não tínhamos como ver o que tanto o aterrorizava, mas lá estava ele, impotente sob o jugo daquilo, e qualquer coisa parecia capaz de levá-lo à loucura. Chegamos à soleira, Catherine entrou, e eu fiquei de pé esperando até que ela tivesse conduzido o inválido até uma cadeira, esperando que ela saísse imediatamente dali, quando o senhor Heathcliff, empurrando-me para a frente, exclamou:

– Minha casa não foi atingida pela peste negra, Nelly, e hoje estou inclinado a ser hospitaleiro. Sente-se e permita que eu feche a porta.

Ele fechou e também trancou a porta. Levei um susto.

– Vocês vão tomar chá antes de voltar para casa – acrescentou ele. – Estou sozinho. Hareton saiu para levar algumas reses para Lees, e Zillah e Joseph estão de folga. E, apesar de eu estar acostumado a ficar sozinho, preferiria ter uma agradável companhia, caso conseguisse. Senhorita Linton, sente-se ao lado *dele*. Ofereço-lhe o que tenho. O presente mal vale a pena aceitar, mas não tenho nada mais a oferecer. Falo de Linton, quero dizer. Como ela me encara! É estranho o sentimento selvagem que me despertam aqueles que parecem ter medo de mim! Caso eu tivesse nascido em um lugar em que as leis fossem menos rígidas, e os gostos, menos afetados, eu daria a mim mesmo o gostinho de fazer uma vivissecção bem lenta nesses dois, como parte de um dos divertimentos da noite.

Ele respirou fundo, deu um murro na mesa e praguejou para si mesmo:

– Diabos! Eu os odeio!

– Eu não tenho medo do senhor! – exclamou Catherine, que não pôde ouvir as últimas palavras dele. Ela se aproximou de Heathcliff, com os olhos negros chispando de fúria e determinação. – Dê-me essa chave. Eu hei de tê-la! – disse ela. – Eu não comeria ou beberia nada aqui, nem se estivesse passando fome.

Heathcliff estava com a chave na mão, apoiado na mesa. Olhou para cima, surpreso diante da ousadia da garota; ou talvez tenha rememorado, pela voz e pelo olhar, a pessoa de quem ela herdara essas características. Ela fez menção de agarrar a chave e quase conseguiu tirá-la de seus dedos entreabertos. Mas a ação de Cathy trouxe Heathcliff de volta ao presente, e ele rapidamente pegou a chave de volta.

– Agora, Catherine Linton... – ameaçou ele –, afaste-se, ou serei obrigado a derrubá-la, e isso vai deixar a senhora Dean zangada.

Apesar do aviso, ela tornou a agarrar a mão fechada e o seu conteúdo.

– Nós *vamos* embora! – repetiu, fazendo força para relaxar os músculos de ferro dele. E, descobrindo que suas unhas não surtiam efeito algum, deu-lhe uma dentada com vontade. Heathcliff lançou-me um olhar de soslaio que me impediu por um momento de interferir. Catherine estava concentrada demais nos dedos para reparar no rosto de Heathcliff. Ele abriu a mão subitamente e abdicou do objeto em disputa, mas, antes que a menina pudesse segurar a chave, agarrou-a com a mão recém-liberada e, puxando-a até a altura do joelho, deu nela com a outra mão uma saraivada de terríveis tapas nas têmporas, cada um forte o bastante para que a ameaça dele se cumprisse, caso Cathy tivesse conseguido cair.

Com essa demonstração de violência diabólica, avancei furiosamente em direção a ele.

– Seu canalha! – comecei a gritar. – Seu canalha! – Um golpe leve no peito me calou. Sou corpulenta e perco o fôlego rápido; com o golpe e com a raiva que eu sentia, cambaleei para trás, tonta, e senti-me prestes a sufocar ou a estourar um vaso sanguíneo. A cena terminou em dois minutos. Catherine, liberta, colocou as mãos nas têmporas e estampou uma expressão que indicava que não tinha certeza se suas orelhas ainda estavam em sua cabeça. Ela tremeu feito vara verde, pobrezinha, e recostou-se contra a mesa completamente desorientada.

– Como você pode ver, eu sei como castigar as crianças – disse o canalha, de modo sombrio, inclinando-se para retomar a posse da chave, que havia caído no chão. – Vá para o lado de Linton agora, como eu lhe disse, e chore à vontade! Amanhã, serei seu pai. O único pai que terá, dentro de alguns dias. – E, então, você apanhará muito mais. Consegue aguentar bastante, não é fraca. Vai levar surras diárias, se eu perceber mais uma vez esse temperamento demoníaco em seus olhos!

Cathy correu para mim em vez de para Linton, ajoelhou-se e pousou sua face ardente no meu colo, chorando alto. O primo havia se encolhido em um canto do banco, absolutamente quieto, feliz consigo mesmo, atrevo-me a dizer, com o fato de o corretivo ter sido aplicado em outra pessoa que não ele. O senhor Heathcliff, percebendo que estávamos todos atordoados, levantou-se e, diligentemente, fez o chá ele mesmo. As xícaras e os pires já estavam postos. Ele serviu o chá e deu-me uma xícara.

– Desopile o fígado – disse ele. – Vai ajudar as nossas malcriadas mascotes. Apesar de eu tê-lo preparado, o chá não está envenenado. Vou sair para procurar os seus cavalos.

Nossa primeira reação, assim que ele saiu, foi tentar escapar à força por outro caminho. Primeiro,experimentamos a porta da cozinha, mas estava trancada pelo lado de fora. Olhamos as janelas, mas eram estreitas demais — até mesmo para a silhueta esguia de Cathy.

– Senhor Linton! – exclamei, visto que havíamos, de fato, sido aprisionadas. – O senhor sabe o que seu pai diabólico está pretendendo e vai contar tudo a nós, ou vou lhe dar uns cascudos, assim como ele deu em sua prima.

– Sim, Linton, você tem que contar – insistiu Catherine. – Foi por você que eu vim até aqui. E, se você se recusar a nos contar, isso seria uma ingratidão muito perversa.

– Dê-me um pouco de chá, pois estou com sede, e, em seguida, eu contarei a vocês – respondeu ele. – Senhora Dean, saia de perto de mim. Não gosto que se debruce sobre mim. E, Catherine, você está derramando lágrimas na minha xícara. Não vou beber isso. Dê-me outra. – Catherine empurrou-lhe outra xícara e secou o rosto. Fiquei enojada diante da compostura do pequeno miserável, agora que já não temia por si mesmo. A angústia que ele demonstrara no pântano diminuíra consideravelmente assim que ele entrou no Morro dos Ventos Uivantes. Portanto, adivinhei que ele havia sido ameaçado com mais um terrível episódio de fúria caso não conseguisse nos enganar para que fôssemos até a casa. E, uma vez cumprida a missão, ele não tinha mais nenhum receio imediato.

– Papai quer que nos casemos – prosseguiu ele, depois de beber um pouco do chá. – Ele sabe que seu pai não permitiria que nos casássemos agora e tem medo de que eu morra caso esperemos. Então, vamos nos casar amanhã de manhã, e você ficará aqui a noite toda. Caso você faça o que ele quer, voltará para casa no dia seguinte e me levará junto.

– Levá-lo junto, seu cretino infeliz! – exclamei. – *Vocês* se casarem? Ora, o homem só pode estar doido, ou nos toma por idiotas! E você por acaso pensa que esta linda e jovem dama, esta garota saudável e vigorosa, vai se amarrar a um macaquinho moribundo como você? Por acaso está nutrindo a ideia de que alguém, principalmente a senhorita Catherine Linton, tomaria você como marido? Você merecia umas chibatadas por ter nos trazido aqui, usando de suas covardes artimanhas. E... não faça cara de bobo agora! Estou deveras tentada a dar-lhe umas boas sacudidas, por sua traição desprezível e sua arrogância imbecil.

Dei-lhe algumas sacudidas de leve, mas aquilo lhe provocou mais um ataque de tosse, e ele tornou a apelar para os seus costumeiros gemidos e choros. Catherine repreendeu-me.

– Passar a noite aqui? Não – disse ela, lentamente olhando à sua volta. – Ellen, sou capaz de botar fogo naquela porta, mas daqui eu vou sair.

E ela teria começado imediatamente a pôr em execução sua ameaça, mas Linton se levantou, mais uma vez preocupado com sua preciosa pessoa. Ele a agarrou entre seus dois braços fracos, soluçando:

– Você não vai se casar comigo e me salvar? Não vai me levar para a granja? Oh, querida! Você não pode simplesmente ir embora, no fim das contas. Você *precisa* obedecer a meu pai... Precisa!

– Eu preciso é obedecer ao meu próprio pai – replicou ela. – E livrá-lo deste cruel suspense. A noite toda! O que ele pensaria? Ele já deve estar angustiado. Vou sair desta casa, seja quebrando, seja queimando alguma coisa. Fique quieto! Você não corre perigo, mas, se tentar me impedir... Linton, eu amo meu pai mais do que a você! – O pavor mortal que sentia da fúria do senhor Heathcliff fez o garoto recobrar sua covarde eloquência. Catherine estava praticamente consternada. Ainda assim, insistiu que deveria voltar para casa e, por sua vez, tentou fazer súplicas a ele, para persuadi-lo a abrandar sua agonia egoísta. Enquanto estavam ocupados com isso, nosso carcereiro tornou a entrar na casa.

– Suas bestas trotaram para fora daqui – disse ele. – E... Linton! Está choramingando de novo? O que ela andou lhe fazendo? Calma, calma... Pare com isso e vá para a cama. Dentro de um ou dois meses, meu rapaz, você vai poder se vingar das tiranias atuais dela com mão pesada. Você deseja um amor puro e nada mais no mundo, não é mesmo? E ela há de recebê-lo! Pronto! Já para a cama! A Zillah não vai estar aqui hoje à noite. Você mesmo terá de se despir. Calado! Pare de fazer barulho! Uma vez que você estiver em seu próprio quarto, não me aproximo de você; não precisa temer. Por acaso, hoje você até que se saiu razoavelmente bem. Pode deixar que eu cuido do resto.

Falou essas palavras enquanto deixava a porta aberta para o filho passar, e este fez sua saída como um cachorro da raça *spaniel* faria, caso suspeitasse de que a pessoa que cuidava dele tinha a intenção de dar-lhe um beliscão como vingança. A fechadura foi trancada mais uma vez. Heathcliff aproximou-se da lareira acesa, onde eu e minha ama estávamos de pé em silêncio. Catherine ergueu o olhar e, instintivamente, pousou uma das mãos na face. A proximidade dele reviveu uma sensação dolorosa. Qualquer outra pessoa seria incapaz de considerar a atitude infantil dela com severidade, mas ele a repreendeu e murmurou:

– Oh! Não tem medo de mim? Você disfarça bem sua coragem. Parece morta de medo!

– Agora *estou* com medo, de fato – replicou ela. – Porque, se eu ficar aqui, papai ficará arrasado. E como posso suportar deixá-lo arrasado... quando ele... quando ele... Senhor Heathcliff, *deixe-me* ir para casa! Prometo que me caso com Linton. O papai gostaria que me casasse com ele, e eu o amo. Por que o senhor deseja me obrigar a fazer algo que eu faria de bom grado?

– Ele que se atreva a obrigá-la! – exclamei. – Nesta terra, há leis, graças a Deus! De fato, há, por mais que estejamos em um lugar remoto. Se ele fosse meu filho, eu o denunciaria. E trata-se de um crime sem o benefício do clero[7]!

[7] Originalmente, o "benefício do clero" era uma disposição da lei inglesa que permitia que os clérigos fossem julgados segundo a lei canônica, e não por tribunais seculares. Ele surgiu como parte do acordo de paz entre a Coroa e a Igreja depois do assassinato do arcebispo Thomas Becket, em 1170. O termo evoluiu e passou a significar que, para certos crimes, os réus primários de qualquer profissão poderiam ter suas penas reduzidas. Segundo Nelly, o crime de Heathcliff é hediondo demais para merecer este benefício. (N.T.)

– Silêncio! – exclamou o rufião. – Ao diabo com os seus clamores! Não quero que *você* fale. Senhorita Linton, vou sentir um imenso prazer em imaginar seu pai arrasado. Nem vou conseguir dormir de tanta satisfação. Você não poderia ter garantido de forma mais decisiva que vai ficar sob meu teto pelas próximas vinte e quatro horas do que me informando que isto seria a consequência. Quanto à sua promessa de se casar com Linton, vou cuidar para que a cumpra, pois não vai sair deste lugar até que isso aconteça.

– Então, mande a Ellen, para que ela avise ao papai que estou a salvo! – exclamou Catherine, chorando com amargura. – Ou, então, case-me agora. Pobre papai! Ellen, ele vai pensar que nos perdemos. O que vamos fazer?

– Não! Vai pensar que está farta de cuidar dele e que escapou para se divertir um pouco – respondeu Heathcliff. – Não pode negar que entrou em minha casa por livre e espontânea vontade, desrespeitando as ordens dele. E é bastante natural que, na sua idade, deseje se divertir um pouco e que se canse de cuidar de um homem doente, sendo este homem *apenas* seu pai. Catherine, os dias mais felizes dele findaram quando começaram os seus. Ele a amaldiçoou por ter vindo ao mundo (pelo menos foi o que eu fiz). E nada seria mais justo do que amaldiçoá-la à medida que *ele* saísse deste mundo. Eu me juntaria a ele. Eu não lhe quero bem! Por que deveria? Chore à vontade. Pelo que vejo, chorar vai ser sua principal diversão daqui em diante, a não ser que Linton compense outras perdas, e seu previdente progenitor parece pensar que ele vai. As cartas em que ele aconselhava e consolava Linton me entretinham bastante. Na mais recente, recomendava que meu tesouro fosse cuidadoso e bondoso com o dele quando se casassem. Cuidadoso e bondoso: que paternal! Mas Linton precisa de todas as suas reservas de cuidado e bondade só para si. Ele desempenha bem o papel de pequeno tirano. Seria capaz de torturar todos os gatos que encontrasse, apenas para arrancar as presas e as garras. A senhorita vai poder contar ao tio dele ótimas histórias sobre a *bondade* de Linton quando voltar para casa, eu lhe garanto.

– Nesse ponto o senhor está correto! – falei. – Mostre o caráter do seu filho, mostre como é semelhante a você. E, depois, eu espero que a senhorita Cathy pense duas vezes antes de aceitar esse basilisco como marido!

– Não quero mais falar agora sobre as agradáveis qualidades dele – respondeu Heathcliff. – Ou ela o aceita, ou permanecerá prisioneira, e você com ela, até que seu amo morra. Posso deter as duas aqui, deixá-las bem escondidas. Se duvida, incite-a a voltar atrás com sua palavra e terá uma oportunidade de julgar por si mesma!

– Eu não vou voltar atrás – asseverou Catherine. – Casarei-me com ele antes que o relógio bata a próxima hora, caso eu possa, depois, voltar para a Granja de Thrushcross. Senhor Heathcliff, o senhor é um homem cruel, mas não é um demônio. E não vai, por *pura* malevolência, destruir irrevogavelmente toda a minha felicidade. Se meu pai pensasse que eu o abandonei intencionalmente, e se ele morresse antes de eu voltar, como eu suportaria viver? Já desisti de chorar, mas vou me ajoelhar aqui, aos seus pés, e não me levantarei nem desviarei meus olhos do seu rosto até que o senhor me encare de volta! Não, não, não se vire! *Olhe*! O senhor não verá nada que o provoque. Eu não o odeio. Não sinto raiva pelo fato de o senhor ter me batido. O senhor nunca amou *ninguém* em sua vida, tio? *Nunca*? Ah! O senhor deve olhar para mim, pelo menos uma vez. Estou tão infeliz que o senhor não poderá evitar se lamentar e se apiedar de mim.

– Tire essas patas de filhote de salamandra de cima de mim e saia daí, senão vou lhe dar um pontapé! – gritou Heathcliff, repelindo-a brutalmente. – Eu preferiria receber um abraço de uma cobra. Nem sonhe em me bajular! Eu *detesto* você!

Ele deu de ombros, sacudindo-se todo, como se seu corpo tivesse se retraído de aversão. Jogou-se de volta em sua cadeira, enquanto eu me levantei e abri a boca para começar a soltar uma saraivada de insultos. Mas fui interrompida no meio da primeira frase pela ameaça de que ser trancada sozinha em um quarto se chegasse a pronunciar mais uma sílaba. Estava escurecendo, e ouvimos o som de vozes no portão do jardim.

Nosso anfitrião imediatamente saiu apressado, mas manteve a serenidade, enquanto nós a perdíamos. A conversa durou dois ou três minutos, e ele voltou sozinho.

– Pensei que fosse seu primo Hareton – falei para Catherine. – Queria que ele chegasse! Quem sabe não ficaria do nosso lado?

– Foram três criados mandados da granja para procurar vocês – falou Heathcliff, tendo ouvido o que eu acabara de dizer. – Deveria ter aberto uma das gelosias e gritado, mas posso jurar, Nelly, que aquela fedelha está feliz por você não ter feito isso. Estou certo de que ela está contente por ser obrigada a ficar.

Ao tomarmos ciência da oportunidade perdida, nós duas desabafamos nossa tristeza descontrolada. Ele permitiu que chorássemos até às nove da noite; depois, ordenou que subíssemos pela cozinha até o quarto da Zillah, e eu sussurrei para minha companheira que obedecesse. Talvez pudéssemos encontrar uma maneira de passar por uma janela, acessar a mansarda ou sair pela claraboia. No entanto, a janela era tão estreita quanto as do andar de baixo, e o alçapão da mansarda ficou livre de nossas tentativas, pois estávamos presas ali também. Nenhuma de nós se deitou. Catherine postou-se diante da gelosia olhando pela janela e aguardando ansiosamente pela chegada da manhã. Um suspiro profundo foi a única resposta às minhas súplicas para que tentasse descansar um pouco. Fiquei sentada em uma cadeira, balançando para a frente e para trás, repreendendo a mim mesma severamente por minhas inúmeras falhas no meu dever, as quais, dei-me conta naquele momento, haviam sido a fonte de todo o infortúnio de meus empregadores. Não era exatamente esse o caso; na verdade, estou ciente disso, mas o fato é que assim acreditei naquela noite deplorável. Cheguei até a pensar que Heathcliff fosse menos culpado do que eu.

Às sete da manhã, ele veio e perguntou se a senhorita Linton já havia acordado. Ela correu imediatamente para a porta e respondeu:

– Sim.

– Então, venha cá – disse ele, abrindo a porta e puxando-a para fora. Eu me levantei para acompanhá-la, mas ele tornou a trancar a porta. Protestei exigindo minha soltura.

– Seja paciente – replicou ele. – Daqui a pouco mando trazer seu café da manhã.

Golpeei a folha da porta e sacudi o ferrolho com raiva, e Catherine perguntou por que eu ainda estava trancada. Ele respondeu que eu deveria suportar aquilo por mais uma hora, e foram embora. No entanto, acabei aguentando aquilo por mais três ou quatro horas. Por fim, ouvi um passo, não o de Heathcliff.

– Trouxe algo para você comer – disse a voz. – Abra a porta!

Obedeci ansiosamente e vi Hareton, que trazia comida o bastante para o dia todo.

– Tome – acrescentou ele, empurrando a bandeja na minha mão.

– Fique aqui um instante – comecei.

– Não! – exclamou Hareton, afastando-se sem dar ouvidos a quaisquer súplicas que eu pudesse fazer para detê-lo.

E assim permaneci trancada o dia inteiro, a noite seguinte e mais outro dia, e mais outro. No total, fiquei lá por cinco noites e quatro dias, sem ver ninguém, exceto Hareton, uma vez a cada manhã. E ele era um carcereiro exemplar: ríspido, mudo e surdo com relação a toda e qualquer tentativa de abalar seu senso de justiça ou sua compaixão.

Capítulo 28

Na quinta manhã, ou melhor, tarde, aproximaram-se passos diferentes, mais leves e mais curtos. E, dessa vez, a pessoa entrou no quarto. Era Zillah, vestindo seu xale escarlate e com uma touca de seda preta na cabeça e balançando, em um dos braços, uma cesta feita de galhos de salgueiro.

– Minha nossa! Senhora Dean! – exclamou ela. – Ora! Estão falando da senhora em Gimmerton. Pensei que tivesse afundado no pântano de Blackhorse, junto com a senhorita Catherine. Até meu amo me dizer que vocês haviam sido encontradas e que ele a hospedara aqui! Imagine! Decerto encontraram uma ilha, não? E quanto tempo ficaram afundando? Foi meu amo quem as salvou, senhora Dean? Mas a senhora nem está muito mais magra... Então, não foi tão ruim assim, não é mesmo?

– Seu amo é um verdadeiro criminoso! – repliquei. – Mas ele vai ter de responder pelo que fez. Não precisava ter inventado essa história. A verdade virá à tona!

– O que a senhora quer dizer? – indagou Zillah. – A história não foi ele quem inventou. Estão dizendo no vilarejo que vocês se perderam no pântano. Quando cheguei, chamei Earnshaw e falei: "Ei, senhor Hareton, umas coisas estranhas vêm acontecendo desde que me ausentei. É uma pena, coitada da jovem menina e da vivaz Nelly Dean". Ele ficou me encarando. Achei que não tivesse ouvido. Então, contei a ele o boato. Meu amo ouviu, depois simplesmente sorriu consigo mesmo e disse: "Se elas estiveram no pântano, agora elas já saíram, Zillah. Nelly Dean está hospedada, neste exato momento, em seu quarto. Pode dizer a ela que vá embora quando subir. Aqui está a chave. A água do pântano a deixou desnorteada, e ela queria voltar para casa correndo, mas eu a mantive aqui até que recobrasse o juízo. Pode dizer a ela que vá embora imediatamente, se for capaz, e que leve uma mensagem minha: a jovem dama vai voltar para casa a tempo de assistir ao funeral do fidalgo da Granja.

– O senhor Edgar não morreu, não é mesmo? – arquejei. – Oh! Zillah, Zillah!

– Não, não, sente-se, minha boa senhora – replicou ela. – A senhora ainda não está bem. Ele não morreu. O doutor Kenneth acha que ele dura mais um dia. Encontrei-o na estrada e perguntei.

Em vez de me sentar, peguei minhas coisas e desci correndo, pois o caminho estava livre. Quando entrei na sala, olhei ao redor, procurando alguém que pudesse me dar notícias de Catherine. O cômodo estava bem iluminado pelo sol, e a porta escancarada, mas não havia ninguém por perto. Enquanto eu ponderava se saía dali imediatamente ou voltar para procurar minha ama, uma tosse suave vinda da lareira atraiu minha atenção. Deitado no banco, Linton era o único ocupante da casa. Chupando um pirulito, acompanhava meus movimentos com olhos apáticos.

– Onde está a senhorita Catherine? – perguntei com severidade, presumindo que eu o poderia assustá-lo ao ponto de que ele me desse alguma informação, já que o havia pego daquele jeito, sozinho. Ele chupava o pirulito como um inocente.

– Ela foi embora? – insisti.

– Não – retrucou ele. – Ela está no andar de cima e não deve ir embora, pois não vamos deixá-la sair.

– Não vai deixar o quê, seu pequeno idiota!? – exclamei. – Indique-me qual é o quarto dela neste instante, ou vou fazer você gritar de forma incisiva.

– O papai é que faria você gritar caso você tentasse ir para lá – respondeu ele. – Ele diz que eu não posso ser frouxo com Catherine. Ela é minha esposa, e é vergonhoso que deseje me abandonar. Diz que Cathy me odeia e quer que eu morra para ficar com meu dinheiro. Mas ela não ficará com meu dinheiro e tampouco voltará para casa! Jamais voltará!... Ela pode chorar e ficar doente o quanto quiser!

Ele retomou sua ocupação anterior e fechou os olhos, como se tencionasse dormir.

– Senhor Heathcliff – tornei –, por acaso esqueceu toda a bondade de Catherine com o senhor no inverno passado? Quando afirmou que a amava, quando ela lhe trouxe livros, cantou canções e veio até aqui muitas vezes, debaixo de neve e vento, para visitá-lo? Ela chorava se faltasse uma noite, pois o senhor ficaria decepcionado. Naquela época, o senhor achava que ela era cem vezes boa demais para o senhor. E agora acredita nas mentiras que seu pai conta, apesar de saber que ele detesta vocês dois. E você se alia a ele contra ela. Que bela gratidão, não é mesmo?

Os cantos da boca de Linton descaíram, e ele tirou o pirulito dos lábios.

– E por acaso acha que ela veio para o Morro dos Ventos Uivantes porque o detesta? – prossegui. – Pense por si próprio! Quanto ao seu dinheiro, ela sequer sabe que o senhor herdará algum. E o senhor diz que ela está doente, mas ainda assim a deixa sozinha no andar de cima, nesta casa estranha para ela! Logo o senhor, que já sentiu na pele o que é ser negligenciado dessa maneira! O senhor é capaz de se apiedar dos próprios sofrimentos, e ela se apiedava deles também. Mas o senhor não se apieda dos dela! Estou chorando, senhor Heathcliff, como pode ver. Uma mulher idosa, uma reles criada... e o senhor, depois de fingir todo aquele afeto e tendo motivos para quase venerá-la, guarda cada lágrima que tem para si e fica deitado aí, bem tranquilo. Ah! O senhor é um garoto egoísta e sem coração!

– Eu não posso ficar com ela – respondeu ele, irritado. – Não vou ficar lá sozinho com ela. Ela não para de chorar, e eu não consigo suportar. Nem mesmo quando eu ameaço chamar meu pai. Eu, de fato, chamei-o uma vez, e ele disse que a estrangularia se ela não ficasse quieta. Mas ela recomeçou assim que ele saiu do quarto. Gemeu e chorou a noite toda, apesar de eu ter gritado, irritado, que não conseguia dormir.

– O senhor Heathcliff saiu? – indaguei, percebendo que a criatura miserável não tinha a capacidade de se solidarizar com as torturas mentais de sua prima.

– Ele está no pátio – replicou ele. – Falando com o doutor Kenneth, que diz que meu tio, por fim, está realmente morrendo. Fico contente, pois serei o senhor da granja depois que ele se for. Catherine sempre se referiu à Granja como sua casa, mas a casa não é dela! É minha! Papai diz que tudo o que ela tem é meu. Todos os livros bons são meus. Ela disse que me daria os livros, os pássaros bonitos dela e sua pônei Minny se eu pegasse a chave do nosso quarto e a deixasse sair. Mas falei que ela não tinha nada para dar, pois todas aquelas coisas eram minhas. Então, ela chorou e tirou de uma corrente um relicário e disse que eu deveria ficar com aquilo. Eram dois retratos em um estojinho de ouro: de um lado, a mãe dela; do outro, meu tio, quando ambos eram jovens. Isso foi ontem. Eu disse que o relicário também era meu e tentei tirá-lo dela. Mas aquela criatura rancorosa não me deixava. Deu-me um empurrão e machucou-me. Eu dei um berro agudo; isso a assustou. Ela ouviu papai vindo, quebrou as dobradiças do relicário, dividiu o estojinho em dois e deu-me o retrato da mãe dela. O outro ela tentou esconder, mas papai perguntou qual era o problema e eu expliquei tudo. Ele tomou de mim a parte que estava comigo e mandou que ela me entregasse a metade de que havia se apossado. Ela se recusou, e ele... Ele a derrubou no chão com um tapa, arrancou a metade do relicário da corrente e esmagou com o pé.

– E o senhor ficou satisfeito de vê-la apanhar? – perguntei, com a intenção de estimulá-lo a falar.

– Fechei os olhos – respondeu ele. – Fecho os olhos quando vejo meu pai bater em um cachorro ou um cavalo, pois ele bate com muita força. Ainda assim, a princípio, fiquei contente, pois ela merecia um castigo por ter me empurrado. Mas, quando papai se foi, ela me fez ir até a janela e me mostrou um corte na parte interna da bochecha, junto aos dentes; sua boca estava cheia de sangue. Em seguida, juntou os cacos do retrato, foi sentar-se virada para a parede e não falou mais comigo desde a ocasião. Às vezes, acho que ela não consegue falar por causa da dor. Não gosto de ter esse pensamento, mas é malcriação dela ficar chorando sem parar. E está tão pálida e desgrenhada que tenho medo dela.

– E você pode pegar a chave se quiser? – falei.

– Sim, quando estou no andar de cima – respondeu ele. – Mas eu não posso subir agora.

– Em qual quarto ela está? – perguntei.

– Oh! – exclamou ele. – Eu não posso dizer a *você* onde fica. É um segredo nosso. Ninguém, nem Hareton ou Zillah, pode ficar sabendo. Pronto! Você me cansou. Vá embora, vá embora! – E ele virou o rosto na direção do braço e tornou a fechar os olhos.

Pensei que seria melhor partir sem ver o senhor Heathcliff e trazer da granja pessoas para resgatar minha jovem dama. Chegando lá, a perplexidade de meus colegas de criadagem ao me ver, assim como a alegria deles, foi intensa. E, quando souberam que a pequena ama deles estava a salvo, dois ou três deles queriam subir correndo para gritar a notícia na porta do quarto do senhor Edgar, mas eu mesma fiz o anúncio. Encontrei-o muito mudado, mesmo que houvessem transcorridos apenas poucos dias! Ele passava a impressão de tristeza e resignação aguardando a morte. Parecia muito jovem. Apesar de ter trinta e nove anos, qualquer um diria que era, no mínimo, dez anos mais jovem. E estava pensando em Catherine, pois murmurou o nome dela. Toquei a mão dele e falei.

– Catherine está vindo, querido amo! – sussurrei. – Ela está viva e bem. E vai estar aqui, espero eu, nesta noite.

Eu tremi com os efeitos iniciais dessa informação: ele soergueu o corpo, olhou ansiosamente ao redor do quarto e desmaiou, afundando na cama. Assim que recobrou os sentidos, relatei nossa visita compulsória e a detenção no Morro dos Ventos Uivantes. Falei que Heathcliff me obrigou a entrar na casa, o que não é inteiramente verdade. Falei o mínimo possível contra Linton e não descrevi toda a conduta brutal do pai dele. Minha intenção era não acrescentar mais amarguras, se eu pudesse, ao seu cálice que já transbordava.

Ele adivinhou que um dos objetivos de seu inimigo era garantir a posse dos bens pessoais, assim como da propriedade para o filho dele, ou melhor, para si mesmo. Ainda assim, o motivo de Heathcliff não ter esperado até que meu amo morresse era um mistério para o senhor Edgar, pois ele ignorava o quão próximos estavam, ele e seu sobrinho, de deixar o mundo juntos. No entanto, achou que seria melhor alterar seu testamento: em vez de deixar a fortuna de Catherine à disposição dela, decidiu deixá-la nas mãos de fideicomissários, garantindo o usufruto da garota e dos filhos, caso tivesse algum, após sua morte. Assim, a fortuna não cairia nas mãos do senhor Heathcliff se Linton morresse.

Recebendo suas ordens, despachei um homem para chamar o advogado e mais quatro, munidos de armas convenientes, para exigir que minha ama fosse solta por seu carcereiro. Tanto um quanto os outros demoraram muito a voltar. O criado que saíra sozinho voltou primeiro. Disse que o senhor Green, o advogado, não estava em casa quando chegou e teve de esperar durante duas horas pelo retorno dele. Em seguida, o senhor Green disse a ele que tinha um assunto no vilarejo que tinha de ir resolver, mas estaria na Granja de Thrushcross antes do amanhecer. Os quatro homens também regressaram desacompanhados. Trouxeram a notícia de que Catherine estava doente demais para sair do quarto, e que Heathcliff não havia permitido que a vissem. Repreendi com firmeza os quatro idiotas por terem acreditado naquela mentira, que eu não transmitiria ao meu amo. Resolvi, então, levar uma tropa inteira para o Morro dos Ventos

Uivantes assim que amanhecesse. Tomaríamos de assalto a casa, a não ser que a prisioneira nos fosse entregue sem resistência. O pai dela *iria* vê-la, eu jurei, e jurei outra vez, nem que aquele demônio fosse morto na soleira da porta de casa ao tentar nos impedir!

Felizmente, fui poupada da viagem e do incômodo. Eu havia ido ao andar de baixo às três da manhã para pegar uma jarra de água e estava passando pelo corredor com ela na mão quando uma batida forte na porta da frente me fez pular de susto.

– Oh! É o senhor Green – falei, recompondo-me. – É só o senhor Green.

Segui meu caminho, pretendendo mandar outra pessoa abrir a porta. A batida foi repetida, de forma insistente. Coloquei a jarra no corrimão e apressei-me eu mesma para deixá-lo entrar. A lua cheia do equinócio de outono brilhava forte. Não era o advogado. Era minha pequena ama que saltou e abraçou meu pescoço, soluçando:

– Ellen, Ellen! Papai está vivo?

– Sim! – exclamei. – Sim, meu anjo, ele está, graças a Deus, e você está a salvo conosco outra vez!

Ela queria correr, mesmo sem fôlego, para o andar de cima, para o quarto do senhor Linton. Mas eu a obriguei a se sentar em uma cadeira, fiz com que bebesse água e lavei seu rosto pálido, esfregando bem meu avental nele para que ganhasse um pouco de cor. Em seguida, falei que eu deveria ir à frente e anunciar a chegada dela e implorei que dissesse ao pai que seria feliz com o jovem Heathcliff. Ela me olhou fixamente, mas, compreendendo rapidamente o motivo de eu tê-la aconselhado a dizer aquela falsidade, garantiu-me que não reclamaria.

Não suportei estar presente no encontro deles. Fiquei de pé do lado de fora da porta do quarto por quinze minutos e depois mal arrisquei a chegar perto da cama. No entanto, tudo estava tranquilo: o desespero de Catherine era tão silencioso quanto a alegria de seu pai. Ela o amparou com aparente calma, e ele se fixou nas feições da filha, erguendo os olhos, que pareciam dilatados de êxtase.

Beijando o rosto de Cathy, murmurou:

– Estou indo para junto dela. E você, querida, há de se juntar a nós um dia!

Ele nunca mais voltou a se mover ou falar, mas continuou com aquele olhar fixo, extasiado, radiante, até que seu pulso parou imperceptivelmente e sua alma partiu. Ninguém poderia ter percebido o exato momento da morte dele, tão tranquila foi a passagem.

As lágrimas de Catherine já se haviam esgotado. O peso do luto era muito grande para deixá-las fluir. Ela ficou sentada lá, sem chorar, até o sol nascer. Permaneceu naquela posição até o meio-dia e teria continuado cabisbaixa naquele leito de morte, não fosse minha insistência para que saísse dali e repousasse um pouco. Foi bom tê-la convencido a sair, pois, na hora do almoço o advogado apareceu, depois de ter feito uma visita ao Morro dos Ventos Uivantes para receber instruções sobre como proceder. Ele se vendera ao senhor Heathcliff; e essa foi a causa da demora em atender ao chamado do meu amo. Felizmente, após a chegada de sua filha, nenhum pensamento sobre assuntos mundanos passou pela mente de meu amo para perturbar sua paz.

O senhor Green assumiu para si a tarefa de mandar em tudo e em todos na casa. Disse a todos os empregados, exceto a mim, que seriam demitidos. Ressaltou sua autoridade ao ponto de insistir que Edgar Linton não deveria ser enterrado ao lado da esposa, mas na capela, com sua família. No entanto, o testamento impediu isso, assim como meus eloquentes protestos contra qualquer infração às instruções deixadas. O funeral foi apressado. Catherine, que agora era a senhora Linton Heathcliff, recebeu a permissão de ficar na granja até a saída do cadáver do pai.

Ela me contou que sua angústia, por fim, levou Linton a correr o risco de liberá-la. Ouviu a discussão dos homens que eu havia mandado e deduziu a resposta de Heathcliff, o que a deixou desesperada. Linton, que havia sido levado para sua saleta logo após minha saída, foi aterrorizado para pegar a chave antes que o pai voltasse subir. Ele teve a astúcia de destrancar a porta e tornar a passar a chave, mas sem fechá-la. Na hora de ir para a cama, implorou para dormir com Hareton, e seu pedido, dessa vez, foi atendido. Catherine fugiu dali antes do raiar do dia. Ela não ousou tentar sair por alguma das portas, com medo de que os cachorros dessem um alarme. Passou pelos quartos vazios e examinou as janelas deles. Felizmente, ao avistar o quarto de sua mãe, conseguiu escapar facilmente pela janela e chegou ao chão por meio de um abeto próximo. O cúmplice dela sofreu por sua participação na fuga, apesar de seus tímidos ardis.

Capítulo 29

Na noite seguinte ao funeral, minha jovem dama e eu estávamos sentadas na biblioteca. Naquele momento, meditávamos com tristeza – uma de nós, com desespero – sobre a nossa perda. Agora nos arriscávamos a conjecturar sobre nosso lúgubre futuro.

Havíamos acabado de concordar que o melhor destino possível para Catherine seria obter a permissão de continuar residindo na granja, pelo menos enquanto Linton fosse vivo. Ele recebendo a permissão de se juntar a ela, e eu, a de permanecer como governanta. Aquele parecia ser um arranjo favorável demais para que tivéssemos esperança de que ele se concretizasse. Ainda assim, de fato, tive esperanças e comecei a me alegrar com a possibilidade de permanecer em minha casa e com meu emprego. E, acima de tudo, com minha amada jovem ama. Foi então que um dos criados – um dos dispensados, que ainda não havia partido – entrou apressado e disse "aquele demônio do Heathcliff estava atravessando o pátio; devo bater a porta na cara de Heathcliff?".

Mesmo se fôssemos loucas o bastante para dar essa ordem, não tínhamos tempo. Heathcliff não fez a cerimônia de bater na porta e anunciar sua chegada. Agora, ele era o senhor daquela casa e usou de seu privilégio para entrar ali diretamente, sem dizer uma palavra. O som da voz de nosso informante atraiu-o para a biblioteca. Ele entrou e, indicando ao criado que saísse, fechou a porta.

Aquele era o mesmo cômodo em que ele fora recebido como visita dezoito anos antes: a mesma lua brilhava na janela, e a mesma paisagem outonal se estendia do lado de fora. Ainda não havíamos acendido uma vela, mas todo o aposento estava visível, inclusive os retratos na parede: a figura esplêndida da senhora Linton e a expressão graciosa de seu marido. Heathcliff avançou em direção à lareira. O tempo também pouco alterara a aparência dele. Lá estava o mesmo homem: seu rosto escuro estava bem mais amarelado e sereno, e era provável que ele tivesse engordado alguns quilos, nada mais. Catherine se levantou de súbito, impulsionada pelo desejo de sair correndo dali quando o viu.

– Pare! – disse ele, pegando-a pelo braço. – Chega de fugas! Para onde você iria? Vim buscá-la para levá-la para casa; espero que você seja uma filha solícita e que não estimule mais meu filho a me desobedecer. Fiquei sem saber como castigá-lo quando descobri sua participação na fuga. Ele é tão frágil que um simples beliscão seria capaz de aniquilá-lo. Mas você vai perceber, pela expressão dele, que recebeu o que merecia! Trouxe-o para baixo, anteontem, e simplesmente sentei-o em uma cadeira. Nunca mais o toquei desde então. Mandei Hareton sair, e ficamos a sós no cômodo. Após duas horas, chamei Joseph para levá-lo de volta para o andar de cima. Desde a ocasião, minha presença tem o mesmo efeito que a de um fantasma nos nervos dele. E eu imagino que me veja com frequência, mesmo quando não estou por perto. Hareton diz que ele acorda gritando no meio da noite, quase a toda hora, chamando você para protegê-lo de mim. E, goste você ou não de seu precioso marido, deve voltar para casa, pois ele agora é problema seu. Transfiro para você todo o interesse que tenho por ele.

– Por que não deixa Cathy permanecer aqui e manda o senhor Linton até ela? – supliquei. – Como o senhor odeia os dois, não sentiria falta deles. Eles seriam apenas um tormento diário para seu coração desnaturado.

– Estou procurando um inquilino para a granja – respondeu ele. – E quero meus filhos perto de mim, para garantir minha segurança. Além disso, essa moça precisa trabalhar para garantir seu sustento. Não a criarei em meio ao luxo e à ociosidade depois que Linton morrer. Agora, apresse-se e apronte-se. Não me obrigue a forçá-la a ir.

– Eu irei – falou Catherine. – Linton é tudo o que eu tenho para amar no mundo e, apesar de o senhor ter feito o que pôde para que ele me detestasse e para que eu o odiasse, nunca conseguirá nos fazer sentir isso. E eu o desafio a machucá-lo em minha presença. E o desafio a me amedrontar!

– Quanta bazófia! – replicou Heathcliff. – Mas eu não gosto de você o bastante para machucá-lo. Poderá desfrutar plenamente do seu tormento enquanto ele durar. Não sou eu quem fará você detestá-lo: é o próprio espírito doce de meu filho. Ele está amargo como fel perante sua deserção e suas consequências. Não espere gratidão por esta nobre devoção. Ouvi-o traçar para a Zillah um agradável quadro do que ele faria se fosse forte como eu. A inclinação ele tem, e a própria fraqueza irá aguçar a esperteza para encontrar um substituto para a força física.

– Sei que ele tem uma natureza ruim – asseverou Catherine. – Ele é seu filho. Mas fico feliz por saber que minha natureza é melhor, a ponto de eu perdoá-lo. E sei que ele me ama e, por isso, eu o amo. Senhor Heathcliff, *o senhor* não tem *ninguém* que o ame; e, por mais que tente nos fazer sofrer, ainda assim teremos a vingança de pensar que sua crueldade advém de sua maior infelicidade. O senhor é infeliz, não é mesmo? Solitário como o diabo e invejoso como ele. *Ninguém* ama o senhor... *Ninguém* vai chorar sua morte! Eu não queria estar na sua pele!

Catherine falou com uma espécie de triunfo melancólico. Ela parecia ter decidido entrar no espírito de sua futura família e encontrar prazer com as dores de seus inimigos.

– Você logo vai lamentar ser quem você é, caso fique aí por mais um minuto – disse o sogro. –Vá, sua bruxa, e pegue suas coisas!

Ela saiu com desdém. Com sua ausência, comecei a implorar pelo posto de Zillah no Morro dos Ventos Uivantes, oferecendo para ceder o meu a ela, mas o patrão não permitia isso de jeito nenhum. Mandou-me ficar em silêncio e, em seguida, pela primeira vez, permitiu-se dar uma olhada no cômodo e nos retratos. Depois de examinar a senhora Linton, ele disse:

– Vou levá-lo para a minha casa. Não porque eu preciso, mas... – Ele se virou abruptamente para o fogo e prosseguiu com o que, na falta de uma palavra melhor, devo chamar de sorriso. – Vou lhe contar o que fiz ontem! Pedi ao sacristão, que estava cavando o túmulo de Linton, que removesse a terra sobre a tampa do caixão dela e o abrisse. Cheguei a pensar, por um instante, em permanecer ali quando tornei a ver o rosto dela, que ainda é o mesmo! O sacristão teve muito trabalho para me tirar daquele estado de contemplação. Mas ele disse que o rosto se alteraria com a entrada do ar, então abri um dos lados do caixão e voltei a tapá-lo – não do lado que dá para o Linton, maldito seja ele! Por mim, o caixão dele teria sido soldado com chumbo. E subornei o sacristão para que, quando eu morrer, destampe o caixão dela e deposite ali meu corpo. Farei com que seja assim. Desse modo, quando Linton nos alcançar, ele não vai saber quem é quem!

– O senhor foi muito perverso, senhor Heathcliff! – exclamei. – Não teve vergonha de perturbar os mortos?

– Não perturbei ninguém, Nelly – retrucou ele. – E dei a mim mesmo um pouco de paz. Agora, ficarei bem mais confortado, e vocês terão mais chance de me manter debaixo da terra quando eu for para lá. Perturbá-la? Não! Foi ela quem me perturbou, dia e noite, ao longo de dezoito anos... Incessantemente... Sem remorso... Até a noite de ontem. E, na noite de ontem, eu fiquei tranquilo. Sonhei que estava dormindo meu último sono ao lado dela, também adormecida, com meu coração parado e meu rosto congelado contra o dela.

– E se ela tivesse se dissolvido na terra ou algo pior, o que o senhor teria sonhado então? – falei.

– Em me dissolver com ela e teria ficado ainda mais feliz! – respondeu ele. – Você acha que eu tenho medo de uma mudança desse tipo? Eu esperava ver uma transformação muito grande quando abri a tampa do caixão, mas fico muito mais satisfeito por saber que essa transformação não começará até que eu também faça parte dela. Além disso, a não ser que eu tivesse recebido uma impressão diferente de suas feições impassíveis, aquele estranho sentimento não teria se esvaído. Começou de modo estranho. Você sabe que enlouqueci depois que ela morreu. E, eternamente, de aurora a aurora, rezei para que ela me devolvesse seu espírito! Tenho muita fé em fantasmas. Estou convencido de que eles podem existir e de que existem entre nós! No dia em que ela foi enterrada, houve uma nevasca. No fim da tarde, fui para o adro da igreja. O vento soprava gelado como no inverno. Tudo ao meu redor era solidão. Eu não receava que o tolo do marido dela fosse vagar pelo vale tão tarde; e ninguém mais tinha motivos para ir até lá. Estava sozinho e ciente de que dois metros de terra eram a única barreira entre nós. Disse a mim mesmo: "Hei de tê-la em meus braços outra vez! Caso ela esteja fria, vou pensar que se trata do vento norte que *me* esfria; e, caso esteja imóvel, vou pensar que está dormindo". Peguei uma pá do galpão de ferramentas e comecei a cavar com toda a minha força, até raspar contra o caixão. Joguei-me no chão e comecei a trabalhar com as mãos; a madeira começou a rachar em volta dos parafusos. Eu estava prestes a alcançar meu objetivo quando pensei ter escutado um suspiro vindo de alguém acima de mim, próximo à beira da cova, inclinado sobre mim. "Se eu ao menos conseguir tirar a tampa...", murmurei. "Eu queria que cobrissem de terra, a nós dois!". E tentei arrancar a tampa ainda mais desesperadamente. Então, ouvi outro suspiro, bem ao pé do ouvido. Parecia sentir o hálito quente daquele suspiro cortando o vento carregado de granizo. Sabia que não havia vivalma por ali. Mas, do mesmo modo como se percebe a presença de alguém no escuro, mesmo que não possamos distingui-lo, senti que Cathy estava ali – não embaixo de mim, mas sobre a terra. Uma sensação súbita de alívio fluiu do meu coração para todo o meu corpo. Renunciei à minha tarefa agoniante e, imediatamente, senti-me consolado, inefavelmente consolado. Sua presença estava comigo, e comigo permaneceu enquanto eu voltava a preencher a cova de terra. Ela me conduziu de volta para casa. Você pode rir, se quiser, mas tive certeza de que iria encontrá-la. Estava certo de que estava comigo, e eu não conseguia evitar falar com ela. Ao chegar ao Morro dos Ventos Uivantes, corri ansioso até a porta. Ela estava trancada, e lembro-me de que aquele maldito do Earnshaw e minha esposa não me deixavam entrar. Lembro-me de ter chutado Earnshaw até tirar-lhe o fôlego e, em seguida, subi correndo as escadas para o quarto que fora meu e dela. Olhei à minha volta com impaciência. Senti que ela estava perto de mim e *quase* podia vê-la; ainda assim, *não podia*! Naquele momento, devo ter suado sangue pela angústia do meu desejo... por causa do fervor das minhas súplicas para ter ao menos um vislumbre! Não tive nenhum. Ela se mostrou, como frequentemente fazia em vida, um demônio para mim! E, desde a ocasião, ora mais, ora menos, tenho sido um joguete dessa tortura insuportável, infernal, que deixou meus nervos em tal estado de tensão que, se não fossem extremamente resistentes, há muito teriam se afrouxando até atingir a fraqueza dos Lintons. Quando me sentava na casa com Hareton, parecia que, ao sair, iria encontrá-la. E, quando caminhava pelos pântanos, parecia que iria encontrá-la na volta. Sempre que saía de casa, apressava-me para voltar. Ela *tinha* de estar em algum lugar no Morro dos Ventos Uivantes, eu tinha certeza! Mas, quando dormia no quarto dela... era escorraçado dali. Não podia ficar deitado ali, pois, no momento em que fechava os olhos, estava ela: ou do lado de fora da janela, ou abrindo os painéis, ou entrando no quarto, ou até descansando sua linda cabeça no mesmo travesseiro que usava quando criança, e eu precisava abrir os olhos para vê-la. Então, eu os abria e fechava cem vezes por noite... e sempre me decepcionava! Aquilo me atormentava muito! Com frequência, gemia alto, até que aquele velho canalha do Joseph, sem dúvida, passou a acreditar que minha consciência estava possuída pelo demônio. Agora, desde que a vi, estou tranquilo... um pouco. Foi uma forma estranha de matar: não aos poucos, mas em frações ínfimas, iludindo-me com o espectro de uma esperança ao longo de dezoito anos!

O senhor Heathcliff fez uma pausa e secou o suor da testa; seu cabelo estava grudado a ela, molhado pela transpiração. Seus olhos estavam fixos nas brasas do fogo, e as sobrancelhas, em vez de franzidas, erguidas, o que diminuía o aspecto lúgubre de seu semblante, mas lhe conferia um olhar peculiar perturbado e uma dolorosa expressão de tensão mental, como a de alguém absorto em determinado assunto. Ele não se dirigiu inteiramente a mim e permaneceu em silêncio. Eu não gostava de ouvi-lo falar! Depois de um instante, retomou sua contemplação do retrato, tirou-o da parede e recostou-o no sofá para admirá-lo de um ângulo melhor. Enquanto ele se ocupava com isso, Catherine entrou, anunciando que estava pronta para partir assim que colocassem a sela em seu pônei.

– Mande-me este retrato amanhã – disse Heathcliff para mim. Depois, virando-se para ela, acrescentou: – Você pode muito bem ficar sem o cavalo. Está uma noite agradável, e não precisará de pôneis no Morro dos Ventos Uivantes. Para qualquer viagem que você fizer, seus próprios pés lhe servirão muito bem. Venha comigo.

– Adeus, Ellen! – sussurrou minha querida pequena ama.

Quando ela me beijou, seus lábios pareciam gelo.

– Venha me visitar, Ellen. Não se esqueça disso.

– Cuidado para não fazer tal coisa, senhora Dean! – disse o novo pai de Cathy. – Quando eu quiser falar com você, virei até aqui. Não quero que fique bisbilhotando na minha casa!

Acenou para que a garota fosse na frente e, voltando-se para trás e lançando um olhar que partiu meu coração, ela obedeceu. Da janela, observei-os caminhando pelo jardim. Heathcliff prendeu o braço de Catherine sob o dele, apesar de ela, a princípio, ter resistido claramente contra essa atitude. Com passos largos, fez com que ela se apressasse até chegar à estrada estreita, onde as árvores os ocultavam.

Capítulo 30

Fiz uma visita ao Morro dos Ventos Uivantes, mas não a vi desde que ela partiu. Joseph segurou a porta quando eu cheguei, e, ao perguntar por ela, não me deixou entrar. Disse que a senhora Linton estava "azafamada" e que o amo não estava em casa. Zillah contou-me um pouco sobre como eles vivem; caso contrário, eu mal saberia quem ali havia morrido e quem ainda estava vivo. Acha Catherine arrogante e não gosta dela, algo que se pode perceber pelo modo como fala. Minha jovem dama pediu ajuda logo que chegou, mas o senhor Heathcliff disse a Zillah que cuidasse dos próprios afazeres e deixasse a nora cuidar de si. E Zillah, sendo uma mulher egoísta e provinciana, concordou de bom grado. Catherine, diante dessa negligência, demonstrou uma irritação infantil e retribuiu com desdém, passando a incluir minha informante em sua lista de inimigos com tanta determinação como se ela tivesse causado um grande mal. Tive uma longa conversa com Zillah faz cerca de seis semanas, um pouco antes de o senhor chegar, em um dia em que nos reunimos no pântano. E foi isto o que ela me contou:

– A primeira coisa que a senhora Linton fez ao chegar ao Morro dos Ventos Uivantes foi correr para o andar de cima, sem ao menos desejar boa-noite a mim e a Joseph – disse ela. – Então, trancou-se no quarto de Linton e lá permaneceu até a manhã seguinte. Depois, enquanto meu amo e Earnshaw tomavam o café da manhã, ela entrou na sala e, tremendo, perguntou a todos se o médico poderia ser chamado, pois seu primo estava muito doente.

"– Isso não é novidade! – respondeu Heathcliff. – Mas a vida dele não vale um quarto de *penny*, e não vou gastar nem isso com Linton.

"– Mas eu não sei o que fazer – replicou ela. – E, se ninguém me ajudar, ele vai morrer!

"– Saia da sala! – berrou meu amo. – E jamais deixe que eu ouça uma palavra sequer sobre ele! Ninguém aqui se importa com o que vai acontecer com ele. E, se você se importa, então banque a enfermeira. Se não, tranque-o no quarto e deixe-o para lá.

"Então, ela começou a me importunar, e eu disse que já tivera trabalho de sobra com aquela criatura fatigante além de que todos nós tínhamos nossas tarefas, e a dela era cuidar de Linton. O senhor Heathcliff ordenou-me que deixasse essa tarefa para ela.

"Não sei dizer como os dois se viraram. Imagino que ele se queixava muito e gemia noite e dia, enquanto ela teve pouquíssimo do precioso descanso. Dava para perceber pelo rosto pálido e pelas olheiras profundas. Às vezes, entrava na cozinha perturbada e parecia que, de bom grado, teria implorado por ajuda, mas eu não ia desobedecer ao meu amo. Jamais ouso lhe desobedecer, senhora Dean. Apesar de achar errado não terem mandado chamar Kenneth, eu não estava em posição de aconselhar ou reclamar e sempre me recusei a me intrometer. Uma ou duas vezes, depois que já havíamos ido para a cama, por acaso tornei a abrir a porta do meu quarto e a vi chorar, sentada no topo das escadas. Em seguida, rapidamente voltei a fechar a porta, com receio de ficar comovida ao ponto de interferir na situação. De fato, senti pena dela na época, estou certa disso. Ainda assim, eu não queria perder meu emprego, sabe?

"Por fim, certa noite, ela criou coragem e entrou no meu quarto. Deixou-me de cabelo em pé ao dizer: 'Diga ao senhor Heathcliff que seu filho está morrendo... Desta vez, tenho certeza. Levante-se imediatamente e conte a ele'.

"Depois de falar isso, tornou a desaparecer. Fiquei deitada por quinze minutos, ouvindo e tremendo. Nada acontecia. A casa estava em silêncio.

"'Ela deve estar enganada' – disse para mim mesma. – 'Ele já superou essa crise. Não devo incomodá-los'. E comecei a cochilar. Mas meu sono foi interrompido uma segunda vez com o toque agudo da sineta – a única que temos, instalada intencionalmente por causa de Linton. Meu amo chamou-me para verificar qual era o problema e para informá-los de que ele não admitiria a repetição daquele barulho.

"Transmiti o recado de Catherine. Ele rogou algumas pragas para si mesmo e, poucos minutos depois, saiu com uma vela acesa seguindo para o quarto. Fui atrás. A senhora Heathcliff estava sentada ao lado da cama, com as mãos entrelaçadas nos joelhos. O sogro aproximou-se, ergueu a vela contra o rosto de Linton, olhou para ele e tocou-o. Em seguida, virou-se para ela.

"– Bem... Catherine – disse ele. – Como você se sente?

"Ela ficou muda.

"– Como você se sente, Catherine? – repetiu ele.

"– Ele está em paz, e eu estou livre – respondeu ela. – Eu deveria me sentir bem... Mas... – prosseguiu, com uma amargura que não conseguiu disfarçar. – O senhor me deixou tanto tempo lutando sozinha contra a morte que tudo o que sinto e vejo é morte! Sinto-me a própria morte!

"De fato, Catherine parecia a própria morte em pessoa! Dei a ela um pouco de vinho. Hareton e Joseph, que haviam acordado com o barulho da sineta e dos passos, ouviram nossa conversa do lado de fora do quarto e entraram naquele momento. Joseph ficou satisfeito, creio eu, com a morte do rapaz; Hareton parecia um pouco perturbado, embora estivesse mais concentrado em olhar fixamente para Catherine do que em pensar em Linton. Mas meu amo mandou que ele voltasse para a cama, pois não precisávamos da ajuda dele. Depois, mandou Joseph levar o corpo para seu quarto e disse-me para eu retornar ao meu, e a senhora Heathcliff ficou sozinha.

"Na manhã seguinte, ele mandou que eu a chamasse para o café da manhã. Quando entrei, ela havia se despido e parecia estar se preparando para dormir. Disse que estava doente, o que não me espantou. Informei isso ao senhor Heathcliff, e ele respondeu:

"– Bem, deixe-a em paz até depois do funeral, mas suba ao quarto dela de tempos em tempos para levar o que for necessário. Assim que parecer melhor, avise-me."

Catherine ficou quinze dias no quarto, segundo Zillah, que a visitava duas vezes por dia. Teria sido ainda mais amigável, mas suas tentativas de demonstrar gentileza eram pronta e orgulhosamente rechaçadas.

Heathcliff foi ao quarto dela uma vez, para mostrar a Catherine o testamento de Linton. Havia deixado como herança todos os bens dele, assim como os que haviam pertencido a ela, para o pai. A pobre criatura fora ameaçada ou coagida a fazer isso durante a semana em que Catherine estava ausente quando o tio de Linton morreu. Quanto às terras, como Linton era menor de idade, não poderia dispor delas. No entanto, o senhor Heathcliff as reivindicou e tomou posse, em nome da esposa e dele próprio, presumo que legalmente. De todo modo, Catherine, desprovida de dinheiro e de amigos, não tinha como disputar a posse.

– Ninguém jamais se aproximou daquela porta além daquela vez, exceto eu – disse Zillah. – E ninguém perguntava por ela. A primeira vez em que ela desceu até a sala foi em uma tarde de domingo. Gritou, quando fui levar o almoço, que já não aguentava mais ficar no frio, e eu disse que meu amo estava indo para a Granja de Thrushcross e que Earnshaw e eu não a impediríamos de descer. Então, assim que ouviu o cavalo de Heathcliff sair aos trotes, ela fez sua aparição, vestindo preto e com os cachos louros penteados para trás das orelhas, tão simples quanto uma quacre. Não parecia disposta a arrumar os cabelos.

"Joseph e eu geralmente vamos à capela aos domingos. Como a senhora sabe, a igreja está sem pastor agora – explicou Zillah. – Eles chamam o templo metodista ou batista (não sei dizer qual é), em Gimmerton, de capela. Joseph já tinha saído – prosseguiu ela–, mas achei melhor ficar em casa. Os jovens devem sempre ser supervisionados pelos mais velhos, e Hareton, com toda a sua insegurança, não era exatamente um modelo de bom comportamento. Informei que a prima, muito provavelmente, viria sentar-se conosco e ela se habituara a ver os domingos serem respeitados. Então, era melhor que deixasse de lado suas armas e seu trabalho em casa enquanto ela estivesse por ali. Ele ficou corado ao ouvir a notícia e correu os olhos para suas mãos e roupas. Em um instante, tirou de vista a pólvora e o óleo de baleia. Vi que queria fazer companhia a ela e adivinhei, pelos modos do rapaz, que queria parecer apresentável. Então, rindo como eu não me atreveria na presença do meu amo, ofereci-me para ajudá-lo, caso quisesse, e zombei da confusão dele. Ele fechou a cara e começou a praguejar.

"– Agora, senhora Dean... – prosseguiu Zillah, percebendo que minha expressão indicava desaprovação. – A senhora pensa que sua jovem dama é refinada demais para o senhor Hareton, e não deixa de ter razão. Mas devo confessar que eu adoraria ver o orgulho dela ser um pouco abrandado. E que utilidade terão para ela sua instrução e seu refinamento agora? Ela é tão pobre quanto eu ou a senhora. Mais pobre ainda, estou certa, pois a senhora tem suas economias, e eu também, mesmo que pouco."

Hareton permitiu que Zillah o ajudasse, e ela o lisonjeou tanto que acabou deixando-o de bom humor. Então, quando Catherine veio, quase se esquecendo das ofensas anteriores dela, tentou ser agradável, segundo relatou a governanta.

– A senhora entrou na sala fria como gelo e altiva como uma princesa – disse ela. – Levantei-me e ofereci a ela meu assento na poltrona. Ela torceu o nariz para minha cortesia. Earnshaw também se levantou e pediu a ela que viesse sentar-se no banco, perto do fogo. Tinha certeza de que a garota estava passando fome.

"– Venho passando fome há mais de um mês – respondeu ela, dando às palavras o máximo de desdém que podia.

"Então, ela mesma pegou uma cadeira e a colocou longe de nós. Depois de um tempo sentada até se aquecer, começou a olhar à sua volta e descobriu uma série de livros sobre o aparador. Catherine imediatamente tornou a se levantar e se esticou para pegá-los, mas eles estavam altos demais para que alcançasse. O primo, depois de observar os esforços dela por um instante, por fim criou coragem para ajudá-la. Ela segurou a barra do vestido, e o rapaz pôs ali os primeiros livros que pegou.

"Aquele foi um grande avanço para o rapaz. Ela não lhe agradeceu, ainda assim, sentiu-se grato por ela ter aceitado a ajuda. E arriscou-se a ficar de pé atrás dela enquanto Cathy examinava os livros, e até a se curvar e apontar as coisas de que ele gostava em imagens antigas nos livros. Tampouco se intimidou com o modo insolente como ela afastava a página do dedo dele. Contentou-se em dar alguns passos para trás e olhar para ela, em vez de para o livro. Ela continuou lendo, ou buscando algo para ler. Aos poucos, a atenção dele se concentrou totalmente em observar os cachos grossos e sedosos da garota. Ele não podia ver o rosto dela, e ela não o via. Talvez sem estar totalmente ciente do que fazia, mas hipnotizado como uma criança diante da chama de uma vela, ele, por fim, passou da contemplação ao toque: estendeu a mão e acariciou um cacho, tão delicadamente como se segurasse um passarinho. Se ele tivesse cravado uma faca no pescoço dela, Catherine não teria reagido com tanta violência.

"– Saia daqui neste instante! Como ousa tocar-me? Por que você está parado aí? – gritou ela, com um tom de voz enojado. – Não o suporto! Vou subir caso você se aproxime de mim.

"O senhor Hareton afastou-se, parecendo tão aturdido quanto possível. Sentou-se no banco e ficou muito quieto, enquanto ela continuou folheando os livros por mais meia hora. Por fim, Earnshaw chegou perto de mim e sussurrou.

"– Pode pedir a ela que leia para nós, Zillah? Estou farto de não fazer nada. E eu gostaria... talvez eu até goste de ouvi-la! Não diga que fui eu quem pediu. Pergunte como se fosse um pedido seu.

"– O senhor Hareton quer que leia para nós, senhora – falei imediatamente. – Ele acharia uma gentileza... e ficaria muito agradecido.

"Ela franziu o cenho e, olhando para cima, respondeu:

"– Seria bom que o senhor Hareton, assim como todos vocês, entendessem que rejeito qualquer suposta bondade que tenham a hipocrisia de me oferecer! Eu os desprezo e não tenho nada a lhes dizer! Quando eu daria a minha vida para escutar uma palavra gentil ou até para olhar para o rosto de cada um de vocês, todos se mantiveram afastados. Mas não vou me queixar! Fui atraída para cá por causa do frio, e não para entretê-los ou desfrutar da companhia.

"– O que foi que eu fiz? – começou a falar Earnshaw. – Que culpa tenho eu?

"– Ah! Você é uma exceção – respondeu a senhora Heathcliff. – Jamais senti falta dos seus cuidados.

"– Mas eu me ofereci mais de uma vez – disse ele, irritado com a insolência dela. – E pedi ao senhor Heathcliff que me deixasse ficar de vigília no seu lugar...

"– Faça silêncio! Prefiro sair de casa ou ir para qualquer lugar a ficar escutando sua voz desagradável nos meus ouvidos! – disse sua dama.

"Hareton murmurou que, se dependesse dele, ela poderia ir para o inferno! E, pegando a arma, retomou suas ocupações de domingo. Ele agora falava livremente e, naquele momento, Catherine achou conveniente retornar à sua solidão. Mas o frio havia se instalado e, apesar de seu orgulho, foi forçada a condescender com nossa companhia cada vez mais. No entanto, cuidei para não receber mais nenhum desprezo em troca de minha bondade. Desde então, tenho sido tão rígida quanto ela. Entre nós, não há quem lhe queira bem – tampouco ela merece isso, pois basta que alguém lhe dirija a mais ínfima palavra para que se encrespe e desrespeite quem quer que seja. Ela enfrenta até meu amo e praticamente o desafia a castigá-la. Quanto mais sofre, mais peçonhenta ela se torna."

A princípio, ao ouvir esse relato de Zillah, fiquei decidida a abandonar meu emprego, arrumar um chalé e levar Catherine para morar comigo. Mas o senhor Heathcliff permitiria isso com a mesma rapidez com a qual instalaria Hareton em uma casa só dele. No momento, não vejo remédio, a não ser que ela se case novamente – plano que está fora do meu alcance realizar.

Assim terminou a história da senhora Dean. Apesar da previsão do médico, estou rapidamente recobrando minhas forças. E, ainda que estejamos na segunda semana de janeiro, pretendo sair a cavalo em um ou dois dias e ir até o Morro dos Ventos Uivantes informar ao meu senhorio que passarei os próximos seis meses em Londres. Se ele quiser, pode começar a procurar outro inquilino para a granja a partir de outubro. Eu não passaria outro inverno aqui de forma alguma.

Capítulo 31

Ontem foi um dia luminoso, tranquilo e gélido. Fui ao Morro dos Ventos Uivantes, como era minha intenção. Minha governanta implorou-me para que eu levasse um bilhetinho dela para sua jovem dama, e eu não recusei, pois a respeitável mulher não viu nada de estranho em seu pedido. A porta da frente estava aberta, mas o portão permanecia zelosamente trancado, assim como em minha última visita. Bati e chamei Earnshaw, que estava entre os canteiros do jardim. Ele abriu as correntes, e eu entrei. O rapaz é um camponês rústico e bonito. Reparei nele particularmente desta vez, mas, aparentemente, ele fazia o possível para tirar pouco partido de seus predicados.

Perguntei se o senhor Heathcliff estava em casa. Ele respondeu que não, mas que estaria de volta até a hora do almoço. Eram onze da manhã, e anunciei minha intenção de entrar na casa e esperá-lo. Com isso, ele imediatamente largou suas ferramentas e me acompanhou, agindo mais como um cão de guarda do que como um substituto do anfitrião da casa.

Entramos juntos, e Catherine estava lá, ocupada em preparar algumas hortaliças para a refeição iminente. Parecia mais mal-humorada e menos animada do que quando a vi pela primeira vez. Ela mal levantou os olhos para reparar em mim e prosseguiu em sua ocupação com a mesma indiferença de antes com relação às formas comuns de boa educação. Não retribuiu minha mesura nem meu desejo de bom-dia.

"Ela não me parece tão amável quanto a senhora Dean quer me convencer de que ela é. Ela é uma beldade, isso é verdade, mas não um anjo", pensei.

De forma grosseira, Earnshaw mandou-a retirar suas coisas da cozinha.

– Tire você mesmo – replicou ela, empurrando as coisas para longe assim que terminou a tarefa. Depois, foi sentar-se em um banco perto da janela, onde começou a entalhar figuras de pássaros e outros animais nas cascas de nabo que tinha no colo. Eu me aproximei dela, fingindo querer admirar a vista do jardim. E, como havia planejado, com destreza soltei o bilhete da senhora Dean no seu joelho, sem que Hareton percebesse. No entanto, ela perguntou em voz alta:

– O que é isso? – E jogou o bilhete no chão.

– Uma carta de uma velha conhecida, a governanta da granja – respondi, irritado por ela ter revelado meu ato de bondade e receoso de que pensassem tratar-se de uma carta de minha autoria. De bom grado, ela teria pegado o bilhete depois dessa informação, mas Hareton foi mais rápido: apanhou-o e guardou-o no bolso do colete, dizendo que o senhor Heathcliff deveria vê-lo primeiro. Com isso, Catherine silenciosamente virou o rosto contra nós e, muito furtivamente, retirou um lenço do bolso, passando-o nos olhos. Seu primo, depois de batalhar por um instante para tentar dominar seus sentimentos mais ternos, retirou a carta do bolso e a jogou ao lado de Catherine da maneira mais grosseira que pôde. Ela pegou a carta e leu-a detida e ansiosamente. Depois, fez-me algumas perguntas relativas aos moradores racionais e irracionais de sua antiga casa. Olhando fixamente na direção dos morros, murmurou consigo mesma:

– Eu gostaria de ir lá para baixo cavalgando com Minny! E depois subir aquela colina! Oh! Estou cansada... Estou *estagnada*, Hareton! Recostou a linda cabeça contra o parapeito da janela, meio bocejando, meio suspirando, e mergulhou em um estado de tristeza abstrata. Não se importava, e tampouco sabia se reparávamos nela.

– Senhora Heathcliff – falei, depois de permanecer em silêncio por algum tempo. – Não sabe que eu sou um conhecido seu? Tenho tanta intimidade que acho estranho a senhora não vir falar comigo. Minha governanta nunca se cansa de falar sobre a senhora e de elogiá-la, e ficará profundamente decepcionada se eu voltar sem nenhuma notícia sua, exceto pela notícia de que recebeu a carta e não disse nada!

Ela pareceu ter ficado surpresa com esse discurso e perguntou:

– A Ellen gosta do senhor?

– Sim, muito – repliquei, hesitante.

– Então, o senhor deve dizer a ela... – prosseguiu Catherine. – Que eu queria responder à carta dela, mas não tenho nada com que escrever, nem sequer um livro do qual eu possa arrancar uma página.

– Nenhum livro! – exclamei. – Se me permite perguntar, como consegue viver aqui sem livros? Apesar de ter uma extensa biblioteca, frequentemente fico entediado na granja. Se me tirassem os livros, eu ficaria desesperado!

– Eu lia o tempo todo quando tinha livros – disse Catherine. – O senhor Heathcliff nunca lê, então decidiu destruir os meus. Faz semanas que sequer passo o olho por um. Apenas uma vez eu procurei algum livro entre os volumes de teologia de Joseph, o que o deixou muito irritado. E uma vez, Hareton, encontrei um estoque de livros escondidos em seu quarto: alguns em latim e grego, e outros de contos e poemas, todos velhos amigos meus. Fui eu quem trouxe os últimos para cá, e você os recolheu, assim como as pegas recolhem colheres de prata[8], pelo simples prazer de roubar! Eles não têm nenhuma utilidade para você, e os escondeu por maldade. Como não pode desfrutar deles, não quer que ninguém mais desfrute. Quem sabe

[8] Pegas são pássaros da família dos corvídeos, encontrados na Europa, na Ásia, na América do Norte e no norte da África, que são conhecidos por recolher objetos brilhantes e os levar para os seus ninhos. (N.T.)

não foi sua inveja que aconselhou o senhor Heathcliff a roubar de mim os meus tesouros? Mas a maioria deles está gravada em minha memória e impressa em meu coração, e desses não pode me privar!

Earnshaw enrubesceu com a revelação sobre os acúmulos literários particulares dele e, gaguejando, negou indignado as acusações.

– O senhor Hareton deseja ampliar – falei, tentando ajudá-lo. – Ele não sente *inveja*, apenas quer *emular* as suas conquistas. Em alguns anos, ele se tornará um intelectual erudito.

– E, enquanto isso, quer que eu me torne uma tola – retrucou Catherine. – Sim, eu o ouço tentando ler e soletrar para si mesmo, e comete cada erro! Queria que você repetisse *A balada de Chevy Chase* do mesmo modo que fez ontem; foi extremamente engraçado. Eu o ouvi, e escutei também você folhear o dicionário para procurar as palavras difíceis e, depois, praguejar porque não conseguia entender as definições!

O rapaz, evidentemente, não gostava de que rissem dele por sua ignorância, tampouco de ser ridicularizado por ter tentado se livrar dela. Eu pensava da mesma maneira e, lembrando-me da história que a senhora Dean contou sobre a primeira tentativa de lançar luz sobre as trevas em que havia sido criado, observei:

– Mas, senhora Heathcliff, todos nós tivemos de começar de algum ponto, e todos tropeçamos e caímos no início. Se nossos professores tivessem desdenhado de nós em vez de nos ajudar, ainda estaríamos tropeçando e caindo.

– Oh! – replicou ela. – Eu não quero limitar as conquistas dele. Ainda assim, ele não tem o direito de se apropriar do que é meu e transformá-lo em algo ridículo para mim com seus erros e falhas de pronúncia! Aqueles livros, tanto os de prosa quanto os de poesia, são sagrados para mim pelas lembranças que me trazem, e eu detesto vê-los rebaixados e profanados na boca de Hareton! Além disso, entre todos os meus livros, ele escolheu os meus favoritos, os que eu mais gosto de reler, como se fosse por pura maldade.

O peito de Hareton arquejou em silêncio por um instante. Ele lutava contra uma forte sensação de ira e humilhação, o que não era algo fácil de reprimir. Levantei-me e, num gesto de cavalheirismo, tentei livrá-lo de seu constrangimento, tomando meu posto na soleira da porta e observando a paisagem do lado de fora. Ele seguiu meu exemplo e saiu do cômodo, mas logo reapareceu, carregando meia dúzia de volumes que jogou no colo de Catherine, exclamando:

– Fique com eles! Não quero tornar a ouvir, ler ou pensar nisso!

– Agora eu não os quero mais, pois vão fazer com que eu me lembre de você, e passarei a odiá-los – replicou ela.

Ela abriu um livro que, obviamente, tinha sido bastante manuseado e leu um trecho com a pronúncia arrastada de quem está começando a aprender a ler. Em seguida, riu e jogou o livro para longe.

– E preste atenção – prosseguiu ela, implicante, começando a recitar da mesma maneira um verso de uma antiga balada.

Mas o amor-próprio de Hareton não suportaria mais humilhações. Sem reprovar completamente sua atitude, ouvi quando ele aplicou um corretivo manual naquela língua viperina. A pobre infeliz havia feito tudo o que podia para ferir os sentimentos delicados, porém incultos, do primo, e um argumento físico era o único modo que ele encontrou para ajustar as contas e de revidar a humilhação sofrida. Logo depois, ele pegou todos os livros e atirou-os ao fogo. Percebi, em seu semblante, a agonia de oferecer aquele sacrifício à própria ira. Imaginei que, à medida que os livros fossem consumidos pelo fogo, Hareton relembrava o prazer já proporcionado, bem como o triunfo e a satisfação crescente que ainda esperava obter. Também me ocorreu o que o motivara a estudar escondido. Ele se contentara com seu trabalho diário e suas rudes diversões animalescas até que Catherine cruzou seu caminho. Foi a vergonha pelo desdém dela e a esperança de conseguir sua aprovação as primeiras coisas que o incentivaram a perseguir objetivos mais elevados. E, em vez de protegê-lo da primeira e garantir a segunda, seus esforços para progredir tinham provocado exatamente o efeito contrário.

– Sim, essa é a maior utilidade que um brutamontes como você pode extrair desses livros! – berrou Catherine, sorvendo o lábio machucado e observando a fogueira com olhos indignados.

– É *melhor* você dobrar essa língua já – respondeu ele, ferozmente.

E a agitação de Hareton impediu que Cathy continuasse a falar. Ele avançou apressado até a porta, onde abri caminho para que passasse. Mas, antes que ele tivesse atravessado as lajotas da soleira, o senhor Heathcliff surgiu vindo da calçada, pousou uma das mãos no seu ombro e perguntou:

– O que houve agora, meu rapaz?

– Nada, nada – respondeu ele e fugiu, para desfrutar de sua tristeza e raiva a sós.

Heathcliff olhou fixamente para ele e suspirou.

– Seria estranho se eu me contradissesse – murmurou ele, sem saber que eu estava logo atrás –, mas, quando procuro traços do pai no rosto dele, cada dia mais é *ela* quem eu vejo! Como diabos ele pode parecer tanto? Mal consigo suportar olhar para ele.

Baixou os olhos para o chão e entrou mal-humorado em casa. Seu semblante refletia inquietação e ansiedade. Eu jamais o vira assim antes – e ele até parecia mais magro. A nora, ao vê-lo chegar pela janela, imediatamente escapou para a cozinha, deixando-me sozinho ali.

– Muito me alegra vê-lo outra vez fora de casa, senhor Lockwood – disse ele, em resposta ao meu cumprimento. – Em parte, por motivos egoístas: não acho que eu poderia facilmente suprir sua ausência neste lugar isolado. Mais de uma vez já me perguntei o que o teria trazido até aqui.

– Receio que tenha sido apenas um capricho bobo, senhor – foi minha resposta. – Ou, talvez, seja um capricho bobo que vai me fará partir. Devo ir a Londres na semana que vem e devo avisá-lo de que não pretendo permanecer na Granja de Thrushcross além dos doze meses que acordamos. Creio que não voltarei a residir lá.

– Ah, sim, o senhor se cansou de viver afastado do mundo, não é? – disse ele. – Mas, se veio até aqui pedir para não pagar pelos meses em que o senhor não ocupará a casa, sua vinda foi em vão: eu jamais deixo de cobrar de alguém o que me é devido.

– Não vim pedir para deixar de pagar! – exclamei, consideravelmente irritado. – Caso o senhor queira, posso quitar minha dívida agora mesmo. – E tirei do bolso minha carteira.

– Não, não – replicou ele, calmamente. – O senhor deixará dinheiro suficiente para cobrir suas dívidas, caso não retorne, e eu não tenho tanta pressa assim. Sente-se e almoce conosco. Um hóspede que se sabe que não repetirá a visita geralmente pode ser bem recebido. Catherine! Traga as coisas! Cadê você?

Catherine reapareceu, trazendo uma bandeja com facas e garfos.

– Pode ir almoçar com o Joseph – murmurou Heathcliff, falando com ela de lado. – E fique na cozinha até ele ir embora.

Cathy obedeceu às instruções dele diligentemente; talvez não estivesse tentada a cometer nenhuma transgressão. Vivendo entre misantropos e pessoas grosseiras, provavelmente ela não conseguisse reconhecer uma classe mais refinada de pessoa quando a encontra.

Tendo de um lado o senhor Heathcliff, lúgubre e debochado, e do outro Hareton, completamente mudo, fiz uma refeição um tanto deprimente e logo me despedi. Eu teria saído pelos fundos, para um último vislumbre de Catherine e para irritar o velho Joseph, mas Hareton recebeu ordens para trazer meu cavalo, e meu anfitrião me acompanhou até a porta. Então, não pude satisfazer meu desejo.

– Como a vida fica deprimente naquela casa! – refleti enquanto cavalgava estrada abaixo. – Seria a realização de algo mais romântico do que um conto de fadas para a senhora Linton Heathcliff se ela e eu tivéssemos nos afeiçoado, como sua bondosa babá desejava, e migrássemos juntos para a atmosfera agitada da cidade!

Capítulo 32

Em setembro de 1802, fui convidado a explorar os pântanos de um amigo que mora no norte e, em minha viagem até sua casa, inesperadamente me vi a pouco mais de vinte quilômetros de Gimmerton. O cavalariço de uma taberna à beira da estrada segurava um balde d'água para refrescar meus animais quando uma carroça cheia de aveia, recém-colhida e bem verde passou por nós. Ele comentou:

– Esses aí estão vindo de Gimmerton, sem dúvida! Eles sempre começam a colheita três semanas antes dos outros.

– Gimmerton? – repeti. Minha residência naquela localidade já era algo quase apagado, onírico, em minha mente. – Ah! Eu conheço esse lugar. Fica a que distância daqui?

– Pouco mais de vinte quilômetros subindo esses morros e passando por uma estrada bem ruim – respondeu ele.

Fui tomado por um súbito impulso de visitar a Granja de Thrushcross. Passava pouco de meio-dia e eu pensei que poderia muito bem passar a noite sob meu próprio teto em vez de em uma estalagem. Além disso, eu poderia facilmente tirar um dia para resolver os assuntos pendentes com meu senhorio, poupando-me o incômodo de voltar àquela vizinhança depois. Depois de descansar por um tempo, mandei meu criado perguntar qual era o caminho para o vilarejo. E, com nossas bestas de carga muito cansadas, cobrimos a distância em cerca de três horas.

Deixei meu criado em Gimmerton e desci para o vale sozinho. A igreja cinza parecia ainda mais cinza, e o solitário adro, ainda mais solitário. Avistei uma ovelha-dos-pântanos pastando a grama curta em volta das sepulturas. O tempo estava doce e quente, quente demais para viajar. Mas o calor não me impediu de desfrutar do agradável cenário acima e abaixo de mim. Se eu tivesse aquele cenário mais perto de agosto, certamente ficaria tentado a desperdiçar um mês inteiro em meio àquela solidão. No inverno, não havia lugar mais deprimente. E, no verão, não havia lugar mais divino do que aqueles vales estreitos, encobertos por morros, e aquelas encostas íngremes e chamativas, cobertas de urzes.

Cheguei à granja antes do anoitecer e bati no portão para que me deixassem entrar, mas a família havia se retirado para os fundos da casa, a julgar pela fina espiral de fumaça azulada que saía da chaminé da cozinha, e não me ouviram. Cavalguei até o pátio. Embaixo do pórtico, uma garota de nove ou dez anos estava sentada tricotando, e uma velha, recostada contra os degraus da entrada, refletia enquanto fumava um cachimbo.

– A senhora Dean está? – perguntei à senhora.

– A senhora Dean? Não! – respondeu ela. – Ela não mora aqui. Está lá em cima, no Morro dos Ventos Uivantes.

– Então, a senhora é a governanta? – prossegui.

– Sim, sou eu quem cuida da casa – replicou ela.

– Bem, eu sou o senhor Lockwood, o amo desta casa. Imagino que haja algum quarto aqui em que eu possa me instalar, não é mesmo? Desejo passar a noite aqui.

– O amo! – exclamou ela, perplexa. – Quem haveria de saber que o senhor viria? O senhor deveria ter avisado. Não há sequer um canto seco e decente nesta casa, não existe mesmo!

Ela jogou o cachimbo no chão e entrou apressada. A garota foi atrás, e eu também. Logo percebi que a declaração dela era verdadeira e que minha aparição inesperada quase a havia aborrecido. Então, pedi que ela se acalmasse. Sairia para dar um passeio e, enquanto isso, ela deveria tentar arrumar um canto em uma sala para que eu jantasse e um quarto para dormir. Não era preciso varrer ou espanar a poeira; apenas um bom fogo e lençóis secos eram necessários. Ela parecia estar disposta a fazer o melhor que podia, mas, atrapalhada, meteu a escova da lareira na grelha em vez do atiçador e confundiu o uso de vários outros utensílios domésticos. No entanto, saí, confiando em sua dedicação para providenciar um lugar de descanso para mim quando eu voltasse. O Morro dos Ventos Uivantes era o destino da excursão que eu pretendia fazer. Porém, já fora do pátio, uma reflexão tardia fez-me voltar.

– Está tudo bem no Morro dos Ventos Uivantes? – perguntei à mulher.

– Pelo que sei, sim! – respondeu ela, carregando apressada uma panela cheia de brasas.

Eu teria perguntado por que a senhora Dean havia abandonado a granja, mas era impossível atrasá-la em meio àquela crise. Então, dei meia-volta e saí, caminhando despreocupadamente, com o brilho de um sol poente atrás de mim e a suave glória de uma lua nascente à minha frente – um se pondo e a outra se iluminando –, à medida que eu saía do parque da granja e subia a estrada secundária de pedra que levava até a casa do senhor Heathcliff. Antes que eu pudesse avistar o Morro dos Ventos Uivantes, tudo o que sobrara do dia era uma luz âmbar não radiante a oeste, mas eu podia ver cada seixo do caminho e cada folha de grama sob o brilho esplêndido da lua. Não precisei bater no portão nem pulá-lo: ele abriu assim que o toquei. "Isso é um avanço", pensei. E percebi outro avanço com a ajuda de minhas narinas: uma fragrância de matíolas e goivos pairava no ar, misturando-se ao aroma das árvores frutíferas.

Tanto as portas quanto as gelosias estavam abertas. Ainda assim, como é comum em um distrito carbonífero, um leve fogo vermelho iluminava a chaminé. O conforto que os olhos extraem disso faz com que o calor adicional seja suportável. Mas a casa do Morro dos Ventos Uivantes é tão grande que os moradores têm bastante espaço para se afastar do calor. Eu pude ver e ouvir os moradores antes de entrar, pois estavam reunidos não muito longe de uma das janelas. Acabei sendo atraído até ali por um misto de curiosidade e inveja, sentimento que aumentou conforme eu adiava minha entrada.

– Con-*trário*! – disse uma voz doce como um sino de prata. – Já é a terceira vez, seu burro! Não vou lhe dizer de novo. Trate de lembrar, ou vou puxar seus cabelos!

– Contrário, então – respondeu outra voz, de tom grave, porém suavizado. – E agora me beije, por eu ter aprendido tão bem.

– Não, primeiro releia corretamente, sem cometer um único erro.

O interlocutor homem começou a ler. Era um rapaz, vestido de modo respeitável, sentado à mesa com um livro diante de si. Seus traços bonitos brilhavam de prazer, e seus olhos alternavam impacientemente entre a página e uma pequena mão branca pousada em seu ombro, que lhe chamava a atenção com um tapinha na face sempre que sua dona percebia sinais de desatenção. A dona da mão estava de pé atrás dele. Seus cachos claros e brilhantes misturavam-se, às vezes, com os cabelos castanhos do rapaz, à medida que ela se inclinava para supervisionar os estudos dele. E o rosto dela... Era uma sorte que não pudesse vê-lo, ou nunca teria ficado tão quieto. Eu, no entanto, conseguia vê-lo e mordi o lábio com ressentimento por ter desperdiçado a chance que talvez pudesse ter tido de fazer alguma coisa além de ficar olhando fixamente para aquela beleza acachapante.

A tarefa foi concluída, não sem mais erros, mas o pupilo exigiu uma recompensa e recebeu pelo menos cinco beijos, que, diga-se de passagem, ele retribuiu generosamente. Em seguida, os dois caminharam até a porta e, pela conversa, calculei que estavam prestes a sair e dar um passeio pelo pântano. Presumi que seria condenado no coração de Hareton, se não em sua boca, ao mais fundo poço das regiões infernais se revelasse minha infeliz presença nas proximidades, naquele momento. Sentindo-me perverso e deslocado, esgueirei-me pelos fundos da casa em busca de abrigo na cozinha. A entrada naquele lado tampouco estava obstruída e, na soleira da porta, estava sentada minha velha amiga Nelly Dean, costurando e cantando uma canção, frequentemente interrompidas por duras palavras de desdém e intolerância vindas do interior da casa, pronunciadas ao longe com um tom que nada tinha de musical.

– Eu preferiria que eles praguejassem nos meus ouvidos noite e dia a ter de ouvir você! – disse o ocupante da cozinha, em resposta a um comentário de Nelly que não ouvi. É uma vergonha imensa! Mal abro o Livro Sagrado e você começa a glorificar Satanás e toda a maldade que existe no mundo! Ah! Você é uma imprestável, e aquela lá também. E o pobre rapaz se perde no meio de vocês. Pobre rapaz! – acrescentou ele, com um gemido. – Ele está enfeitiçado, tenho certeza. Oh, Senhor, julgai-as, pois já não há lei ou justiça entre os nossos governantes!

– Não há mesmo! Caso contrário, já estaríamos sentadas em fardos de lenha em brasa, presumo – replicou a cantora. – Mas cale a boca, seu velho, leia sua Bíblia como um bom cristão e não se preocupe comigo. Estou cantando *Fair Annie's wedding*, uma linda música para dançar.

A senhora Dean estava prestes a recomeçar quando avancei em sua direção. Ao me reconhecer, imediatamente se levantou de um pulo e exclamou:

– Ora, que Deus o abençoe, senhor Lockwood! Como o senhor pode ter ao menos pensado em aparecer desse jeito? Está tudo fechado na granja. O senhor deveria ter nos avisado com antecedência!

– Já acertei minha acomodação lá pelo tempo que ficarei – respondi. – Vou embora amanhã. E como a senhora foi transferida para cá, senhora Dean? Conte-me.

– A Zillah foi embora, e o senhor Heathcliff quis que eu viesse para cá, logo depois que o senhor foi para Londres. Pediu que ficasse aqui até que voltasse. Mas entre, por favor! O senhor veio a pé de Gimmerton no fim de tarde.

– Da granja – corrigi. E, enquanto organizam a casa para eu me hospedar, queria acertar minhas pendências com seu amo, pois creio não ter outra oportunidade tão cedo.

– Que dívidas, senhor? – perguntou Nelly, conduzindo-me para dentro da casa. – Ele não está no momento e vai demorar a voltar.

– É sobre o aluguel – respondi.

– Ah! Então, é com a senhora Heathcliff que o senhor deve tratar – observou ela. – Ou, na verdade, comigo. Ela ainda não aprendeu a cuidar dos negócios. Então, sou eu quem faz isso por ela, pois não há mais ninguém para fazê-lo.

Fiz um olhar de surpresa.

– Ah! Estou percebendo que o senhor não ficou sabendo da morte de Heathcliff – prosseguiu ela.

– Heathcliff morto! – exclamei, perplexo. – Faz quanto tempo?

– Três meses. Mas sente-se, deixe-me pendurar seu chapéu, e eu lhe contarei tudo. Espere um minuto... O senhor ainda não comeu nada, não é mesmo?

– Não quero nada. Pedi que preparassem meu jantar na granja. Sente-se também. Jamais imaginei que ele tivesse morrido! Conte-me como aconteceu. A senhora disse que eles vão demorar a voltar... Está falando dos rapazes?

– Não. Tenho de repreendê-los todas as noites por seus passeios até tarde, mas não se importam comigo. Pelo menos beba um pouco de nossa boa e velha cerveja; vai lhe fazer bem. O senhor parece cansado.

Ela se apressou para buscar a bebida antes que eu pudesse recusar. Ouvi Joseph resmungando que era um escândalo uma mulher da idade dela ter um pretendente e, ainda por cima, dando-lhe cerveja da adega do amo! Disse ainda que morria de vergonha de assistir calado a uma coisa dessas.

Nelly não ficou para retaliar, mas logo voltou com uma caneca de prata cheia até a borda, cujo conteúdo eu elogiei com apropriado entusiasmo. Depois disso, ela me contou a sequência da história de Heathcliff, descrevendo que ele teve um fim “estranho”.

– Fui chamada ao Morro dos Ventos Uivantes quinze dias depois de o senhor partir – disse ela. – Obedeci com alegria, por Catherine. Minha primeira conversa com Cathy me deixou aflita e chocada, pois ela havia mudado muito desde a nossa separação. O senhor Heathcliff não explicou os motivos que o levaram a me trazer para cá; apenas disse que me queria ali, que estava cansado de ver Catherine e que eu deveria usar o vestíbulo como minha sala de visitas, mantendo-a comigo. Para ele, já bastava ter de vê-la uma ou duas vezes por dia. Ela pareceu gostar desse arranjo e, aos poucos, consegui trazer escondido para cá muitos livros e outros objetos que a divertiam na granja. Por um momento, iludi-me pensando que ficaríamos razoavelmente bem acomodadas. A ilusão durou pouco. De início, Cathy parecia satisfeita, mas em pouco tempo tornou-se irascível e inquieta. Foi proibida de sair do jardim, e o confinamento naquele espaço limitado se tornou insuportável para ela à medida que a primavera se aproximava. Em contrapartida, o trabalho doméstico me obrigava a me afastar dela com frequência, e ela reclamava de solidão. Preferia discutir com Joseph na cozinha a ficar sozinha e em silêncio. Eu não me importava com essas rusgas, mas Hareton, com frequência, também era obrigado a permanecer na cozinha quando meu amo queria a casa só para si. A princípio, Catherine evitava Hareton. Sempre que ele chegava, ela se retirava em silêncio para junto de mim e fingia ignorá-lo. Ele, por sua vez, mantinha-se calado e reservado. No entanto, com o tempo, Cathy mudou seu comportamento e tornou-se incapaz de deixá-lo em paz. Passou a provocá-lo cada vez com mais frequência, comentava sobre sua estupidez e indolência, expressando sua perplexidade por ele conseguir suportar a vida que vivia, de ser capaz de ficar sentado diante do fogo e cochilando.

– Ele é igualzinho a um cachorro, não é, Ellen? – observou ela, certa vez. – Ou a um cavalo de tração? Ele faz seu trabalho, come sua comida e dorme sem parar! Que mente vazia e triste ele deve ter! Você alguma vez sonha, Hareton? E, caso sonhe, sonha sobre o quê? Mas você é incapaz de falar comigo!

Em seguida, Cathy olhou para Hareton, que não abriu a boca ou tornou a olhar para ela.

– Talvez ele esteja dormindo agora – prosseguiu. – Hareton sacudiu o ombro do mesmo modo que Juno sacode os dela. Pergunte a ele, Ellen.

– O senhor Hareton vai pedir ao amo que mande a senhora para o andar de cima caso não se comporte! – falei. Ele não só havia sacudido o ombro, como também fechara os punhos, como se estivesse tentado a usá-los.

– Eu sei por que Hareton nunca fala quando eu estou na cozinha! – exclamou ela, em outra ocasião. – Ele tem medo de que eu ria dele. Ellen, sabe o que aconteceu? Certa vez, ele tentou aprender a ler sozinho, mas, porque eu ri, queimou os livros e desistiu. Não foi um tolo?

– E você não foi malcriada? – falei. – Responda-me.

– Talvez eu tenha sido – prosseguiu ela. – Mas não esperava que ele fosse tão bobo. Hareton, se eu lhe der um livro agora, você aceita? Vou tentar!

Ela colocou na mão dele um livro que estava lendo detidamente. O rapaz jogou o livro longe e murmurou que, se ela não parasse, ia quebrar o pescoço dela.

– Pois bem, vou colocar o livro na gaveta da mesa e vou para a cama – disse ela.

Em seguida, sussurrou para que eu prestasse atenção e visse se ele pegaria o livro. Mas Hareton não chegou perto do livro, e foi isso o que eu informei a ela na manhã seguinte, para sua grande decepção. Vi que ela lamentava a amargura e indolência dele. Sua consciência a deixava culpada por ter feito com que Hareton desistisse de progredir, o que, de fato, acontecera. Mas sua ingenuidade trabalhava para remediar o mal causado. Enquanto eu passava roupas ou estava ocupada com alguma outra tarefa que exigia que eu ficasse parada, coisa que eu não podia fazer na sala de visitas, ela trazia algum volume agradável e lia para mim. Quando Hareton estava presente, costumava parar a leitura em alguma parte interessante e deixava o livro aberto por perto. Fez isso repetidas vezes, mas ele era teimoso como uma mula e, em vez de morder a isca, quando chovia ele ia fumar com Joseph. Os dois ficavam sentados feito autômatos, um de cada lado da lareira. O mais velho, felizmente, já surdo demais para entender os disparates perversos dela, como ele mesmo teria dito, e o mais jovem fazendo o possível para parecer indiferente. Nas noites de tempo bom, Hareton saía em suas expedições de caça, e Catherine bocejava, suspirava, implicava comigo para que eu conversasse com ela e, assim que eu começava a tagarelar, corria para o pátio ou para o jardim. Como último recurso, chorava, dizia estar cansada de viver e que a vida dela era inútil.

O senhor Heathcliff, cada vez mais misantropo, quase havia expulsado Earnshaw de seus aposentos. Por causa de um acidente, no começo de março, o rapaz teve de passar dias enfurnado na cozinha. Sua arma disparou quando ele estava sozinho nos morros; um estilhaço de madeira cortou seu braço, e ele perdeu uma boa quantidade de sangue antes de conseguir voltar para casa. Como consequência, foi obrigado a ficar tranquilo junto à lareira até se recuperar. Tê-lo por ali foi conveniente para Catherine. De todo modo, fez com que ela detestasse ainda mais seu quarto, no andar de cima. E ela me forçava a encontrar afazeres no andar de baixo, só para poder me acompanhar até lá.

Na segunda-feira de Páscoa, Joseph foi à feira de Gimmerton vender algumas reses. À tarde, eu estava ocupada passando roupa de cama na cozinha. Earnshaw estava sentado, taciturno como de costume, perto de um dos cantos da chaminé, e minha pequena ama estava passando uma hora de ócio desenhando figuras nas vidraças das janelas. Entre uma distração e outra, cantarolava baixinho, fazendo exclamações sussurradas e rapidamente olhando de soslaio com irritação e impaciência para o primo, que fumava impassível e olhava fixamente para a grelha da lareira. Com uma reclamação de que eu já não a aguentava bloqueando a luz perto de mim, ela se aproximou das pedras da lareira. Dei pouca atenção ao que ela fazia, mas, naquele momento, ouvi-a começar a dizer:

– Descobri, Hareton, que eu quero... que eu ficaria contente... que gostaria de ter você como primo agora se você não tivesse ficado tão irritado e agressivo com relação a mim.

Hareton não respondeu.

– Hareton, Hareton, Hareton! Está me ouvindo? – prosseguiu ela.

– Saia daqui! – vociferou ele, com uma estupidez intransigente.

– Deixe-me pegar esse cachimbo – disse ela, cuidadosamente estendendo a mão e tirando o objeto dele.

Antes que ele pudesse tentar recuperá-lo, o cachimbo foi quebrado e jogado no fogo. Ele a xingou e pegou outro cachimbo.

– Pare! – gritou ela. – Você precisa me ouvir primeiro, e eu não consigo falar com essas nuvens de fumaça flutuando em minha cara.

– Vá para o diabo que a carregue! – exclamou ele. – E deixe-me em paz!

– Não – insistiu ela. – Não vou. Não sei o que fazer para que fale comigo, e você está decidido a não entender. Quando o chamo de idiota, não quero dizer nada. Não quero dizer que o desprezo. Vamos lá, Hareton, preste atenção em mim. Você é meu primo e deve me reconhecer como sua prima.

– Não me envolvo com você, nem com seu orgulho nojento e seus malditos truques de zombaria! – respondeu ele. – Vou para o inferno de corpo e alma, antes de virar meu rosto para olhar para você. Saia daqui agora mesmo!

Catherine franziu o cenho e retirou-se para o assento próximo à janela, mordendo os lábios. Esforçava-se para disfarçar a crescente vontade de chorar, ao cantarolar uma melodia extravagante.

– Você deveria se tornar amigo de sua prima, senhor Hareton – interrompi. – Ela está arrependida do que fez. Isso lhe faria um bem enorme. Você se tornaria um novo homem se a tivesse como companhia.

– Companhia! – berrou ele. – Quando me odeia e me acha indigno até de limpar os sapatos dela! Não, não tornarei a ser desprezado por buscar a boa vontade dela nem se eu me tornasse rei por isso.

– Não sou eu que o odeio, é você que me odeia! – disse Cathy, aos prantos, já não disfarçando sua perturbação. – Você me odeia tanto quanto o senhor Heathcliff me odeia, e ainda um pouco mais.

– Mentirosa maldita! – explodiu Earnshaw. – Por que, então, o aborreci mais de cem vezes por ter ficado do seu lado? Mesmo quando você me desprezava e desdenhava... Se continuar me perturbando, eu vou até ele e dizer que você me irritou ao ponto de eu ter de sair da cozinha!

– Eu não sabia que você tinha ficado do meu lado – respondeu ela, secando as lágrimas. – Fui cruel e desagradável com todos, mas agora eu lhe agradeço e imploro para que você me perdoe. O que posso fazer além disso?

Cathy voltou para a lareira e, com franqueza, estendeu a mão para ele. Hareton se ensombrou e trovejou como uma nuvem carregada, mantendo os punhos resolutamente cerrados e os olhos fixos no chão. Catherine, por instinto, deve ter adivinhado que era obstinação, e não desgosto, o que o fazia resistir. Então, depois de hesitar por um momento, inclinou-se e, de leve, deu um beijo na face do primo. A espertinha achou que eu não tinha visto. Mas, ao recuar, retornou muito recatadamente para seu antigo posto perto da janela. Balancei a cabeça em sinal de reprovação, e em seguida ela ficou corada e sussurrou:

– Ora! O que eu deveria ter feito, Ellen? Ele se recusou a apertar minha mão e a me olhar. Eu tinha de demonstrar de algum modo que gosto dele... Que quero ser amiga dele.

Não sei dizer se o beijo convenceu Hareton. Por alguns minutos, ele tomou muito cuidado para que seu rosto não fosse visto e, quando finalmente levantou a cabeça, parecia terrivelmente intrigado sobre em que direção olhar.

Catherine então se ocupou de embrulhar muito bem um lindo livro em papel branco. Depois amarrou nele um laço e escreveu no papel "senhor Hareton Earnshaw", e quis que eu fizesse as vezes de embaixadora dela e entregasse o presente para seu destinatário.

– Entregue para ele, Ellen. Diga para ele que, se aceitar o livro, vou ensiná-lo a ler direito – falou. – E que, se recusar, vou para o andar de cima e nunca mais vou implicar com ele.

Levei o presente e repeti o recado, tudo isso sob o olhar ansioso de minha ama. Hareton recusou-se a abrir a mão; então, deixei o livro em seu colo. Ele tampouco jogou o livro para longe. Voltei ao meu trabalho.

Catherine permaneceu com a cabeça e os braços apoiados na mesa até ouvir um pequeno barulho do embrulho sendo aberto; em seguida, saiu correndo e em silêncio sentou-se ao lado do primo. Ele estremeceu, e seu rosto se iluminou; toda a sua rudeza e a aspereza mal-humorada haviam se dissipado. Não conseguia criar coragem, a princípio, de pronunciar sequer uma sílaba em resposta ao olhar curioso e ao pedido suplicante dela.

– Diga que me perdoa, Hareton, por favor. Você me fará muito feliz se fizer isso.

Ele murmurou algo inaudível.

– E você vai ser meu amigo? – acrescentou Catherine.

– Não. Você terá vergonha de mim todos os dias da sua vida – respondeu ele. – E, quanto melhor me conhecer, mais envergonhada ficará, e eu não suportarei isso.

– Então você não vai ser meu amigo? – disse ela, sorrindo melifluamente e aproximando-se dele de modo furtivo.

Não consegui discernir mais nenhuma conversa, mas, ao olhar à minha volta outra vez, vi dois semblantes tão radiantes debruçados sobre a página do livro aceito. Não tive dúvidas de que o tratado havia sido ratificado por ambas as partes. A partir de então, os inimigos tornaram-se aliados incondicionais.

A obra que eles folheavam era repleta de figuras opulentas, e tanto elas quanto a posição em que os dois se encontravam tinham encanto o bastante para mantê-los entretidos até a chegada de Joseph. Ele, coitado, ficou completamente horrorizado ao ver Catherine sentada no mesmo banco que Hareton Earnshaw, com a mão apoiada no ombro dele, e confuso com o fato de seu favorito suportar a proximidade da moça. Aquilo o afetou tanto que, naquela noite, não conseguiu fazer nenhuma observação sobre o assunto. O que ele sentia só foi revelado pelos profundos suspiros que soltou enquanto, solenemente, abria sua enorme Bíblia sobre a mesa e a cobria com notas sujas tiradas de sua carteira – o produto das transações daquele dia. Por fim, chamou Hareton.

– Leve isso para o amo, rapaz – disse ele. – E fique por lá. Vou para o meu quarto. Este lugar não é nem decente nem adequado para nós. Temos de cair fora e procurar outro lugar.

– Venha, Catherine – falei. – Nós também temos de "cair fora". Já terminei de passar as roupas. Está pronta para ir?

– Ainda não são oito da noite! – retrucou ela, levantando-se contra a vontade. – Hareton, vou deixar este livro sobre a moldura da lareira e trarei mais alguns amanhã.

– Qualquer livro que a senhora trouxer para cá, eu vou levar de volta para a casa – disse Joseph. – E vai ser muito pouco provável que a senhora volte a encontrá-los. Então, pode ficar à vontade para fazer o que quiser!

Cathy ameaçou que faria com os livros dele a mesma coisa que o primo havia feito com os dela e, sorrindo ao passar por Hareton, subiu cantarolando. Eu me arrisco a dizer que seu coração estava mais leve do que em qualquer outro momento passado sob aquele teto, exceto, talvez, pelas primeiras visitas que fizera a Linton.

A intimidade que começou ali cresceu rapidamente, apesar das interrupções temporárias. Earnshaw não se tornaria mais bem-educado apenas pela força de um desejo, e minha jovem dama não era uma filósofa ou um modelo de paciência. Mas, com ambas as mentes tendendo para o mesmo objetivo, uma delas amando e desejando estimar, e a outra amando e desejando ser estimada, acharam um meio de alcançá-lo.

Como vê, senhor Lockwood, era muito fácil conquistar o coração da senhora Heathcliff. Mas, agora, fico contente que o senhor não tenha tentado. A coroação de todos os meus desejos vai ser a união daqueles dois. Não invejarei ninguém no dia do casamento deles, pois não haverá mulher mais feliz do que eu em toda a Inglaterra!

Capítulo 33

No dia seguinte àquela segunda-feira, com Earnshaw ainda incapaz de exercer suas tarefas corriqueiras e, portanto, enfurnado em casa, logo percebi que seria impraticável manter minha pupila ao meu lado como antes. Ela desceu antes de mim e foi para o jardim, onde havia visto o primo realizando alguns trabalhos leves. Quando fui chamá-los para o café da manhã, vi que ela o havia convencido a retirar, de uma grande extensão do terreno, as groselheiras-negras e verdes. Os dois estavam ocupados planejando uma importação de plantas da granja.

Fiquei horrorizada com a devastação causada em apenas meia hora. As groselheiras-negras eram a menina dos olhos de Joseph, e Cathy acabara de decidir plantar um canteiro de flores em meio a elas.

– Pronto! Tudo isso vai ser mostrado ao amo – exclamei – pela primeira pessoa que vir isso, e que desculpas você vai ter para justificar essas liberdades com o jardim? Ah, teremos uma gritaria e tanto, vocês vão ver! Senhor Hareton, admiro-me que não tenha tido um pouco mais de juízo antes de fazer essa bagunça a pedido dela!

– Eu tinha me esquecido de que as groselheiras eram do Joseph – respondeu Earnshaw, muito intrigado. – Mas direi a ele que fui eu quem fez isso.

Sempre fazíamos as nossas refeições com o senhor Heathcliff. Eu ocupava o posto da senhora da casa, responsável por preparar o chá e destrinchar a carne. Portanto, era indispensável à mesa. Catherine geralmente se sentava ao meu lado, mas, naquele dia, aproximou-se mais de Hareton. Naquele momento, percebi que ela não seria mais discreta demonstrando sua amizade do que era ao manifestar sua hostilidade.

– Agora, cuide para não falar ou reparar demais em seu primo – sussurrei enquanto entrávamos no cômodo. – Com certeza, isso vai irritar o senhor Heathcliff, e ele vai se zangar com vocês dois.

– Não vou falar ou reparar muito – respondeu ela.

No minuto seguinte, andou furtivamente até Hareton e colocou prímulas na tigela de mingau de aveia dele.

Ali, ele não se atreveu a falar com ela; mal ousou olhá-la. Ainda assim, ela continuou provocando, até que, por duas vezes, Hareton esteve a ponto de rir. Franzi o cenho e, em seguida, olhei de relance para o amo, cuja mente estava ocupada com outros assuntos, alheia ao que acontecia ao redor, como indicava seu semblante. Então, ela ficou séria por um instante, examinando-o detalhadamente, com profunda gravidade. Depois, ela se virou e recomeçou a fazer suas bobagens. Por fim, Hareton soltou uma risada abafada. O senhor Heathcliff levou um susto, e seus olhos rapidamente examinaram os nossos rostos. Catherine encarou-o com seu costumeiro olhar de nervosismo misturado a desafio, que ele abominava.

– É bom mesmo que você esteja fora do meu alcance! – exclamou ele. – Que demônio a possuiu para que você me encare continuamente com esses olhos infernais? Trate de olhar para baixo! E não torne a me lembrar de sua existência. Achei que tivesse curado você das risadas.

– Fui eu... – murmurou Hareton.

– O que você está dizendo? – exigiu saber meu amo.

Hareton olhou para o prato, mas não repetiu a confissão. O senhor Heathcliff olhou para ele por um tempo e depois, em silêncio, voltou a tomar seu café da manhã e para sua reflexão interrompida. Estávamos quase terminando a refeição, e os dois jovens, prudentemente, se afastaram um do outro. Então, eu não previ mais nenhuma perturbação enquanto estivéssemos sentados ali. Foi então que Joseph apareceu na porta, revelando por seus lábios trêmulos e olhos furiosos que o ultraje cometido contra seus preciosos arbustos havia sido descoberto. Ele devia ter visto Cathy e o primo no jardim antes de ir examiná-lo, pois, enquanto suas mandíbulas se mexiam como as de uma vaca ruminando – o que tornava seu discurso difícil de entender –, começou a dizer:

– Estou pedindo as minhas contas e vou-me embora! Eu *pensava* em morrer no lugar em que trabalhei por sessenta anos. Pensei que levaria meus livros para a mansarda, assim como todas as minhas miudezas, e eles ficariam com a cozinha toda para eles, por uma questão de tranquilidade. Foi difícil abdicar de meu assento ao lado da lareira, mas achei que conseguiria! Mas não: ela tomou de mim o meu jardim! E, de coração, lhe digo, amo, que não suportarei isso! Se lhe aprouver, o senhor pode aceitar essa opressão. Eu não estou acostumado a isso, e um velho não se acostuma rapidamente com novos estorvos. Prefiro ganhar minha comida e minha bebida trabalhando na estrada!

– Calma, calma, seu idiota! – interrompeu Heathcliff. – Encurte essa história! Qual é sua queixa? Não vou me meter em discussões entre você e Nelly. Por mim, ela pode até jogá-lo no depósito de carvão.

– Não é a Nelly – respondeu Joseph. – Eu não me mudaria daqui por ela, por mais desagradável e imprestável que seja. Graças a Deus, ela não é capaz de corromper a alma de ninguém! Ela nunca foi bonita o bastante para tentar alguém. É aquela garota assustadora e malcriada que enfeitiçou o nosso rapaz com olhares ousados e sua insolência, até que… Não! Isso quase me corta o coração! Ele se esqueceu de tudo o que fiz por ele, de tudo que lhe ensinei, e foi lá arrancar da terra uma fileira inteira das melhores groselheiras do jardim! – E ele a essa altura deu vazão aos lamentos, descontrolado pelo fato de ter sido ofendido amargamente, pela ingratidão e pelo perigoso estado em que Earnshaw se encontrava.

– Esse imbecil está bêbado? – perguntou o senhor Heathcliff. – Hareton, é com você que ele está tendo problemas?

– Eu arranquei da terra dois ou três arbustos – replicou o jovem. – Mas vou replantá-los.

– E por que você os arrancou? – disse meu amo.

Catherine, sabiamente, intrometeu-se.

– Nós queríamos plantar algumas flores ali – exclamou ela. – Eu sou a única culpada, pois queria que ele fizesse isso.

– E quem diabos *lhe* deu licença para tocar em um só graveto daqui? – indagou o sogro, muito surpreso. – E quem mandou *você* obedecer a ela? – acrescentou ele, virando-se para Hareton.

Este último estava sem palavras. A prima replicou:

– O senhor não deveria se ressentir por causa de alguns metros de terra que eu quero enfeitar, visto que tomou todas as minhas terras!

– Suas terras, sua rameira insolente?! Você nunca teve nenhuma terra – respondeu Heathcliff.

– E o meu dinheiro? – prosseguiu ela, devolvendo-lhe o olhar de fúria enquanto mordia um pedaço de casca de pão, o resto de seu café da manhã.

– Silêncio! – exclamou ele. – Basta! Saia daqui!

– E as terras de Hareton? E o dinheiro dele? – insistiu a criatura imprudente. – Hareton e eu agora somos amigos. E vou contar a ele tudo sobre o senhor!

Meu amo pareceu confuso por um instante. Ficou pálido e se levantou, sem tirar os olhos dela, com uma expressão de ódio mortal.

– Se o senhor me bater, Hareton vai bater no senhor – disse ela. – Então, é melhor o senhor se sentar.

– Se Hareton não retirar você deste cômodo, vou jogá-la no inferno – trovejou Heathcliff. – Maldita bruxa! Como ousa colocá-lo contra mim?

Tirem-na daqui! Estão ouvindo? Atirem-na na cozinha! Vou matá-la, Ellen Dean, se você permitir que eu torne a botar os olhos nela!

Hareton tentou, com sussurros, convencê-la a sair dali.

– Arrastem-na para fora daqui! – berrou ele, com violência. – Vocês ainda não foram porque estão de conversa? – E ele se aproximou para executar a própria ordem.

– Ele não vai mais lhe obedecer, seu homem perverso – Catherine garantiu. – E, em breve, o detestará tanto quanto eu.

– Silêncio! Silêncio! – murmurou o rapaz, repreendendo-a. – Não vou ouvir você falar assim com ele. Já chega.

– Mas você não vai deixar que ele me bata, não é!? – exclamou ela.

– Então, venha comigo – sussurrou ele, com severidade.

Era tarde demais: Heathcliff a agarrou.

– Agora, saia *você*! – disse ele para Earnshaw. – Bruxa amaldiçoada! Dessa vez ela me provocou num momento em que eu não podia suportar provocações. E vou fazê-la se arrepender disso para sempre!

Ele estava puxando os cabelos de Cathy. Hareton tentou soltar os cachos, implorando para que não a machucasse. Os olhos de Heathcliff faiscaram. Ele parecia pronto para dilacerar Catherine, e eu acabara de me preparar para ir resgatá-la, quando subitamente os dedos dele se relaxaram. Parou de puxar os cabelos dela e passou a segurar seu braço, olhando fixamente para o rosto da garota. Em seguida, botou a mão nos próprios olhos, ficou de pé um instante, aparentemente para se recompor, e, virando-se para Catherine de novo, disse, com fingida calma:

– Você tem de aprender a não me provocar acessos de ira, ou algum dia eu realmente hei de matar você! Vá embora com a senhora Dean e fique com ela. E reserve sua insolência para os ouvidos dela. Quanto a Hareton Earnshaw, se eu o vir dando ouvidos a você, vou mandá-lo conseguir o ganha-pão em outro lugar! Seu amor fará dele um pária e um mendigo. Nelly, leve-a daqui. E saiam, todos vocês! Deixem-me em paz!

Conduzi minha jovem dama para fora dali. Ela estava tão contente por ter escapado que não resistiu. Os outros saíram depois de nós, e o senhor Heathcliff ficou com o cômodo só para si até a hora do jantar. Eu aconselhei Catherine a jantar no andar de cima, mas, assim que o patrão notou que o assento dela estava vago, mandou que eu fosse chamá-la. Ele não falou com nenhum de nós, comeu muito pouco e saiu de casa logo depois, dando a entender que só voltaria à noite.

Durante a ausência dele, os dois novos amigos se instalaram na sala, onde ouvi Haréton repreender severamente a prima, quando ela se ofereceu para fazer uma revelação sobre a conduta do sogro com relação ao pai dele. Hareton disse que não permitiria que sequer uma palavra fosse pronunciada para menosprezá-lo. Se Heathcliff era o diabo em pessoa, não havia sinais que indicassem aquilo, e ele ficaria do lado de Heathcliff. Preferia que Cathy ofendesse ele mesmo, como costumava fazer, a que ela ofendesse o senhor Heathcliff. Catherine estava ficando cada vez mais contrariada com isso. Mas ele encontrou um meio de fazê-la dobrar a língua ao perguntar se ela gostaria que *ele* falasse mal do pai dela. Foi então que Catherine compreendeu que Earnshaw zelava pela reputação do dono da casa e que estava ligado a ele por laços mais fortes do que a razão podia romper, correntes forjadas pelo hábito, as quais seria crueldade tentar afrouxar. A partir de então, mostrou ter um bom coração ao evitar queixar-se e expressar sua antipatia em relação a Heathcliff, e confessou para mim sua tristeza por ter tentado provocar uma rusga entre eles. De fato, a partir daí, creio que não tenha pronunciado uma só sílaba, na presença de Hareton, contra o opressor dela.

Quando essa pequena desavença terminou, reataram a amizade e ocuparam-se tanto quanto puderam de seus papéis de pupilo e professora. Entrei na sala para sentar-me com eles depois que terminei meu trabalho e senti-me tão aliviada e reconfortada de observá-los que não percebi o tempo passar. O senhor sabe que os dois, em certa medida, eram como que meus filhos. Por muito tempo eu me orgulhara dela e, agora, tinha certeza de que o outro seria uma fonte de igual satisfação. A natureza honesta, cálida e inteligente dele rapidamente dissipou as nuvens da ignorância e da degradação entre as quais ele havia sido criado, e os elogios sinceros de Catherine funcionavam como uma espora para a diligência dele. O refinamento de sua mente refletia-se em seu semblante, conferindo-lhe entusiasmo e nobreza. Eu mal podia acreditar que se tratava do mesmo indivíduo que eu vira no dia em que descobri minha pequena dama no Morro dos Ventos Uivantes, depois de sua expedição ao penhasco de Penistone. Enquanto eu os admirava e eles labutavam, veio o anoitecer, e, com ele, meu amo voltou. Ele apareceu diante de nós muito inesperadamente, entrando pela porta da frente, e teve uma visão completa de nós três antes que pudéssemos erguer nossas cabeças e olhar para ele. "Bem", pensei eu, "não havia visão mais agradável ou inofensiva do que aquela; e vai ser totalmente vergonhoso se ele os admoestar." A luz vermelha do fogo brilhava nas duas lindas cabeças deles e revelava seus rostos animados com o interesse sincero das crianças. Pois, apesar de ele ter vinte e três anos e ela, dezoito, ambos tinham tantas coisas novas para sentir e aprender que nenhum dos dois sentia ou demonstrava ter os sentimentos de sobriedade desencantada da maturidade.

Eles ergueram seus olhares ao mesmo tempo e se depararam com o senhor Heathcliff. Talvez o senhor nunca tenha reparado que os olhos deles são exatamente iguais e são os mesmos olhos de Catherine Earnshaw. A Catherine atual não tinha mais nada de parecido com a anterior, exceto pela largura da testa e por certa curvatura de suas narinas, o que a faz parecer arrogante, queira ela ou não. No caso de Hareton, as semelhanças iam mais longe: eram muito visíveis a qualquer momento, mas *naquele momento* pareciam mais flagrantes, pois os sentidos de Heathcliff estavam mais alertas, e suas faculdades mentais, atentas a atividades fora do comum. Presumo que essas semelhanças desarmaram o senhor Heathcliff. Ele caminhou em direção à lareira com evidente agitação, mas Cathy rapidamente se acalmou à medida que ele olhava para o rapaz. Ou, devo dizer, sua agitação mudou de caráter, pois ainda estava presente. Ele tomou os livros das mãos de Hareton e olhou de soslaio para a página em que estava aberto. Depois, devolveu o livro sem fazer nenhuma observação, fez apenas um sinal para que Catherine saísse, e o companheiro dela saiu logo atrás. Eu estava prestes a sair também, mas ele mandou que eu ficasse sentada quieta.

– É um triste final, não acha? – observou ele, depois de remoer por um tempo a cena que acabara de presenciar. – Um desfecho absurdo para todos os meus veementes esforços! Uso alavancas e picaretas para demolir as duas casas e treino para ser capaz de executar trabalhos hercúleos. E, quando tudo está pronto e em meu poder, descubro que a vontade de levantar sequer uma lajota de qualquer um dos telhados se esvaiu! Meus antigos inimigos não me derrotaram. Agora seria o momento exato de me vingar nos seus descendentes, e eu poderia fazê-lo, e ninguém poderia me impedir. Mas de que serviria isso? Não me interessa bater em ninguém. Não posso me dar o trabalho de levantar a mão! Falando assim, parece que labutei todo esse tempo apenas para demonstrar um refinado gesto de magnanimidade. Está longe de ser esse o caso: perdi a capacidade de me regozijar com a destruição deles e sou indolente demais para destruí--los a troco de nada.

"Nelly, uma estranha mudança se avizinha. Estou sob a sombra dela atualmente. Eu me interesso tão pouco pela minha vida cotidiana que mal me lembro de comer e beber. Aqueles dois que saíram da sala são os únicos objetos que, para mim, ainda têm uma aparência material distinguível. E essa aparência me causa uma dor que beira a agonia. Sobre *ela*, não vou falar, nem desejo pensar, mas eu sinceramente gostaria que fosse invisível. A presença dela provoca em mim sensações enlouquecedoras. Já *ele* me comove de um modo diferente. *Ainda assim, se eu pudesse fazer isso sem parecer insano, eu jamais tornaria a vê-lo*! Você talvez pense que eu já esteja enlouquecendo... – acrescentou ele, esforçando-se para estampar um sorriso. – Se eu tentar descrever as milhares de formas de associações e ideias passadas que ele encarna ou desperta em mim. Mas você não vai falar para ninguém o que estou lhe dizendo, e minha mente está eternamente tão enclausurada em si mesma que é tentador por fim desabafar com alguém.

"Há cinco minutos, Hareton parecia uma personificação da minha infância, e não um ser humano. E isso provocou em mim sentimentos tão variados que me teria sido impossível abordá-lo de modo racional. Em primeiro lugar, a surpreendente semelhança dele com Catherine conectava-me assustadoramente com ela. No entanto, aquilo que você talvez presuma ter sido o que mais prendeu minha imaginação, na verdade, foi o que menos impactou, pois o que não a conecta a mim? O que não me faz lembrar dela? Não posso olhar para o chão sem ver suas feições marcadas no piso! Em cada nuvem, em cada árvore, preenchendo o ar à noite e percebida por vislumbres em todos os objetos durante o dia, estou rodeado pela imagem dela! Os rostos mais corriqueiros de homens e mulheres, minhas próprias feições, zombam de mim com sua semelhança. O mundo inteiro é uma terrível coleção de memórias que me recordam, que ela existiu... e que eu a perdi! Bem, a aparência de Hareton era o fantasma do meu amor imortal, dos meus esforços violentos para fazer valer meu direito, da minha degradação, do meu orgulho, da minha felicidade e da minha angústia...

"Mas é um frenesi repetir esses pensamentos para você senhora. Só servirá para lhe mostrar por que razão, apesar de minha relutância em ficar sozinho, a companhia dele não me é benéfica, e sim um agravamento do constante tormento que sofro. Isso, em parte, contribui para que eu me torne indiferente à maneira como ele e a prima se relacionam. Já não posso mais dar atenção aos dois."

– Mas o que o senhor quer dizer com uma *mudança*, senhor Heathcliff? – falei, alarmada com o comportamento dele, embora não acreditasse que o patrão corresse o risco de perder o juízo ou de morrer, segundo meu julgamento. Ele era muito forte e saudável, e, quanto à mente, desde a infância sentia prazer em se entregar a coisas sombrias e alimentar estranhas fantasias. Talvez sofresse de uma monomania em relação à sua finada idolatrada, mas, em todos os outros sentidos, tinha o juízo tão bom quanto o meu.

– Não saberei o que é até que ela chegue – disse ele. – Ainda não tenho plena consciência do que se trata.

– O senhor não está tendo sintomas de alguma doença, está? – perguntei.

– Não, Nelly, não estou – respondeu ele.

– Então, o senhor não tem medo de morrer? – insisti.

– Medo? Não! – replicou ele. – Não tenho medo, nem pressentimento, nem esperanças de morrer. Por que deveria? Com minha constituição sólida, minha vida moderada e minhas ocupações inofensivas, eu deveria – e provavelmente *irei* – permanecer sobre a terra até que mal haja um fio de cabelo preto na minha cabeça. Ainda assim, não posso permanecer nesta condição! Preciso me lembrar de respirar e quase tenho de lembrar meu coração de que ele deve bater! E é como tentar dobrar uma mola dura: é por compulsão que executo o mais simples ato não incitado por aquele único pensamento. E, por compulsão, percebo qualquer coisa viva ou morta que não esteja associada àquela única ideia universal. Tenho um único desejo, e todo meu ser anseia por realizá-lo. Tenho ansiado por isso por tanto tempo, e tão resolutamente, que estou convencido de que o desejo se realizará em breve, pois tem devorado minha existência. Estou consumido pela ansiedade de sua realização. Minhas confissões não me deixaram aliviado, mas elas talvez possam explicar alguns inexplicáveis estados de humor. Oh, Deus! É uma luta longa, e eu queria que ela já tivesse terminado!

Ele começou a andar de um lado para o outro da sala, murmurando consigo mesmo coisas terríveis, até que comecei a acreditar, como Joseph dizia, que a consciência dele havia transformado seu coração em um inferno na terra. Fiquei imaginando intensamente como aquilo terminaria. Apesar de quase nunca revelar seu estado de espírito, nem por meio de olhares, aquele era seu humor habitual, eu não tinha dúvida. Ele próprio afirmara isso, mas ninguém, levando em consideração o seu comportamento, conjecturaria isso. O senhor não percebeu quando o conheceu, senhor Lockwood. E, no período de que estou falando, ele se comportava do mesmo modo que naquela época. Só gostava mais da solidão prolongada e talvez fosse ainda mais lacônico quando tinha companhia.

Capítulo 34

Por alguns dias após aquela noite, o senhor Heathcliff evitou nos encontrar durante as refeições; no entanto, recusava-se a excluir formalmente Hareton e Cathy. Ele tinha tamanha aversão a se entregar tão completamente aos seus sentimentos que preferia se ausentar, e fazer uma refeição a cada vinte e quatro horas parecia suficiente para ele.

Certa noite, depois que toda a família já havia se recolhido, ouvi-o descer e sair pela porta da frente. Não o ouvi voltar e, na manhã seguinte, descobri que ele ainda estava fora. Estávamos em abril naquela época. O clima era ameno e agradável, a grama estava tão verde quanto as chuvas e os raios de sol permitiam, e as duas macieiras anãs próximas à parede do lado sul estavam em plena floração. Depois do café da manhã, Catherine insistiu para que eu pegasse uma cadeira e me sentasse sob os abetos nos fundos da casa para fazer meu trabalho. Ela também convenceu Hareton, que já havia se recuperado completamente de seu acidente, a cavar e plantar o jardinzinho dela, que fora transferido para aquele canto por causa das reclamações de Joseph. Eu desfrutava confortavelmente da fragrância primaveril à minha volta e do lindo azul suave do céu, quando minha jovem dama, que havia corrido até perto do portão em busca de algumas prímulas para uma das bordas do jardim, voltou com poucas flores e nos informou que o senhor Heathcliff estava chegando.

– E ele me dirigiu a palavra – acrescentou ela, perplexa.

– O que ele disse? – perguntou Hareton.

– Mandou que eu saísse do caminho o mais rápido possível – respondeu ela. – Mas ele estava tão diferente de sua aparência habitual que parei um instante para encará-lo.

– Como assim? – indagou ele.

– Ora, quase radiante e alegre. Não, *quase* nada... Estava, de fato, demasiadamente animado, livre de amarras e alegre! – replicou ela.

– Então, devem ser os passeios noturnos que o deixam tão animado – comentei, aparentando indiferença. Na realidade, eu estava tão surpresa quanto ela e ansiosa por confirmar a verdade de sua afirmação, pois meu amo alegre não era um espetáculo comum. Inventei uma desculpa para entrar na casa. Heathcliff estava de pé na porta aberta, pálido e tremendo. Ainda assim, ele tinha mesmo um estranho brilho de alegria nos olhos, que alterava completamente o aspecto de seu rosto.

– O senhor quer tomar o café da manhã? – perguntei. – Deve estar com fome depois de passear a noite toda!

Eu queria descobrir onde estivera, mas não quis perguntar diretamente.

– Não, não estou com fome – respondeu ele, virando o rosto e falando com muito desdém, como se adivinhasse minha intenção de descobrir o motivo de seu bom humor.

Fiquei perplexa e não sabia se aquela era uma oportunidade apropriada para um pouco de admoestação.

– Não acho certo ficar passeando ao relento em vez de estar deitado na cama. Não é uma atitude sábia, ainda mais nesta estação úmida – observei. – Atrevo-me a dizer que o senhor vai contrair um resfriado terrível ou uma febre. Há algo errado com o senhor agora!

– Nada que eu não possa suportar – retrucou ele. – E com muito prazer, contanto que você me deixe em paz. Entre e não me aborreça.

Obedeci e, ao passar por ele, reparei que a respiração dele estava acelerada como a de um gato. "Sim!", refleti comigo mesma. "Vem aí uma doença. Não consigo conceber o que ele andou fazendo."

Ao meio-dia, ele se sentou para almoçar conosco e recebeu de minhas mãos um prato bem cheio de comida, como se tencionasse se redimir por seu jejum anterior.

– Não cheguei a sentir febre ou a ficar resfriado, Nelly – observou ele, aludindo ao meu discurso daquela manhã. – E estou disposto a honrar a comida que me serve.

Ele pegou o garfo e a faca e estava prestes a comer quando, de repente, seu apetite pareceu se extinguir. Pousou os talheres sobre a mesa, olhou ansiosamente para a janela e depois se levantou e saiu. Enquanto terminávamos nossa refeição, vimos o patrão caminhar de um lado para o outro no jardim. Earnshaw disse que iria perguntar por que ele se recusava a almoçar, imaginando que pudéssemos tê-lo chateado por algum motivo.

– Ele está vindo? – inquiriu Catherine, ao ver o primo retornar.

– Não – respondeu ele. – Mas ele não está com raiva. De fato, parecia estranhamente satisfeito. Só o deixei impaciente ao lhe dirigir a palavra duas vezes. Depois, mandou-me voltar para junto de você e disse que se perguntava como eu poderia desejar a companhia de qualquer outra pessoa.

Deixei o prato dele no guarda-lume para que não esfriasse. Após cerca de uma ou duas horas, quando a sala já estava vazia, ele voltou, mas nem um pouco mais calmo. O mesmo ar antinatural – de fato, era antinatural – de alegria sob as sobrancelhas negras, a mesma tez exangue, e, vez por outra, esboçando uma espécie de sorriso que deixava os dentes è mostra. Seu corpo tremia, mas não como alguém que sente frio ou fraqueza, e sim como uma corda retesada que vibra. Era mais uma excitação intensa do que um tremor.

"Vou perguntar qual é o problema", pensei. "Se não for eu, quem fará isso?" E então exclamei:

– Ouviu alguma notícia boa, senhor Heathcliff? O senhor parece particularmente animado.

– De onde viria uma notícia boa para mim? – retrucou ele. – Estou animado por causa da fome, mas, aparentemente, não devo comer.

– Seu almoço está aqui – disse eu. – Por que não vem pegá-lo?

– Não o quero agora – murmurou ele, apressado. – Vou esperar até o jantar. E, Nelly, de uma vez por todas, eu lhe imploro que avise Hareton e os outros para ficarem longe de mim. Não quero ser incomodado. Quero ficar com a sala só para mim.

– Existe algum motivo novo para esse afastamento? – indaguei. – Diga-me: por que o senhor está tão estranho, senhor Heathcliff? Onde esteve na noite de ontem? Não faço a pergunta por mera curiosidade, mas...

– É por mera curiosidade que você pergunta, sim – interrompeu ele, rindo. – Ainda assim, vou responder-lhe. Ontem à noite, eu estive às portas do inferno. Hoje, já consigo avistar meu paraíso. Estou de olho nele. Menos de um metro nos separa! E agora é melhor você ir! Você não verá nem ouvirá nada que a assuste se evitar ficar bisbilhotando.

Tendo já varrido a lareira e limpado a mesa, parti, mais perplexa do que nunca.

Naquela tarde, ele não tornou a sair da sala, e ninguém perturbou sua solidão até que, por volta das oito da noite, achei apropriado – apesar de não ter sido chamada – levar uma vela e o jantar. Ele estava recostado contra o parapeito de uma gelosia aberta, mas não olhava para fora: tinha o rosto voltado para dentro, para a escuridão interior. O fogo já havia se reduzido a cinzas. A sala estava impregnada pelo ar úmido e suave da noite nublada, e tudo era tão silencioso que não só se distinguia o murmúrio do riacho que descia de Gimmerton, como também o som das ondulações em sua superfície e o gorgolejar da água passando sobre os seixos ou por pedras que ela não conseguia cobrir. Soltei uma exclamação de descontentamento quando vi o estado deplorável da grelha da lareira e comecei a fechar as janelas de batente, uma atrás da outra, até chegar àquela onde estava.

– Devo fechar esta também? – perguntei, de modo a despertá-lo, pois ele não se movia.

A luz incidiu diretamente sobre o rosto dele enquanto eu falava. Oh, senhor Lockwood, não consigo expressar o susto terrível que levei diante daquela fugaz visão! Aqueles profundos olhos negros! Aquele sorriso! Aquela lividez cadavérica! Por um instante, me pareceu não se tratar do senhor Heathcliff, mas de um trasgo. E, em meio ao meu terror, deixei a vela tombar contra a parede e fiquei na escuridão.

– Sim, pode fechar – replicou ele, com sua voz familiar. – Ora, mas que falta de jeito! Por que você segurou a vela na horizontal? Seja rápida e traga outra.

Saí apressada de lá, num estado bobo de pavor, e disse a Joseph:

– O amo quer que você leve uma vela para ele e reacenda a lareira.

Eu mesma não me atreveria a entrar lá sozinha naquele momento.

Joseph juntou algumas brasas em uma pá e foi. No entanto, logo retornou, trazendo a pá e, na outra mão, a bandeja do jantar. Explicou que o senhor Heathcliff estava indo para a cama e que não queria nada para comer até a manhã seguinte. Pouco depois, nós o ouvimos subir as escadas. Ele não foi para seu quarto habitual. Em vez disso, entrou naquele quarto que tinha a cama com os painéis de madeira. A janela daquele quarto, como já disse antes, é larga o bastante para qualquer um passar por ela, e ocorreu-me que ele estava planejando outra excursão noturna, da qual gostaria que não suspeitássemos.

"Seria ele um espírito necrófago ou um vampiro?", pensei. Eu havia lido sobre esses horrendos demônios encarnados. Em seguida, refleti sobre como eu havia cuidado dele na infância, visto se tornar um rapaz, o acompanhado durante quase todo o percurso de sua vida. Que absurdo seria me entregar àquela sensação de horror. "Mas de onde ele veio, aquela criaturinha de pele escura que um homem bom acolhera, para a própria ruína?", murmurou a superstição, à medida que eu caía no sono. E eu comecei, meio sonhando, a cansar-me, tentando imaginar algum parentesco apropriado para ele. E, repetindo minhas meditações de quando estava desperta, tornei a retraçar toda a existência dele, com nefastas variações.

Por fim, em minha mente, visualizei sua morte e seu funeral, dos quais me lembro apenas de estar profundamente irritada por ter sido incumbida da tarefa de ditar uma inscrição para sua lápide e de consultar o sacristão sobre isso. E, como ele não tinha sobrenome e não conseguíamos saber sua idade, fomos obrigados a nos contentar com uma só palavra: "Heathcliff". Isso acabou se tornando verdade, pois foi o que, de fato, tivemos de fazer. Se o senhor entrar no adro da capela, verá que, na lápide dele, há apenas esse nome, além da data de seu falecimento.

A aurora restabeleceu meu bom senso. Assim que houve luz suficiente, levantei-me e fui até o jardim, para me certificar de que não havia pegadas embaixo da janela dele. Não havia. "Ele ficou em casa", pensei. "E hoje vai ficar bem." Preparei o café da manhã de todos, como de costume, mas disse a Hareton e Catherine que tomassem a refeição deles antes que o amo descesse, pois ficaria na cama até mais tarde. Preferiram fazer a refeição do lado de fora, sob as árvores, e eu arrumei uma mesinha para acomodá-los.

Quando voltei a entrar na casa, deparei-me com o senhor Heathcliff no andar de baixo. Ele e Joseph estavam tratando de algum negócio da fazenda. Ele deu instruções claras e minuciosas com relação ao assunto discutido, falava muito rápido, constantemente virava a cabeça para os lados e tinha a mesma expressão de entusiasmo – agora ainda mais exagerada. Quando Joseph saiu, Heathcliff sentou-se no lugar que costumava ocupar à mesa. Coloquei uma xícara de café diante dele. Ele a puxou para mais perto, apoiou os braços na mesa e olhou para a parede em frente, examinando, imaginei, um detalhe dela em particular. Seus olhos inquietos e brilhantes percorriam-na de cima a baixo com um interesse tão ávido que chegou a parar de respirar por meio minuto.

– Vamos lá! – exclamei, colocando um pedaço de pão na mão dele. – Coma e beba isso enquanto está quente. Já faz quase uma hora que a refeição está pronta.

Ele parecia não notar minha presença, mas, ainda assim, sorriu. Eu preferia tê-lo visto ranger os dentes a vê-lo sorrir daquele jeito.

– Senhor Heathcliff! Amo! – gritei. – Pelo amor de Deus, não fique olhando fixamente como se tivesse tido uma visão sobrenatural.

– Pelo amor de Deus, não grite tão alto assim – replicou ele. – Dê uma volta e me diga: estamos a sós?

– É claro – foi minha resposta. – É claro que estamos.

Ainda assim, obedeci involuntariamente, como se, de fato, não tivesse certeza. Com um movimento da mão, ele liberou um espaço diante de si, entre as coisas do café da manhã, e inclinou-se para a frente para continuar a olhar fixamente ao seu bel-prazer.

Agora, eu percebia que ele não estava olhando para a parede. Quando eu olhava só para ele, parecia evidente que estava contemplando algo que estava a dois metros de distância. E, fosse o que fosse, aquilo aparentemente lhe causava um misto de prazer e dor, em dois extremos formidáveis; pelo menos era o que sugeria seu semblante angustiado, porém extasiado. Além disso, o objeto imaginário não permanecia parado. Os olhos de Heathcliff perseguiam-no com uma incansável diligência e, mesmo quando ele falava comigo, seus olhos não se afastavam daquilo que via. Em vão, tentei lembrá-lo de sua prolongada abstinência da comida. Se ele se movia para tocar em qualquer coisa em concordância às minhas súplicas, se estendia a mão para pegar um pedaço de pão, seus dedos fechavam-se antes que pudesse alcançá-lo e permaneciam na mesa, esquecidos de seu propósito.

Eu me sentei, um modelo de paciência, tentando distraí-lo das visões de suas atraentes conjecturas, até que ele se irritou. Levantou-se e perguntou por que eu não o deixava fazer suas refeições quando bem entendesse, acrescentando que, da próxima vez, eu não precisaria esperar – bastaria colocar as coisas sobre a mesa e ir embora. Tendo dito essas palavras, ele saiu da sala, caminhou tranquilamente até a trilha do jardim e desapareceu portão afora.

As horas arrastaram-se em uma espera ansiosa, até que a noite caiu outra vez. Não me recolhi até tarde e, quando o fiz, não consegui dormir. Ele voltou depois da meia-noite e, em vez de ir para a cama, trancou-se na sala do andar de baixo. Fiquei ouvindo, revirando-me na cama, e, por fim, vesti-me e desci. Era irritante demais ficar deitada lá, importunando meu cérebro com centenas de receios inúteis.

Lá embaixo, o som dos passos do senhor Heathcliff ecoava incessante, para lá e para cá. Ele, frequentemente, rompia o silêncio com uma respiração profunda, que lembrava um gemido. Murmurava palavras desconexas; a única que consegui pescar foi o nome de Catherine, com alguma palavra de carinho ou sofrimento, e tudo era falado como se ela estivesse presente ali – tom baixo e sério, como se as palavras fossem extraídas do fundo de sua alma. Eu não tive coragem de entrar direto no cômodo, mas queria distraí-lo de seu ensimesmamento. Para isso, fui para a cozinha e remexi o fogo da lareira, raspando as brasas. Isso o atraiu até a cozinha mais cedo do que eu esperava. Ele abriu a porta imediatamente e disse:

– Nelly, venha aqui... Já é de manhã? Entre aqui e traga uma luz.

– O relógio está batendo quatro da manhã – respondi. – O senhor pode acender uma vela aqui no fogo e levá-la para cima.

– Não, eu não quero ir lá para cima – disse ele. – Entre aqui e acenda um fogo para *mim* e faça qualquer coisa que houver para fazer nesta sala.

– Primeiro preciso atiçar o carvão até que ele fique em brasa – repliquei, pegando uma cadeira e o fole.

Enquanto isso, ele andava de um lado para o outro, em um estado que beirava a distração. Seus suspiros profundos sucediam-se com tanta intensidade que não o deixavam respirar.

– Quando raiar o dia, vou mandar chamar o Green – falou ele. – Quero consultá-lo sobre alguns assuntos legais enquanto eu consigo pensar e agir com calma. Ainda não escrevi meu testamento, e não consigo decidir como vou dispor de meus bens. Queria poder aniquilá-los da face da Terra.

– Não fale uma coisa dessas, senhor Heathcliff – intervi. – Deixe seu testamento de lado por enquanto. O senhor ainda vai viver muito para poder se arrepender de suas muitas injustiças! Jamais esperei ver o senhor com os nervos abalados; no entanto, agora, eles estão terrivelmente abalados, e quase inteiramente por culpa sua. O modo como o senhor passou os três últimos dias seria capaz de derrubar um titã. Por favor, coma alguma coisa e descanse. Basta que o senhor se olhe no espelho para perceber como precisa muito dessas duas coisas. Seu rosto está fundo, seus olhos injetados, como alguém que está morrendo de fome e ficando cego de insônia.

– Não é culpa minha que eu não possa comer ou dormir – replicou ele. – Asseguro-lhe que não é intencional. Vou fazer as duas coisas assim que eu puder. É como pedir a um homem que luta para não se afogar que descanse na água, quando está a centímetros da orla! Primeiro eu preciso alcançar a orla e depois poderei descansar. Bem, esqueça o que eu falei sobre o senhor Green. E, quanto ao arrependimento pelas minhas injustiças, eu jamais cometi uma delas e não me arrependo de nada. Estou feliz demais; ainda assim, não me sinto feliz o suficiente. A felicidade de minha alma está matando meu corpo, mas é insaciável.

– Feliz, amo? – exclamei. – Que estranha felicidade! Se o senhor puder me escutar sem ficar com raiva, posso lhe oferecer alguns conselhos que vão fazê-lo mais feliz.

– Do que você está falando? – indagou ele. – Pode falar.

– O senhor está ciente, senhor Heathcliff, de que desde os treze anos tem levado uma vida egoísta e muito pouco cristã. E que provavelmente o senhor mal teve uma Bíblia em mãos durante todo este tempo. O senhor deve ter se esquecido dos ensinamentos do livro e talvez não tenha mais espaço em sua mente para procurá-los. Seria doloroso demais mandar vir alguém – algum pastor, de qualquer denominação, não importa qual – para explicá-los e mostrar-lhe como se afastou demasiadamente de seus preceitos e como não está apto a entrar no paraíso ali descrito, a não ser que mudanças aconteçam antes de sua morte?

– Estou mais agradecido do que com raiva, Nelly, pelo fato de você me lembrar do modo como quero ser enterrado – disse ele. – O enterro deve acontecer no adro da capela, no fim da tarde. Você e Hareton podem, se quiserem, acompanhar-me. E verifiquem, principalmente, se o sacristão vai seguir as minhas instruções com relação aos dois caixões! Não há necessidade de um pastor, e tampouco que digam qualquer oração à beira da minha sepultura. Posso dizer-lhe que eu já quase alcancei meu paraíso, e que o paraíso dos outros para mim é totalmente desprovido de valor, e eu não o cobiço.

– E se, presumindo que o senhor continue com esse obstinado jejum e morra por isso, eles se recusassem a enterrá-lo no adro[9]? – falei, chocada com sua ímpia indiferença. – O que o senhor acharia disso?

– Eles não fariam isso – retrucou ele. – E, se fizessem, você deveria me levar para lá em segredo. E, caso você negligencie esse pedido, vou lhe provar, na prática, que os mortos não podem ser aniquilados!

Assim que ouviu os outros membros da família se movimentarem pela casa, ele se retirou para sua sala de estar, e eu respirei mais aliviada. Mas, à tarde, enquanto Joseph e Hareton trabalhavam, ele voltou à cozinha e, com um olhar selvagem, pediu que eu fosse até ele e me sentasse na sala; ele queria companhia. Declinei, dizendo claramente que a conversa e os modos estranhos dele me assustavam. Não tinha nervos nem vontade de ficar sozinha na companhia dele.

– Creio que você pense que eu sou um demônio – disse ele, com sua risada funesta. – Uma coisa terrível demais para viver sob o teto de uma casa decente.

Depois, virando-se para Catherine, que estava lá e que correu para trás de mim quando ele se aproximou, o patrão acrescentou, um tanto sarcástico:

– *Você* não quer vir também, benzinho? Não vou lhe fazer mal. Não! Não! Para você, eu tenho sido pior do que o diabo. Ora, eis *alguém* que não foge da minha companhia! Meu Deus! Ela é implacável. Ah, maldição! É indescritivelmente demais para a carne e os ossos suportarem, inclusive os meus!

Ele não procurou mais a companhia de ninguém. Chegado o anoitecer, ele foi para o quarto. Durante toda a noite, e por boa parte da manhã, ouvimos seus gemidos e murmúrios consigo mesmo. Hareton estava ansioso

[9] Na época, os suicidas eram proibidos de ser enterrados nos adros de igrejas, e morrer de um jejum forçado era considerado suicídio. (N.T.)

para entrar lá, mas pedi que fosse buscar o doutor Kenneth para ver Heathcliff. Quando o médico chegou, pedi licença e tentei abrir a porta, mas descobri que ela estava trancada; e Heathcliff nos mandou ir para o raio que nos partisse. Ele estava se sentindo melhor e queria ficar sozinho. Então, o médico foi embora.

A noite seguinte foi muito chuvosa. Na verdade, choveu torrencialmente até a aurora, e, enquanto eu fazia meu passeio matinal em volta da casa, observei que janela do quarto de meu patrão estava aberta, e a chuva caía ali dentro. "Ele não pode estar na cama", pensei. "Essas chuvas o teriam deixado ensopado. Ele ou deve estar acordado ou saiu de casa. Mas não vou fazer mais alarido. Vou criar coragem e olhar."

Tendo êxito em conseguir entrar com outra chave, corri para abrir os painéis de madeira da cama, pois o quarto estava vazio. Rapidamente puxando-os para o lado, espiei. O senhor Heathcliff estava lá, deitado de costas. O olhar dele foi ao encontro do meu de modo tão diligente e feroz que levei um susto. E, em seguida, ele pareceu sorrir. Eu não podia acreditar que ele estivesse morto, mas seu rosto e sua garganta estavam ensopados pela chuva, e a roupa de cama pingava. No entanto, estava completamente imóvel. A gelosia, que se abria e se fechava com o vento, havia arranhado a mão dele, que estava apoiada ao parapeito. Nenhum sangue escorria da pele machucada, e, quando coloquei meus dedos sobre ela, não tive mais dúvida: ele estava morto e com o corpo rígido!

Tranquei a janela, penteei os cabelos dele, retirando-os de sua testa, e tentei fechar seus olhos para extinguir, se possível, aquele olhar aterrorizante e vívido de júbilo antes que alguém mais pudesse contemplá-lo. Os olhos não se fechavam e pareciam desdenhar de minhas tentativas, assim como seus lábios abertos e dentes brancos e afiados! Sentindo mais um acesso de covardia, gritei por Joseph, que se arrastou até o andar de cima e fez certo alarido, mas se recusou terminantemente a tocar no cadáver.

– O diabo carregou-lhe a alma e, de barganha, poderia ficar com a carcaça dele, se dependesse de mim! Cruzes! Como ele parece perverso, rindo escancaradamente da morte!

E o velho pecador arremedou o morto. Pensei que ele pretendia dar cabriolas em volta da cama, mas, subitamente se recompondo, caiu ajoelhado, ergueu as mãos e agradeceu pelo fato de que o senhor da casa, por direito, e a antiga linhagem de herdeiros haviam sido restabelecidos.

Fiquei aturdida com aquele acontecimento terrível, e minha memória inevitavelmente relembrou tempos antigos com uma espécie de tristeza opressora. Mas o pobre Hareton, o mais injustiçado de todos, foi o único que, de fato, sofreu bastante. Ele ficou sentado junto ao cadáver a noite toda, chorando com uma sinceridade amargurada. Ele apertou a mão e beijou o rosto sarcástico e selvagem que todos evitavam contemplar, lamentando a morte com aquele intenso luto que provém naturalmente de um coração generoso, apesar de ser também duro como aço temperado.

O doutor Kenneth ficou confuso, sem saber de que transtorno meu patrão havia morrido. Escondi o fato de ele não ter ingerido nada por quatro dias, receando que aquilo fosse causar problemas. Além disso, estou convencida de que a abstinência dele não era intencional; era uma consequência de sua estranha doença, e não a causa dela.

Enterramos o senhor Heathcliff, para o escândalo de toda a vizinhança, do modo como ele desejava. Earnshaw e eu, o sacristão e seis homens que carregaram o caixão fomos os únicos a comparecer ao enterro. Os seis homens partiram depois de depositarem o caixão na sepultura, e nós ficamos até que fosse fechada. Hareton, com lágrimas escorrendo do rosto, cavou trechos de grama e cobriu o montículo de terra marrom, que agora é liso e verdejante como os outros montes que o rodeiam, e eu espero que o ocupante do túmulo também descanse em paz. Mas os camponeses, caso o senhor os consulte, seriam capazes de jurar pela Bíblia que ele *caminha por aí.* Há alguns que dizem tê-lo encontrado perto da capela, ou nos pântanos, ou até dentro desta casa. Histórias frívolas, dirá o senhor, e eu direi também. No entanto, aquele velho sentado perto do fogo da cozinha afirma que tem visto Heathcliff e Catherine olhar pela janela do quarto em cada noite de chuva, desde a morte do patrão. E uma coisa estranha aconteceu comigo faz cerca de um mês. Eu estava indo para a granja, em um fim de tarde de tempo carregado, em que ameaçava trovejar, e, ao virar a curva do Morro dos Ventos Uivantes, deparei-me com um menininho com uma ovelha e dois cordeiros diante de si. Ele chorava terrivelmente, e presumi que os animais eram arredios e não se deixavam guiar.

– O que há de errado, rapazinho? – perguntei.

– Heathcliff e uma mulher estão ali, debaixo daquela escarpa – choramingou ele. – E eu não me atrevo a passar por eles.

Eu não vi nada, mas tanto ele quanto as ovelhas se recusavam a ir por aquele caminho. Desse modo, disse a ele que tomasse a trilha que seguia por baixo. Enquanto caminhava sozinho pelos pântanos, ele provavelmente viu os fantasmas por ter ficado pensando nas bobagens repetidas por seus pais e outras companhias. Ainda assim, agora eu já não gosto de sair sozinha no escuro, e tampouco de ficar sozinha nesta casa lúgubre. Não consigo evitar, e ficarei feliz quando meus patrões saírem daqui e se mudarem para a granja.

– Então, eles vão para a granja? – perguntei.

– Sim – respondeu a senhora Dean. – Assim que se casarem, e isso vai acontecer no dia de Ano-Novo.

– E quem vai morar aqui então?

– Ora, o Joseph vai cuidar da casa, e, talvez, um rapaz também, para fazer companhia a ele. Eles vão morar na cozinha, e o resto da casa vai ficar trancado.

– Para ser usado pelos fantasmas que decidam habitá-lo? – observei.

– Não, senhor Lockwood – disse Nelly, balançando a cabeça. – Acredito que os mortos estejam em paz, mas é errado falar deles com leviandade.

Naquele momento, o portão do jardim abriu-se: os excursionistas estavam voltando.

– *Eles* não têm medo de nada – resmunguei, observando da janela a aproximação deles. – Juntos, eles enfrentariam Satanás e todas as legiões dele.

À medida que eles pisavam nas lajotas da soleira e paravam para contemplar a lua mais uma vez, ou, mais corretamente, para contemplar um ao outro ao luar, senti-me irresistivelmente impelido a escapar deles. E, colocando uma lembrança na mão da senhora Dean e ignorando as reclamações dela por causa de minha falta de educação, desapareci pela porta da cozinha à medida que abriam a porta da frente. E eu teria dado razão a Joseph quanto às frívolas indiscrições de sua companheira de criadagem, caso ele não tivesse felizmente me reconhecido como um cavalheiro respeitável ao ouvir o doce tilintar de um soberano[10] atirado aos seus pés.

Meu caminho de volta para casa foi mais longo, por causa de um desvio que fiz na direção da capela. Ao olhar para a parte inferior de suas paredes, vi que a degradação havia avançado em sete meses: muitas janelas ostentavam buracos negros, desprovidas de vidraças. Lajotas de pedra estavam soltas aqui e ali, alterando o alinhamento da parte direita do telhado, que gradualmente se desprenderia em futuras tempestades de outono.

Procurei e logo descobri as três lápides na inclinação perto do pântano: a do meio era cinza e estava quase coberta pelas urzes; a de Edgar Linton só combinava com a do meio pela grama e pelo musgo que começavam a cobri-la a partir de baixo; e a de Heathcliff estava ainda nua.

Eu me demorei perto delas, sob um céu benigno. Observei as mariposas bruxuleando por entre as urzes e as campânulas, ouvi o vento suave soprar por entre a grama e perguntei-me como alguém poderia imaginar noites inquietas de sono para aqueles que dormiam naquela terra serena.

Fim

[10] Moeda de ouro inglesa que representa uma libra esterlina. (N.T.)